Keri Arthur est née à Melbourne et vit toujours en Australie. Elle s'est mise à l'écriture quand elle avait douze ans pour réécrire un roman qu'elle venait de lire et dont la fin lui avait déplu. Elle n'a pas cessé depuis et a été publiée pour la première fois en 2000. Elle est l'auteur de nombreuses séries de *bit-lit* et celle consacrée à Riley Jenson remporte un succès mondial.

Du même auteur, chez Milady :

Riley Jenson :
1. *Pleine Lune*
2. *Le Baiser du mal*

www.milady.fr

Keri Arthur

Tenter le diable

Riley Jenson – 3

Traduit de l'anglais (Australie) par Lorène Lenoir

Milady

Milady est un label des éditions Bragelonne

Titre original : *Tempting Evil*

ISBN : 978-2-8112-0390-0

Bragelonne – Milady
35, rue de la Bienfaisance – 75008 Paris

E-mail : info@milady.fr
Site Internet : www.milady.fr

Je voudrais remercier tous ceux qui, chez Bantam, ont rendu ce livre possible, en particulier mon éditrice, Anne, et Joshua, son assistant. Je tiens aussi à remercier tout spécialement mon agent, Miriam, et les Lulus, mon groupe de critiques littéraires.

Chapitre premier

Je détestais l'entraînement.

En particulier lorsque son but principal était de me transformer en quelque chose que j'avais toujours refusé de devenir : une gardienne pour le Directoire des Espèces Alternatives.

C'était pourtant devenu inévitable, et j'acceptais la situation en grande partie, mais cela ne signifiait pas que j'étais enthousiaste.

Les gardiens étaient bien plus que de simples flics spécialisés, contrairement à ce que pensaient les humains : ils tenaient lieu de juge, de jury et de bourreau. Et ils n'avaient pas à s'embêter avec toutes ces histoires de légalité que les flics humains devaient prendre en compte. Certes, les victimes de ces gardiens étaient généralement des tueurs psychotiques incontrôlables qui méritaient totalement leur exécution, mais il fallait bien avouer que traquer ces malades toute la nuit en ayant pour objectif de mettre un terme à leur non-vie ne faisait pas partie de mes priorités.

Cela étant, mon âme de loup avait parfois plus soif de ce genre de traque que je voulais bien l'admettre.

Le pire, ce n'était pas tant l'entraînement nécessaire pour devenir gardien, mais de m'entraîner avec mon frère. J'étais incapable de le rouler dans la farine. Je ne pouvais pas flirter avec lui ou lui laisser apercevoir un bout de sein afin de le distraire. Je ne pouvais pas me plaindre d'en avoir trop fait et le supplier de m'épargner, parce qu'il n'était pas seulement mon frère, mais aussi mon jumeau.

Il savait exactement ce dont j'étais ou non capable, parce qu'il pouvait le ressentir. Nous ne partagions pas le lien télépathique qui caractérisait certaines relations gémellaires, mais nous savions lorsque l'autre était blessé ou avait des problèmes.

Et à cet instant précis, Rhoan savait parfaitement que j'essayais de me défiler et pire, il en connaissait la raison.

C'est que j'avais rendez-vous avec un loup-garou ultra-sexy.

Dans exactement une heure.

Si je partais à ce moment-là, j'aurais le temps de rentrer me faire une beauté avant que Kellen (le loup en question) passe me prendre. Mais si je m'éclipsais plus tard, il serait confronté à la pauvre chose pleine de bleus que j'étais devenue ces temps-ci.

— Dis-moi, Liander ne devait-il pas te faire à dîner, ce soir ? demandai-je en agitant le bâton de bois qu'on m'avait confié et que je n'avais toujours pas utilisé (en grande partie parce que je ne voulais pas frapper mon frère).

Ce n'était pas le genre de scrupule qui étouffait ce dernier, et mon corps perclus d'ecchymoses en était la preuve.

D'un autre côté, lui non plus n'avait pas très envie de me voir devenir gardienne, et en particulier, que je sois enrôlée pour la mission qui se rapprochait inexorablement.

— Si, répondit-il en continuant à me tourner autour d'un air aussi dégagé que son expression.

Mais ça ne prenait pas avec moi. Pas quand je sentais la tension qui faisait vibrer son corps autant que le mien.

— Mais il n'a pas l'intention de le préparer tant que je ne l'aurai pas appelé pour lui dire que je suis en chemin, poursuivit-il.

— C'est son anniversaire. Tu ne préférerais pas être en train de le fêter avec lui plutôt que de me passer à l'essoreuse ?

Il attaqua soudain, avançant d'un pas et abattant son bâton si rapidement que je perçus à peine le mouvement. Je ne me laissai pas impressionner et restai complètement immobile, laissant le souffle me caresser l'extrémité des doigts de la main gauche. Il faisait semblant, et nous le savions tous les deux.

S'il avait été sérieux, je n'aurais même pas perçu le geste.

Il me décocha un sourire satisfait.

— Je le ferai dès que nous en aurons terminé ici. D'ailleurs, je te rappelle que tu es aussi invitée.

— Pour gâcher votre petit dîner romantique ? répliquai-je d'un ton moqueur. Non, merci. De toute façon, je préfère faire la fête avec Kellen.

— Alors, Quinn fait partie du passé, pour toi ?

— Pas tout à fait, reconnus-je en changeant de position pour ne pas le perdre de vue pendant qu'il me tournait autour.

Les tapis de sol verts recouvrant l'arène d'entraînement au sous-sol du Directoire crissèrent sous mes pieds nus.

— C'est ta sueur qui cause ce bruit, commenta-t-il, mais j'ai bien l'intention de la faire couler encore un peu plus.

— Bon sang, Rhoan, tu as vraiment un cœur ? Ça fait presque une semaine que je n'ai pas vu Kellen. C'est avec lui que je veux m'amuser, pas avec toi.

Il arqua un sourcil et ses yeux argentés s'animèrent d'une lueur malicieuse.

— Mets-moi donc au tapis, et je te laisserai partir.

— Ce n'est pas toi que j'ai envie de mettre au tapis !

— Si tu refuses de te battre contre moi, tu devras affronter Gautier. Et je pense que ni toi ni moi ne voulons ça.

— De toute façon, si j'accepte de te combattre et si je réussis à te mettre au tapis, ils me forceront à l'affronter.

Et ça ne me réjouissait vraiment pas. Je n'étais pas particulièrement fan des vampires en règle générale… Même si certains, comme Quinn, qui se trouvait actuellement à Sydney pour s'occuper de sa compagnie aérienne, ou Jack, mon patron et celui du département des gardiens, étaient des gens bien. Gautier, en revanche, était un salopard doublé d'un assassin. Il avait beau être gardien, et ne pas avoir commis de faute jusqu'à présent, il faisait néanmoins partie des méchants. C'était un clone conçu dans la seule intention de prendre le pouvoir sur le Directoire. Il n'avait pas encore tenté quoi que ce soit, mais j'avais l'étrange impression que cela ne tarderait pas.

Rhoan tenta une nouvelle feinte. Cette fois-ci, le bâton m'effleura douloureusement les phalanges sans écorcher ma peau. Je résistai à l'envie de secouer ma main pour atténuer la douleur et modifiai légèrement ma position, me préparant à la prochaine véritable offensive.

— Alors, qu'est-ce qui se passe avec Quinn, à l'heure actuelle ?

Rien du tout, et c'était bien le problème. Après m'avoir harcelée pour que je respecte ma part du marché que nous avions conclu, il s'était contenté de jouer les amants absents tous ces derniers mois. J'eus un soupir de frustration et repoussai les mèches de cheveux imbibées de sueur collées à mon front.

— Est-ce qu'on pourrait discuter de tout ça après mon rendez-vous avec Kellen ?

— Non, répondit-il en se camouflant avec une rapidité indétectable à l'œil humain.

J'aurais pu suivre sa trajectoire en passant en vision vampirique infrarouge, mais je n'en avais pas besoin, étant donné que j'avais aussi l'ouïe et l'odorat d'un loup-garou. Non seulement j'entendais le bruit léger de ses pas sur les tapis de sol, mais je percevais aussi son odeur de cuir et d'épices qui tourbillonnait autour de moi.

Et je les sentais tous deux approcher de moi dans mon dos.

Je me lançai hors de sa trajectoire, me laissai tomber au sol en me retournant et frappai durement son mollet. Il poussa un grognement et réapparut soudain en titubant, faisant tout son possible pour éviter de perdre l'équilibre.

Je me relevai rapidement et me jetai sur lui. Mais je fus loin d'être assez rapide : il esquiva aisément mon attaque et secoua la tête d'un air désappointé.

— Tu ne prends pas ça assez au sérieux, Riley.

— Mais si, je te jure !

Bon, pas autant qu'il l'aurait voulu, je le reconnaissais. En tout cas pas ce soir.

— Tu as tellement envie de te battre contre Gautier ?

— Non, mais j'ai follement envie de voir Kellen.

La frustration sexuelle était difficile à supporter pour quiconque, mais c'était encore pire pour les loups-garous. Le sexe faisait partie intégrante de notre culture : nous en avions un besoin vital de la même manière que les vampires avaient besoin de sang. Et ce foutu entraînement me monopolisait tellement que je n'avais même pas pu me rendre au *Blue Moon* pour un peu d'action.

Je poussai un autre soupir et tentai de me calmer. J'avais beau refuser de faire du mal à mon frère, s'il s'agissait du seul moyen pour mettre fin à cette séance, j'allais bien devoir m'y résigner.

Mais si je parvenais à le vaincre cette fois-là, je craignais que Jack pense que c'était le moment de me lâcher dans la nature. Et une partie de moi refusait de l'envisager. Malgré l'opinion de Jack, j'étais persuadée que mon frère avait raison en disant que m'envoyer sur le terrain serait de la folie. Et, comme lui, j'étais convaincue que je ne serais jamais prête, même si je m'entraînais jusqu'à la fin des temps.

J'avais surtout peur de tout gâcher et de mettre la vie de tout le monde en danger.

Rhoan n'avait rien dit de tel sur ce dernier point. Mais plus le moment approchait, plus j'y pensais.

— C'est vraiment idiot, cette règle, tu le sais très bien, finis-je par dire. Un combat contre Gautier ne prouverait rien quant à mes capacités.

— C'est le meilleur dans ce domaine. Le combattre prouve que les gardiens sont prêts à affronter ce qui les attend lors de leurs missions.

— Sauf que je n'ai pas la moindre intention de devenir gardienne à proprement parler.

— Tu n'as plus vraiment le choix, Riley.

Je le savais bien, mais cela ne m'empêchait pas de protester à cette perspective, même si j'avais conscience que c'était inutile. Pour être honnête, même si Jack m'offrait aujourd'hui la possibilité d'échapper au poste de gardienne, je refuserais, parce qu'il était hors de question que je manque l'occasion de faire payer ses crimes à Deshon Starr. Pas seulement pour ce qu'il m'avait fait endurer, mais aussi pour ce qu'il avait fait à Misha, au collègue de Kade et à tous ces hommes et femmes qui étaient toujours emprisonnés dans des cellules de reproduction à l'heure actuelle.

Sans parler de toutes les choses auxquelles il donnait vie dans ses laboratoires. Des abominations que la nature n'aurait jamais créées, des créatures nées avec seulement deux objectifs : tuer ceux qu'on leur ordonnait d'éliminer, et mourir lorsqu'on le leur demandait.

Un frisson me parcourut la peau. Je n'avais croisé le chemin que de quelques-uns de ces monstres, mais j'avais le mauvais pressentiment qu'avant la fin du mois, j'en rencontrerais plus qu'à mon goût.

Je me passai la langue sur les lèvres et essayai de me concentrer sur Rhoan. S'il fallait vraiment le mettre au tapis pour sortir d'ici, alors j'allais m'y appliquer. J'avais envie, j'avais besoin d'avoir quelques instants de vie normale avant que la situation redevienne merdique.

Et ça ne tarderait pas. Je le sentais au plus profond de moi-même.

Une ombre passa de l'autre côté des vitres qui recouvraient le mur à la droite de Rhoan. Vu qu'il était presque 18 heures, c'était probablement un gardien qui se préparait pour sa chasse nocturne. L'arène se trouvait au cinquième sous-sol, juste à côté des dortoirs réservés aux gardiens. Je trouvais très amusant qu'ils contiennent effectivement des rangées de cercueils. Certains vampires adoraient correspondre aux clichés que les humains entretenaient à leur propos, même si ce n'était pas vraiment nécessaire.

Cela étant, aucun humain ne venait jamais ici. Ce serait comme lâcher un agneau dans la cage d'une troupe de lions affamés. Dire que cela finirait mal serait un doux euphémisme. Les gardiens avaient beau être payés pour défendre les humains, cela ne les empêchait pas de les utiliser comme casse-croûte à l'occasion.

L'ombre passa devant une autre vitre et je vis Rhoan regarder dans cette direction. Ce fut très bref, mais cette fraction de seconde me donna une idée.

Je me lançai dans un mouvement rotatif et levai mon pied nu. Mon talon entra en contact avec son ventre, le faisant reculer. Il abattit son bâton qui effleura mon tibia, et se laissa emporter par son élan, tournant et frappant. Son talon passa en sifflant à quelques centimètres de mon nez, et l'aurait probablement heurté si je ne m'étais pas reculée par pur réflexe.

Il eut un signe approbateur.

— Voilà, là, tu y es.

Je poussai un grognement en reprenant mon équilibre et en faisant passer mon bâton d'une main à l'autre. Le claquement du bois contre ma peau résonna dans le silence et je vis ses épaules se contracter. Je soutins son regard, assurai ma prise sur l'arme de ma main gauche et m'apprêtai à le frapper. Mais je retins finalement mon coup en regardant derrière lui.

— Salut, Jack.

Rhoan fit volte-face, et au moment précis où il me tourna le dos, je me jetai sur lui et le plaquai au sol. Il heurta le tapis avec un grand bruit sourd et son expression de surprise se mua rapidement en un éclat de rire.

— Moi, me faire piéger par ce coup vieux comme le monde !

Je lui souris.

— La tradition a parfois du bon.

— Tu as donc gagné le droit de sortir d'ici. (Il me tendit la main.) Tu peux m'aider à me relever ?

— Je ne suis pas née de la dernière pluie, frangin.

L'amusement fit étinceler ses yeux argentés et il se remit debout tout seul.

— Ça valait le coup d'essayer.

— Je peux partir, alors ?

— C'était le deal, admit-il en traversant l'arène pour récupérer la serviette qu'il avait posée sur une grille. Mais je veux te voir ici demain à 6 heures pile.

Je poussai un gémissement.

— C'est mesquin.

Il essora ses cheveux roux et ébouriffés avec sa serviette et, même si je ne voyais pas son visage, je devinai qu'il souriait. Parfois, mon frère pouvait être prodigieusement agaçant.

— La prochaine fois, tu y réfléchiras à deux fois avant de tricher.

— Comment ça, de la triche ? Ce qui compte, c'est que ça marche.

Son sourire ne se reflétait pas dans son regard. Il était vraiment très inquiet à propos du rôle que je tiendrais dans la mission qui nous attendait. Il ne tenait pas plus que je sois impliquée que je n'avais voulu qu'il devienne gardien. Mais, comme il me l'avait dit à ce moment-là, des années auparavant : parfois, on n'avait pas le choix concernant la direction que prenait sa propre vie.

— Tu es ici pour apprendre à te défendre et à attaquer, rappela-t-il. Ce genre de petites plaisanteries ne fera rien pour te sauver la vie en cas de problème.

— Si elles me sauvent rien qu'une fois, alors ça vaut le coup d'essayer.

Il secoua la tête d'un air désolé.

— Je vois bien que je ne réussirai pas à te faire comprendre quoi que ce soit tant que tu n'auras pas eu ta dose de sexe.

— Ravie que tu te rendes enfin compte de ce que j'essaie de te dire depuis une heure, lui répliquai-je en souriant. Et il faut voir le bon côté des choses : Liander sera ravi de te voir rentrer à une heure normale, pour changer.

Il poussa un grognement.

— Mouais, s'il n'était pas aussi collant, peut-être que j'aurais envie de passer plus de temps avec lui.

Je haussai les sourcils en percevant la pointe d'agacement dans sa voix.

— Il te laisse fréquenter qui bon te semble, je n'appelle pas vraiment ça être collant.

— Je sais, mais… (Il s'interrompit et haussa les épaules.) Je ne sais pas si je suis en mesure de lui donner ce qu'il désire, *lui*. Et j'ignore si j'en serai jamais capable.

Ce qui était exactement ce que j'avais dit à Quinn deux mois auparavant. Il était étonnant de constater à quel point nos vies sentimentales semblaient suivre le même chemin, même si les raisons pour lesquelles j'avais expliqué ça à Quinn étaient très différentes des siennes. Rhoan aimait véritablement Liander. Je n'étais pas sûre de pouvoir en dire autant à propos de Quinn. Bon sang, nous nous connaissions à peine en dehors du sexe !

Et au moins Liander avait-il toujours soutenu Rhoan, quelles que soient les circonstances. Quinn, lui, s'était encore empressé d'aller voir ailleurs s'il y était, malgré ses grandes promesses de ne pas m'abandonner tant que nous n'aurions pas totalement exploré ce qu'il y avait entre nous.

Or je ne voyais pas comment il avait l'intention de faire ça depuis Sydney. Peut-être avait-il tout simplement décidé que la situation était trop compliquée et qu'il valait mieux abandonner. Sauf que, étant donné les rêves érotiques particulièrement réalistes que nous partagions, l'idée d'abandonner ne semblait pas envisageable à l'heure actuelle.

Je serrai affectueusement le bras de mon frère.

— Liander est amoureux de toi. Il saura être patient.

Nos regards se croisèrent.

— Je ne suis pas certain de mériter un tel attachement.

Je haussai les sourcils.

— Pourtant, de ma part, ça ne te surprend pas.

Il m'effleura la joue d'un doigt taquin.

— Ouais, mais toi, tu es ma sœur jumelle et ma seule compagne de meute. C'est normal.

— En effet, acquiesçai-je en le regardant attentivement, avant de poursuivre : Tu sais, ce n'est pas parce que notre meute nous a rejetés que nous ne méritons pas d'être aimés.

Combien de fois m'avait-il tenu ce même discours ? Et pourtant, à présent que c'était mon tour d'essayer de le rassurer, il n'était pas prêt à le croire.

Il eut un sourire triste.

— La différence, c'est que moi, je n'ai pas la moindre intention de me caser. Je veux être libre et fréquenter qui je veux, quand je veux.

— Qui tu veux ? remarquai-je d'un ton contrarié. Ne me dis pas que tu vois toujours Davern !

Rhoan eut au moins le bon goût de prendre l'air embarrassé.

— Seulement quand il est en ville, et c'est rare dernièrement.

— Mais tu n'avais pas dit à Liander que vous n'étiez plus ensemble ?

— Nous ne sommes pas vraiment ensemble. C'est plus un amant occasionnel, quoi.

— Une subtile nuance qui échappera certainement à Liander.

Il haussa les épaules.

— Eh bien, peut-être que cette incapacité à m'engager est liée à ma véritable nature.

Je savais qu'il parlait de son homosexualité, pas de son statut de gardien ou de sa nature hybride, et cela m'emplit de colère.

— Liander est pareil que toi de ce côté-là, et pourtant, il veut se poser. Ne te cherche pas de fausses excuses juste parce que tu es mort de trouille.

Il me décocha un regard surpris, mais je lus aussi dans ses yeux quelque chose qui me convainquit que j'avais tapé juste.

— Mort de trouille ?

— Ouais. Se poser, ça signifie s'engager. Et, si tu refuses ça, c'est à cause de ce que tu *fais*, pas de ce que tu es. Aie au moins le courage de le reconnaître et de le dire à Liander.

— Il mérite mieux qu'un compagnon à temps partiel.

— Peut-être bien que oui, approuvai-je, à la grande surprise de mon frère. Mais ce n'est ni à toi ni à moi de décider pour lui. C'est sa vie, c'est son choix.

Il rit doucement et me plaqua un baiser sur le front.

— T'es sacrément maligne pour une fille. Et j'espère que tu sauras tenir compte de tes propres conseils en ce qui concerne ta propre vie.

— Moi ? Tenir compte d'un conseil ? Et pourquoi pas de la neige à Noël ?

Vu que décembre était le premier mois de l'été à Melbourne, il faudrait que le climat soit complètement bouleversé pour qu'une telle chose se produise. Même si, vu le tour étrange qu'avait pris ma vie ces derniers mois, un tel phénomène météorologique ne me semblait plus si inconcevable que ça.

Pas plus que le fait que je suive mes propres conseils, en fait.

Je lui rendis le bâton et le poussai gentiment vers la sortie.

— Va donc discuter avec lui.

— Tu ne veux pas que je t'accompagne jusqu'aux vestiaires ?

— Non, ne t'en fais pas, je me débrouillerai.

L'arène était équipée d'un système de vidéosurveillance, et j'étais à peu près certaine que Jack était dans le coin. Il avait tout intérêt à ce que je reste entière. Pas seulement parce qu'il avait besoin de moi pour cette mission, mais aussi parce qu'il voulait me compter dans les rangs de ses gardiens à temps plein.

— On se voit demain matin.

Il acquiesça, jeta sa serviette en travers de ses épaules et s'éloigna en sifflotant. Visiblement, je n'étais pas la seule à me réjouir de la soirée qui s'annonçait.

Avec un petit sourire, je me dirigeai vers l'autre extrémité de l'arène où j'avais posé ma serviette et ma bouteille d'eau. J'essorai mes cheveux dégoulinants de sueur, puis m'essuyai la nuque et le visage. J'avais beau ne pas avoir mis toutes mes forces dans cet entraînement, cela faisait quand même plusieurs heures que nous nous battions, et non seulement j'étais couverte de transpiration, mais en plus, mon tee-shirt bleu marine était devenu presque noir d'humidité. C'était une bonne chose que je puisse me doucher au Directoire, parce qu'avec ma chance de ces derniers temps, il était fort probable que je trouve Kellen en train de m'attendre devant ma porte. Les loups avaient beau préférer les odeurs naturelles aux artificielles, les effluves que je dégageais à présent étaient quand même un poil trop bestiaux.

Je me penchai pour ramasser ma bouteille et m'immobilisai en sentant un changement dans l'atmosphère. Rhoan était parti, mais je n'étais plus seule dans l'arène.

Mon intuition ne m'avait pas trompée : les ennuis n'avaient pas tardé à refaire surface dans ma vie.

Et ils avaient le visage de Gautier.

La serviette à la main, je me retournai d'un air détaché et vis sa longue silhouette dégingandée qui trahissait sa méchanceté non loin des fenêtres.

— Tu n'as toujours pas réussi à trouver le temps pour une douche, on dirait.

Ce n'était pas la plus raisonnable des choses à dire, mais face à Gautier il me paraissait impossible de fermer ma grande gueule.

Cette mauvaise habitude me causerait probablement des problèmes, et à en juger par son regard, cela risquait de se produire plus tôt que je l'aurais voulu.

Il croisa les bras et sourit. Un sourire qui n'avait rien d'aimable. Et son regard inexpressif était celui d'un malade mental.

— Et toi, tu as toujours tendance à l'ouvrir quand même un fou saurait qu'il vaudrait mieux garder le silence, on dirait.

— C'est mon grand défaut, reconnus-je en faisant tourner ma serviette et en me demandant au bout de combien de temps la sécurité interviendrait… et si Jack leur permettrait d'intervenir, d'ailleurs.

— Je m'en étais bien rendu compte.

Le contraire aurait été étonnant vu que la plupart de mes provocations verbales lui étaient adressées, ces derniers temps.

— Qu'est-ce que tu fabriques ici, Gautier ? Tu n'as pas de méchants criminels à exécuter ?

— Si, si.

— Alors comment ça se fait que tu ne sois pas dehors à les traquer, comme le gentil petit psychopathe que tu es ?

Son sourire de requin me fit courir un frisson dans le dos, et à ce moment précis je me rendis compte qu'il était effectivement déjà en chasse.

Et j'étais sa proie.

Putain.

Le mot était même faible pour décrire la merde dans laquelle je venais d'atterrir, mais c'est le seul qui m'était venu à l'esprit. Il résonnait à l'infini dans les méandres de mon cerveau.

Et, avec lui, l'impression qu'on m'avait tendu un piège. Que c'était exactement ce que Jack avait prévu en organisant cette séance d'entraînement.

Rhoan ne pouvait pas avoir été au courant. Il n'aurait jamais accepté. Jamais.

— Tu es venu me mettre à l'épreuve, c'est ça ?

Il rayonna d'un amusement aussi sale que la surface d'une mare stagnante.

— Tu comprends vite.

Pas assez, semblait-il. J'aurais dû deviner que Jack avait une idée derrière la tête. Il avait fait preuve d'une jovialité suspecte toute la journée, ce qui était en général synonyme d'ennuis pour moi.

Mais pourquoi vouloir m'opposer à Gautier aussi tôt ? Bon sang, ça faisait à peine quelques mois que je m'entraînais. La plupart des gardiens devaient attendre un an avant d'avoir le privilège de se faire réduire en bouillie par Gautier.

Quelque chose était sûrement arrivé. Quelque chose qui nécessitait un changement de planning.

Malgré la situation, tout mon corps tremblait d'excitation. Je ne voulais rien de plus que me débarrasser de tout ça et retrouver une vie normale… même si la normalité faisait probablement partie du passé vu que six mois auparavant, j'avais subi la première injection d'un traitement expérimental contre la stérilité. Si cette substance était effectivement en train de modifier la nature même de mon être, comme elle l'avait fait pour d'autres hybrides, alors les changements ne devraient pas tarder à apparaître.

Gautier se dirigea vers moi d'une démarche tranquille. Je continuai à faire tournoyer ma serviette et l'observai entre mes paupières plissées. Je n'allais certainement pas réussir à le vaincre, nous le savions tous les deux, mais j'avais bien l'intention de me défendre jusqu'au bout.

Il s'immobilisa au centre de l'arène.

— Prête ?

J'arquai un sourcil en feignant une confiance en moi que j'étais loin de ressentir. Ce qui était totalement inutile, car grâce à sa nature de vampire, il savait à quel point le rythme de mon cœur s'était accéléré. Et il ne risquait pas de croire que c'était dû à l'excitation.

Mais la peur était une vieille amie, pour moi. Elle ne m'avait jamais arrêtée, et ça ne serait pas davantage le cas aujourd'hui.

— Tu avertis toutes les cibles que tu vas attaquer ?

— Oui.

Son immobilité absolue me rappelait celle d'un serpent sur le point de frapper. Mais il me terrifiait bien plus que n'importe quel serpent.

— Et pourquoi ça ?

— Parce que le goût de la peur des proies que je pourchasse est presque aussi enivrant que celui de leur sang. (Il s'interrompit pour prendre une profonde inspiration. Son regard chavira de plaisir, et les frissons qui parcouraient ma nuque se muèrent en véritables tremblements.) Je sens ta peur, Riley. Elle a un goût exquis.

— Tu es un grand malade, tu le sais ?

— Mais je suis extrêmement doué dans ce que je fais.

Je vis briller une promesse mortelle au fond de ses yeux. Et je sus que lui et moi ne tarderions pas à nous affronter pour de vrai, jusqu'à la mort. Pas ici, entre les murs du Directoire, mais sur son terrain, là où il pourrait imposer ses règles du jeu.

J'en eus la chair de poule, mais je me retins de me frotter les bras. J'étais peut-être en train de développer un don de double vue latent, mais je m'en serais bien passée.

En particulier quand il me disait des choses aussi désagréables.

Gautier fit craquer les articulations de ses doigts, puis disparut soudain de ma vue. J'entendis ses pas légers comme la plume sur le tapis de sol, presque aussi imperceptibles qu'un souffle d'air. Malheureusement, ce n'était pas le cas pour son odeur. Il puait la mort au point de me couper le souffle, et ma concentration en pâtissait.

Or, si je ne parvenais pas à me concentrer, tout ça risquait de finir très, très mal.

Je clignai des yeux, faisant appel à ma vision infrarouge de vampire, et vis sa silhouette se rapprocher progressivement de moi. Au moment où il allait me toucher, je lui donnai un coup sec de serviette en travers de la figure, puis m'enfuis hors de sa portée à toute allure.

Il ne se lança pas à ma poursuite, se contentant de rester là où il se trouvait en levant la main vers son visage. J'avais visé les yeux, mais la serviette avait frappé sa joue, assez fort pour la faire saigner. Ce n'était probablement pas la chose la plus prudente à faire, mais la vue de son sang m'emplit de joie. Je n'allais probablement pas tarder à me faire casser la gueule, mais au moins avais-je réussi à obtenir quelque chose dont aucun gardien n'avait été capable : faire couler le sang du grand Gautier.

D'un autre côté, peu de gardiens avaient été assez fous pour s'attaquer à Gautier armés de leur seule serviette.

Il passa le doigt sur sa blessure. Même à la distance d'où je me trouvais, je vis une goutte de sang étinceler au bout de son index. Son regard croisa le mien et, une fois encore, j'y lus la perspective de ma mort.

Un bref instant, j'envisageai de m'enfuir. De me barrer de cette arène, le plus loin possible de ce psychopathe. Mais, si je faisais cela, c'en serait terminé de mon implication dans la mission pour laquelle j'étais formée. Et, à l'instant présent, mon désir de vengeance était plus fort que ma peur de Gautier.

Gautier suça le sang au bout de son doigt puis dit d'une voix inexpressive et pourtant emplie d'un accent mortel :

— Pour ça, tu devras payer.

— Oh là là ! Qu'est-ce que j'ai peur !

Ce qui n'était que la stricte vérité. Personne de sain d'esprit n'aurait accepté de se retrouver à ma place. Sauf mon frère, peut-être.

Je fronçai les sourcils à cette pensée. Rhoan était certainement au courant de la situation. Il devait au moins ressentir ma peur. Alors pourquoi n'était-il pas ici à nous observer, à défaut d'intervenir ?

Gautier m'adressa le genre de sourire qu'un chat aurait devant une souris particulièrement distrayante juste avant de la manger, puis disparut de nouveau. Je le suivis avec ma vision infrarouge, attendant qu'il s'approche pour lui envoyer la serviette à la figure en me laissant tomber au sol, la jambe tendue, dans l'intention de le déséquilibrer. Il esquiva aussi bien la serviette que mon pied et lança son poing dans ma direction. Je projetai mon corps sur le côté, sentant le souffle du coup sur ma joue, puis plongeai en avant pour le tacler au niveau des genoux. Nous nous écrasâmes ensemble sur le sol rembourré. J'en profitai pour lui enfoncer le poing dans les reins, puis me relevai avant de m'éloigner précipitamment. Je voulais éviter à tout prix l'affrontement au corps à corps avec Gautier, au cours duquel je n'aurais aucune chance. Ma seule option était de le frapper puis de me soustraire à sa riposte aussi longtemps que je le pourrais.

Ce salopard ne me donna même pas la satisfaction de grogner sous le coup. Il se remit sur pied d'un air détendu, mais une lueur homicide faisait étinceler son regard.

J'essuyai la sueur qui me coulait dans les yeux et fis craquer les articulations de mes doigts en tentant de garder mon calme. Il n'allait pas me tuer, pas ici, pas maintenant. Il fallait que je m'en souvienne à tout prix.

— Très bien, commenta Gautier d'un ton visqueux et débordant de confiance en lui qui me fit courir un frisson le long de l'échine. Très peu ont réussi ce que tu viens de faire.

Je me demandai si ces personnes avaient survécu pour raconter l'expérience. Connaissant Gautier, ce n'était probablement pas le cas.

— Je vais devoir passer à la vitesse supérieure, on dirait, reprit-il.

Eh ! Merde !

J'eus à peine le temps de penser cela qu'il se rua sur moi dans un tourbillon de puissance, de vitesse et de force brute. Je m'efforçai d'éviter ses coups et de les bloquer autant que possible. Mais je n'avais aucun espoir de le vaincre, et nous ne le savions que trop bien tous les deux. Il avait beau être moins rapide que moi, il avait plus de force et surtout plus d'expérience du combat.

Plusieurs coups finirent par franchir mes défenses, me laissant à bout de souffle, endolorie et pleine de bleus, mais par miracle toujours debout. Je continuai à esquiver et à répliquer autant que possible, mais son poing finit par entrer en contact avec mon menton, projetant ma tête en arrière dans un craquement de vertèbres. Je m'écroulai en voyant trente-six chandelles et faillis perdre connaissance. Je secouai la tête pour reprendre mes esprits et me projetai dans les airs avant d'atterrir comme un chat, à quatre pattes. J'aperçus alors mon frère qui s'agrippait désespérément à la barrière, puis les quatre gardes qui le retenaient et enfin, Jack qui observait toute la scène.

L'air autour de moi se chargea de l'odeur de Gautier alors qu'il se ruait sur moi à toute allure. S'il parvenait à me clouer au sol, c'en serait fini de moi. Je roulai sur moi-même en lançant ma jambe sur le côté. Mon talon le frappa au niveau de la cheville et je sentis la chair et l'os céder sous la force du coup. Il poussa un grognement et la fureur déforma ses traits morts. Il fit volte-face et referma sa main sur ma jambe alors que j'essayais désespérément de ramper hors de sa portée.

Je faillis pousser un hurlement en le sentant me tirer vers lui, mais je parvins à l'étouffer assez pour que seul un glapissement de peur s'échappe de ma gorge. Je me retournai sans tenir compte de la douleur qui me vrillait la jambe et frappai de mon pied libre.

Il éclata de rire. *De rire.*

Ce qui n'était pas une réaction prudente face à un loup-garou, même si on était certain d'avoir l'avantage. C'était comme agiter un chiffon rouge devant un taureau.

La colère qui m'envahit décupla momentanément mes forces. J'appelai la louve en moi et la magie de la métamorphose m'enveloppa, pénétrant mes veines, mes muscles et mes os en une vague de picotements, brouillant ma vision, atténuant la douleur ainsi que ma fureur. Je sentis mes membres se raccourcir et se disposer différemment, transformant la femme qui gisait sur le tapis en une louve enragée. Gautier ne s'attendait visiblement pas à ça et resta un instant sans réaction. Je dégageai ma patte de son étreinte, me relevai d'un bond et me jetai sur lui au lieu de m'éloigner. J'enfonçai mes crocs dans la chair de son bras, déchiquetant celle-ci aussi facilement que des ciseaux découperaient une feuille de papier.

Je sentis son sang jaillir dans ma bouche, un sang au goût encore plus atroce que son odeur. Je me mis à tousser, essayant de cracher l'horrible saveur de sa chair. Il enfonça profondément son poing dans mon flanc et je sentis quelque chose céder sous la force du coup qui me projeta loin de lui. Une brume rouge m'aveugla et je repris forme humaine avant même de percuter le sol tellement fort que l'air fut expulsé de mes poumons. Ou peut-être étais-je déjà à bout de souffle avant ça, car mes bronches étaient en feu et je semblais incapable d'inspirer assez d'air malgré mes halètements paniqués. La peur et la douleur m'envahirent de nouveau.

Un sifflement emplit mes oreilles et je sus que Gautier lançait une nouvelle offensive.

— Stop ! aboya Jack, de l'autre côté de l'arène.

Gautier sembla ne pas l'entendre. Ou peut-être refusa-t-il de tenir compte de l'ordre, car je le vis soudain sur moi, précipitant un poing qui occupait tout mon champ de vision droit sur mon visage. Je me roulai en boule en tentant de me protéger du mieux que je pouvais, bien consciente de la futilité de mon geste.

— J'ai dit « stop » !

Le coup n'atteignit jamais son but. Au bout de quelques secondes, je me décidai à rouvrir les yeux. Gautier était au-dessus de moi, le poing toujours serré à quelques centimètres de mon visage. Son bras tremblait comme s'il luttait à grand-peine contre une force immense et je vis non seulement la sueur recouvrir son front, mais aussi la peur envahir son regard.

C'était Jack qui avait arrêté le coup et qui le retenait toujours, pas physiquement, mais plutôt grâce à ses pouvoirs psychiques. Ici, dans cette arène, au cœur d'un bâtiment truffé d'atténuateurs psi.

Ce qui signifiait que Jack était infiniment plus puissant, et infiniment plus dangereux que je l'avais jamais imaginé.

— Recule, Gautier. Va à l'infirmerie et fais soigner ces vilaines blessures.

— Ce n'est pas terminé, siffla Gautier en s'éloignant. Mais ne t'en fais pas, ce sera bientôt le cas.

Je gardai le silence, incapable de répliquer. Je me contentai de le regarder s'éloigner d'un pas chancelant tout en essayant de reprendre mon souffle.

Une odeur de cuir et d'épices m'emplit les poumons et Rhoan s'agenouilla à côté de moi en tâtant mon visage et mon cou d'un air inquiet.

— Je vais bien. Vraiment, parvins-je à articuler d'une voix rauque.

Il n'eut pas l'air vraiment convaincu.

— Je vais tuer ce…

Je posai mon index sur ses lèvres.

— Non.

Il était hors de question que quelqu'un d'autre que moi se charge du sort de Gautier, même s'il fallait pour cela que je l'attaque à distance au fusil à lunette.

Rhoan prit ma main et la plaqua contre sa poitrine. Je sentis son cœur affolé qui battait à l'unisson du mien.

— Il n'avait aucun droit de…

— Je parie que si. Je parie même que c'est notre cher supérieur qui a tout prévu. Aide-moi à me relever.

Il s'exécuta. Un éclair de douleur me transperça au niveau du torse, contractant plus de muscles que je pensais en avoir à cet endroit-là. Je poussai un sifflement et m'agrippai à mon frère tandis que la pièce tournoyait autour de moi.

— Tu n'étais pas prête…

— Est-on jamais prêt à affronter Gautier ?

Ma mâchoire était horriblement douloureuse, elle aussi. Je tressaillis et tentai d'évaluer les dégâts du bout des doigts. Toute la partie gauche de mon visage était enflée et le plus léger contact était une torture. J'avais beau être un loup et, de ce fait, cicatriser à une vitesse extraordinaire, il n'y avait pas grand-chose à faire concernant les ecchymoses. Je ne tarderais pas à voir ma joue se couvrir de nuances entre le noir et le bleu. Tant pis pour la soirée romantique que j'avais prévue avec Kellen.

Des pas s'approchèrent et je n'eus pas besoin de sentir son odeur musquée pour deviner que Jack nous avait rejoints. Rhoan non plus. Je vis son corps se contracter et sa fureur devint telle que je pouvais presque en percevoir la saveur. Je n'eus même pas le temps d'ouvrir la bouche pour prévenir Jack que Rhoan avait déjà fait volte-face et frappé.

Jack bloqua d'une main le poing de mon frère avec une facilité déconcertante. C'était comme si Rhoan n'était pas plus puissant qu'un enfant capricieux.

— J'ai mes raisons, assura-t-il d'un ton aussi intense que son regard vert. Fais-moi confiance, je sais ce que je fais.

Rhoan dégagea son poing de la main de Jack.

— Gautier l'a presque tuée !

— Je suis certain qu'il n'aurait pas demandé mieux, mais ce n'est pas le plus important.

— Serait-ce le fait que tu as réussi à l'arrêter, malgré les atténuateurs psi qui truffent cet endroit ?

Je me frottai le flanc en me demandant si je ne m'étais pas fêlé une côte ou un truc du genre. En tout cas, ça y ressemblait bien. La métamorphose avait beau guérir les fractures, elle ne soulageait ni la douleur ni les muscles froissés. Sans compter que mes vêtements étaient complètement déchirés. Je nouai les pans de mon tee-shirt pour couvrir mes seins et ajoutai :

— Tout ce que tu as réussi à faire, c'est informer Gautier sur tes pouvoirs réels.

Ses yeux brillèrent d'une lueur amusée.

— En effet, mais c'est juste un bonus.

—Alors pour quelle raison as-tu laissé faire ça ? cracha Rhoan. Pour qu'elle se fasse casser la gueule alors qu'elle n'était pas prête ?

Jack haussa un sourcil interrogateur.

—Combien de gardiens parfaitement formés ont été capables de tenir dix minutes contre Gautier ?

—Pas beaucoup, mais...

—Un seul, l'interrompit Jack. Toi. Et Riley a réussi quelque chose que tu n'avais pas pu faire : elle a blessé Gautier. Elle a fait couler son sang.

—Ce qui n'aura fait que l'énerver encore plus, marmonnai-je. Je vais devoir surveiller mes arrières, à l'avenir.

—Même lui n'osera pas s'attaquer à toi avant plusieurs jours et, à ce moment-là, tu seras déjà partie. (Il hésita un instant et baissa la voix :) Notre mission a été avancée.

J'avais donc raison. Je sentis quelque chose palpiter au fond de moi, mais était-ce la peur ou l'excitation ? Il s'agissait plus probablement d'une espèce de soulagement. Quelle que soit la direction qu'allait prendre ma vie, ça me ferait du bien de ne plus avoir à toujours regarder derrière moi à chaque instant. J'arquai un sourcil curieux.

—Vous avez découvert quelque chose de nouveau ?

—Plusieurs choses.

—Riley n'est pas prête pour ça, intervint Rhoan d'un ton doux, mais où la fureur était encore palpable.

—Est-ce que je le serai jamais à tes yeux ? lui répondis-je avec un sourire en posant ma main sur sa joue. Tu sais très bien que non.

—Tu ne devrais pas être mêlée à cette affaire.

—Je n'ai pas le choix. On m'y a effectivement contrainte, mais maintenant, j'ai bien l'intention de participer à sa résolution.

—Mais...

— Mais rien, l'interrompis-je. Je ne changerai pas d'avis et je ne reculerai pas, quoi qu'on m'ordonne de faire, et quelle que soit la personne qui m'en donne l'ordre. Je suis déterminée à faire payer ces salopards pour ce qu'ils m'ont fait subir.

Il plongea son regard dans le mien, puis poussa un soupir déchirant et ôta ma main de sa joue en la pressant légèrement.

— T'es vraiment têtue comme une bourrique.

— C'est de famille, répliquai-je d'un air ironique.

Rhoan sourit mais, quand il se retourna vers Jack, ce fut avec des poignards dans le regard.

— S'il lui arrive quoi que ce soit, je t'en tiendrai responsable.

— Et je suis certain que ce sera pareil pour Riley s'il t'arrive quelque chose.

Jack s'interrompit et regarda autour de lui. Les seules autres personnes présentes dans l'arène étaient les quatre gardes à côté de la porte, mais Jack ne faisait confiance à personne ces derniers temps. Surtout qu'on ne savait toujours pas avec qui Gautier pouvait travailler au sein du Directoire.

— Je vous attends à Genoveve demain à 9 heures, reprit-il.

Genoveve était le laboratoire dont étaient issus une grande quantité de clones au cours de ces dernières années, même si ce n'était pas de celui-ci qu'était sorti Gautier. Quelques années auparavant, Talon, l'un des frères clones de Gautier et mon ancien amant, en avait fait l'acquisition afin de pouvoir poursuivre ses expériences de clonage à l'abri du regard des autorités. Nous étions parvenus à contrecarrer ce projet particulier ainsi qu'un autre visant à produire des créatures hybrides, mais il nous restait encore à découvrir le laboratoire principal. Nous en connaissions le nom, Libraska. Et la seule personne qui semblait en connaître la localisation était Deshon Starr. Ou, plus exactement, le métamorphe qui avait pris la place de Deshon Starr.

— Je croyais que le gouvernement avait revendu les locaux de Genoveve ?

— C'est en cours, mais en attendant, nous nous en servons toujours.

— Nous voici donc de nouveau dans la mêlée ?

— Exactement, répondit Jack avant de se tourner vers Rhoan. J'ai déjà appelé Liander. Il sera là avec tout son équipement.

Liander étant l'un des meilleurs spécialistes d'effets spéciaux du cinéma australien, cela ne pouvait signifier qu'une seule chose : nous allions nous déguiser, et commencer notre travail sous couverture, dès le lendemain.

— J'en conclus donc qu'il vaut mieux que je profite autant que possible de ma soirée.

Et il faudrait pour cela que j'oublie mes ecchymoses.

— Je te le conseille, prévint Jack, parce qu'à compter de demain tu ne devras avoir *aucun* contact avec tes partenaires du moment.

Je haussai les sourcils. Rien que ça, c'était horriblement douloureux. C'était mal barré pour la nuit de débauche que j'avais prévue.

— Ce qui signifie que Quinn n'est pas impliqué dans cette affaire ?

— En effet.

Génial. J'allais donc probablement devoir affronter encore plus d'incursions nocturnes quand il se rendrait compte qu'on ne lui avait pas demandé de participer à l'opération.

Rhoan me serra gentiment le bras.

— Tu veux que je t'accompagne jusqu'aux vestiaires, cette fois ?

J'acquiesçai. Pas la peine de tenter le sort une seconde fois.

Nous franchîmes plusieurs portes avant d'atteindre les vestiaires. Arrivée là-bas, j'admirai la véritable palette d'artiste qui ornait mon corps avant de sauter sous la douche pour me débarrasser de la sueur et du sang, sans oublier la puanteur de Gautier, qui imprégnaient ma peau, mes cheveux et l'intérieur de ma bouche. Par bonheur, j'avais pensé à apporter des vêtements de rechange, car le tee-shirt et le bas de survêtement que j'avais portés durant l'entraînement risquaient de me valoir une arrestation pour exhibitionnisme.

Rhoan me déposa à l'appartement et je fus relativement soulagée de ne pas voir la BMW blanche de Kellen dans les environs. J'empruntai l'escalier, mais après cet entraînement de plusieurs heures, sans compter mon combat avec Gautier, les six étages faillirent avoir raison de moi. J'ouvris la porte du couloir d'une main tremblante et me rendis compte que je n'en avais pas terminé avec les ennuis.

Kellen se trouvait devant ma porte.

Ainsi que Quinn.

Et ils n'avaient pas l'air particulièrement heureux de se voir.

Chapitre 2

Je laissai échapper un soupir et souhaitai une fois, une seule, avoir la paix. Tout ce que je voulais, c'était une soirée composée de mets fins, de vins capiteux, de câlins et de sexe, pas nécessairement dans cet ordre.

Et certainement pas gérer l'ego de deux mâles alpha qui ne pouvaient pas se supporter.

Cela étant, si on voulait vraiment du mâle alpha, on avait là deux fort beaux spécimens. Ni l'un ni l'autre n'était particulièrement grand : Kellen devait faire deux ou trois centimètres de plus que moi, qui mesurais un mètre soixante-treize, et Quinn deux ou trois centimètres de plus que Kellen. Ce dernier était un loup brun mince et musclé, dans des tons plus chocolat que ceux, couleur de boue qui caractérisaient les meutes brunes. Il avait un beau visage aux traits absolument délicieux.

Quinn avait l'air aussi athlétique que son rival, mais ses mouvements donnaient plus une impression de grâce et de puissance contenue. Son sweat-shirt bleu marine mettait en valeur ses épaules larges, puis l'œil était irrésistiblement attiré vers ses cuisses puissantes moulées dans un jean étroit. Ses cheveux couleur de nuit lui tombaient jusqu'aux épaules, si épais, si brillants que j'eus soudain la folle envie d'y passer mes doigts. Il n'avait pas le teint d'albâtre de la plupart des vampires : au contraire, sa peau avait un hâle doré tout simplement parce qu'il pouvait supporter une grande quantité de lumière du jour. Ses yeux étaient des puits d'obscurité dans lesquels on risquait imprudemment de se perdre. Même un ange aurait été jaloux de son physique – non pas qu'il soit de quelque manière efféminé ; il était tout simplement beau.

La porte de la cage d'escalier claqua dans mon dos, me projetant dans la demi-pénombre du couloir. Le fait qu'ils ne se soient pas aperçus avant ça de ma présence en disait long sur la tension qui régnait entre les deux hommes.

— Qu'est-ce qu'il fout ici ? demandèrent-ils à l'unisson en se montrant du doigt.

Je fis mine de ne pas avoir entendu la question et approchai de ma porte.

— Tout doux, les garçons. Je ne suis pas d'humeur aux chamailleries, ce soir.

— Alors tu aurais mieux fait de ne pas l'inviter, remarqua Kellen d'un ton glacial.

— Je ne l'ai pas invité. Il a tendance à débarquer sans prévenir quand l'envie lui prend. (Je tournai la clé dans la serrure et déverrouillai la porte.) Comment vous connaissez-vous ?

— Mon père et lui sont rivaux en affaires. Ce sont de vieux ennemis.

— Surtout parce que ton foutu père passe son temps à vouloir me faire éliminer.

— Ce n'est pas le genre de chose que mon…

— Oh que si, et il l'a déjà fait.

J'aurais éclaté de rire si je n'avais pas été aussi crevée. On aurait dit deux adolescents querelleurs. Ce qui était encore plus drôle, c'est que l'un d'entre eux avait plus de mille deux cents ans et aurait dû se rendre compte du ridicule de la situation.

— Messieurs, les interrompis-je d'une voix forte afin d'être entendue, pourrions-nous discuter de tout ça à l'intérieur ?

La vieille vache à qui appartenait l'immeuble ferait une crise d'apoplexie si elle trouvait un loup-garou et un vampire en train de se chamailler au beau milieu de son couloir. Et j'avais beau la détester et tenter de l'agacer par tous les moyens, c'était le genre d'événements qui risquait de lui faire péter un plomb et de nous faire expulser de l'appartement. Or, non seulement j'adorais ce logement aux allures de loft, avec ses grandes fenêtres qui donnaient une impression de liberté, mais j'appréciais aussi son loyer, très bas.

J'ouvris la porte et les invitai à entrer. Kellen se dirigea vers le canapé vert mais ne prit pas la peine de s'y asseoir, tandis que Quinn choisit de s'appuyer contre le mur à côté de la télé. Les deux hommes avaient les bras croisés et tout leur corps était tendu par la colère.

Tant pis pour la soirée composée de mets fins, de vins capiteux et de sexe dont je m'étais fait une joie.

Je refermai la porte derrière moi, lançai mon sac de sport sur l'autre canapé et allai me chercher une bière dans la cuisine. J'avais l'impression que j'en aurais bientôt besoin.

—Alors, dis-je en revenant dans le salon, qu'est-ce qui me vaut l'honneur de ta visite, Quinn ?

Il me jeta un regard qu'on aurait pu qualifier de sinistre. Ce n'était pas très surprenant, vu qu'il s'agissait de son expression préférée quand il s'adressait à moi.

—Nous avions passé un marché.

—Un marché ? intervint Kellen en se tournant vivement vers moi. Quel genre de marché ?

—Il a le droit de me voir en tête à tête quand il est à Melbourne.

Sauf que depuis que nous avions conclu ce marché, je ne l'avais vu qu'une seule et unique fois. La majorité de nos contacts se faisait par le biais des rêves, et ceux-ci avaient beau être géniaux, il fallait bien admettre que ce n'était pas suffisant.

— Alors, tu baises *encore* avec lui ? demanda Kellen d'un air contrarié. Et moi qui croyais que tes goûts s'étaient améliorés depuis Sydney.

— Visiblement pas, répliquai-je en avalant une gorgée de bière et en savourant sa fraîcheur au fond de ma gorge. (Ça faisait un bien fou, mais ce n'était pas ce dont j'avais rêvé toute la journée.) Mais de toute façon, ça ne te regarde pas de savoir qui je baise.

Il plissa les yeux et m'examina d'un regard méfiant.

— Toi et moi…

— Nous explorons les possibilités d'une relation. Rien de plus. (Je tendis l'index vers Quinn.) Si c'était un autre loup-garou, ça te poserait un problème ?

— Oui.

— Comment ça ?

— Parce que les Alphas ne partagent pas volontiers ce qu'ils considèrent comme leur propriété.

Je ricanai doucement.

— Alors, on dirait bien que vous avez quelque chose en commun, malgré la différence d'espèce.

— Nous étions censés sortir ce soir, rappela Kellen d'une voix tranchante comme l'acier, et nous sommes déjà très en retard.

Comme si je n'avais pas été au courant.

— Si tu veux y aller, je te rejoindrai sur place.

Il décocha un regard noir à Quinn et secoua la tête.

— Non, je préfère attendre.

— On dirait qu'il ne te fait pas confiance, intervint Quinn.

En effet, mais ce qui m'agaçait le plus, ce n'était pas tant le manque de confiance de Kellen que le fait que ce soit Quinn qui me le fasse remarquer.

— C'est toi qui dis ça ? L'homme qui pense que tous les loups sont des putes ?

— Je t'ai expliqué pourquoi…

Je levai la main. J'avais déjà entendu cette chanson et ne la croyais pas plus que quand il me l'avait fredonnée.

— Ce n'est pas le sujet, de toute façon. Tu ne peux pas espérer que je laisse tout en plan pour toi après deux mois sans donner le moindre signe de vie.

— J'ai mes raisons…

— Tu as toujours tes raisons, l'interrompis-je d'un ton sec, mais ça n'excuse pas tes mauvaises manières.

— J'ai essayé de t'appeler, mais ça sonnait toujours occupé.

— C'est souvent le cas quand on laisse le téléphone décroché. Tu aurais pu laisser un message.

— J'aurais pu, mais je ne l'ai pas fait.

Il eut un instant d'hésitation et je sentis brièvement sa colère tourbillonner autour de moi dans un nuage étouffant. Mais ce qui me coupa vraiment le souffle et fit trembler mon âme, ce fut de sentir la profonde solitude qui se cachait sous cette rage. Je reconnaissais le sentiment. C'était celui qui m'avait accompagnée au cours de ces dernières nuits.

— Je pensais juste que ça pourrait être sympa de venir te rendre visite, murmura tendrement Quinn.

Une partie de moi ne rêvait que de me laisser aller au creux de ses bras. Mais l'autre partie, la plus inflexible, savait que je ne pouvais pas me le permettre. Pas tant que je ne connaîtrais pas les véritables raisons de sa présence ici.

— Parce que c'est bien connu, je n'ai pas de vie et suis censée passer mon temps à t'attendre ?

— Ce n'est pas ce que je voulais dire...

— Et comment puis-je le savoir quand tu ne prends jamais la peine de t'expliquer ?

— Parce que tu ne m'en laisses pas le temps ! rétorqua-t-il d'un ton furieux qui me fit l'impression d'une brûlure sur la peau.

Je me frottai les tempes pour tenter de faire reculer la migraine qui menaçait et me sentis soudain plus épuisée que jamais. Pourquoi fallait-il que ça arrive maintenant ?

— Tu pourrais au moins avoir la correction d'écouter ce que j'ai à te dire, poursuivit Quinn.

— Elle ne te doit rien, intervint brusquement Kellen. Tu n'es même pas un loup. Tu n'as aucun droit...

Je sentis quelque chose céder à l'intérieur de moi.

— Vous savez quoi ? *Aucun* de vous deux n'a le moindre droit sur moi. Je ne suis pas un os qu'on se dispute. (Même si mes hormones sautillaient à l'idée de deux hommes magnifiques se battant pour obtenir mes faveurs.) Je ne suis vraiment pas d'humeur à supporter tout ça. Barrez-vous d'ici. Tous les deux.

Kellen afficha une expression aussi sinistre que celle de Quinn.

— Mais... nous avons des billets pour...

— Je n'en ai rien à foutre des billets ou de la première ou de ce que tu as pu préparer pour la soirée. J'ai eu une journée merdique et ça n'est pas parti pour s'arranger. (Je regardai Quinn.) Et je me fiche de savoir pour quelle raison tu es ici. Barrez-vous, c'est tout.

Quinn m'observa attentivement, puis demanda :

— Pourquoi ? Il faut qu'on en parle, pourtant.

— Non, ce n'est pas nécessaire. Je vous fréquente tous les deux, point barre. S'il y a quelqu'un à qui ça ne convient pas, il est libre de partir, je m'en fiche. (Ce qui était faux, mais je n'avais pas l'intention de l'admettre.) Allez, dehors. Tous les deux.

Quinn continua à m'observer pendant quelques instants, puis se décida à sortir de chez moi. Je me tournai vers Kellen.

— Et toi aussi.

— Tu es sérieuse ?

— Complètement.

Il eut une expression incrédule. Je ne pouvais pas le lui reprocher et, au fond de moi, j'espérais vaguement qu'il ne se laisserait pas faire et qu'il resterait pour me réconforter.

Mais il se contenta de dire :

— Je t'appelle.

— D'accord.

Il eut un bref instant d'hésitation en me regardant, puis suivit Quinn dehors. Je sentis les larmes me monter aux yeux et fermai les paupières. Ce n'était pas tant le fait de voir cette soirée que j'attendais avec impatience m'échapper que celui qu'aucun des deux hommes n'avait même pris la peine de me demander si j'allais bien. Ils n'avaient, ni l'un ni l'autre, semblé s'apercevoir que j'étais couverte de bleus. Ils avaient été bien trop occupés à se grogner dessus en réaffirmant que je leur appartenais pour remarquer ma mâchoire enflée.

Ce qui ne les empêchait pas de prétendre que je comptais à leurs yeux.

J'aurais pu rire de l'ironie de la situation si celle-ci n'avait pas été aussi triste.

Je me frottai les yeux en me redressant, puis me dirigeai vers la salle de bains. J'allumai une grosse bougie pendant que la vieille baignoire se remplissait, puis ajoutai des sels de bain aux agrumes dans l'eau fumante avant de me déshabiller et d'y immerger mon corps perclus de courbatures. Je tentai de me relaxer en ignorant les hurlements de frustration de mes hormones.

Je ne sais combien de temps s'écoula avant que je me rende compte que je n'étais plus seule, mais l'eau avait eu le temps de tiédir.

J'ouvris les yeux. Kellen était debout dans l'encadrement de la porte, l'épaule appuyée contre le chambranle, affichant une expression de désir aussi intense que sa détermination.

Et il tenait dans les mains le plus gros bouquet de roses rouges que j'avais jamais vu.

Je me sentis fondre et eus un sursaut de joie pure.

— Tu devrais vraiment verrouiller ta porte quand tu prends un bain, remarqua-t-il.

— Mais, si je m'enfermais, les gentils garçons armés de bouquets de fleurs ne risqueraient pas de s'aventurer chez moi.

— Non seulement j'ai apporté des fleurs, répliqua-t-il en montrant la petite bouteille qu'il avait cachée dans son dos, mais aussi de l'huile de massage. Je me suis dit que tu avais dû avoir une rude journée en voyant tes bleus.

— Et moi qui croyais que personne n'avait rien remarqué.

— Il m'a fallu du temps, reconnut-il en posant les fleurs et l'huile de massage sur le lavabo avant d'enlever sa veste, de remonter ses manches et de s'asseoir sur le bord de la baignoire. J'étais trop occupé à défendre mon territoire pour ne serait-ce que remarquer que ledit territoire était dans un sale état.

— Je ne suis le territoire de personne.

Avec un sourire, il trempa la main dans l'eau et m'effleura la cuisse d'un doigt délicat. Je sentis une boule de chaleur se former au creux de mon ventre et vibrer comme la promesse d'un orage dans tout mon corps. J'avais beau être pleine de courbatures et d'ecchymoses, j'étais néanmoins en parfait état de fonctionnement.

— Quand tu es avec moi, tu m'appartiens, répliqua-t-il avec douceur. Et je suis prêt à me battre pour ce privilège.

Je haussai un sourcil.

— Même contre un vampire doté d'un sacré crochet du droit ?

— Contre n'importe quel vampire. Même si je n'arrive pas à croire que tu fréquentes toujours celui-là en particulier.

— Je l'aime bien.

— Alors, je n'ai plus qu'à accepter qu'il soit mon rival. Mais ne compte pas sur moi pour y trouver du plaisir.

Je souris.

— Ce serait effectivement trop demander.

— En effet, acquiesça-t-il en plantant son regard vert brûlant de désir dans le mien. Riley, j'ai envie de toi.

Il prononça mon prénom avec la douceur d'un baiser amoureux et tout mon corps se mit à vibrer.

— J'imagine que, en prenant nos précautions, nous devrions pouvoir échanger quelques baisers.

Il tendit le bras et ôta le bouchon de la baignoire avant de faire couler l'eau chaude.

— Puis-je espérer aussi quelques caresses ?

Je fis la moue en prétendant réfléchir à sa question alors qu'il n'y avait pas de doute quant à la réponse. Nous le savions tous les deux. L'odeur de mon désir était aussi forte que la sienne.

— Il doit bien y avoir quelques endroits sans ecchymoses.

Il parcourut lentement mon corps d'un regard qui me fit frissonner. Une vague de chaleur m'enveloppa et je sentis mes tétons se durcir comme dans l'attente d'une caresse. J'avais beau être totalement épuisée, cela ne m'empêchait pas d'être une louve qui n'avait pas eu de sexe depuis une semaine. Et ce besoin précis prenait le pas sur tous les autres.

— Je devine quelques possibilités intéressantes, en effet, murmura Kellen en remettant le bouchon en place et en fermant le robinet. Elle est sacrément grande, cette baignoire. Ça te dérangerait si je venais te rejoindre ?

— Je t'en prie, répondis-je d'une voix rendue rauque par le désir.

Il sourit, se leva et commença à se déshabiller sans se presser. Je savourai le spectacle de sa peau lentement dévoilée. La flamme de la bougie faisait palpiter ses muscles chocolat, mettant en valeur la perfection de ses gestes et laissant l'imagination faire le reste.

Une fois nu comme un ver, il me rejoignit dans l'eau du bain mais, au lieu de s'étendre à mon côté, comme je m'y attendais, il s'allongea sur moi, se servant de ses bras pour ne pas peser de tout son poids, son corps faisant comme une couverture sur le mien.

— Sympa, murmura-t-il, et son souffle chatouilla mes lèvres.

— Très, approuvai-je.

La chaleur de son corps m'enveloppa et l'odeur crue de sa virilité et de son désir fit battre mon cœur si fort que j'eus l'impression qu'il allait sortir de ma poitrine. Je fis courir ma main le long de son dos musclé, jusqu'à ses fesses, et le tirai légèrement vers moi. Je sentis son membre épais et chaud se presser contre moi et soupirai.

— Vraiment très sympa, repris-je.

J'eus à peine le temps de prononcer ces paroles qu'il me dévorait déjà la bouche. C'était un homme qui savait exactement ce qu'il voulait, ce que *je* voulais, et c'était ce que me disait son baiser. Nos langues se mêlèrent dans une danse pleine d'urgence et d'appétit.

Bon Dieu, ce qu'il embrassait bien, ce mec.

Nous nous embrassâmes pendant ce qui me parut des heures, puis il poussa un gémissement plein d'exigence qui vibra dans ma bouche. C'était un son que je comprenais parfaitement, parce que, comme lui, je voulais plus que ses lèvres. Je le voulais en moi, bien profond, en train de me labourer avec ferveur et force.

J'écartai les jambes pour lui livrer le passage et le regardai dans les yeux.

— Si tu as tellement envie de moi, pourquoi tu ne te sers pas ?

— Parce que j'essaie de ne pas te faire mal, fit-il remarquer tout en se calant entre mes cuisses en faisant courir sa queue juste à l'entrée de mon vagin, sans y entrer.

— Je ne veux pas que tu fasses attention, protestai-je d'un ton étranglé lorsqu'il glissa l'extrémité de son sexe en moi.

— Qu'est-ce que tu veux, alors ? murmura-t-il en se retirant brièvement. Ça ? reprit-il en s'enfonçant de nouveau, cette fois-ci avec plus de force.

Une vague de plaisir me fit gémir et je l'entendis rire doucement.

— On va dire que c'était un « oui ».

— Oh oui ! m'exclamai-je dans un hoquet alors qu'il me pénétrait de toute la longueur de sa queue, me faisant presque immédiatement jouir.

Puis il commença à onduler des hanches et je fermai les yeux pour mieux savourer mes sensations, la chaleur de son sexe en moi, la fraîcheur de l'eau qui éclaboussait ma peau avec de plus en plus de force.

Il prit tout son temps, me labourant lentement tout en léchant, mordillant, embrassant chaque centimètre carré de ma peau. Au bout d'un délicieux moment, je sentis la pression monter dans mon bas-ventre et rayonner dans tout le reste de mon corps, d'abord en vagues langoureuses, puis plus rapidement, jusqu'à exploser en un triomphe de sensations qui me laissa tremblante et gémissante. J'en voulais encore, mais en même temps, je n'avais pas envie que cette séance-ci se termine tout de suite.

Sa respiration devint plus saccadée, à l'unisson de la mienne, et il accéléra le rythme. Les vaguelettes d'eau devinrent un raz-de-marée qui déborda hors de la baignoire et inondèrent le carrelage de la salle de bains. Mais, à cet instant, le seul raz-de-marée important à nos yeux était celui qui nous étourdissait de plaisir, et rien ne semblait pouvoir l'arrêter. Mon corps fut agité de spasmes et mes cris retentirent dans la nuit. J'avais l'impression que j'allais me fendre en deux tellement le plaisir était grand.

— Laisse-toi aller, souffla-t-il en me piquetant le nez, les joues et les lèvres de légers baisers, tout en continuant à s'enfoncer profondément en moi. Je veux t'entendre… Te sentir.

Et ce fut comme si je n'avais attendu que ces paroles : l'orgasme s'empara de moi, me laissant palpitante, haletante et convaincue que mes cris devaient avoir réveillé mes voisins.

Il me rejoignit presque aussitôt en plaquant sa bouche sur la mienne, alors que je m'agrippais de toutes mes forces à lui en essayant d'accompagner ses mouvements spasmodiques. Puis il n'y eut plus que la satisfaction épuisée que procurait le plaisir sexuel.

Nous restâmes de longues minutes immobiles, laissant l'eau tiède rafraîchir l'ardeur qui brûlait notre peau et notre respiration reprendre son rythme normal. Puis il s'étira et m'embrassa avec tendresse.

— Bien plus chouette que d'assister à une première, remarqua Kellen dans un murmure. Même si je dois avouer que j'avais l'intention de te baiser pendant le spectacle.

Je ne pus m'empêcher de sourire.

— Imagine les gros titres dans les journaux : « Un fils de millionnaire expulsé d'une première pour exhibitionnisme » !

— Oh ! Mais je n'avais nulle intention de m'exhiber. J'avais réservé une loge privée.

— J'aime les hommes qui pensent à tout.

— Plus que ceux qui ne pensent qu'avec leur bite ?

Je pouffai en voyant l'étincelle taquine dans ses yeux. Je basculai mon bassin et me frottai sur son sexe. Il avait beau avoir joui quelques instants à peine auparavant, il était déjà à moitié prêt pour un deuxième service.

Il y avait certains avantages à être un loup-garou, et la brièveté de nos périodes réfractaires en faisait partie.

— Cela peut avoir de bons côtés.

— Mmmmh, marmonna-t-il en effleurant mes lèvres d'un nouveau baiser. Et si on se dirigeait vers ton lit pour discuter de ces bons côtés ?

— Excellente idée.

Nous nous exécutâmes et notre « discussion » fut effectivement très agréable.

Ce n'est que plus tard, alors que je somnolais dans le refuge de ses bras, qu'il posa la question que j'avais attendue toute la soirée.

— Alors, comment t'es-tu fait tous ces bleus ?

— À l'entraînement, répondis-je dans un bâillement en luttant contre le sommeil.

J'étais bien consciente que le sujet de mes ecchymoses aboutirait automatiquement à l'annonce que j'allais devoir disparaître pendant un moment.

— On dirait plus que tu t'es fait tabasser, à voir l'étendue des dégâts.

— Je suis agent de liaison. Étant donné qu'on doit travailler avec les gardiens, on doit apprendre à se défendre. Et comme tu peux le constater, ce n'est pas un entraînement d'amateur.

Il me caressait le bras du bout des doigts, d'une manière qui n'était pas sexuelle, juste tendre et protectrice. Ça me réchauffait à l'intérieur. Je n'avais pas l'habitude de ressentir ça et je ne savais trop quelle attitude adopter. Ce n'était pas de l'amour : j'avais déjà été amoureuse, je savais ce que ça faisait, et ce n'était pas ça. C'était différent, plus agréable et rassurant.

— Et maintenant qu'ils t'ont réduite en bouillie, j'imagine que tu es tranquille avec l'entraînement au combat pour un bon moment, n'est-ce pas ?

— Je crains que non, reconnus-je en levant le regard vers lui. À compter de demain, je pars en mission. Je n'aurai l'autorisation de contacter personne.

Ses beaux yeux verts flamboyèrent de colère et de frustration.

— Vraiment personne ?

— J'en ai bien peur.

— Pour combien de temps ?

Je haussai les épaules.

— Ça dépendra comment je me débrouille.

Et si on réussissait à arrêter les criminels visés assez rapidement.

Il fit courir sa main sur mon flanc et resserra son étreinte.

— Je viens à peine de te trouver. Je n'ai pas très envie de te perdre encore.

Moi non plus. Mais, cela dit, si le fait de bouleverser ma vie pendant quelques mois signifiait que j'allais retrouver celle-ci dans l'état où elle se trouvait avant, je signais des deux mains.

— D'un autre côté, fis-je remarquer à Kellen, je serai une louve extrêmement frustrée à mon retour, ce qui signifie que nos retrouvailles seront mémorables.

Il eut un grand sourire.

— Toi, tu sais me parler. (Il changea de position et ma tête glissa de son torse sur son biceps, ce qui était tout aussi agréable.) J'imagine donc qu'il vaudrait mieux que je te laisse dormir un peu.

Je mis ma jambe en travers de ses cuisses et m'installai de manière à lui livrer le passage. Un frisson de délice m'agita en le sentant s'insérer en moi.

— Peut-être, oui.

Il obéit. Mais seulement après quelques heures d'amour supplémentaires.

Kellen partit vers 7 heures. Je ramassai quelques vêtements et allai prendre une douche dans la salle de bains. Puis je me dirigeai vers la cuisine pour préparer mon petit déjeuner quand je m'aperçus que Quinn était élégamment installé, les jambes croisées, au beau milieu de mon salon.

Je m'immobilisai. Il avait trouvé le temps de se changer dans la nuit et était vêtu de noir de la tête aux pieds. Il ressemblait plus que jamais à un ange des ténèbres, le genre d'ange irrésistiblement sexy.

— Il va vraiment falloir que j'apprenne à fermer ma porte à clé.

— Ça ne m'aurait pas empêché d'entrer.

Certes. Depuis que je l'avais invité à franchir le seuil de ma maison, je ne pouvais plus rien faire pour l'empêcher de pénétrer chez moi quand la fantaisie lui en prenait.

Je croisai les bras et contemplai son beau visage inexpressif.

— Qu'est-ce que tu veux ?

Il m'observa un moment puis demanda :

— Accepterais-tu de prendre le petit déjeuner en ma compagnie ?

Cela me prit totalement par surprise. Je ne m'attendais pas qu'il me pose une telle question.

— Pourquoi ?

Il haussa un sourcil interrogateur.

— Eh bien, il faut que tu manges, pas vrai ?

— Oui, mais ce n'est pas ce que je voulais dire.

Il haussa les épaules.

— C'est toi qui m'as dit il y a quelques mois que, pour gagner ton cœur, il fallait que je te fasse la cour et que je m'occupe de toi. Peut-être ai-je fini par me rendre compte que c'était un bon conseil.

— Et peut-être que demain, les poules auront des dents. Quelle est la vraie raison de ta présence ici, Quinn ?

Il ne réagit pas à ma pique, ce qui me fit presque peur. Peut-être était-il *effectivement* en train d'essayer de me montrer un autre aspect de sa personnalité. Mais mon intuition me soufflait de ne pas me fier aux apparences, et j'avais appris à lui faire confiance. Elle m'avait sauvé la peau plus souvent qu'à son tour.

— Je suis simplement venu pour te voir et t'emmener déjeuner. Rien de plus, rien de moins.

— Et je ne figure pas au menu ? Même pas en tant qu'accompagnement ?

Une lueur d'amusement fit étinceler ses yeux sombres.

— Ce ne serait pas de refus, mais non. (Il s'interrompit et l'amusement fit place à l'agacement.) J'ai pris soin de satisfaire mon besoin de sang, de la même manière que tu as satisfait tes besoins à toi.

— Ce n'est pas moi qui ai demandé à Kellen de revenir. Il a décidé lui-même de me présenter ses excuses avec un bouquet de fleurs. (Je m'interrompis.) As-tu seulement remarqué mes bleus ?

— Il faudrait être aveugle pour ne pas les voir.

— Et ça ne t'est même pas venu à l'esprit d'en parler, je ne sais pas, moi, genre « Ouh là là, ça doit faire mal ! » ?

— Est-ce que ça les aurait soulagés si je l'avais fait ?

Peut-être pas mes bleus, mais moi si, probablement.

— Tu sais, pour un vampire aussi âgé, tu peux être particulièrement obtus.

Il haussa les épaules.

— Tu veux bien aller déjeuner avec moi, alors ?

— Non, refusai-je en faisant demi-tour pour faire chauffer la bouilloire.

— Pourquoi pas ?

Même si je n'avais pas perçu le moindre bruit de mouvement, je retrouvai soudain Quinn dans l'encadrement de la porte, les bras croisés, appuyé au chambranle. Il semblait dominer la petite cuisine de sa présence qui n'aurait rien eu à envier à celle d'un colosse. Il dégageait une aura de danger et de virilité dévastatrice sous son apparence policée et sophistiquée. Et j'étais tout aussi attirée par la sauvagerie sous-jacente que par le magnifique emballage extérieur.

Mais, quand il s'agissait de l'intégralité du colis, j'étais perdue. Il me semblait même imprudent d'être impliquée de quelque manière que ce soit dans une relation avec cet homme. Deux mois plus tôt, j'avais découvert que, pour la première fois de ma vie, j'étais fertile. J'étais toujours sous contraception, mais j'étais quand même fertile. Mon médecin était persuadé que ça ne durerait pas, que mes gènes de vampire finiraient par s'affirmer et que je redeviendrais l'équivalent lycanthrope d'un mulet, mais cette révélation avait changé toute ma vision de la vie, en particulier concernant Quinn. Oh, oui, je le désirais. Je le désirais follement.

Mais je refusais de prendre le risque de me lier exclusivement à lui. Non seulement parce que cela pouvait signifier que je ne rencontrerais jamais le loup qui m'était destiné en tant qu'âme sœur, mais aussi, et surtout, parce que si le traitement qui m'avait rendue fertile n'avait pas d'autres effets sur moi, ce serait certainement ma seule et unique chance d'avoir un enfant. J'avais toujours rêvé de fonder une famille à moi, tout le tableau idéal du pavillon de banlieue avec deux enfants et un gentil mari, et je refusais de rater l'occasion d'y parvenir, si elle se présentait. Et, s'il y avait une chose dont j'étais certaine, c'était bien de ça : Quinn pourrait toujours m'offrir le pavillon de banlieue, mais jamais, au grand jamais, il ne serait capable de me faire des enfants.

Évidemment, il le savait, lui aussi, et de mon côté, je me doutais qu'il voulait de moi quelque chose que je n'étais pas prête à lui accorder. Quant à savoir de quoi il s'agissait exactement, il refusait de me le dire. Je n'étais même pas certaine qu'il le sache lui-même.

Mais pourquoi me jurer qu'il n'avait pas l'intention de partir tant que nous n'aurions pas exploré toutes les possibilités entre nous, et ensuite disparaître totalement pendant deux mois ? Et pourquoi choisir ce moment précis pour refaire son apparition ? Cela n'avait aucun sens. Or un vampire ne faisait jamais rien sans une idée bien précise derrière la tête.

Je croisai son regard et devinai dans les profondeurs veloutées de ses iris un mélange d'animation et de faim. Une faim qui prenait ses racines aussi bien dans le besoin de sang que dans celui de sexe. En dépit de ce qu'il avait assuré à propos de la satisfaction de ses appétits, il était affamé, et cette sensation dévorante influait sur moi plus que jamais.

Cela ne fit que confirmer mon impression qu'il avait une idée derrière la tête.

— Réponds à la question, Riley, demanda-t-il d'une voix douce et pourtant exigeante. Pourquoi refuses-tu de déjeuner avec moi ?

— Parce que je ne vais pas tarder à partir travailler.

— Pourquoi ?

— Parce que je commence à 9 heures et que ce foutu trajet en train prend une demi-heure le samedi.

Le fait que Rhoan et Liander soient censés passer me prendre ici à huit heures et demie ne le regardait aucunement. Mais ça voulait dire que je devrais le faire sortir de mon appartement avant cela. S'il voyait Liander, il devinerait aussitôt que notre mission d'infiltration du cartel de Starr avait commencé.

Et il voudrait y participer.

Je tournai le dos à Quinn, attrapai le pot de café soluble et en versai plusieurs cuillerées au fond d'une tasse. J'avais une préférence pour l'expresso aromatisé à la noisette mais, en attendant le jour de la paie, je devrais me contenter de celui-là. Rhoan avait encore fait une de ses virées shopping qui avait peu ou prou vidé notre compte en banque. Certes, il m'avait rapporté quelques très jolis pulls, ce qui était déjà mieux que rien.

— Ces bleus, c'est Gautier qui te les a infligés ?

— Non.

— Tu mens, Riley.

Je ne dis rien. C'était inutile.

— Tu as donc passé la dernière épreuve avant de devenir gardienne ?

Je le regardai par-dessus mon épaule.

— J'ai réussi le premier test. Le vrai combat contre Gautier n'a pas encore eu lieu.

Ce qui était la stricte vérité, mais il me gratifia d'un regard qui montrait très clairement qu'il savait que quelque chose se préparait et que je ne lui disais pas *toute* la vérité.

Le fait d'être une dhampire dotée de fortes défenses psychiques me rendait en général insensible à la caresse de l'esprit vampirique, mais avec ce vampire en particulier mes protections étaient inutiles. Nous avions déjà échangé notre sang, et donc créé entre nous un lien bien plus profond qu'un simple contact psychique. C'était un lien qui ne souffrait ni de la distance, ni de la présence d'atténuateurs psi. Un lien qui lui permettait de lire dans mes pensées superficielles aussi facilement qu'il buvait du sang.

C'était pour cette raison que j'avais pris soin de relever mon armure psychique au maximum. J'ignorais si cela fonctionnait vraiment, et je devrais me contenter de cette incertitude, car je n'avais pas la moindre intention d'essayer de lire ses pensées à lui.

— N'est-il pas d'usage de donner un jour de congé aux adversaires de Gautier ? Pourquoi tu vas au bureau, alors ?

— Mais pourquoi es-tu obsédé par ça ?

Il haussa les épaules d'un air indifférent sans parvenir à me convaincre.

— Je suis curieux, c'est tout.

— Oui, c'est inhabituel. Mais je ne suis pas une apprentie gardienne ordinaire, n'est-ce pas ?

— En effet, reconnut-il.

Le ton de sa voix me surprit, mais la bouilloire choisit ce moment pour manifester sa présence et je tournai le dos à Quinn le temps de verser l'eau bouillante dans ma tasse.

Erreur fatale.

Même si mes hormones semblèrent penser le contraire lorsqu'il glissa ses bras autour de ma taille.

— Pourquoi est-il si difficile de me croire quand je te dis que je suis ici pour te voir ?

Ses lèvres effleurèrent ma nuque, faisant courir un frisson qui alla mourir au bout de mes orteils.

Malgré la transformation de mes hormones en escouade de pom-pom girls célébrant les plaisirs du sexe vampirique, je ne pouvais m'empêcher de penser qu'il était venu pour une autre raison que moi.

— Et pourquoi as-tu décidé de te manifester sur le pas de ma porte après deux mois sans nouvelles ?

— Je t'ai donné des nouvelles.

— Une seule nuit en deux mois ? Ça ne suffirait pas à satisfaire un moustique, alors une louve…

— C'est le problème lorsqu'on dirige une multinationale, ça prend plus de temps qu'on le voudrait, susurra-t-il en faisant glisser la fine bretelle de mon caraco de mon épaule.

Le contact de ses lèvres sur la peau de ma gorge me fit l'effet d'une brûlure.

— De plus, notre accord spécifiait bien que tu avais le droit d'avoir d'autres partenaires en mon absence, reprit-il. Je suis certain que tu ne t'en es pas privée.

— Oh ! Tu peux compter là-dessus, oui, rétorquai-je en essayant de me consacrer sur la tâche de confectionner un café, mais c'était extrêmement difficile quand il était si près de moi, si chaud, si tentant. Et tu n'as même pas eu le temps de me laisser un petit message ?

— Pour quoi faire ? Après tout, nous partagions des rêves érotiques toutes les nuits, non ?

La seconde bretelle de mon caraco glissa à son tour et il glissa le bout des doigts sous l'ourlet de manière à dévoiler mes seins. Je sentis la caresse de l'air tiède sur ma peau, aussi excitante que la présence de l'homme qui se trouvait derrière moi.

— Ce n'étaient que des rêves, Quinn. J'aurais apprécié d'avoir quelque chose d'un peu plus… solide.

— Et c'est ce que je fais maintenant.

Il plaqua la main sur mon ventre. Le contact de ses doigts sur ma peau me fit l'effet du vif-argent. Bon sang, c'était encore plus fort que dans mes souvenirs.

Il fit remonter ses mains jusqu'à mes seins, qu'il pressa l'un contre l'autre en en titillant les pointes dressées. Je me tortillai contre lui en oubliant un instant ma méfiance, noyée dans un tourbillon de désir qui faisait vibrer chaque fibre de mon être.

Ce fut comme s'il avait senti que ma résistance cédait. Il se mit à m'embrasser, à me caresser, à m'agacer la peau jusqu'à ce que celle-ci soit recouverte d'une rosée de transpiration. Des frissons agitèrent la moindre parcelle de mon corps qui se tendit tout entier dans l'attente de l'orgasme proche. Mais Quinn voulait me faire attendre.

Quand il se décida enfin à glisser sa main entre mes jambes, je laissai échapper un gémissement de soulagement. Il effleura mes cuisses, de plus en plus près, mais encore trop loin de l'endroit où je voulais qu'il enfonce ses doigts. Un désir qui se mua bientôt en besoin dévorant. Il me tortura encore quelques instants, puis glissa ses pouces sous l'élastique de ma culotte et la baissa. Je dégageai mes chevilles de cette entrave et repoussai la culotte du bout de l'orteil. Il souleva ma jupe et j'écartai les jambes, laissant ses doigts s'enfoncer entre mes lèvres humides, me caressant par-derrière, jusqu'à ce que mes gémissements trahissent à égalité le plaisir et la frustration. Il rit, et son souffle chaud me fit dresser les poils de la nuque. Puis il enfonça ses doigts en moi tout en continuant à frotter mon clitoris. Cette caresse intérieure et extérieure me donna l'impression d'être sur le point d'exploser de plaisir.

Enfin, il me pénétra, réclamant son dû de la manière la plus primale. Je gémis de nouveau en sentant ses mains agripper mes hanches avec vigueur, me forçant à rester immobile pendant un instant qui me parut durer des heures.

Mais Dieu que c'était bon de rester ainsi, sans bouger, mon corps palpitant de désir, son sexe en moi, lourd et brûlant du même besoin. J'adorais la manière dont il semblait me remplir si parfaitement. Cela n'avait rien à voir avec la taille ou la forme de sa queue, car j'avais déjà baisé des mecs bien mieux lotis que lui. C'était bien plus que ça : comme si, lorsque nos chairs entraient en contact, nos esprits eux-mêmes s'enlaçaient et dansaient avec la même intimité que nos corps.

Il se mit enfin à bouger, pas lentement, mais furieusement, rapidement, et je le rejoignis aussitôt, avide de tout ce qu'il pouvait me donner. La tension qui nouait mon bas-ventre s'épanouit comme une fleur, parcourant ma peau à l'allure d'un feu de broussailles avant de se transformer en un kaléidoscope de sensations qui envahit tout mon esprit. Je hoquetai en m'agrippant au banc afin de me stabiliser alors que ses mouvements devenaient encore plus brutaux, plus pressants. Puis toutes les digues cédèrent et je sursautai sous l'intensité de l'orgasme qui me secouait. Il jouit en même temps que moi, mais ce ne fut pas seulement son sperme qui se répandit en moi : son esprit m'envahit aussi.

Et il explora mes pensées et mes souvenirs aussi vite qu'un cambrioleur craignant d'être surpris.

Je sentis une bouffée de rage incomparable à ce que j'avais ressenti jusqu'à ce jour et, sans réfléchir, je baissai entièrement mes défenses psi et laissai ma puissance mentale le frapper de toutes ses forces.

Il poussa un cri étranglé et la force de mon coup psychique le projeta physiquement loin de moi, à travers la porte de la cuisine, jusque dans le salon, où il atterrit lourdement sur le dos.

Je relevai précipitamment mon armure. Je ressentis une légère douleur, mais elle ne faisait pas le poids face à la fureur qui m'animait désormais. Je ramassai ma culotte et me ruai à la suite de Quinn.

— Espèce de salaud ! hurlai-je en lui lançant ma culotte à la figure pour une raison inconnue.

Ce n'était pas comme si ça avait été un couteau, un pieu ou quelque chose de vaguement utile. Ce qui était probablement aussi bien, étant donné que je m'en serais probablement servie à ce moment précis.

Il se passa lentement la main sur les yeux et se redressa sur ses coudes.

— Comment as-tu fait ça ?

— Qu'est-ce que ça peut te foutre, vu ce qui vient de se passer ?

— Si tu me disais la vérité, pour changer, je n'aurais pas besoin de faire appel à ce genre de méthodes.

Il criait aussi fort que moi, et avec la même colère, mais il y avait dans sa voix quelque chose qui me faisait penser que je lui avais vraiment fait mal. Une partie de moi s'en réjouissait furieusement. L'autre en détestait la simple idée.

— J'ai le droit à l'intimité. Que ce soit dans ma vie ou dans mon esprit.

— C'est différent.

— Et pourquoi ? Parce que tu es un vampire âgé de mille deux cents ans qui ne se sent plus obligé de respecter certaines règles de base ?

— Mais malgré mon âge, ma science et mes capacités psychiques, tu viens de franchir mes défenses avec autant de facilité que s'il s'était agi de papier. Puis tu m'as fait voler à travers la pièce. Tu n'en aurais pas été capable il y a quelques mois.

Je sentis mon estomac se nouer. Il avait raison. Que Dieu me vienne en aide, il avait raison. Même si ces derniers mois Jack m'avait appris l'art délicat de pénétrer les défenses psychiques de mes adversaires, je n'avais jamais réussi à passer les siennes, et pourtant j'avais essayé. Or Quinn était nettement plus puissant que Jack.

Je passai la langue sur mes lèvres et tentai de chasser ces pensées. Ce n'était pas le moment d'imaginer les implications de ses paroles et leur effet sur l'avenir que je désirais si désespérément.

— N'essaie pas de changer de sujet, bordel!

Il se releva avec un soupir, chancela légèrement sur ses jambes et entreprit de se rhabiller.

— Je t'ai avoué il y a plusieurs mois que je t'utilisais en partie. Tu constituais la voie la plus rapide pour que j'obtienne des informations concernant mon ami disparu, des informations que ni le Directoire, ni mon amitié avec la directrice Hunter n'avaient été en mesure de me procurer. Cela n'a pas changé, même si les raisons qui me font te fréquenter ont changé, elles.

— C'est pour ça que tu es revenu?

— Entre autres. Quelque chose est arrivé hier après-midi. Quelque chose a changé. Je le sens.

Il le sentait? Mais comment? Nous n'avions pas partagé de rêve depuis hier, ce n'était donc pas de cette manière qu'il avait pu obtenir ses informations. Et habituellement, il ne pouvait lire dans mes pensées que lorsque nous étions physiquement proches.

Mais peut-être était-ce en fait le cas. Peut-être avait-il passé ces derniers jours à Melbourne, sans même prendre la peine de m'en avertir.

Salaud.

— Donc la vraie raison de ta visite hier soir, c'était d'obtenir encore un petit supplément d'informations ? Ça a dû être terriblement décevant de voir Kellen faire échouer ton petit plan, non ?

— Ce n'était pas seulement pour ça. Je voulais vraiment te voir.

Ouais, c'est ça, j'allais le croire sur parole.

— Et par quel miracle ressentirais-tu le moindre sentiment si, comme tu le dis, nous ne partageons que quelques rêves érotiques et rien de plus ?

Il ne répondit pas. Quelle surprise. Cet enfoiré ne répondait jamais aux questions vraiment importantes.

Il s'approcha et me tendit ma culotte. Je la lui arrachai des mains et la jetai de nouveau par terre. L'enfant capricieuse en moi crevait d'envie de la piétiner avec rage… ou peut-être était-ce Quinn que je voulais piétiner, mais comme c'était impossible, je me satisferais de ce que j'avais.

— Est-ce que j'ai déjà représenté autre chose qu'une bonne source d'informations à tes yeux ? lui demandai-je avec amertume.

Il tendit le bras vers moi et effleura ma joue du bout des doigts. Je reculai hors de sa portée. Il laissa retomber sa main, mais je lus dans ses yeux qu'il ne s'avouait pas vaincu.

— Il y a toujours eu autre chose entre nous.

— Ouais, une alchimie sexuelle de folie.

— Pas seulement. Je tiens à toi, Riley. Énormément.

Je ricanai doucement.

— Tu n'arrêtes pas de répéter ça, pourtant, tu n'as même pas trouvé le temps de venir me voir ces deux derniers mois. La seule raison de ta présence aujourd'hui, c'est que tu as senti qu'il y avait quelque chose de nouveau dans l'affaire qui nous intéresse.

Les bras croisés, il m'observa, le visage dépourvu d'expression. Mais ce n'était pas le cas de ses yeux : ils étincelaient d'une émotion si forte que j'en sentais la brûlure sur ma peau.

— Et si c'était ton frère qu'on avait enlevé et tué, tu ne ferais pas tout ce qui est en ton pouvoir pour le venger ? Même s'il fallait pour cela trahir quelqu'un à qui tu tiens énormément ?

— C'est différent…

— Putain, non, c'est exactement pareil ! Henri était comme un frère pour moi. Je ne laisserai pas ces salopards s'en tirer. Je me vengerai, quel qu'en soit le coût pour moi. (Il s'interrompit puis reprit, plus doucement.) Et pour ceux que j'aime.

Je levai les mains, prête à le repousser.

— Ne me touche pas.

— Ce n'est pas terminé, dit-il calmement. Je ne le permettrai pas.

— Et pour le moment, tu n'as pas le choix. Je veux que tu te barres d'ici, je ne veux pas que tu reviennes, et je ne veux plus jamais te revoir.

Il eut un ricanement de dérision.

— Oh ! On se reverra. Pas seulement dans tes rêves, mais pendant cette mission. Elle commence aujourd'hui et je t'assure que j'y jouerai un rôle.

Il avait donc réussi à obtenir au moins cette information de ma part, l'enfoiré.

— Dehors, rétorquai-je d'un ton sans réplique, avant que je fasse quelque chose que je regretterai.

Il me regarda encore quelques secondes, puis fit volte-face et se dirigea vers la porte. Il saisit la poignée et se retourna une dernière fois.

— On se voit au Directoire. Et tu ferais mieux d'informer Jack de cet accroissement de tes pouvoirs, ou je m'en chargerai moi-même.

Puis il sortit et referma la porte derrière lui dans un claquement qui résonna dans le silence soudain. Je fermai les yeux et me frottai les tempes un instant, puis me dirigeai vers la salle de bains pour prendre ma douche. Et même si je parvins sans mal à ôter son odeur de ma peau, ce ne fut pas aussi simple avec la sensation de son intrusion dans mon esprit. Impossible de me débarrasser de ce sentiment de perte et de trahison.

Et cela me rendait folle, complètement folle de voir qu'il avait réduit ce qui nous liait à quelque chose d'aussi moche. Parce qu'il avait raison : il y avait autre chose entre nous, quelque chose qui ressemblait à de la magie. Pas à une magie de l'âme, mais quelque chose de profond et de délicieux. Ce qu'il avait fait n'avait peut-être pas totalement détruit ce lien, mais je n'étais pas certaine de pouvoir un jour lui pardonner ses actions.

Je laissai l'eau tiède couler sur mon visage et rincer les larmes qui me piquaient les yeux. Au bout d'un moment, je sortis de la douche, me rhabillai et retournai dans la cuisine pour me préparer un autre café.

Et ce ne fut qu'à ce moment-là, lorsque j'eus la tasse chaude entre les mains, que je me permis enfin de réfléchir à la façon dont j'avais attaqué Quinn.

Je n'avais jamais fait preuve de tels pouvoirs auparavant. Certes, j'avais eu des notes extraordinairement hautes à tous les tests de télépathie que m'avait fait passer le Directoire, mais jamais je n'étais parvenue à lire les pensées superficielles de Quinn, sans parler du fait de détruire complètement ses défenses psychiques.

Mais c'est pourtant ce que j'avais fait ce jour-là, et avec une telle puissance que je l'avais projeté à travers la pièce.

La colère m'avait-elle permis de puiser dans les réserves dont Jack était persuadé que je disposais à mon insu ? Ou était-ce le premier signe des effets secondaires du traitement auquel Talon m'avait soumise ?

Je l'ignorais.

Mais j'avais le mauvais pressentiment que je n'allais pas tarder à en découvrir la raison, et plus vite que je l'aurais souhaité.

Chapitre 3

— Hey, Riley, t'étais censée nous attendre devant l'immeuble.

La voix joyeuse de Rhoan me fit sursauter. Je jetai un coup d'œil à la pendule et me rendis compte qu'une heure s'était presque écoulée depuis le départ de Quinn.

— Désolée, dis-je en rinçant ma tasse dans l'évier le temps de me ressaisir.

Cela étant, je ne vois pas pourquoi j'essayais de faire semblant. Cette comédie n'était pas plus efficace pour lui que pour moi.

— Qu'est-ce qui se passe ? (Il s'immobilisa à l'entrée de la cuisine, passant de la joie à l'inquiétude.) Ça va ?

— Impec', frangin.

Il fronça les sourcils et m'attira dans ses bras. Il ne dit pas un mot pendant plusieurs minutes, se contentant de me serrer contre lui. De me réconforter.

— Quinn a profité du sexe pour explorer mes pensées, finis-je par avouer, la voix étouffée par son torse. Il sait que nous allons nous attaquer à Starr.

Je sentis son corps se raidir aussitôt.

— Le salaud.

— C'est exactement ce que je lui ai dit. Plusieurs fois.

— J'espère que tu l'as fait payer pour ça.

Je reniflai.

— Ouais, ne t'en fais pas.

Mais qui serait le vrai perdant dans l'histoire : lui, ou moi ?

— Bien, approuva-t-il en me lâchant. Tu as prévenu Jack ?

Je secouai la tête.

— Pas besoin. Quinn va au Directoire. Il n'est pas allé assez loin pour découvrir que nous avions rendez-vous à Genoveve.

— Mais, une fois qu'il se sera rendu compte que Jack n'est pas au Directoire, il pensera tout de suite à Genoveve. (Il regarda sa montre.) Je vais appeler Jack. Tu es prête, toi ?

J'acquiesçai. Je n'avais pas besoin de bagages, vu qu'à partir de cet instant, j'allais devenir quelqu'un d'autre.

— Alors, partons d'ici, au cas où Quinn reviendrait pour pousser son exploration un peu plus loin.

Je hochai la tête avant de me souvenir de Liander.

— Je dois juste prendre un truc.

Je courus dans ma chambre pour y récupérer le cadeau d'anniversaire de Liander, puis nous sortîmes de l'appartement. Une fois à bord de la camionnette de Liander, nous nous insérâmes dans la circulation de ce samedi matin et Rhoan appela Jack. Je me penchai par-dessus la banquette avant et déposai le paquet sur le siège passager.

— Joyeux anniversaire, vieille branche.

— Hey, 49 ans, c'est pas si vieux, pour un loup-garou. Surtout quand on pense que tu sors avec un mec âgé de mille deux cents ans.

— Ouais, ben ça, j'en suis plus si sûre.

J'avais beau avoir essayé de dire ça d'un ton joyeux, Liander ne sembla pas plus convaincu que mon frère. Il me jeta un regard inquiet.

— Ça va ?

— C'est l'extase, répondis-je d'un air ironique, avant de désigner le paquet. Tu pourras l'ouvrir une fois que nous serons arrivés à Genoveve.

— Ou alors, tu pourrais m'épargner un suspense insoutenable et me dire de quoi il s'agit.

— Je ne pense pas, non.

Il l'examina un instant puis remarqua :

— On dirait presque un livre.

C'était le cas : un livre sur l'histoire des effets spéciaux au cinéma. Mais j'avais ajouté une boîte de chocolats pour que la forme du paquet soit moins aisément identifiable.

— Tu verras bien.

— Chienne.

Je lui décochai un sourire satisfait.

— Demi-tour, intervint soudain Rhoan en couvrant le micro de son téléphone de la main. Nous devons aller à Chapel Street.

— Chapel Street ? m'étonnai-je. Qu'est-ce qu'il peut bien y avoir dans ce coin, à part des boutiques de luxe et des hordes de snobs branchés ?

Il me fit signe de me taire, alors je consacrai de nouveau mon attention à Liander. Dans la lumière de ce début de journée, on aurait dit qu'il était entièrement fait de glace. La seule chose qui lui donnait un peu de couleur, c'étaient ses vêtements bleus et les mèches assorties dans ses cheveux.

— On fait dans le look hivernal, cette semaine, alors ?

Il me sourit d'un air taquin qui fit retentir tous les signaux d'alarme de mon cerveau.

— Oui, c'est le genre de look qui fait fureur en ce moment. Mais attends de voir ce que j'ai préparé à ton intention !

— J'ai comme l'impression que je devrais m'inquiéter.

— Oh que oui ! Tu vas être terriblement sexy.

Je haussai les sourcils.

— Tu veux dire que je ne le suis pas à l'heure actuelle ?

— Ma chérie, tu es très jolie, mais tu ne te mets pas en valeur. Un peu de temps, de soins et de maquillage ne seraient pas du luxe.

— Il est à double tranchant, ton compliment, ou je me trompe ?

Il sourit.

— La vérité peut faire mal.

— Un bon coup sur le crâne aussi.

Son sourire s'élargit et il secoua la tête.

— Parfois, tu ressembles tellement à ton frère que ça en devient effrayant.

Je le considérai d'un air surpris.

— Rhoan t'a menacé de coups de boule ?

— Un nombre incalculable de fois, oui, répondit-il en me décochant un regard coquin. Le problème, c'est que j'adore ça.

— C'est typiquement le genre d'information que je ne veux pas entendre à cette heure matinale.

— La douleur peut être très excitante quand on sait s'y prendre.

— Je préfère le sexe plus traditionnel, merci bien. (Je pointai l'index vers la route.) Et, si tu ne te concentres pas un peu plus, tu vas rentrer dans le cul de cette Ford.

Il freina brutalement, m'envoyant valser en avant.

— Si tu arrêtais de me parler de sexe, je pourrais me concentrer sur ma conduite.

Je me tus. Après quelques « Hum » et une dose de « Ouais », Rhoan raccrocha enfin et me regarda.

— Nous nous rendons à Chapel Street parce que c'est là que vit Jack. Il y possède tout un immeuble dont il loue le rez-de-chaussée à un restaurant.

Je fronçai les sourcils.

— Est-ce bien sûr d'aller là-bas ?

— Il semble que seule la directrice Hunter connaît cette adresse. Dans le dossier de Jack, il habite ailleurs.

Et Quinn n'obtiendrait jamais l'adresse de la part de la directrice Hunter. Non seulement elle était plus âgée que lui, et donc plus puissante, mais aussi, pour cette raison précise, il lui devait obéissance. Enfin, c'est ce que Quinn avait laissé entendre lorsque nous avions parlé de la hiérarchie vampirique quelques mois auparavant.

— On ne va jamais réussir à se garer dans le coin à cette heure-ci, observa Liander.

— Il y a un parking derrière la Jam Factory, juste à côté de chez Jack.

— Est-ce que ça veut dire qu'on va pouvoir faire du shopping en attendant que Jack arrive ? (Je jetai un coup d'œil à mon frère, ne pouvant résister à la tentation de le taquiner.) Oh ! Mais non, c'est vrai, tu as déjà eu ta dose de shopping et c'est pour ça que nous n'avons plus un sou.

— Te plains pas, tu as maintenant de trop jolis pulls.

— J'ai plus souvent besoin de manger que de nouveaux pulls.

— On a plein de conserves.

— Sauf qu'au bout d'un moment, les haricots et les spaghettis, ça devient lassant.

Il me regarda avec agacement.

— Arrête d'essayer de me gâcher la joie du shopping.

C'était justement l'objectif. Je lui décochai un sourire ravi, puis détournai le regard. C'était l'heure de pointe et la circulation était particulièrement difficile. Nous arrivâmes à notre destination juste après 9 h 30. Liander nous lança plusieurs sacs de taille respectable et se chargea des quatre restants. Jack nous attendait à l'ombre, non loin du centre commercial de la Jam Factory, bien à l'abri du soleil grâce à des vêtements très couvrants. Les années donnaient une sorte d'immunité au soleil aux vampires qui pouvaient donc, à partir d'un certain âge, sortir durant la journée. Quinn devait simplement éviter de le faire entre midi et deux. Jack, plus jeune de quatre siècles, avait des contraintes plus strictes. Là, on était probablement à la limite du supportable pour lui.

Nous empruntâmes une petite porte à la droite d'un restaurant italien et suivîmes Jack en haut d'une volée de marches. Son appartement était constitué d'une longue et unique pièce, même s'il y avait une porte qui devait mener à la salle de bains et à la buanderie. Il était étonnamment clair, les murs de façade et de l'arrière étant entièrement vitrés, même si à l'instant présent, les fenêtres étaient obstruées par des stores opaques pour empêcher la lumière du soleil d'entrer. Les nuances et le style des meubles étaient très masculins, dans les bleus, avec du bois sombre et du cuir, et des tableaux qui ressemblaient à des reproductions de grands maîtres étaient accrochés aux murs. Sauf qu'en fait, d'après Jack, il s'agissait d'originaux, ce qui était tout à fait crédible vu son âge respectable.

— Alors, demanda Jack tandis que nous nous délestions des sacs sur le sol, près de la table, comment Quinn a-t-il découvert que la mission était avancée ?

— À cause de moi, reconnus-je en tirant une chaise et en m'y installant. Il semble que le fait que nous ayons partagé notre sang lui donne un accès privilégié à mes pensées, même avec mes défenses.

Jack haussa un sourcil, surpris.

— Si c'est le cas, comment se fait-il qu'il ne soit pas ici au lieu de se diriger vers Genoveve ?

— Tu le fais surveiller ? demanda Rhoan.

Jack acquiesça.

— Nous avons récemment recruté quelques métamorphes faucons des Opérations extérieures pour surveiller Gautier. L'un d'eux est actuellement chargé de filer Quinn. Même si nous avions dans nos rangs un vampire capable de supporter la lumière du jour, Quinn le détecterait à tous les coups.

C'était l'une des raisons pour lesquelles Jack tenait tant à fonder une division de gardiens de jour où Rhoan, Kade, Liander et moi-même jouerions un rôle crucial. Pour le moment, le Directoire devait jongler avec les limitations horaires de ses employés. Or les criminels ne se contentaient pas de commettre leurs forfaits la nuit.

— Quinn n'est capable de lire mes pensées que dans les situations de plaisir ou de stress extrêmes, expliquai-je. Ça signifie qu'au moment où nous parlons, il peut toujours essayer, il n'aura aucune chance de passer mes défenses.

Ce n'était pas tout à fait vrai. Il pouvait aussi entrer en contact psychique avec moi durant mon sommeil. Mais j'étais persuadée que ce lien-là dépendait de notre volonté à tous les deux et n'allait pas au-delà du rêve.

Et je devais bien reconnaître que cet homme était sacrément doué en matière de sexe onirique.

— On n'a plus qu'à espérer que tu ne te trompes pas, marmonna Jack. Parce que je ne veux absolument pas qu'il soit mêlé à cette opération.

Je le regardai avec étonnement.

— Pourquoi ça ?

— Parce que la seule chose qui l'intéresse, c'est la vengeance. Or, nous, nous voulons démanteler tous les projets du cartel. (Il s'assit sur la chaise la plus proche de son ordinateur et croisa les mains.) Nous avons bien avancé dans l'enquête il y a environ six semaines. Tu te souviens de la lettre que t'a laissée Misha après sa mort ?

J'aurais eu du mal à l'oublier, vu les circonstances de sa mort. Un frisson me parcourut. Bon Dieu, je faisais toujours des cauchemars à propos de ces fichues araignées liquides et de Misha qui se faisait dévorer de l'intérieur. Je me passai la langue sur les lèvres et répondis :

— Il nous a donné le nom du cinquième clone : Claudia Jones. Mais il ne connaissait pas le pseudonyme sous lequel elle travaillait pour le Directoire.

— Nous avons depuis découvert qu'elle ne travaillait pas pour nous, même si elle se rend dans nos locaux plusieurs fois par mois.

Je vis une lueur qui ressemblait bien à de l'amusement dans ses yeux, mais je ne comprenais absolument pas ce qui pouvait sembler amusant dans cette histoire. Je veux dire, il y avait des milliers de personnes qui visitaient le Directoire tous les mois, et toutes pour des raisons tout à fait légitimes.

— Ne me dis pas que c'est une des putes d'Alan Brown ? s'exclama Rhoan d'un ton incrédule.

— Eh bien si.

Je décochai un regard surpris à mon frère.

— Comment diable es-tu arrivé à une telle conclusion ?

Il se contenta de sourire en se tapotant le crâne.

— C'est qu'il y en a, là-dedans, ma belle.

Je ricanai.

— Moi qui croyais que ton cerveau résidait un peu plus bas…

— Ça suffit, nous interrompit Jack en allumant son terminal informatique.

L'écran afficha la photo d'une femme aux cheveux et à la peau blancs. Elle était très jolie, dans le style éthéré, et ses yeux d'un bleu lumineux dégageaient une puissance surnaturelle.

— Voici Claudia Jones.

— On dirait moi… enfin, sauf les yeux. (Je me tournai vers Liander.) Tu sais, quand tu m'avais déguisée pour qu'on puisse s'introduire dans le bureau de Brown.

Il acquiesça.

— Il semblait la fréquenter assez régulièrement, alors nous nous sommes dit que, si tu lui ressemblais, ça n'éveillerait pas les soupçons.

— Bien entendu, nous ne savions pas à ce moment-là que c'était elle, le contact de Gautier.

Jack appuya sur une autre touche, et la photo de la femme fit place à un film porno : Brown en train de baiser Jones dans son bureau. En tant qu'amant, ce mec manquait totalement de finesse : il sortait sa bite, l'enfonçait dans le trou et pompait, pompait, pompait. Ça expliquait probablement pourquoi il devait faire appel à des prostituées pour satisfaire ses besoins sexuels.

Jack mit la vidéo sur pause au moment où Brown allait éjaculer et pointa l'écran du doigt, faisant scintiller l'image un bref instant.

— Regardez sa main. Elle a glissé les doigts sous le bureau. Si j'agrandis l'image (ce qu'il fit jusqu'à ce que la main de la femme emplisse l'écran), vous remarquerez un petit point argenté au bout de son index.

— C'est quoi ?

— Un micropoint, intervint Rhoan. Le dernier cri en matière de stockage de données, et incroyablement solide.

Jack acquiesça.

— Le bureau est équipé d'une minuscule cavité. Jones a placé le microdisque dans une petite boîte qui y était dissimulée.

— Et Gautier s'est donc contenté d'entrer ensuite dans le bureau pour récupérer la boîte ? demandai-je à Jack alors qu'il dézoomait et relançait la vidéo en marche rapide.

Brown et sa partenaire changèrent de position plusieurs fois, puis ils sortirent ensemble du bureau. Rien ne se produisit pendant un moment, puis Gautier entra dans la pièce pour vérifier que tout allait bien, non sans passer à côté de la table et, par la même occasion, récupérer la boîte dans la cavité où elle se trouvait d'un geste fluide qu'il aurait été facile de ne pas remarquer.

— Donc, quand Gautier nous a surpris, Quinn et moi, dans le bureau de Brown, il allait en fait récupérer un micropoint ?

— C'est ce que nous pensons.

— Qu'est-ce qui vous a mis la puce à l'oreille ? voulut savoir Liander.

Celui-ci était assis sur le bras du canapé, derrière la chaise où Rhoan avait pris place.

— Le fait que nous n'avions pas réussi à démasquer la moindre taupe au sein du Directoire – en dehors de Gautier, bien sûr. (Jack eut un instant d'hésitation.) Le seul directeur adjoint qui avait des choses à cacher étant Alan Brown, nous avons pris le risque de lire dans ses pensées. Tu savais qu'on le faisait chanter ?

J'acquiesçai. Rhoan m'en avait parlé il y a plusieurs mois.

— C'est Gautier le responsable. Et il transmet la moindre décision du Directoire directement à Deshon Starr. Ce dingue est au courant de tous nos faits et gestes avant même qu'ils se concrétisent.

— Ça explique pourquoi il semblait toujours avoir deux longueurs d'avance sur nous.

Jack acquiesça de nouveau.

— Évidemment, il a fallu découvrir la manière dont Gautier transmettait ses informations, ce qui signifiait qu'il fallait toujours garder l'œil sur lui, non seulement à l'intérieur des locaux du Directoire, mais aussi pendant ses missions.

Quatre jours après ce que nous venons de voir, Gautier est entré dans le bureau de Brown, cette fois-ci avant que ce dernier arrive en compagnie de Jones, et alors même qu'il n'était pas de permanence ce soir-là. C'est à ce moment que nous avons compris ce qui se passait.

— Et elle a récupéré le disque ?

— Tout à fait. Et, par la même occasion, très probablement transmis toutes les informations sur les actions à venir du Directoire.

— Mais comment Brown peut-il donner ces renseignements à Gautier ? Il ne peut pas risquer d'être vu en sa compagnie au Directoire.

— Non. Mais Brown adore les courses de lévriers et doit une petite fortune aux bookmakers. C'est au champ de courses que Gautier le retrouve tous les mercredis soir.

— Et le mercredi, c'est en général le jour où se réunit le conseil d'administration, marmonnai-je.

Ils étaient bien organisés, ça ne faisait aucun doute. Mais ça n'avait rien d'étonnant quand on songeait que cette mafia opérait depuis une cinquantaine d'années, même si la prise de pouvoir de Deshon Starr était relativement récente.

— Vous avez réussi à mettre la main sur la prostituée ? demanda Rhoan en s'appuyant contre le dossier de sa chaise. Vous l'avez interrogée ?

— Non, mais nous l'avons suivie. Brown l'a déposée à Fitzroy Street, dans le quartier de Sainte-Kilda. Cinq minutes après, une limousine est venue la chercher, avant de l'emmener dans une grande demeure de Toorak.

— Un autre client ? supposa Liander.

— Non. C'est là qu'elle habite.

Je haussai les sourcils.

— C'est une pute de très haut vol si elle peut se payer une baraque à Toorak.

Cela fit sourire Jack.

— En fait, ce n'est pas du tout une prostituée. (Il appuya sur un autre bouton et la photo de la femme réapparut.) En réalité, elle se fait appeler Dia Jones et c'est la voyante préférée du gratin de Melbourne.

La surprise fut totale pour moi. J'avais beau ne pas souvent lire les journaux ou regarder les infos à la télé, j'avais néanmoins entendu parler de Dia Jones. Les prédictions de la voyante étaient censées être d'une exactitude absolue et, aux dernières nouvelles, il y avait une liste d'attente de près d'un an pour avoir le privilège de la consulter.

— Mais pourquoi une femme comme elle accepterait-elle de jouer les prostituées pour Deshon Starr ?

— Si c'est un des clones, comme Misha nous l'a assuré, elle n'a peut-être pas le choix, remarqua Rhoan avant de se tourner vers Jack. Grâce à elle, Starr doit avoir des contacts très poussés avec la bourgeoisie et peut-être aussi pas mal d'influence sur elle.

Jack acquiesça d'un signe de tête.

— La maison où elle vit appartient à l'une des entreprises de Starr, et tous les week-ends, elle se rend dans la propriété de celui-ci, à Macedon. Elle y réside aussi durant la semaine avant la pleine lune et il semble que beaucoup de personnes importantes fassent de même.

Je me souvins de la propriété que j'avais vue dans l'esprit de l'une des créatures artificielles juste avant de la tuer. C'était une vaste demeure entourée d'un gigantesque parc verdoyant. Sauf que ce n'étaient pas des êtres naturels qui gambadaient sur les pelouses en question, mais des choses dont l'origine n'avait rien à voir avec l'évolution des espèces : des spectres noirs dépourvus de traits humains, des monstruosités bleues aux ailes chatoyantes et aux griffes cruelles. Des démons, des monstres et Dieu seul savait quoi d'autre. Comment Starr expliquait-il l'existence même de toutes ces créatures à ses visiteurs ?

— Et donc, intervint Liander, est-ce que cette femme a du sang de loup dans les veines ?

— Nous n'en sommes pas certains, mais, étant donné que toutes les expériences de clonage ont utilisé à un stade ou un autre des gènes de loup-garou, ce ne serait pas surprenant.

— Mais pourquoi Macedon ? N'est-ce pas un peu trop éloigné de la ville pour pouvoir diriger un syndicat du crime organisé ?

— De nos jours, plus vraiment. Starr ne quitte jamais sa propriété, ce qui explique pourquoi nous avons toujours été incapables de lui attribuer les crimes de sa mafia.

— Sans oublier le fait que les souvenirs de ses hommes sont toujours détruits avant qu'on ait le temps de les interroger, grommela Rhoan.

— Il a l'air sympa, comme gars, commenta Liander avec une pointe d'ironie.

— Charmant, en effet, assura Rhoan en me jetant un regard noir. Et c'est justement pour cette raison que je ne voulais pas que Riley soit mêlée à tout ça.

— Eh ! C'est pas moi qui vais devoir coucher avec lui, alors arrête de t'inquiéter pour moi et occupe-toi de tes fesses.

— Sauf que moi, je ne vais pas débarquer là-dedans sans la moindre expérience…

— Assez, l'interrompit Jack. J'ai besoin de vous deux sur cette mission, un point c'est tout.

Il appuya sur une nouvelle touche de son clavier et plusieurs photos apparurent, cette fois-ci prises de nuit, dans la rue. La même femme y figurait, sauf que son apparence éthérée avait été modifiée par une teinture châtaine et un léger maquillage. Sur chacune de ces images, on la voyait discuter avec une femme différente, et à en juger par leur tenue (ou plus exactement leur absence de tenue), il s'agissait de prostituées.

— Une semaine avant la pleine lune, poursuivit Jack, Dia passe trois nuits à recruter parmi les filles qui font le trottoir. Le mois dernier, elle a engagé trente femmes, pas toutes des prostituées. Elle leur donne sa carte en leur demandant de se présenter dès le lendemain dans une agence de placement tout à fait officielle. Là, après des tests de résistance physique et un examen de leurs antécédents, on leur propose une énorme somme d'argent en échange de leurs services sexuels à l'intention des employés de Starr lors de la phase lunaire. Nous avons constaté que, même si certaines restent là-bas au-delà de ces deux semaines, la plupart sont ramenées intactes dès le lendemain de la pleine lune.

— Intactes physiquement ou psychologiquement ?

Jack me décocha l'un de ses sourires de prof satisfait de son élève.

— Physiquement, elles vont bien. Mais quelqu'un brouille leurs souvenirs, en effaçant les détails les plus précis.

— Ce qui veut dire que, même si elles ont été maltraitées ou violées pendant leur séjour à Macedon, elles n'en ont aucun souvenir, expliqua Rhoan. Et Starr ? Comment choisit-il ses amants ?

— Il les sélectionne parmi sa garde rapprochée. Nous avons un contact là-bas, et il a réussi à nous apprendre quelle agence de recrutement il utilisait. C'est de cette manière que tu vas entrer dans son antre.

Rhoan fronça les sourcils.

— C'est qui, ce contact ? Gautier a probablement transmis la photo de tous les membres du Directoire à Starr, celui-ci reconnaîtrait donc quiconque essaierait d'infiltrer son équipe.

— Mais il ne sait pas à quoi Kade ressemble. Starr adore les chevaux. Visiblement, il ne les monte pas lui-même, mais adore les voir galoper en liberté avec des femmes nues sur le dos.

— Je suis prêt à parier qu'elles ne font pas que les monter, marmonna Rhoan d'un air sinistre. D'après ce que je sais, Starr prend son pied à regarder les gens baiser. Et plus l'acte est dangereux, plus ça l'excite.

La plupart des gens choisissaient un chien comme animal domestique. Starr, lui, préférait les chevaux et les créatures de cauchemar issues de ses laboratoires. Et, à ce qu'il semblait, il adorait combiner les deux de manière intime. Ça en disait long sur le bonhomme. Et plus encore sur sa perversité.

— Les autres chevaux sont-ils aussi des métamorphes ? Ou c'est seulement Kade ?

— Seulement Kade.

Le pauvre. Ce devait être terriblement frustrant pour lui de se balader toute la journée avec des nanas à poil sur le dos.

— Dès ce soir, reprit Jack, la directrice Hunter va implanter la nouvelle identité de Rhoan dans les fichiers de l'agence de recrutement et brouiller les souvenirs des trois hommes qui la dirigent. Demain, Kade va éliminer un des gardes actuels. Rhoan sera bien évidemment celui que l'agence recommandera.

— Et moi ? demandai-je.

Jack me regarda.

— Dia a commencé sa tournée hier soir.

Je haussai les sourcils.

— Mais la pleine lune n'a pas lieu avant trois semaines. Je croyais qu'elle s'y attelait seulement quinze jours avant.

— En effet. Sauf qu'avant-hier, Dia a laissé à Gautier un message l'informant que le programme avait changé et que la date avait été avancée au 5 février.

Dans moins d'un mois.

— Est-ce qu'on sait de quoi elle parlait exactement ?

Mais à peine avais-je posé la question que je devinai la réponse, ne serait-ce qu'à cause de la prémonition qui m'avait frappée plus tôt. Ce serait le jour où Gautier tenterait d'assassiner Jack.

Et c'est exactement ce que répondit Jack.

— Nous n'avons pas la moindre idée de la raison qui les a poussés à avancer la date, ajouta-t-il, mais cela signifie que nous avons moins d'un mois pour arrêter Starr.

— Ce sera suffisant ?

Bon sang, Rhoan savait peut-être exactement ce qu'il était censé faire, mais moi, j'étais une novice. J'aurais besoin de bien plus de temps que lui pour dénicher des informations dignes d'intérêt.

— Il le faudra bien, soupira Jack en me tendant un dossier. Voici ta nouvelle identité.

J'ouvris la chemise et en lus le contenu.

— Poppy Burns ? m'exclamai-je à l'adresse de Jack. Tu trouves vraiment que j'ai une tête à m'appeler Poppy ?

— Tu l'auras quand j'en aurai fini avec toi, intervint Liander d'un air amusé.

Je lui tirai la langue et poursuivis ma lecture. Poppy était apparemment issue d'une nuit d'amour entre un loup-garou excité et une groupie humaine, et ni l'un ni l'autre n'avaient semblé assez malins pour se rendre compte qu'ils étaient tous deux fertiles le soir de leur brève liaison. La mère n'ayant pas désiré l'enfant, ne sachant même pas où se trouvait le père, avait abandonné la pauvre Poppy aux bons soins de divers membres plus ou moins éloignés de sa famille jusqu'à l'âge de quinze ans, lorsque l'adolescente avait fugué. Elle avait exercé une multitude de petits boulots depuis, mais avec son tempérament colérique et sa grande gueule, n'avait jamais réussi à en garder un plus de quelques semaines. Entre deux missions, elle vivait de petits larcins et vendait parfois son corps. Elle était arrivée à Melbourne trois jours auparavant, à la suite du cambriolage imprudent d'une demeure dont les propriétaires avaient offert une forte récompense à quiconque pourrait leur dire où Poppy se trouvait.

Génial. J'étais devenue une criminelle recherchée.

— Pauvre Poppy. Elle n'a pas eu beaucoup de chance dans la vie, on dirait.

Jack eut un grand sourire.

— Lis le dossier jusqu'à ce que tu le connaisses par cœur... (Il eut un instant d'hésitation.) Et assure-toi de bien laisser transparaître son sale caractère.

Je lui adressai un signe d'approbation.

— Ça ne devrait pas être trop difficile pour moi.

— Et c'est justement pour ça qu'on lui a donné ce type de personnalité. Liander, tu veux bien commencer à t'occuper de son look ? Rhoan, voici ton dossier.

Liander me prit la main et m'entraîna dans la salle de bains. Il me fit asseoir sur un tabouret et je vis les ciseaux qu'il avait posés sur le rebord du lavabo.

— Tu vas en couper beaucoup ? demandai-je aussitôt.

— Oui.

— Non, protestai-je en me touchant les cheveux.

J'adorais ma chevelure. Les teintures, ce n'était pas un problème, mais une coupe courte ? Pas question. Je n'avais rien contre le fait de les raccourcir jusqu'aux épaules en été, mais ce n'était pas *vraiment* court. Pas court au sens où l'entendait Liander, en tout cas.

Celui-ci poussa un long soupir.

— Chérie, tu as des cheveux magnifiques, je le reconnais, mais ta coupe est totalement démodée. Bon sang, même ton frère a plus de style que toi, et ça en dit long sur ton look.

— Tout simplement parce que mon frère passe son temps à faire les magasins pendant que j'essaie d'éviter qu'il vide notre compte en banque au détriment de notre loyer et de notre nourriture.

— Certes, mais ce n'est pas parce qu'on n'a pas un sou qu'on doit manquer de style. Ça fait des années que je te propose une coupe gratuite.

— Sauf que j'aime mes cheveux mi-longs. Où est le problème ?

— Normalement, nulle part. Mais les cheveux longs ne correspondent pas à la personnalité que tu te prépares à endosser. C'est une fille branchée. Elle est à la pointe de la mode. (Il saisit une mèche de cheveux entre ses doigts.) Et ça, ça ne l'est pas.

— Je sais, mais...

— Fais-moi confiance, m'interrompit-il. Tu vas être divine. Et les cheveux ça repousse, de toute façon.

Je soufflai d'un air exaspéré mais me rendis compte que toute résistance était inutile. J'avais bien conscience d'être ridicule. Après tout, je voulais retrouver une vie normale, et si pour cela, je devais me raser la tête, ce n'était pas si cher payé.

— Si c'est moche, j'irai détruire tout ton stock de maquillage, je te préviens.

Son visage s'illumina.

— C'est noté. Maintenant, ferme-la, et laisse le génie à son œuvre.

Il passa les trois heures suivantes à faire subir les pires outrages à mon apparence, et je dus l'admettre, le résultat était époustouflant. Il avait donné une nuance d'or foncé à ma peau, camouflant par la même occasion les taches de rousseur qui me piquetaient les joues et les épaules, et me conférant l'apparence d'une adoratrice du dieu soleil. Mes cheveux étaient aussi courts que je le craignais, leur extrémité effleurant le lobe de mes oreilles, mais il les avait dégradés avec une telle expertise que les mèches encadrant mon visage me donnaient un look à la fois sexy et espiègle. Il m'avait aussi fait des mèches blondes qui se mariaient aux reflets dorés de mes cheveux roux et donnaient l'impression d'un balayage trois tons. Pour couronner le tout, je portais désormais des lentilles souples d'un vert vibrant.

—Waouh ! fis-je en voyant mon reflet dans le miroir.

Je ne me ressemblais plus du tout, et pourtant il n'avait pas fait tant de changements que ça.

Il eut un sourire satisfait en voyant ma réaction.

—Juste un dernier détail, et ce sera terminé.

—Et de quoi s'agit-il ?

—De modulateurs vocaux.

—Beeuurk.

Il me donna une tape sur l'épaule.

—Arrête de faire le bébé.

—Eh, c'est pas dans *ta* joue qu'on va fourrer ces saloperies.

—J'ai trouvé des modèles miniaturisés parce que je me doutais que tu allais râler.

Il me lança deux petits disques de plastique. Ceux-ci étaient encore plus fins que ceux que nous avions déjà utilisés, de l'épaisseur d'une feuille de papier à cigarette. Ils avaient à peu près la taille d'une petite pièce de monnaie. Une fois insérés dans la chair de mes joues, ils seraient parfaitement indétectables, sauf si on savait qu'ils s'y trouvaient… ou si je décidais de faire une fellation à quelqu'un. Ce qui était hors de question vu l'endroit où j'allais me retrouver.

—Ouvre grand, chérie.

—Je parie que tu dis ça à tous les mecs que tu rencontres, bougonnai-je avant de m'exécuter.

Il inséra les deux micropuces de chaque côté de ma bouche et, malgré tout, ça me donna plus l'impression de me faire arracher les dents qu'autre chose.

— Aïe, aïe, aïe, gémis-je dès que j'en fus capable. Ce serait sympa d'au moins utiliser un anesthésiant.

— Tu es vraiment aussi chiante qu'une gamine. Les atténuateurs sont justement enduits d'une pommade analgésique qui est censée endormir la muqueuse quand on les y enfonce.

— Désolée de te dire ça, mais ça ne marche pas du tout.

— Fais-moi confiance, ce serait bien plus douloureux si ce n'était pas le cas. Parle un peu, que je vérifie qu'ils fonctionnent correctement.

— Je souhaite que quelqu'un t'inflige ça un jour et que tu te rendes compte à quel point c'est douloureux, analgésique ou pas.

Ma nouvelle voix était plus basse de plusieurs tons, et son côté voilé et rauque laissait penser que sa propriétaire avait passé de longues nuits dans des clubs enfumés. Autant vous le dire, jamais une menace n'avait semblé aussi érotique.

— Très bien, approuva-t-il avant d'attraper un sac à dos qui était posé par terre. Voici tes vêtements et tout ce que tu possèdes.

— Quelle joie, commentai-je en ouvrant le sac.

J'y trouvai quelques jeans, des débardeurs, une paire de tennis, une ceinture dont la boucle était la représentation très réaliste d'une araignée, quelques pulls, et une robe minuscule. Tous les vêtements semblaient avoir été beaucoup portés, ils étaient usés et froissés. Et, à part pour les dessous, tous avaient été achetés dans des boutiques de luxe et étaient terriblement sexy.

— Une cambrioleuse s'assurerait toujours d'avoir des dessous pratiques et en bon état, quel que soit l'état du reste de sa garde-robe, expliqua Liander.

— Mais je ne dois pas être une très bonne voleuse si tout ce que je possède tient dans ce sac.

— Jack a dit que celle pour qui tu te fais passer a dû quitter Sydney en toute hâte et n'a donc pas eu le temps de préparer soigneusement son sac. Change-toi, et je pourrai m'occuper de ton frère.

— Et qu'est-ce que tu lui réserves ?

— Du marron, du marron et encore du marron. À mourir d'ennui.

J'arquai l'un de mes sourcils.

— Si tu espères qu'un look ennuyeux le rendra moins attirant, je pense que tu te trompes cruellement.

Il sourit.

— Oui, mais Rhoan déteste avoir l'air ennuyeux. C'est une petite vengeance de ma part, on va dire.

Je ricanai doucement. Puis j'enfilai un jean et un débardeur vert bouteille et me contemplai dans le miroir. Une fille beaucoup plus jeune que moi, et aussi beaucoup plus sexy et sûre d'elle, me rendit mon regard. Malgré mes protestations initiales, je devais le reconnaître : j'avais une allure fantastique. Je me penchai vers Liander et l'embrassai sur la joue.

— Tu as vraiment du talent.

— Je suis le meilleur dans ce que je fais, déclara-t-il d'un air hautain avant de me décocher un sourire ravi. Va donc dire à ton loser de frère que c'est son tour.

Je sortis de la salle de bains et vis que même Jack avait l'air époustouflé.

— Ça, c'est ce que j'appelle une transformation réussie.

— Il me semble que je devrais me sentir offensée par ce genre de commentaires. C'est juste une nouvelle coupe et un changement de couleur de peau. Le reste, c'est toujours moi.

— Y a la voix, aussi, intervint Rhoan. Tu pourrais faire une fortune en tant qu'hôtesse de téléphone rose.

— On verra qui rira le dernier quand il en aura fini avec toi, petit malin, répliquai-je. (Puis je me tournai vers Jack alors que Rhoan quittait la pièce.) Ce look ne me semble pas vraiment coller avec le type de filles que recherche Dia.

— Comme je l'ai dit plus tôt, elle ne recrute pas que des prostituées. Les autres filles qu'elle choisit ont toutes la silhouette élancée et un joli visage et sont en bonne santé. Et on ne leur demande qu'une chose en ce qui concerne leurs antécédents : avoir grand besoin d'argent et être prête à écarter les cuisses si nécessaire.

— Mais si elle ne me remarque pas, ou si je ne lui conviens pas ?

— Oh, ne t'en fais pas, elle va te remarquer.

Je haussai les sourcils.

— Et comment peux-tu en être si certain ?

Il me gratifia d'un sourire satisfait.

— Parce que ce soir, tu vas sauver la vie de Dia Jones.

— Et bien entendu, commentai-je avec ironie, elle me sera tellement reconnaissante qu'elle me suppliera à genoux de l'accompagner dans la propriété de Starr pour baiser follement ses deux lieutenants.

Le sourire de Jack s'élargit.

— C'est le plan.

— Et si elle décide de ne pas le respecter ?

— Ne t'en fais pas. Poppy est exactement le style de fille qu'elle recherche : dépourvue de tout sens moral et prête à tout pour gagner de l'argent.

Il semblait vraiment avoir confiance dans son plan. De mon côté, peut-être était-ce la pessimiste en moi, ou alors cette toute nouvelle clairvoyance, mais quoi qu'il en soit, je n'étais pas aussi certaine que tout se passerait comme Jack semblait le penser.

— Et une fois dans la propriété, je suis censée faire quoi ?

— Laisse les choses se tasser pendant vingt-quatre heures. Tu seras surveillée de très près durant cette période au moins, donc ne tente rien tant que tu ne seras pas hors de danger.

— Et quand je penserai l'être ?

— Ton rôle sera d'attirer l'attention des lieutenants de Starr et d'extirper autant d'informations que possible de leurs esprits.

Dit comme ça, ça semblait simple comme bonjour, mais nous savions tous les deux que ce serait loin d'être le cas. Déjà, j'étais une débutante en matière de télépathie, et ma maîtrise du truc n'était pas précisément optimale. Encore que, vu ce que j'avais fait subir à Quinn, c'était peut-être plus dû à un accroissement de ma puissance qu'à un manque d'expérience. Peut-être mes problèmes de contrôle étaient-ils dus au fait que la puissance que je tentais de dompter ne cessait d'augmenter et que je n'avais pas les compétences nécessaires pour m'en rendre compte ?

— Et si je ne réussis pas à pénétrer dans leur esprit ?

Il eut l'air surpris.

— Comment ça ?

— Eh bien, tu as peut-être réussi à m'apprendre les subtilités du contrôle télépathique, mais ça ne signifie pas que je serai capable d'entamer leurs défenses psi. Si ça se trouve, ils sont équipés de boucliers électroniques.

— Je suis certain que tu sauras t'adapter à la situation.

Super. J'étais donc livrée à moi-même. Exactement ce dont j'avais besoin en plus de devoir survivre en compagnie de ces psychopathes.

— Comment allons-nous garder le contact ?

— On va te mettre une puce qui te permettra de communiquer avec nous et réciproquement. Elle tiendra aussi lieu de système de localisation. De toute façon, je resterai assez près d'où tu te trouveras pour que tu puisses me joindre par télépathie.

— Donc, si j'ai des ennuis, je pourrai appeler la cavalerie ?

— Tu peux toujours l'appeler. Mais je ne garantis pas qu'elle répondra.

J'eus un ricanement amer. Cela faisait assez longtemps que je travaillais pour le Directoire. J'aurais dû me douter de la réponse. Jack n'allait pas risquer toute la mission juste pour me sortir de là si ça sentait le roussi, tout simplement parce que Kade et Rhoan se trouveraient toujours là-bas. À moins qu'eux aussi aient des ennuis, nous étions livrés à nous-mêmes en ce qui concernait le Directoire.

— Et tu te demandes pourquoi je refusais de devenir gardienne, avec un tel soutien opérationnel ?

Cela lui arracha un petit rire.

— Ma chérie, tu ne le voulais peut-être pas, mais je peux t'assurer que tu seras encore meilleure gardienne que ton frère.

— Ouais, je connais la chanson, mais ne compte pas sur moi pour la fredonner avec toi.

Mes protestations étaient futiles, étant donné ma situation, mais je refusais de laisser croire à Jack qu'il m'avait entièrement convaincue du bien-fondé de ma reconversion.

— On verra bien. (Il me tendit deux dossiers.) Étudie bien le profil de Poppy, puis lis attentivement ce que Kade a pu nous apprendre sur la propriété de Starr.

Je feuilletai le dossier en question et remarquai :

— Il n'y a pas grand-chose, on dirait.

— C'est parce que Kade n'a accès qu'à l'extérieur. Cela étant, ses informations concernant la surveillance des limites de la propriété et le système d'alarme te seront utiles, de même que les profils de ceux qui travaillent à l'extérieur.

— Oui, on ne sait jamais qui je devrai séduire pour la cause, n'est-ce pas ? commentai-je sèchement.

Il se marra et me gratifia d'une bonne bourrade à l'épaule.

— Chérie, tu penses tellement comme moi que c'en est presque effrayant.

— Je préfère encore me prendre une balle en argent plutôt que de penser comme toi. (J'agitai les deux dossiers.) Si tu veux que j'apprenne tout ça par cœur, il va non seulement falloir me donner à manger, mais aussi me fournir du café. Plein de café.

— J'ai déjà commandé une pizza et du café. (Il jeta un coup d'œil à sa montre.) Ils seront là dans dix minutes et, si tu n'es pas déjà en train d'étudier à ce moment-là, tu n'auras rien.

— Salaud.

— Tout à fait. Allez, hop, tu as de la lecture.

Je m'y attelai donc.

L'atmosphère du tram était saturée d'odeurs corporelles. Je me postai près de la sortie en essayant désespérément de respirer le filet d'air frais qui s'insinuait entre les portes en accordéon. Je détestais le tram en règle générale. C'était encore pire que le train : plus exigu, plus de foule, et j'avais toujours l'impression d'y être enfermée.

En disposant plus confortablement la bretelle de mon sac à dos sur mon épaule, je donnai un autre coup à l'homme debout derrière moi. Il poussa un juron et je le fusillai d'un regard hostile. Poppy n'avait pas une personnalité facile. Et à cet instant précis, enfermée dans une boîte en métal débordant d'humains à l'odeur nauséabonde, je commençais à la comprendre.

Je regardai les rues obscures à travers la fenêtre et vis avec soulagement que mon arrêt était proche. Je sentis quelques palpitations au creux de mon ventre mais décidai de ne pas y prêter attention. Je ne pouvais pas me permettre de palpitations, de peur, ou autre sentiment du genre. Que je le veuille ou non, il était impossible de faire marche arrière. Quant à ce qui se trouvait au bout du chemin, personne, pas même moi, n'était capable de le deviner. Je ne pouvais qu'espérer que ce soit un retour à ma vie d'avant.

J'appuyai sur le petit disque couleur chair qu'on m'avait inséré sous la peau, derrière l'oreille gauche, et murmurai « Carlisle Street » en tirant sur un cordon. Un bourdonnement retentit, informant le chauffeur que quelqu'un voulait descendre au prochain arrêt.

— *Elle se trouve à côté du* Luna Park, chuchota la voix de Jack dans le microrécepteur qui avait été placé au fond de mon oreille droite.

Le tram s'arrêta et les portes s'ouvrirent dans un chuintement. Je tombai à l'extérieur plus que je descendis, et inspirai goulûment quelques bouffées d'air. Bon Dieu, il avait beau être saturé de fumées d'échappement, ça ne l'empêchait pas d'être infiniment plus respirable que celui à l'intérieur du tram.

— Et ton vampire ? Il n'est pas en retard ? demandai-je en remontant Carlisle Street en direction du parc d'attractions.

Le gouvernement avait beau avoir essayé d'éloigner les prostituées du *Luna Park*, celles-ci continuaient à tapiner sur les trottoirs de la rue perpendiculaire.

— *Il arrive dans dix minutes.*

— C'est sûr ?

— *Sa survie en dépend, alors oui.*

Je ricanai doucement. Un vampire qui tenait à sa survie était plus susceptible de s'enfuir à toutes jambes que de risquer que le Directoire revienne sur sa parole. Et, connaissant les méthodes de celui-ci, j'aurais fait la même chose.

— Il sait qu'il doit seulement nous agresser et pas nous tuer ?

— *On l'a prévenu.*

— Qu'est-ce qu'il a fait pour attirer ainsi l'attention du Directoire sur lui ?

— *Tué quelques humains.* (J'entendis presque Jack hausser les épaules.) *Rien de bien extraordinaire.*

À moins d'être l'un des humains en question, évidemment.

— Et pourquoi Dia ne saurait-elle pas se défendre toute seule ?

— *Elle déteste la violence.*

— Et elle travaille pour Starr ? C'est difficile à croire, non ?

— *Vu que nous n'en savons pas beaucoup sur les raisons qui la poussent à travailler pour lui, c'est difficile à dire.*

Je me tus en voyant un groupe d'humains approcher, puis repris la parole :

— Promets-moi que personne ne découvrira les trucs que j'ai dans les oreilles une fois sur place.

L'un des hommes qui venaient de me dépasser me regarda bizarrement. Je lui fis un doigt.

— *Ils ont été fabriqués dans les laboratoires de Quinn et il n'y a rien de comparable sur le marché. Aucun moyen de les détecter. Mais il faudra quand même faire attention quand tu nous contacteras, car le signal lui-même peut l'être au moment où il est actif.*

— Kade n'a rien dit à propos de détection de signaux électriques.

— *En effet. Mais n'oublie pas que sa marge de manœuvre est réduite à ce qui se trouve à l'extérieur des bâtiments. Or c'est le genre de détection qui se fait à l'intérieur.*

— Comment tu t'es débrouillé pour obtenir ces trucs de Quinn sans qu'il exige de participer à la mission ?

— *Nous n'avons rien demandé. Nous nous sommes servis.*

Je haussai les sourcils, surprise.

— Quand ça ?

— *Dans la nuit d'avant-hier.*

— Et ?

— *Il s'est empressé de venir à Melbourne.*

J'avais donc raison : il était effectivement déjà en ville quand il avait décidé de venir me rendre visite. Ce salopard ne pouvait même pas s'empêcher de mentir.

J'avais bien fait de le virer de ma vie. Vraiment.

Alors pourquoi la simple pensée de ne jamais le revoir m'était-elle aussi douloureuse ? Ce n'était pas comme si j'avais le moindre avenir avec lui, bon sang. Un vampire ne pourrait jamais être mon âme sœur.

— Il s'est donc douté que c'était nous ?

— *Il faut croire que son système de sécurité était meilleur que nous le pensions.*

Je levai les yeux au ciel.

— Combien de fois m'as-tu dit de ne jamais sous-estimer l'ennemi ?

Je m'immobilisai en attendant que le feu passe au rouge et regardai aux alentours. Une grande femme aux cheveux châtains et vêtue de gris se tenait non loin de la célèbre entrée en forme de bouche rigolarde du parc d'attractions.

— Cible repérée, repris-je. Essaie de ne pas jacasser dans mon oreille pendant les prochaines minutes.

Le rire de Jack fut assez fort pour me faire tressaillir.

— *J'ai déjà fait ce genre de choses, je te signale.*

Je souris et traversai lorsque le signal piéton passa au vert. Un rapide coup d'œil à ma montre m'apprit que j'avais sept minutes devant moi.

Je remis mon sac en place, pris une profonde inspiration et me glissai dans la peau de Poppy, laissant son identité et son état d'esprit recouvrir mes pensées superficielles. Puis je me dirigeai droit sur Dia.

— Ne me dites pas que la célèbre Dia Jones en est réduite à offrir ses services dans la rue ? m'exclamai-je d'un ton sarcastique. J'ai toujours pensé que vous étiez un escroc.

Elle se tourna vers moi d'un air étonné et je me rendis compte de deux choses simultanément : d'une, Dia Jones était complètement aveugle. Et de deux, l'aura de puissance qui s'était dégagée de sa photo ne tenait pas la comparaison avec la réalité. Même s'il ne se rivait sur rien, son regard d'un bleu laiteux possédait un magnétisme certain. Comme si ses yeux voyaient au-delà de l'apparence des choses.

Ce qui était étrange de la part d'une aveugle.

— Je vous demande pardon ? dit-elle d'une voix aussi douce que glaciale.

Cette pointe de froideur était parfaitement assortie au teint dissimulé sous le maquillage.

— Les gens comme vous qui abusent de la crédulité des plus naïfs, ça me dégoûte.

— Parce qu'une voleuse, c'est mieux ?

Je la regardai d'un air surpris en me demandant comment elle avait deviné… et ce qu'elle avait bien pu deviner d'autre.

— Au moins, je ne m'enrichis pas grâce au malheur des gens.

Elle arqua un sourcil.

— Parce que vous pensez que c'est ce que je fais ?

— Comment appelez-vous le fait de fournir de faux espoirs à ces malheureux ?

Elle me considéra un instant et j'eus l'impression que ses yeux me transperçaient. Les palpitations se manifestèrent de nouveau au creux de mon ventre sans que je sache pourquoi.

— Vous ne croyez pas en l'espoir ?

J'eus un ricanement de dérision.

— L'espoir, c'est bon pour les imbéciles. Mon truc à moi, c'est la réalité.

— Vraiment ?

D'un geste incroyablement précis, elle me saisit la main. Mon premier réflexe fut de me dégager, mais je résistai aussitôt à la tentation. En partie parce que je me demandais ce qu'elle allait faire, mais surtout parce que, lorsqu'elle m'avait touché la main, j'avais senti une étrange énergie me caresser la peau. Cela me rappelait l'électricité qui emplissait l'air juste avant un orage.

Elle garda le silence plusieurs minutes, se contentant de me serrer les doigts en fronçant les sourcils et en laissant cette énergie fluctuer au contact de nos deux peaux. Puis elle poussa un soupir et lâcha ma main avec un sourire.

— Vous allez nous sauver, déclara-t-elle d'une voix douce.

Nous ? Qu'est-ce qu'elle pouvait bien vouloir dire par là ? Elle et moi ? Cela signifiait-il qu'elle était au courant de l'agression qui n'allait pas tarder à se produire ? Pour une raison indéterminée, je ne le pensais pas, mais je n'eus pas le temps de l'interroger sur le sens de ses paroles : une impression de malaise m'envahit, accompagnée d'un picotement sur ma peau… et de la puanteur de corps mal lavé.

Le vampire errant de Jack était en avance.

Et il avait amené quelques amis.

Chapitre 4

Ils étaient trois, un trio de carcasses efflanquées. Celui du milieu était sans aucun doute le chef : il se trouvait deux pas devant ses compagnons et affichait ce rictus que l'on retrouve si souvent sur le visage de ceux qui se croient plus durs qu'ils le sont. Ses deux complices étaient d'origine asiatique, même si les yeux bleus de l'un d'entre eux laissaient penser qu'il y avait autre chose dans le mélange.

— Bien, bien, bien, dit négligemment le leader, regardez ce qu'on a là, les mecs.

— Le petit déjeuner, commenta Yeux Bleus, l'air gourmand.

J'ôtai le sac à dos de mes épaules et le confiai à Dia.

— Tenez-moi ça pendant que je m'occupe de cette racaille.

— Mais…

Je levai le doigt, me rendis compte que c'était inutile et décidai de lui toucher légèrement le bras en lui disant :

— Tout ira bien.

Elle se tut. Même s'ils n'avaient pas l'air bien vieux, c'étaient quand même des vampires et j'allais avoir besoin de toute ma concentration.

— Au cas où tu ne l'aurais pas remarqué, petite fille, commenta le chef d'une voix moqueuse et désagréable, nous sommes trois et tu es seule.

— Oui, c'est vrai, ce n'est pas très équilibré, admis-je. Vous voulez que je garde une de mes mains dans le dos ?

Ils échangèrent un regard puis éclatèrent de rire.

C'est le moment que je choisis pour baisser mes défenses psi et frapper les esprits des deux vampires venus en renfort, disposant aisément de leur maigre bouclier mental et leur ordonnant de s'enfuir en courant aussi vite et aussi loin qu'ils le pourraient. Ils s'arrêtèrent brusquement de rire, écarquillèrent les yeux dont le blanc sembla phosphorescent dans l'obscurité. Puis ils tournèrent les talons et disparurent dans la nuit.

Tandis qu'ils couraient, je sentis une douleur me transpercer la tête comme un aiguillon chauffé à blanc. Je n'en connaissais pas l'origine ; après tout, j'avais déjà fait ce genre de choses par le passé et rien de similaire ne s'était produit. Mais quoi qu'il en soit, ce n'était pas le moment de se poser la question. Alors que les larmes me montaient aux yeux, je sentis un mouvement d'air traduisant l'approche furieuse de quelque chose de dur en direction de mon nez. Je me projetai sur le côté pour éviter le poing du vampire qui m'effleura la joue, puis me laissai tomber avec un mouvement rotatif de la jambe qui lui fit perdre l'équilibre. Il tomba sur le derrière en poussant un grognement et son expression de surprise aurait presque pu être comique si elle n'avait pas aussitôt fait place à un air meurtrier.

Il poussa un rugissement, se remit debout et se jeta sur moi. Je tentai de l'esquiver mais il agrippa mon bras, déchirant la chair de ses ongles pointus. Je laissai échapper un cri et cela l'amusa, à en croire son rire sadique auquel je mis fin d'un coup de poing en plein dans la bouche. Il tituba en arrière, les bras ballants, en crachant du sang et des dents. Je lui décochai un nouveau direct, dans la gorge cette fois-ci, écrasant son larynx, et il s'effondra. Pas pour longtemps : il se précipita alors à quatre pattes vers Dia Jones. Et, aveugle ou non, celle-ci sembla sentir son approche car elle poussa un petit cri et recula.

J'attrapai la jambe du vampire et l'éloignai de Dia. Il se débattit comme un beau diable, abattant son pied sur mon bras déjà ensanglanté et mes doigts qui allaient être couverts de bleus. Un grondement de colère gonfla ma gorge et, sans y réfléchir, je baissai mon bouclier mental et lançai l'offensive. Son esprit s'enfuit devant le mien comme un galet devant un glissement de terrain, pour le même résultat dérisoire : en quelques secondes, je l'immobilisai par la simple force de ma pensée.

Mais bon Dieu que ça faisait mal.

Je m'effondrai à quatre pattes et, pendant un laps de temps bien trop long à mon goût, ne pus rien faire d'autre que de tenter de respirer alors que la douleur dans ma tête s'intensifiait et que ma vision était réduite à quelques points lumineux. Au bout d'un moment, les étincelles s'atténuèrent, mais pas la douleur.

Qu'est-ce qui se passait exactement ? Quand j'avais maîtrisé les deux chats-garous de laboratoire à Moneisha, cela avait été douloureux, mais rien de comparable à ça. Et même lorsque j'avais attaqué Quinn, il n'y avait pas eu de retour de boomerang comme celui-ci. Enfin, j'avais l'impression.

Je fronçai les sourcils et me remémorai la brève vague de douleur qui m'avait frappée lorsque j'avais ramassé ma culotte par terre avant de me ruer dans la pièce voisine.

Peut-être étais-je simplement trop en colère pour remarquer à quel point j'avais mal.

Je sentis une main m'effleurer le coude et m'aider à me relever.

— Nous devons partir, dit Dia, avant qu'il recouvre ses esprits et nous attaque de nouveau.

Il n'allait pas bouger tant que je ne le relâcherais pas, mais étant donné la douleur qui me donnait envie de me taper la tête contre les murs, j'imaginais que ça risquait d'être plus tôt que voulu. Je suivis Dia en titubant, davantage guidée par le contact de son bras et le bruit de ses pas que par mes propres yeux. Ma vision oscillait entre le troublé et le piqueté de feux follets brillants. La situation ne s'arrangea évidemment pas quand le pouvoir dans lequel je tenais le vampire se dissipa. Ce fut comme un élastique qui me revenait en pleine face accompagné de la morsure d'une écharde de verre. Je laissai échapper un halètement et faillis perdre l'équilibre. Dia resserra son étreinte sur mon bras et, avec une force presque surhumaine, parvint à me garder debout et à me faire avancer.

Bien entendu, Dia Jones n'étant pas exactement humaine, une force surhumaine n'était pas vraiment surprenante. En revanche, j'aurais payé cher pour savoir comment elle se débrouillait pour se déplacer sans encombre alors qu'elle n'avait ni canne blanche ni chien d'aveugle.

Une voiture apparut au milieu du brouillard devant moi. Un homme en costume sombre ouvrit la portière arrière d'une limousine qui semblait longue comme un jour sans pain, et je sentis qu'on me poussait à l'intérieur. Je rampai sur un cuir souple et doux puis laissai aller ma tête contre l'épais rembourrage d'un siège en fermant les yeux. Des portières claquèrent presque simultanément, leur écho résonnant aussi bien dans ma tête qu'à l'extérieur de celle-ci, puis la voiture démarra.

Le silence régna plusieurs minutes durant. Je sentais le poids du « regard » de Dia sur moi, une sensation à la fois curieuse et prudente, mais elle ne me toucha pas. J'en fus soulagée. J'avais dans l'idée qu'elle risquerait d'en apprendre plus que je le voulais si elle le faisait.

— La télépathie, c'est quelque chose de récent, pour vous, n'est-ce pas ? finit-elle par dire.

J'ouvris les yeux. Même si la limousine était plongée dans l'obscurité, la lueur des phares que nous croisions était déjà très difficile à supporter. Mes yeux s'emplirent de larmes et la douleur dans mon crâne flamba brièvement.

— Qu'est-ce qui vous fait penser que je suis télépathe ?

Elle sourit.

— J'ai beau ne pas être télépathe moi-même, je suis sensible à l'usage de pouvoirs psychiques à proximité. En général, ça me fait l'effet d'une brise estivale qui tourbillonne sur ma peau, quelque chose que je perçois mais ne peux jamais attraper.

Elle s'interrompit et pencha la tête sur le côté, ses incroyables yeux bleus semblant suivre le moindre de mes mouvements. Comment était-ce possible ? Cette femme était aveugle, de cela au moins j'étais certaine.

— Mais avec vous, ce soir, ça n'a pas été une brise, plutôt un cyclone. Preuve d'un usage quelque peu excessif de votre puissance. Personne ne vous a jamais appris à la maîtriser ?

— J'ai des barrières psychiques. Je peux me protéger. Qu'y a-t-il de plus à savoir ?

Et Jack m'avait appris quelques ficelles, mais je ne pouvais pas vraiment parler de ça.

— Tout pouvoir, quel qu'il soit, doit être traité comme un oignon : même s'il y a de nombreuses couches, on ne doit se servir que de celles dont on a vraiment besoin. (Avec un sourire, elle se pencha vers le compartiment sous le siège en face d'elle et en sortit un petit chiffon qu'elle me tendit.) Les problèmes rencontrés par l'élève interviennent surtout au début, lorsque le pouvoir est encore neuf, ou lorsque l'intensité de celui-ci augmente pour une raison ou une autre.

J'enroulai le chiffon autour de mon bras blessé.

— Pourquoi ça ?

Elle haussa légèrement les épaules.

— Parce qu'il est impossible de maîtriser quelque chose dont on ne connaît pas les limites.

C'était assez logique. Mais était-ce réellement ce qui se passait en ce moment ? J'avais toujours été télépathe, et le dernier test que j'avais passé pour le Directoire n'avait pas indiqué de fluctuation dans mes capacités psychiques.

Bien sûr, j'avais passé le test en question plusieurs mois auparavant. Qui savait quel en serait le résultat aujourd'hui ?

— Mais les pouvoirs psychiques ne changent pas. (Enfin, c'était généralement le cas avec les gens normaux.) On doit se débrouiller avec ce qu'on reçoit à la naissance, non ?

— Parfois. Mais, par exemple, la puberté peut déclencher des bouleversements psychiques particulièrement impressionnants.

— La puberté ? J'ai l'air d'une adolescente, pour vous ?

J'avais beau protester, je me rendis compte qu'elle avait probablement tapé juste. Grâce aux différents traitements antistérilité auxquels m'avaient soumise mes ex-compagnons, j'avais récemment eu mes règles pour la première fois de ma vie. Ce qui signifiait que, d'une certaine manière, c'était bien une sorte de puberté que je traversais actuellement, si on se contentait de la définir comme le processus par lequel un corps d'enfant se transforme en corps de femme. Encore que je ne voyais pas vraiment qui pourrait m'accuser d'avoir un corps d'enfant. Je faisais un bonnet D depuis que j'avais dix-sept ans.

— Non, vous n'avez pas l'air d'une adolescente. Mais ça n'empêche pas que votre pouvoir semble particulièrement hors de contrôle. Vous avez eu beaucoup de chance de prendre ces vampires par surprise… et aussi qu'aucun d'eux n'ait été très puissant mentalement.

— Pourquoi ? demandai-je en me frottant le front.

Les picotements commençaient à s'atténuer mais mon cerveau me donnait toujours l'impression d'être en feu. Si je ne prenais pas rapidement des analgésiques, j'allais avoir une sacrée migraine.

— Parce que, en baissant totalement vos protections comme vous l'avez fait, vous avez laissé votre esprit ouvert à une contre-attaque.

— Oh.

Je n'avais même pas réfléchi à ça. Pas quand j'avais attaqué Quinn et encore moins quand je m'en étais prise à ces vampires. Quinn était peut-être trop courtois pour attaquer, mais ce n'était certainement pas le cas de ces petits voyous.

Elle pencha de nouveau la tête. Des mèches brunes glissèrent sur le côté, révélant les cheveux argentés qui se trouvaient dessous. Elle ne portait pas de perruque : le brun et le gris se mêlaient, comme si quelqu'un lui avait teint les cheveux à moitié. Bizarre, c'était le moins qu'on puisse dire.

— Vos parents ne vous ont jamais appris à vous servir de votre don ?

Je ricanai doucement.

— Ma mère était une groupie à loups-garous qui considérait la bâtarde à laquelle elle avait donné naissance comme quelque chose qui l'empêchait de mener la vie sexuelle qui lui chantait.

— Et votre père ?

— Elle n'a jamais su vraiment de qui il s'agissait. Et moi, je n'en ai pas la moindre idée.

— C'est triste.

— C'est moi, répliquai-je d'un air sarcastique. Une bien triste histoire.

Elle sourit de nouveau.

— Avez-vous un nom ?

— Poppy Burns.

Elle haussa les sourcils.

— Vraiment ? Et que faites-vous ici à Sainte-Kilda, Poppy Burns ?

La manière dont elle prononça ce nom me mit mal à l'aise. Je haussai les épaules et tentai de ne pas prêter attention aux palpitations de mon estomac.

— Je cherche du boulot, un appart. Rien de bien original.

— Et vous habitiez où, avant ?

— Vous êtes très indiscrète, vous savez ?

Avec un haussement d'épaules, elle répondit :

— Vu ce que vous m'avez dit juste avant que ces vampires nous agressent, je pense que j'ai le droit d'être indiscrète.

Je reniflai et ne répondis rien.

— Et vu l'opinion plutôt tranchée que vous avez de moi, poursuivit-elle, pourquoi vouloir me sauver la vie ?

— Qui dit que c'était vous que je sauvais ? Ces boules puantes en avaient autant après moi qu'après vous.

— Peut-être.

— Si on a le droit de poser des questions indiscrètes, vous pouvez peut-être me dire comment vous pouvez être aveugle comme une chauve-souris et pourtant vous déplacer avec autant d'aisance qu'une personne voyante ?

Elle s'immobilisa soudain et j'eus peur d'avoir tout gâché.

— Comment savez-vous que je suis aveugle ? demanda-t-elle d'une voix où toute trace de chaleur avait laissé place à une fermeté glaciale.

Un frisson me parcourut l'échine. C'était un rappel bienvenu à propos de cette femme qui, si agréable qu'elle parût, était néanmoins l'un des cinq clones et travaillait avec l'homme que nous essayions de neutraliser.

— Facile. Même si on dirait que vous regardez directement les gens, il n'y a pas vraiment de vie dans vos yeux, pas de réaction aux petits mouvements de vos interlocuteurs, à leurs expressions faciales. C'est comme si vous étiez capable de voir, mais seulement à distance, et que de près, c'est un peu plus flou.

Une lueur d'amusement passa sur son visage.

— Vous êtes très observatrice.

— C'est indispensable quand on vit dans la rue.

— C'est exact, reconnut-elle. Vous cherchez du travail en ce moment ?

Je haussai les épaules.

— Ça dépend quoi.

— Quelque chose qui vous rapportera en deux semaines plus que ce que vous gagneriez en un an dans un travail plus classique.

— Ma petite dame, ça semble un peu trop beau pour être vrai. C'est quoi, le piège ?

— Vous serez payée pour faire l'amour avec des inconnus.

Je haussai un sourcil.

— Et ?

— Pas de « Et ». La résidence appartient à… mon employeur.

Son employeur ? Starr était bien plus que ça.

— Vous n'êtes donc pas seulement une voyante malhonnête ? Vous êtes aussi maquerelle à vos heures ?

Elle se raidit légèrement.

— Je n'essaie pas de faire du proxénétisme. Je vous propose juste une occasion de vous faire beaucoup d'argent.

— Ouais. Contre du sexe. Ça s'appelle du proxénétisme, que ça vous plaise ou non.

Je la considérai un instant en me demandant quel était le juste équilibre entre acceptation et hésitation. Mais, vu l'historique de Poppy, ce n'était pas le genre à accorder sa confiance trop rapidement.

— C'est cette histoire d'enlèvements d'esclaves sexuels dont on entend parler en ce moment dans les journaux, pas vrai ? Vous savez, pour attirer les innocentes victimes par des promesses de richesses et les envoyer dans des coins reculés du monde où elles seront retenues prisonnières et exploitées sexuellement. Eh bien, ça ne m'intéresse pas, ma petite dame. (Je toquai sur la cloison vitrée qui nous séparait du chauffeur et le son me fit grimacer de douleur.) Hé, toi, arrête ce corbillard et laisse-moi descendre.

— Je vous promets, ce n'est pas une arnaque.

— Ouais, c'est ça.

Elle fouilla sa poche et en sortit une carte de visite. Sauf qu'il ne s'agissait pas d'une carte mentionnant l'agence de recrutement dont Jack avait parlé, mais d'une carte avec son adresse personnelle.

— Si vous voulez en savoir plus sur cette mission, passez me voir demain.

Je la dévisageai, contemplai la carte puis finis par tendre la main pour la prendre.

— Vous n'avez pas répondu à ma question, au fait. Sur votre cécité.

Elle sourit encore.

— Non. Mais peut-être que je le ferai quand vous aurez accepté ce travail.

— Si vous dites ça pour me motiver, je peux vous garantir que ça ne marche pas.

— Si vous voulez de la motivation, alors peut-être que je pourrais vous apprendre à utiliser votre télépathie sans avoir à baisser toutes vos défenses.

La voiture s'arrêta sur le bas-côté. Je saisis la poignée de la portière mais ne l'actionnai pas.

— Et pourquoi vous feriez ça ?

— Parce que vous en avez besoin.

— Et ça vous arrive souvent de proposer vos services psychiques aux personnes dans le besoin ?

— Non, répondit-elle en plongeant son « regard » dans le mien. Seulement aux personnes qui vont nous sauver.

— Ça fait deux fois que vous dites ça, et je ne comprends toujours pas ce que ça signifie.

— C'est probablement normal. (Elle détourna le regard et se renfonça dans la banquette.) À demain.

C'était à la fois une manière de me congédier et une constatation. Je fronçai les sourcils, mais ouvris quand même la porte pour descendre de la voiture. Le temps s'était refroidi pendant la brève période où je me trouvais dans la voiture et le vent me donna la chair de poule. Dieu merci, je n'allais pas effectivement dormir dans la rue cette nuit. Je claquai la portière et regardai la limousine s'éloigner dans la nuit.

— Bon, dis-je en me frottant les bras pour me réchauffer et en regardant autour de moi pour savoir où j'étais, vous avez tout entendu ?

— *Oui. Et je suis extrêmement déçu que tu ne m'aies rien dit à propos des fluctuations de ta puissance télépathique.*

— C'est très récent, patron. Et avec tout ce qui s'est passé ces derniers temps, ça m'était juste sorti de l'esprit.

— *Ce n'est pas une raison, Riley. Nous devons absolument surveiller tes capacités psi.*

— D'accord, j'essaierai de vous informer la prochaine fois qu'il y aura quelque chose de bizarre.

— *N'essaie pas, fais-le.* (Il hésita un instant.) *Pourquoi n'as-tu pas exécuté les vampires ?*

— Si vous les voulez morts, occupez-vous de les tuer.

— *C'est ce qu'on a fait, mais ce n'est pas ma question.*

Sa question, c'était : pourquoi ne voulais-je pas tuer sur ordre ? J'avais beau avoir accepté mon instinct de gardienne (en tout cas au fond de moi), ça ne voulait pas dire que j'allais me lancer dans les meurtres avec un enthousiasme débordant.

— La carte qu'elle m'a donnée indique son adresse personnelle, pas celle de l'agence de recrutement que Starr et elle utilisent comme couverture.

Je regardai à gauche, puis à droite, avant de traverser la rue pour rejoindre les boutiques sur l'autre trottoir. Il me fallait du café et du chocolat : cela ne pourrait peut-être pas aider à atténuer ma migraine, mais au moins me sentirais-je un peu mieux.

— *Ce n'est pas une couverture, elle a une existence tout ce qu'il y a de plus officielle.*

— A-t-elle déjà reçu des candidates chez elle ?

— *C'est difficile à dire, nous ne la suivons que depuis six semaines.*

— Il est donc possible qu'elle se doute de quelque chose ?

— *Elle ne m'a pas semblé méfiante.*

— Non. (J'hésitai.) J'ai juste eu l'impression qu'elle en savait plus que ce qu'elle disait.

— *Elle ne va pas faire confiance à la première venue. C'est pour ça qu'elle fait des vérifications sur le passé de ses candidates.*

— Peut-être.

J'entrai dans un supermarché et me servis du café. Ils n'avaient pas de sirop de noisette, alors je compensai en prenant une barre chocolatée aux noisettes. Puis je me dirigeai vers le rayon pharmacie pour acheter des antidouleurs. Les analgésiques sans ordonnance n'étaient peut-être pas très puissants, mais c'était déjà mieux que rien. Je payai mes achats et ressortis du supermarché.

— Que penses-tu de son « Vous allez nous sauver » ?

— *Un lapsus, peut-être ?*

— Elle n'a pas l'air du genre de personne qui fait quoi que ce soit par erreur. (Je pris une gorgée de café et grimaçai en percevant son amertume.) C'est louche.

— *C'est normal, étant donné que nous ne savons rien d'elle ou des liens qu'elle a avec Starr.* (Il réfléchit.) *Mais fais attention, quand même.*

Comme si j'allais faire le contraire.

— Vous avez vraiment cherché à en savoir plus sur elle ?

— *Bien entendu. Tu sais, on n'envoie pas nos agents dans l'inconnu de gaieté de cœur.*

Je souris.

— J'en suis ravie, crois-moi. Je fais quoi, maintenant ?

— *Va prendre une chambre dans un hôtel quelconque et repose-toi.*

— Et ensuite ?

— *Ensuite, on verra ce que demain nous réserve.*

— Ce qui veut dire que des tonnes de choses sont en train de se produire en ce moment, mais que tu ne veux pas m'en parler au cas où ça sentirait le roussi de mon côté et que je bavarde à tort et à travers.

Il gloussa.

— *Rhoan a raison. T'es sacrément futée pour une fille.*

Ce qui signifiait que, comme je le pensais, il avait espionné notre séance d'entraînement.

— Si j'étais futée, je ne serais pas en ce moment même en train de me geler les fesses dans une rue déserte de Sainte-Kilda, mais à New York, Paris ou même Londres… Un endroit où personne n'en aurait rien à cirer de mon ADN.

— *Moi, je me fous de ton ADN.*

— Oui, mais pas de ce que je pourrais apporter à ta nouvelle équipe de gardiens, répliquai-je ironiquement. Bon, comment je vais d'ici à chez Dia ?

— *Prends un des trains qui longent Malvern Road, et descends à Kooyong Road. Huntingfield se trouve à mi-chemin de Malvern et Toorak.*

— Bref, j'ai pas le choix, il faut que je marche.

— *Ça va pas te tuer.*

— C'est pas toi qui t'es fait battre comme plâtre par Gautier hier soir.

— *C'est pas toi non plus, je te ferai remarquer.*

Seulement parce qu'il était intervenu.

— Bonne nuit, Jack.

— *Bonne nuit, Poppy.*

J'eus un ricanement de dérision et effleurai le bouton derrière mon oreille. Le léger bourdonnement qui me chatouillait les lobes cessa, mais pas la douleur dans ma tête. Je pris deux comprimés analgésiques, les avalai avec une gorgée de café amer, puis mâchonnai ma barre chocolatée pour faire passer le goût.

Je marchai quelques centaines de mètres avant de trouver un hôtel miteux qui louait des chambres pas chères. Pile le genre d'endroit que choisirait Poppy, même si de mon côté, sans la nécessité de jouer le jeu, je n'en aurais pas approché à plus de cent mètres. L'hôtel se trouvait à côté d'un bar et de ce fait ne faisait pas que sentir l'humain mal lavé, il dégageait aussi des effluves de bibine. Les éclats de rire qui parvenaient de l'intérieur du bar laissaient présager que l'endroit était populaire, ce qui impliquait peu de sommeil en perspective. Je soupirai, me rappelai que ce n'était que pour une nuit et poussai la porte.

Cela puait encore plus entre quatre murs, et les chambres étaient encore plus décrépites que la façade. Le lit semblait avoir connu Mathusalem, ainsi qu'une bonne quantité d'accouplements. Je fronçai le nez et regardai le sol. La moquette n'était pas beaucoup plus propre, mais au moins le plancher ne formait-il pas une cuvette en plein milieu.

Je poussai un nouveau soupir et tirai les couvertures qui, au moins, avaient l'air propres et sentaient bon, afin de m'aménager une couche sur le sol. Puis je me déshabillai, me métamorphosai pour hâter la guérison des lacérations de mon bras et m'installai pour la nuit.

À ma grande surprise, et malgré le bruit et les odeurs, je réussis à dormir, ne me réveillant qu'en entendant le gérant de l'hôtel frapper à la porte de ma chambre le lendemain matin.

Avec un gémissement, je me retournai sur le côté et contemplai d'un œil épuisé le réveil sur la table de nuit. Huit heures. L'heure d'aller prendre mon petit déjeuner avant de rendre visite à Dia.

Je m'étirai puis m'éclaboussai le visage et les bras à l'eau froide avant de m'habiller et de quitter les lieux. Malheureusement, les trams ne circulaient pas aussi régulièrement le dimanche qu'en semaine, alors j'allai prendre deux McMuffin au *Mac Donald's* pour m'occuper à l'arrêt.

J'arrivai à Toorak bien après 9 heures. Je descendis du tram à Kooyong Road et appuyai sur le petit interrupteur derrière mon oreille.

— Je me dirige vers chez Dia.

— *Ne coupe pas la communication.*

— D'accord.

Je remontai Kooyong Road en admirant les demeures de millionnaires et en me demandant quel effet ça faisait de vivre dans une maison si outrageusement chère. Personnellement, j'hésiterais à bouger de peur de casser quelque chose.

Je tournai à gauche sur Huntingfield Road. Les maisons qui longeaient la rue étaient encore plus richement décorées et je me sentais encore moins à ma place. Le sentiment s'accentua lorsque je m'arrêtai pour appuyer sur le bouton de l'interphone qui se trouvait près du monumental portail en fer forgé gardant la propriété de Dia.

Dire que l'endroit était époustouflant aurait été un euphémisme, même si la maison n'était pas aussi tape-à-l'œil que ses voisines. C'était une vieille demeure du début du XXe siècle qui me faisait penser aux vieux manoirs anglais que l'on voyait souvent à la télé. Les murs étaient peints dans des tons dorés, mais le lierre qui les recouvrait ainsi qu'une partie du toit donnait l'impression que cette maison avait toujours existé. La pelouse entre le portail et le perron formait un épais tapis vert qui me donna soudain envie d'ôter mes chaussures et d'y courir pieds nus. Les pins qui bordaient la propriété ajoutaient au sentiment d'isolement. Je n'avais jamais jusqu'ici envié le cadre de vie de quelqu'un, mais je me demandai quand même quel effet cela ferait de vivre dans un tel endroit. Un petit coin de paradis avec toutes les commodités à quelques minutes à pied.

L'interphone craqua puis la voix de Dia retentit :

— Oui ?

— Poppy Burns, en réponse à votre invitation.

— Ah ! Bien. (Il y eut un bourdonnement et le portail s'ouvrit.) Entrez.

Je pénétrai dans la propriété et réussis à résister à l'envie de faire valser mes chaussures pour courir dans l'herbe, me contentant de remonter l'allée pavée. Dia Jones ouvrit la porte alors que je m'approchais. Cela me surprit. Quelqu'un qui vivait dans un endroit aussi luxueux devait nécessairement avoir du personnel de maison, non ?

Elle n'avait plus les cheveux bruns et gris, mais d'un argent pur, et avec sa longue robe blanche, elle donnait l'impression d'être totalement immatérielle. Sauf pour ses yeux. Ils luisaient d'une puissance qui me fit l'effet d'éclairs miniatures en touchant ma peau. Je m'immobilisai et affrontai son regard aveugle, une fois de plus convaincue que cette femme en savait plus que nous le voulions.

— Entrez, entrez, m'enjoignit-elle en souriant d'une voix chaleureuse. La maison ne mord pas, et moi non plus.

Visiblement, elle prenait ma réticence à entrer chez elle comme le signe que j'étais intimidée par la maison et non par elle, et cela m'allait très bien. Je passai la porte. Le hall d'entrée était gigantesque, ainsi que le lustre qui projetait des arcs-en-ciel sur les murs dorés et les tapis. Le seul meuble était une console en bois acajou sur laquelle se trouvait un vase rempli de glaïeuls rouge sang. Le hall débouchait sur deux autres pièces et sur un escalier recouvert d'une moquette d'un or plus foncé que les murs qui menait indubitablement vers encore plus de luxe et de volupté.

— Installons-nous dans le salon, à gauche, dit-elle en refermant la porte.

Le salon était lui aussi décoré de riches étoffes dans des tons or et ivoire. La pièce était vaste, mais il n'y avait pas beaucoup de meubles : deux grands canapés et une table basse en marbre assortie à la cheminée. Le lustre qui pendait au-dessus de toute cette élégance était plus petit que celui de l'entrée, mais à peine. Un grand tableau abstrait tenait la place d'honneur au-dessus de la cheminée et apportait une explosion de couleurs bienvenue.

— Je vous en prie, asseyez-vous.

Dia désigna de la main l'un des canapés recouverts de brocard tout en tapotant de l'autre main celui qui se trouvait à côté d'elle. Étrange, vu comme elle semblait sûre de ses gestes.

Je m'assis sur le bord du canapé, me sentant complètement étrangère à tout ce luxe. Ce qui, étant donné que j'avais eu des amants bien plus riches que Dia, était étrange en soi. Ils ne m'avaient jamais mise mal à l'aise de quelque manière que ce soit au sujet de l'argent (ou du manque d'argent), alors pourquoi cette femme y parvenait-elle ? Ou peut-être n'était-ce pas lié à l'argent, mais à l'impression de puissance incroyable qui se dégageait d'elle ?

Mais, si elle était si puissante, pourquoi obéissait-elle aux ordres de Starr ? Cela n'avait aucun sens.

— J'imagine que vous êtes là à propos de mon offre de travail ?

J'acquiesçai.

— L'hôtel où j'ai dormi cette nuit m'a convaincue que j'avais vraiment un besoin urgent d'argent.

— Et vous préférez rester discrète à la suite du mandat d'arrêt qui court contre vous à Sydney ?

Je lui décochai mon meilleur regard outré. Ce qui, étant donné qu'elle était aveugle, était plutôt idiot. D'un autre côté, c'était une voyante, donc qui savait à quels autres sens elle se fiait pour « voir » ?

— C'est pour ça que vous m'avez invitée ? Pour me livrer à la police et récupérer la récompense ?

Elle eut un sourire forcé.

— Regardez autour de vous. Je ne pense pas que quelques milliers de dollars valent l'effort de vous attirer jusqu'ici.

— Peut-être que c'est comme ça que vous êtes devenue riche : en piégeant les fugitifs en plus des naïfs.

— J'effectue toujours des recherches sur les personnes que je veux embaucher. C'est la procédure standard.

— Et un mandat d'arrêt, j'imagine que ça ruine toutes mes chances, pas vrai ? observai-je avec ironie en me levant d'un bond. Tant pis pour vous, Votre Majesté.

Je balançai mon sac sur mon épaule et me dirigeai vers la porte en espérant que mon coup de bluff n'allait pas tout gâcher. Mais c'était exactement le genre de Poppy d'exploser à la moindre contrariété et toute autre réaction aurait semblé étrange.

— Ce n'est pas le mandat d'arrêt qui pose problème, me corrigea-t-elle.

Je me figeai et me retournai vers elle. Elle ne me regardait même pas, son regard rivé un peu à gauche de moi. C'était comme si elle n'était pas certaine de l'endroit où je me trouvais exactement et, une fois encore, ça entrait en contradiction avec ce que j'avais vu la veille au soir.

— Alors, quel est le problème ?

— Le fait que Poppy Burns n'existe pas.

Merde. Tant pis pour tous les documents soigneusement trafiqués par Jack.

— Vraiment ? Merci pour l'info.

Je me forçai à avancer. Elle n'avait pas verrouillé la porte d'entrée quand j'étais arrivée, ce qui signifiait que je pourrais au moins sortir de la maison. Et si le portail était fermé à clé, ce ne serait pas bien grave, car la clôture était assez basse pour que je puisse passer au-dessus sous ma forme de loup.

— J'ai un marché à vous proposer… ainsi qu'au Directoire, Riley, dit-elle d'une voix douce.

— Arrête, murmura Jack dans mon oreille.

Je le maudis intérieurement, mais me retournai, les bras croisés. Mes muscles vibraient de tension, prêts à la bagarre.

Avec qui, je n'en avais pas la moindre idée, vu que Dia n'était pas vraiment intimidante, en tout cas physiquement.

— Qu'est-ce qui vous fait croire que je suis cette Riley ?

— J'ai touché votre main, hier soir. Elle m'a raconté plein de secrets. (Elle sourit.) Vous pouvez laisser tomber les masques. Je connais la vérité.

Comment, étant donné qu'elle n'avait pas lu dans mes pensées ? Cela signifiait-il que son don était une sorte de précognition qui ne se déclenchait qu'au contact avec quelqu'un ?

— Pourquoi ne pas en avoir parlé à ce moment-là ?

— Parce que je devais m'assurer que j'avais raison et qu'il s'agissait du bon nom.

Cela signifiait donc que toutes ses prédictions ne se réalisaient pas. Un tel aveu devait être une première dans le monde de la voyance.

— En quoi était-ce si important ?

— Parce que Riley Jenson est la seule personne qui ait réussi soit à échapper aux plans de Deshon Starr, soit à les contrarier.

Ses paroles ne firent rien pour soulager la tension de mes épaules et, si je n'avais pas pu sentir qu'il n'y avait personne d'autre dans la maison, je me serais probablement enfuie en courant. Oui, je voulais mettre un terme à cette folie, mais ça ne risquait pas de se passer ici, si loin de Starr.

— *Demande-lui ce qu'elle veut*, murmura la voix de Jack au creux de mon oreille

S'il s'était trouvé à côté de moi au lieu d'être seulement présent par la voix, je lui aurais volontiers donné un coup de poing, supérieur hiérarchique ou non. Il y avait des questions bien plus inquiétantes à poser, comme ce qu'elle avait dit exactement à Starr et si, oui ou non, Rhoan courait le risque d'être démasqué.

— Et qu'avez-vous fait de cette connaissance ?

— Je ne suis pas allée en parler à mon soi-disant maître, soyez-en certaine, répliqua-t-elle d'un ton moqueur, mais quelque chose dans son regard aveugle me poussa à la croire.

Ce qui signifiait probablement que j'étais une grande naïve qui se laissait facilement embobiner par un savant mélange de sincérité, de colère et de mépris.

— Et pourquoi pas ? Il a tué Misha parce que ce dernier avait essayé de le trahir. Il en ferait de même avec vous sans hésiter un instant.

— Je sais bien. Mais la situation ne peut pas rester en l'état.

— Quelle situation ?

Elle me sourit calmement.

— Avant d'entrer dans les détails, je voudrais savoir si le Directoire est prêt à négocier.

— Oui, répondis-je en même temps que Jack dans mon oreille. (Puis il ajouta :) *En fonction de ce qu'elle réclame, bien entendu.*

Elle arqua un sourcil pâle.

— Vous ne devez pas en parler à votre supérieur avant ?

— Je n'en ai pas besoin. Il parle dans ma tête.

Je fus tentée d'ajouter « Et, non, je ne suis pas folle », mais parvins à m'en empêcher. Premièrement parce qu'elle m'avait vue en action la veille au soir et deuxièmement parce que de toute façon, pour me retrouver dans cette situation, je devais bien avoir quelques problèmes de santé mentale. Après tout, personne de sain d'esprit n'accepterait d'infiltrer le repaire du diable dans l'intention de baiser ses lieutenants pour obtenir des renseignements, si furieux et assoiffé de revanche qu'il soit.

— Télépathie. (Elle acquiesça.) Un don bien utile pour les gens qui travaillent dans votre domaine, même si je suis étonnée qu'ils ne vous aient pas appris à mieux le contrôler.

— *Nous l'aurions fait si nous avions su que c'était nécessaire*, intervint Jack d'un ton sarcastique, *mais il semble qu'on n'ait pas pensé à nous prévenir de certaines fluctuations de puissance depuis notre dernière leçon.*

Je fis mine de ne pas l'avoir entendu. Tout ce que je pouvais dire se retournerait contre moi, de toute façon.

— Quel type d'accord désireriez-vous négocier ?

Elle sourit et m'invita à m'asseoir sur le canapé d'un geste de la main.

— Je vous en prie, revenez vous asseoir.

— Je suis très bien, merci.

Il était plus facile de s'enfuir ou de se défendre si je restais debout.

Elle haussa de nouveau les sourcils.

— Je perçois de la méfiance.

— C'est normal, il y en a.

— Honnête. J'aime ça.

— Et moi j'aimerais que vous arrêtiez de dire des conneries et que vous en veniez au fait.

Elle croisa élégamment ses jambes et joignit les mains sur son genou.

— OK. Je veux l'immunité pour tous les actes que j'ai commis sur les ordres de Starr.

— *Ça dépendra principalement de ce qu'elle nous offre en échange*, remarqua Jack.

— Et ? demandai-je, sentant que Dia n'avait pas terminé de dérouler sa liste d'exigences.

— Il ne doit pas savoir que je vous aide. Ce qui signifie que je ne témoignerai jamais contre lui.

Elle était plus que naïve si elle pensait vraiment que Starr serait jugé dans un tribunal. Le Directoire avait le pouvoir d'être juge, jury et bourreau, et c'était un pouvoir dont il abusait régulièrement. Durant la période où j'avais travaillé là-bas, je n'avais vu que cinq affaires transmises à la justice humaine, et uniquement parce que les criminels étaient en partie humains. Il suffisait de parvenir à justifier de lointaines origines humaines pour pouvoir prétendre à la protection des tribunaux et de la loi. Les non-humains n'avaient pas ce droit. Ce qui, je l'avais toujours pensé, puait quand même sacrément le racisme.

— *Je peux accepter ces conditions-là*, dit Jack.

— Autre chose ? interrogeai-je.

Elle hésita un instant.

— Je souhaite continuer à vivre ici. Cette maison devra être exclue des biens de Starr lorsque le gouvernement les revendra.

— *Impossible de garantir ça*, intervint Jack.

Je répétai ce qu'il venait de me dire et elle acquiesça.

— Je pense pouvoir survivre si ça se révèle impossible.

— Et qu'aurions-nous en échange ?

Elle sourit et désigna de nouveau le canapé.

— Je vous en prie, asseyez-vous. C'est terriblement inconfortable de parler ainsi.

Pourquoi ? Parce que ses sens ne réussissaient pas à me localiser précisément à une telle distance ? Je soupçonnai que c'était le cas et décidai donc qu'il valait mieux rester là où j'étais.

— *Va t'asseoir*, murmura Jack dans mon oreille comme s'il avait lu dans mes pensées.

Ce n'était pas le cas, car je l'aurais senti. Aurais-je pu l'empêcher, ça, c'était une tout autre paire de manches. Jack n'était pas le genre de personne que j'aurais voulu affronter pour de vrai. Cela étant, jusqu'à hier, je n'aurais jamais cru être capable de souffler les défenses de Quinn, même par surprise.

Je laissai échapper un soupir qui ne fit rien pour relâcher la tension dans mes muscles, mais obéis et revins vers le canapé.

— Je devine par le choix de votre personnalité d'emprunt que les gens du Directoire sont au fait de mes séances de recrutement pour Starr, n'est-ce pas ?

— Vous avez raison, répondis-je en laissant tomber mon sac à dos et en m'asseyant une nouvelle fois.

— De quelle manière ?

— *Ne lui dis rien sur Gautier !* s'écria Jack. *Au cas où.*

Au cas où ? Au cas où *quoi*, exactement ? Au cas où tout partirait en couille, par exemple ? Bon Dieu, voilà qui me mettait sacrément en confiance ! Certes, je ne m'attendais pas que tout se déroule comme prévu : après tout, rien ne s'était passé comme nous l'avions planifié ces quatre derniers mois, alors pourquoi est-ce que ça aurait changé ?

Je haussai les épaules.

— Ils ne m'ont rien dit. Tout ce que je sais, c'est que vous avez réussi à attirer leur attention.

Elle eut un signe d'acquiescement. Dieu seul savait si elle me croyait ou non.

— Et ils avaient prévu de vous faire entrer dans le manoir de cette manière.

— Visiblement.

— Et ensuite ?

Je l'observai un moment, ne tenant pas particulièrement à donner des informations à cette femme qui n'avait encore rien prouvé concernant son utilité… ou sa fiabilité, d'ailleurs.

— Vous vous rendez bien compte que, si vous menez le Directoire en bateau, on vous tuera aussi rapidement et certainement que Starr ?

— Je n'ai aucune intention de trahir le Directoire. (Son regard brillant croisa le mien brièvement mais avec énormément de puissance.) Vous êtes vraiment mon dernier espoir.

Je frissonnai et elle détourna les yeux. Elle frotta sa cuisse d'une main lasse et soupira.

— Starr n'est pas un imbécile. Les femmes qu'il fait amener à ses lieutenants tous les mois sont surveillées de très près. Elles ne sortent jamais du complexe où elles vivent. Si votre intention était de recueillir assez d'informations pour pouvoir capturer Starr, alors ce n'est pas la bonne manière.

— Tout ce que je dois faire, c'est me retrouver avec un des lieutenants de Starr en tête à tête et fouiller ses pensées.

Je savais parfaitement que ce ne serait pas aussi simple que ça, et Jack aussi. Déjà, du moment où l'homme en question se rendrait compte de ce que je faisais, je serais condamnée. Et j'avais beau avoir un fort don de télépathie, je n'étais pas aussi entraînée que j'aurais dû l'être. Les attaques de la veille au soir me l'avaient bien prouvé.

— Mais les lieutenants de Starr ne profitent pas des filles dans le bâtiment principal.

Merde.

— Comment ça se fait ?

Elle sourit.

— Si le Directoire m'a fait suivre, alors vous devez savoir que toutes les femmes que je recrute ne sont pas des prostituées.

— Oui, et alors ?

— Alors, celles qui n'en sont pas sont recrutées pour le ring.

— Le ring ? Comme un ring de boxe ?

Elle secoua la tête et la lumière du lustre fit jouer des reflets d'un argent liquide dans ses mèches soyeuses. À cet instant précis, je me rendis compte à quel point elle ressemblait à

Misha, jusque dans ses traits anguleux. Étrange, étant donné l'absence totale de ressemblance entre les autres clones.

— Plutôt une arène de catch. Starr et ses hommes aiment regarder des combats de femmes. L'heureuse gagnante a le privilège de partager la couche de ses lieutenants, Alden et Leo.

— Misha nous a dit qu'Alden et Leo étaient du genre à consommer les femmes comme des mouchoirs jetables, et qu'ils avaient besoin de sexe tous les jours. Ça signifie qu'il y a des combats organisés chaque jour ?

Elle acquiesça.

— Tous les soirs. Mais les combats de femmes ne sont que la cerise sur le gâteau. Starr, comme vous le savez sûrement, est homosexuel. Il fait combattre ses gardes entre eux et prend le vainqueur.

La manière dont elle le dit me fit hausser les sourcils.

— Prend ?

Elle fit une grimace.

— Il préfère la force. Il aime le goût de la peur.

S'il essayait de forcer mon frère à quoi que ce soit, Rhoan ne ferait qu'une seule bouchée de lui. Il ne crachait pas sur un peu de brutalité dans le sexe, mais la contrainte pure était quelque chose qu'il ne pouvait pas tolérer, que ce soit à son encontre ou envers les autres.

— Aucun de ces combats n'est donc très sérieux ?

— Oh si, ils le sont. Les combattants souffrent : Starr met un point d'honneur à voir les os se briser et le sang couler. Ce qui explique pourquoi la plupart de ceux recrutés pour le ring sont des métamorphes ou des garous. Ainsi, la cicatrisation n'est pas un problème.

Les métamorphes, à l'instar des garous, étaient capables de ressouder leurs os et refermer leurs plaies lors du changement de forme. Et le fait que les métamorphes se pensaient en tous points supérieurs aux garous devait garantir un spectacle intéressant sur le ring. Surtout que le sentiment de supériorité était tout à fait partagé par les garous.

Et franchement, leur seule différence résidait dans le fait que les garous étaient forcés de se métamorphoser à la pleine lune, et pas les métamorphes.

— Vous pensez que c'est en tenant ce rôle-là que je devrais m'infiltrer dans la propriété ?

Elle approuva d'un signe de tête.

— Celles qui combattent sur le ring ont l'accès libre au bâtiment principal et au parc.

— Mais pourquoi laisser leur liberté aux lutteuses et pas aux prostituées ? Ça ne semble pas très logique de leur faire plus confiance.

— Non. Mais, en règle générale, je vérifie avec plus de soin le passé des lutteuses que celui des prostituées. Et les couloirs de la maison sont surveillés par vidéo vingt-quatre heures sur vingt-quatre. Il compte là-dessus pour être averti du moindre mouvement suspect.

— Seulement des caméras ?

— Non, des détecteurs de mouvement aussi.

— À infrarouges ?

— Pas encore dans la maison. Mais il y a des détecteurs infrarouges autour du zoo, et je sais qu'il avait l'intention d'en installer partout ailleurs. (Elle fit la moue.) Il a été récemment victime d'une agression qui l'a convaincu de cette nécessité. Ce vampire n'est pas passé loin de le tuer.

— Qu'est-ce qui lui est arrivé, à ce vampire ?

Et était-il possible que ce soit *mon* vampire ? Voilà qui aurait été complètement illogique : si Quinn avait su à propos de Starr, il n'aurait pas essayé de me soutirer télépathiquement ces informations.

— Il a été empalé et abandonné au soleil.

Oui, donc, ce n'était pas Quinn.

— Starr a un zoo ?

— Starr a une collection de monstres non humains. (Elle haussa les épaules.) Cela divertit ses visiteurs humains.

Sans blague. Et c'était une manière particulièrement subtile de camoufler une armée grandissante d'êtres conçus pour tuer.

— N'est-ce pas un peu dangereux d'inviter des humains au moment de la pleine lune ?

— Oh que si, mais les danses lunaires fournissent à Starr plein de raisons de faire chanter les gens, et il considère du coup que le risque en vaut la chandelle. (Elle eut un petit sourire.) Quelle famille de politicien va causer un scandale si leur cher disparu meurt dans une position si compromettante ? Pas des masses, je vous le garantis.

Je la regardai d'un air surpris.

— Mais c'est déjà arrivé ?

— Bien entendu.

— *Demande-lui si elle serait prête à donner des noms*, souffla Jack. *Nous devons apprendre ce qu'ils ont été contraints de faire avant leur décès.*

Je répétai la question et Dia acquiesça.

— Je vous donnerai une liste complète de ceux qui assistent aux danses de Starr.

Je la considérai d'un air perplexe, puis dit :

— Vous nous êtes d'une aide énorme, et je voudrais savoir pourquoi.

Elle eut un sourire crispé.

— Parce que quand Misha est mort, Starr a fait quelque chose qu'il n'aurait jamais dû me faire.

Surprise par la fureur contenue qui faisait vibrer ses paroles, je demandai :

— Et de quoi s'agit-il ?

Elle croisa de nouveau mon regard et un frisson me parcourut le dos. Jusqu'à présent, je n'avais jamais réellement compris le sens de l'expression « un regard qui tue », mais en voyant les yeux aveugles de Dia, elle devint bien trop limpide. Le démon lui-même aurait reculé face à un regard si empli de haine et de colère.

— Deshon Starr a enlevé ma fille, répondit-elle d'une voix douce. Et pour cela, je le détruirai, lui et son immonde organisation, même si c'est la dernière chose que je fais de ma vie.

— Il l'a tuée ? m'alarmai-je, tout en me demandant pourquoi je ressentais tant de sympathie pour une femme qui n'avait pas rechigné à la basse besogne depuis des années.

Mais peut-être était-ce injuste ? Misha m'avait dit une fois qu'il n'avait pas toujours le choix, tout simplement parce que Starr était plus puissant et les contrôlait tous. Misha était parvenu à contourner certains conditionnements, mais il n'avait jamais réussi à se libérer. Pour quelle raison la situation aurait-elle été différente pour Dia, malgré tous ses pouvoirs ?

Elle ferma les yeux et poussa un soupir tremblotant.

— Non. Mais il m'interdit de la voir en dehors des week-ends, et seulement quelques heures alors. (Ses yeux croisèrent encore les miens, cette fois-ci brillants d'une douleur que je n'aurais peut-être jamais l'occasion de ressentir, mais pour laquelle je ne pouvais que ressentir de l'empathie.) Elle n'a que six mois. Elle devrait vivre avec sa mère, pas dans l'environnement stérile et froid d'un laboratoire.

— Comme vous, remarquai-je dans un murmure et en me demandant si elle parlait du laboratoire principal, Libraska, ou d'un autre dont nous ne connaissions pas l'existence.

Elle laissa échapper un petit rire amer.

— Ouais, comme moi.

— Et ce laboratoire, il se trouve dans la propriété ?

Elle acquiesça.

— C'est un petit laboratoire de recherche, rien de très important. (Elle me considéra un instant.) J'imagine qu'au Directoire, vous êtes au courant à propos de Libraska ?

— Oui. Que pouvez-vous nous dire à ce sujet ?

Elle haussa les épaules.

— Pas grand-chose. Starr garde un secret absolu sur l'endroit où il se trouve. Je ne suis même pas certaine qu'Alden et Leo soient au courant.

Il ne me restait plus qu'à prier qu'elle ait tort, parce que sinon on était dans la merde jusqu'au cou. Rhoan n'avait aucun pouvoir psychique et n'avait donc aucun espoir de lire dans les pensées de Starr. Et, de mon côté, je n'avais pas du tout envie d'essayer. J'avais peut-être des talents psi insoupçonnés, mais je n'allais certainement pas les utiliser sur un taré comme Starr.

— Quelqu'un d'autre doit le savoir. Ce labo existe depuis plus de quarante ans.

Elle haussa un sourcil.

— Le Directoire en sait plus que je le croyais.

J'eus un demi-sourire.

— C'est toujours le cas. (Je croisai les bras et m'appuyai sur mes genoux.) Ai-je une chance d'obtenir de vous un plan de la propriété de Starr ?

Elle sourit d'un air satisfait.

— J'en ai déjà dessiné un. Et il sera à vous dès que vous aurez accepté toutes mes conditions.

— Je croyais que c'était le cas ?

— Pas tout à fait.

— Que voulez-vous d'autre, alors ?

Mais, au moment même où je posais la question, je le devinai. C'était une mère à qui on avait enlevé son enfant. Évidemment que sa fille serait au sommet de la liste.

— Avant que vous éliminiez Starr, je veux que ma fille soit sortie de la propriété.

— Il risque de se douter de quelque chose du coup.

Elle planta son regard dans le mien. Un regard déterminé. Furieux. Terrifié. C'est ce qui me convainquit de lui faire confiance. Elle avait besoin de mon aide, et, au moins jusqu'à ce que je sorte sa fille de là, je pourrais compter sur elle pour respecter sa parole.

— C'est un risque que vous devrez courir, parce que sinon mon offre ne tient plus. Il l'a équipée de détecteurs : s'il perçoit quoi que ce soit sortant de l'ordinaire, il la tuera. Je vous aiderai une fois là-bas, si c'est nécessaire, mais il faut absolument la sortir de là, quel qu'en soit le coût.

— *Non*, intervint Jack. *Je refuse de mettre cette mission en péril pour un enfant de clone.*

Je ne dis rien. J'en étais incapable : ma gorge était nouée par la colère. Starr était peut-être un enfoiré, mais à maints égards c'était aussi le cas de Jack. Bon sang, nous étions en train de parler d'un tout petit bébé. Elle méritait de vivre, qui que soit sa mère.

Évidemment, mes propres perspectives peu réjouissantes en matière de procréation ne faisaient que me rendre plus sensible à la supplique de Dia. Et Jack aurait dû me connaître assez pour le savoir.

Je considérai Dia quelques secondes, puis me penchai par-dessus la table basse et lui serrai brièvement la main. Elle me répondit par un sourire empli de soulagement.

— Nous acceptons toutes les autres conditions, dis-je à l'intention de Jack.

Dia acquiesça.

— Je vais donc vous donner les plans, mais il faudra les détruire ensuite. Le car des lutteuses part de la vieille gare de Sainte-Kilda à 14 heures. Un homme nommé Roscoe vous y attendra.

Je haussai les sourcils.

— Vous ne serez pas là ce soir ?

Elle eut un sourire contraint.

— Non, j'ai encore devant moi toute une soirée de recrutement de prostituées. Mais nous nous verrons demain.

— Pourquoi fait-il amener tant de femmes cette fois-ci ?

Elle hésita un instant.

— Parce qu'il va y avoir une réunion.

— Une réunion ?

Elle opina du chef.

— Tous les responsables du cartel seront présents.

— *Bordel de merde, on a touché le jackpot !* s'exclama Jack dans mon oreille. *C'est fantastique !*

Si c'était si fantastique, pourquoi me sentais-je soudain nauséeuse ? Peut-être parce que j'étais convaincue que Starr ne prendrait pas un tel risque si le jeu n'en valait pas amplement la chandelle. Ou peut-être était-ce simplement que la piscine grouillant de requins dans laquelle j'allais me retrouver plongée devenait soudain encore plus dangereuse. Et je n'étais pas certaine d'être prête pour une mission d'une telle ampleur.

Mais je n'avais pas l'intention de reculer. De toute façon, Jack me le permettrait-il ?

— Pourquoi convoque-t-il ses généraux ?

— Parce qu'il veut préparer sa guerre contre les autres gangs.

— Dans un mois, m'écriai-je en me souvenant du message que Dia avait laissé pour Gautier. Quand le Directoire se trouvera entre vos mains.

Elle riva son regard sur moi.

— Comment le savez-vous ?

— J'ai un embryon de don de clairvoyance, marmonnai-je en me frottant les yeux. Nous devons absolument l'arrêter.

— Oui. (Elle hésita.) Starr et ses lieutenants ont leur propre étage, parfaitement sécurisé, au sous-sol du manoir. Il est équipé du dernier cri des détecteurs. C'est là qu'il rassemblera ses généraux pour préparer la guerre. Vous n'avez aucune chance d'y accéder. Votre seul espoir, c'est l'arène, pour gagner les faveurs d'Alden et Leo et lire dans leurs pensées la nuit. Si vous le pouvez.

Et ce « si » me semblait de plus en plus gros chaque fois que j'y pensais. Je saisis mon sac à dos et me levai.

— Puis-je avoir les plans ?

Elle alla chercher un carnet de notes sur le manteau de la cheminée, ainsi que plusieurs rouleaux de papier.

— Tout ce que je sais à propos du système de sécurité se trouve ici, dit-elle en me tendant le carnet et les rouleaux. Et ceci est le contrat que vous êtes censée avoir signé lors de votre embauche. En gros, c'est un contrat de travail avec certaines clauses spécifiques. Les autres l'auront lu.

— Alors, il vaut mieux que je le fasse aussi.

Elle approuva d'un signe de tête.

— Et en réponse à votre question concernant ma vue, j'ai de l'aide pour m'aider à voir lorsque je me trouve hors de cette maison.

Je la regardai d'un air surpris.

— Quel genre d'aide ?

— Si vous connaissez aussi bien Misha que vous le dites, alors vous devez avoir entendu parler des Fravardin.

J'acquiesçai. Les Fravardin étaient des esprits gardiens que Misha avait rencontrés et recrutés lorsqu'il se trouvait au Moyen-Orient.

— Il ne m'a jamais dit comment il les avait convaincus de travailler pour lui, néanmoins, fis-je remarquer.

Elle sourit.

— Il leur a sauvé la vie. Ils lui sont redevables maintenant, et sont contraints par l'honneur d'exaucer chacune de ses volontés, même après la mort.

L'une de ces volontés était qu'ils me protègent, mais je n'avais jamais ressenti leur présence, sans parler d'en rencontrer un face à face. Enfin, si c'était possible de rencontrer une créature éthérée face à face, quoi.

— Quel est le rapport avec votre vue ?

— L'un des Fravardin a été affecté à mon service. Dès que je sors d'ici, il m'accompagne et je suis capable de me connecter à son esprit et de voir à travers ses yeux.

Je ricanai.

— Vous n'avez donc jamais rien risqué hier soir, même si l'attaque de ces vampires n'avait pas été une mise en scène.

— Non. Le Fravardin se serait occupé de toute véritable menace.

Elle dit cela d'un ton affirmatif qui était aussi un avertissement.

— Alors pourquoi ne lui demandez-vous pas de tuer Starr et de secourir votre fille ?

— Parce qu'il me sert d'yeux et de garde du corps si nécessaire, mais rien de plus. Risa a beau être mon enfant, son rôle de gardien ne s'étend pas jusqu'à elle.

— Ils sont donc très tatillons concernant les volontés de Misha ?

— Oui, ils les suivent au mot près.

Cela expliquait peut-être pourquoi je n'avais pas ressenti la présence des Fravardin : peut-être ne se manifesterait-elle pas tant que je ne serais pas en danger. Mais comment le sauraient-ils s'ils ne se trouvaient pas dans les environs ?

Et voulais-je vraiment avoir une réponse à cette question, surtout si ça signifiait me mettre en danger de mort ?

La réponse était un « non » franc et massif.

— Pourquoi Misha vous a-t-il donné un de ses Fravardin ? Je croyais que vous et les autres clones vous entendiez assez mal.

Elle sourit.

— C'est vrai, dans une certaine mesure. Mais Misha et moi partagions un peu plus que les autres. J'imagine qu'on pourrait dire que c'était mon frère.

— Vous êtes sa sœur ? m'écriai-je d'un air incrédule. Mais... n'êtes-vous pas tous des clones ?

Elle eut un signe d'acquiescement.

— Oui, mais Misha et moi sommes les clones d'un frère et d'une sœur. Nos modèles originaux étaient issus d'une mère Helki et d'un père argent. C'étaient des jumeaux. Si un clone est capable d'amour fraternel, alors je pense que c'est ce qui nous reliait, Misha et moi. Il me manque.

— Mais..., balbutiai-je en tentant de mettre de l'ordre dans mes pensées, si vous êtes les clones d'un frère et d'une sœur Helki, cela signifie-t-il que, comme les originaux, vous êtes capables de changer de forme ?

Elle haussa un sourcil pâle.

— Pourquoi posez-vous cette question ?

— Simple curiosité.

Lorsque j'avais découvert l'existence des Helki, je m'étais posé la question de savoir si Misha avait une forme alternative, et si le corps que je lui connaissais était vraiment le sien. Mais il était mort et cela n'avait plus vraiment d'importance, sauf que, au fond de moi, j'avais envie de savoir. Surtout quand sa « sœur » tenait l'avenir de notre mission entre ses mains. Je croisai son regard bleu, si différent de celui de Misha. C'était probablement fait exprès.

— Misha m'a dit que la métamorphose consommait beaucoup d'énergie, et que les yeux étaient ce qu'il y avait de plus délicat à maintenir. Lequel de vous deux est le plus proche de sa forme véritable, et comment vous débrouillez-vous pour stabiliser les changements jour après jour ?

— Ce sont des modifications subtiles, c'est pourquoi nous sommes en mesure de les maintenir aisément. (Elle eut un sourire presque triste.) Hier soir, c'est notre véritable couleur de cheveux que vous avez vue. Misha préférait les garder gris, mais il n'a jamais modifié ses yeux. Comme son modèle, il avait les iris naturellement argentés.

— Et vous ?

— Les miens sont typiquement Helki, bruns cerclés de bleu.

— Pourquoi les changez-vous, alors ?

— Parce que le bleu est plus efficace dans mon travail. (Son regard se durcit, toute émotion en disparaissant.) Ne serait-ce que pour Misha, je veux me venger.

— Et c'est pour ça que Starr a pris Risa en otage.

— Oui.

— Alors pourquoi n'avez-vous pas contacté le Directoire avant ?

— À cause de Gautier. Parce que je ne savais pas ce que vous saviez à son propos et sur son influence. (Elle eut un reniflement de dérision.) Si on doit le croire, c'est tout juste s'il ne dirige pas toutes les opérations à présent.

Cela me fit hausser les sourcils.

— J'avais l'impression que Gautier et vous ne vous rencontriez jamais lors des échanges d'informations ?

— C'est le cas.

— Alors quand est-ce que vous lui avez parlé ?

— Où croyez-vous que je le voie ? Au domaine de Starr, évidemment.

Chapitre 5

« Putain » fut le premier mot qui me vint à l'esprit, et il était impuissant à exprimer à quel point la situation était soudain devenue merdique. D'un autre côté, vu qu'on parlait de Gautier, « merdique » était un mot adapté lorsqu'on pensait aux effluves qu'il dégageait.

— *Bon, au moins, ça explique où Gautier a disparu les quelques fois où nous avons perdu sa trace*, commenta Jack dans mon oreille. *Mais ça ne change pas nos plans. Le travail de Liander est subtil, mais efficace. Je doute qu'il vous reconnaisse.*

Peut-être pas à l'œil, mais si j'ouvrais ma grande gueule et commençais à lui balancer des vannes comme j'en avais l'habitude, il risquait de soupçonner quelque chose. Il y avait peu de gens aussi stupides que moi lorsqu'il se trouvait dans les environs.

— *Tout ce que tu devras faire*, continua Jack, *c'est d'éviter de croiser son chemin et d'ouvrir ta gueule. C'est un ordre, pas une suggestion.*

Et je ferais tout mon possible pour ne pas y désobéir. Gautier m'avait déjà cassé la figure une fois et je n'avais nulle intention de lui donner une seconde occasion. Surtout dans un endroit où personne ne pourrait courir à ma rescousse à la dernière minute.

— Et donc, demandai-je à Dia, il y va souvent ?

Elle haussa les épaules.

— Très occasionnellement. Starr ne veut pas qu'on le voie et risquer qu'il soit reconnu.

— C'est un gardien. Il travaille de nuit. Je doute qu'aucun des invités de Starr soit capable de le reconnaître.

Elle eut un sourire sinistre.

— Il y a des politiciens qui ont accès à certains dossiers. Starr ne veut pas prendre le risque, parce qu'il croit que la position de Gautier au sein du Directoire est assurée et que personne ne soupçonne rien.

Cool qu'on ait réussi à cacher à Gautier que nous l'avions démasqué, alors.

— C'est l'un des amants de Starr ?

Bizarrement, je n'arrivais pas à m'imaginer Gautier homosexuel. Remarque, je ne le voyais pas plus faire l'amour avec des femmes. Il m'avait toujours semblé asexué.

— Non. Starr l'utilise comme une forme occasionnelle de châtiment : si on fait quelque chose de grave, on affronte Gautier. (Elle hésita.) Personne ne l'a jamais battu.

Quelle surprise. Cet enfoiré était une machine à combattre. Une machine puante.

— Il les tue ?

— Toujours. C'est son rôle.

Ça, on pouvait le dire.

— Est-ce qu'il est censé se trouver chez Starr dans les deux semaines à venir ?

— À moins que quelque chose d'exceptionnel se produise, non. Il y aura trop de monde dans le coin. Je pense qu'il préférera éviter d'être vu.

Bien. Parce que, déguisement ou pas, je préférais éviter que ce salopard m'approche.

— Autre chose que je devrais savoir avant d'embarquer dans le car, cet après-midi ?

Elle hésita un instant.

—Il y aura onze autres femmes avec vous, toutes métamorphes ou garous. Au moins l'une d'entre elles n'est pas ce qu'elle prétend.

Je haussai les sourcils.

—Une autre espionne?

—Non. Elle est là pour se venger.

Alors peut-être pourrais-je la convaincre de me filer un coup de main dans les prochains jours.

—Qui est-ce?

Dia sourit.

—Je vous laisse le déterminer vous-même. Je ne veux pas influencer votre instinct.

—Vous voulez dire que vous n'êtes pas certaine vous-même de vos prédictions?

—Non, simplement que je ne sais pas si elle sera une aide ou au contraire un fardeau dans la poursuite de notre objectif commun.

Oh, oh. Typique de la voyante qui évite une question embarrassante, ça.

—Pourquoi seulement douze femmes?

—Parce que trois autres lutteuses sont restées au manoir à l'issue de la dernière danse lunaire.

—Seulement trois? Il me semble que la somme offerte doit être assez motivante pour rester plus longtemps.

—Je ne sais pas. Peut-être qu'elles veulent simplement rentrer chez elles.

Ou peut-être que des choses se passaient dont Dia n'avait pas connaissance.

—Est-ce que je serai en mesure de vous parler une fois au manoir?

—Pas à l'intérieur. Comme je vous l'ai dit, il y a des micros dans tous les couloirs. Mais je m'arrangerai pour me trouver à l'extérieur autant que possible. Je me promène souvent dans le parc, Starr ne trouvera donc pas ça inhabituel.

— Rien d'autre ?

— Rien qui me vienne à l'idée, non.

— Bien, dis-je en tendant la main avant de la laisser retomber à mon côté.

Pas tant parce qu'elle ne pouvait percevoir mon geste que parce qu'elle risquait de lire de nouveau en moi. J'avais l'impression que je n'aimerais pas ce qu'elle verrait.

— On se voit là-bas, alors, conclus-je.

Elle se contenta d'un signe de la tête. J'épaulai mon sac à dos et sortis seule de la maison. J'avais à peine passé le portail de fer forgé qu'une camionnette noire se gara à côté de moi, et sa porte coulissante s'ouvrit sous mon regard surpris.

— *Monte*, ordonna Jack de l'intérieur du véhicule et dans mon oreille.

Je m'exécutai. La camionnette redémarra et Jack se retourna d'un mur d'écrans en tendant la main. Je lui donnai le carnet et les rouleaux de papier.

— C'est un peu risqué, non ? commentai-je en me laissant tomber sur l'autre chaise pivotante et en jetant un regard aux moniteurs qui ne montraient rien d'autre que des clôtures, des arbres et une surface de gazon vide.

— Dia sait qui nous sommes. Et si ce qu'elle a dit sur sa fille est vrai, alors Starr n'a nul besoin de la surveiller quand elle ne se trouve pas au manoir. Et nous n'avons d'ailleurs pas vu la moindre trace du contraire.

Ce qui ne signifiait pas qu'il n'y avait pas de surveillance. Si Starr était au courant pour les Fravardin, qu'est-ce qui l'empêchait de fabriquer des créatures similaires pour son usage exclusif ? Je considérai Jack alors qu'il feuilletait le carnet de notes et demandai :

— Quelque chose d'intéressant ?

Il leva les yeux et me donna le carnet.

— Beaucoup de choses. Mémorise-les, puis je m'arrangerai pour les faire parvenir à Kade et à Rhoan.

Je le considérai avec curiosité.

— Comment ça ? Aucun des deux n'est télépathe.

— Non. Mais nous avons actuellement en détachement au Directoire des métamorphes faucons. Or seules les clôtures du domaine sont surveillées.

C'était ce que Dia m'avait dit. Je désignai les moniteurs d'un geste du menton.

— C'est la propriété de Starr ?

— Oui. Nous essayons d'installer des caméras plus près du manoir, mais ils vérifient sans cesse et ça rend la tâche plus difficile.

Je haussai les sourcils.

— Ils ont mis le paquet sur la sécurité en perspective de la réunion de tous les généraux du cartel ?

— J'imagine. Après tout, ce serait le moment idéal pour une attaque par un gang rival.

— Étant donné ce que nous a raconté Dia sur cette attaque de vampire, il est fort probable qu'il soit aussi en train de faire installer des détecteurs infrarouges.

Ce qui ne risquait pas de faciliter mes déplacements nocturnes : je me camouflais aussi bien que n'importe quel vampire, mais ma trace serait toujours détectable par des capteurs infrarouges.

— Nous avons mis les entreprises spécialisées dans la détection infrarouge sous surveillance. Pour le moment, il n'y a eu aucune commande.

— Et le marché noir ?

— On peut certainement y trouver ce genre de système, mais l'installation nécessite des connaissances spécifiques que seules dix ou onze personnes possèdent sur Melbourne.

(Il pointa le carnet de notes du doigt.) Commence à mémoriser tout ça.

Il parcourut le contrat de travail pendant que j'étudiais le carnet. La propriété de Starr s'étendait sur une vingtaine d'hectares de bois et de terrains de courses pour chevaux. Le manoir lui-même était un énorme bâtiment carré sur deux étages qui abritait non seulement en son sein une arène de la taille d'un terrain de football, mais aussi une piscine olympique et une gigantesque salle de sport. Il y avait également d'autres bâtiments séparés, les quartiers des gardes et des prostituées. La grange et le zoo étaient situés à l'opposé de ces bâtiments. Derrière ceux-ci se trouvait un lac qui semblait assez vaste pour pouvoir y circuler en bateau à moteur.

— Un contrat de travail des plus classiques, commenta Jack au bout d'un moment. Le seul détail intéressant, c'est que tu dois accepter d'avoir tes souvenirs « réaménagés » à l'issue de ton séjour.

— Comme pour les putes qui y sont allées.

Il acquiesça et jeta un coup d'œil à sa montre.

— Nous allons te déposer non loin du point de rendez-vous à 13 heures. Ça te donnera une heure pour lire ton contrat et le reste du carnet.

Je lus et mémorisai tout ce que je pouvais pendant qu'il surveillait les moniteurs. Ce qu'il cherchait, je n'en avais aucune idée, en particulier vu le peu qui se passait sur les écrans. À 13 heures, ils me déposèrent devant un *KFC*. Visiblement, Jack avait entendu mon estomac gronder. C'était ça ou le dernier repas de la condamnée. Je pris un menu pour deux, en remerciant une fois encore la bonne étoile qui m'avait dotée d'un métabolisme accéléré de loup-garou rendant tout régime superflu une fois à l'âge adulte, puis me dirigeai vers le point de rendez-vous pour voir qui s'y trouvait déjà.

Il y avait trois femmes sur les lieux. Deux étaient à peine féminines, avec une musculature noueuse qui rappelait les coureuses de fond. La troisième était plus grande, plus large d'épaules, avec des cheveux en pics platine et des yeux bleus perçants. Ses bras étaient tatoués, et elle n'avait pas l'air commode. J'aurais pu la qualifier de punk, sauf que son attitude ne collait pas. Ce n'était pas cette posture typique, prête au combat, des gamins des rues en rébellion contre l'autorité, mais plutôt celle, au pied léger, d'une lutteuse professionnelle.

Je la saluai d'un signe de tête mais n'accordai aucune attention aux deux autres, puis allai m'asseoir sur un muret pour manger mon poulet. L'air était chargé d'animosité, qui venait plus des deux maigrichonnes que de celle qui se tenait sur la pointe des pieds, mais personne ne dit rien et d'autres femmes vinrent nous rejoindre. Quand arrivèrent les 14 heures, il y avait un véritable contingent de femmes, parmi lesquelles formes, couleurs et espèces étaient équitablement représentées. Je ne vis aucune autre louve-garou, mais des chattes-garou, une métamorphe ourse, des métamorphes aviaires, et une fille discrète aux cheveux roux et au teint cuivré qui devait être une renarde-garou. Les combats risquaient d'être intéressants, c'était peu de le dire.

Le car apparut à peu près cinq minutes après l'arrivée de la dernière femme, et un mastard aux cheveux gris ardoise en descendit.

— OK, mesdames ! beugla-t-il d'un ton de caporal, quand j'appellerai votre nom, vous monterez dans le car.

Il commença à aboyer des noms et, tels des petits soldats obéissants, nous nous levâmes et montâmes dans le car. Arrivée en haut des marches, j'eus un instant d'hésitation en tentant de sonder la semi-pénombre. Quantité de sièges étaient libres, mais la plupart de celles qui étaient déjà montées avaient choisi de s'installer au fond. La métamorphe ourse était assise au milieu du car et semblait à l'étroit dans son siège. Elle croisa mon regard d'un air provocateur, comme si elle me défiait de m'asseoir à côté d'elle. Du coup, je m'avançai le long du couloir et m'assis de l'autre côté de son siège, en face d'elle.

— La petite louve est brave, marmonna-t-elle d'une voix profonde et rocailleuse. Les autres semblaient effrayées à l'idée de s'approcher de moi.

— La louve n'est petite que comparée à d'autres, répliquai-je en la parcourant des pieds à la tête du regard.

C'était une grande femme, en longueur comme en largeur, mais les rides de rire qui plissaient le coin de ses yeux bruns et les fossettes dans ses joues rebondies laissaient deviner une nature affable qui contrastait avec ce qu'elle dégageait et la réputation des métamorphes ours.

— Mais avec des paluches comme les tiennes, poursuivis-je, je ne peux pas leur en vouloir. Pour moi, c'est un avantage déloyal.

Elle éclata de rire, un rire retentissant et joyeux qui me donna le sourire.

— Tu n'as pas tout à fait tort, petite louve, dit-elle en se penchant vers moi et en me tendant sa patte géante. Je suis Bernadine, Berna pour les amis.

— Moi c'est Poppy, répondis-je en souriant lorsque ma main disparut dans la sienne. (Elle avait beau avoir une forte poigne, celle-ci n'était ni provocatrice ni hostile : une femme ayant confiance dans sa force et ne ressentant pas le besoin d'en faire montre.) Considère-moi comme une amie, Berna. J'ai comme dans l'idée que le contraire serait imprudent.

— Bien deviné encore, petite louve, reconnut-elle avec un sourire. Désolée, mais Poppy n'est vraiment pas un prénom qui te correspond.

— Ce n'est pas celui que j'aurais choisi, mais mes parents ne m'ont pas spécialement donné le choix.

Pas plus que mon foutu patron.

Les deux femmes à l'air affamé grimpèrent à bord du car et regardèrent autour d'elles. Elles eurent toutes deux un rictus en croisant mon regard, puis elles se détournèrent comme une seule femme et allèrent s'asseoir au deuxième rang des sièges.

Berna me décocha un regard amusé.

— On parie que ce sont des jumelles ?

— Les jumelles ne sont pas synchrones dans leurs gestes comme elles. (Bon sang, mon frère me tuerait si je commençais à imiter ses mouvements de cette manière.) C'en est presque flippant.

— C'est la raison pour laquelle je pensais que c'étaient des jumelles. Séparées à la naissance.

— Ou alors elles sont juste bizarres.

Elle réprima un rire.

— Je crois que c'est le cas pour chacune d'entre nous. Après tout, nous nous trouvons toutes ici dans ce car, sans la moindre idée d'où il va nous amener.

— Moi, je fais ça pour l'argent.

— Pareil pour moi. Mais on peut se poser la question pour certaines.

Le mec aux allures de soldat monta à cet instant précis dans le car, m'empêchant de demander à Berna ce qu'elle voulait dire par là. La porte se ferma avec un chuintement et il prit la parole.

— OK, mesdames, je vous demande de m'écouter. (Il attendit que les murmures se taisent, puis poursuivit :)

Comme vous aurez pu le lire dans votre contrat, le propriétaire du domaine où nous nous rendons souhaite garder sa localisation secrète. Les fenêtres vont donc bientôt être obstruées et un rideau sera tiré en travers du car. Attention, l'intérieur sera surveillé, et toute personne tentant de regarder par les vitres sera immédiatement licenciée.

— Je ne me souviens d'aucune mention se rapportant à de la paranoïa dans le contrat, marmonnai-je.

Berna étouffa un petit rire. Le soldat me décocha un regard glacial.

— Vous avez bien lu et signé le contrat, n'est-ce pas ?

— Oui.

— Alors, vous savez que l'impertinence est interdite.

— Et, si vous avez lu mon dossier, vous devez savoir que c'est un de mes traits de caractère les plus attachants.

— *Riley, ferme ta grande gueule*, fulmina Jack dans mon oreillette. *Tu vas te faire virer à coups de pompe du car, si tu continues !*

Je me mordis la lèvre inférieure pour éviter de sourire et dus résister à l'envie de lui rappeler que c'était lui qui avait fait de Poppy une grande gueule, pas moi.

Le soldat prit un air extrêmement contrarié.

— L'insolence, c'est peut-être très bien sur le ring, mais ça risque de vous coûter cher en dehors.

— Vous allez me faire des retenues sur salaire ?

— C'est dans le contrat.

— Merde. J'aurais dû mieux le lire, alors.

Il fronça les sourcils, mais reporta son attention sur les autres filles. Plusieurs d'entre elles, assises au fond du car, s'agitèrent d'un air mal à l'aise, et je me demandai si c'était à cause du regard intimidant du simili-soldat ou du fait qu'elles commençaient à se rendre compte dans quoi elles s'étaient embarquées. En tout cas, je sentais réellement un nuage d'inquiétude dans l'air, et le simple fait de le sentir m'inquiétait, moi. Depuis quand étais-je capable de ressentir les émotions des autres ? En dehors de Quinn, bien sûr, mais c'était dû à l'intensité de notre lien… Ou était-ce seulement ça ?

— Celles d'entre vous qui ont bien lu le contrat (je n'eus aucun doute quant à la personne visée par cette petite pique, mais bon, il ne fallait pas être Einstein pour le deviner, non plus) savent qu'il y aura une dernière épreuve à notre arrivée au domaine : une course d'obstacles. Si vous ne parvenez pas à la terminer, vous serez ramenée au point de rendez-vous. Il est aussi interdit de changer de forme durant la course. C'est cause de disqualification.

— Pourquoi ça ? intervins-je.

Il me jeta un regard impassible.

— Parce que c'est ce que souhaite votre nouvel employeur.

— Alors, pourquoi embaucher des métamorphes et des garous si vous refusez qu'elles changent de forme ?

— Et pourquoi tu ne la fermerais pas avant que je te jette dehors ?

Je la fermai.

— Celles qui termineront la course seront préparées pour l'arène. C'est du combat à mains nues, avec parfois des armes en bois. La gagnante empochera un bonus substantiel et passera la nuit avec les lieutenants de mon employeur. Ce n'est pas négociable et, si ça vous pose un problème, vous pouvez descendre maintenant.

Il avait l'air de me viser en disant cela, même si je ne voyais pas pour quelle raison. Poppy était censée être à moitié loup, et les loups ne sacralisaient pas autant le sexe que certaines autres espèces. Après tout, ce n'était *que* du sexe, quelque chose qu'on devait partager et savourer, et pas dissimuler derrière des portes closes et une attitude puritaine.

Quand il vit que je ne disais rien, il poursuivit son laïus :

— Toute blessure reçue lors des combats devra être soignée par la combattante. En cas d'absence à un combat due à une blessure, vous perdrez une nuit de paie.

Ces gars avaient vraiment un cœur gros comme ça.

— Il y a deux zones absolument interdites aux lutteuses, poursuivit le soldat. Le zoo, où il est défendu de se rendre sans être accompagné, et le sous-sol du manoir, où se trouve le domicile du patron.

On y trouvait aussi le petit laboratoire où était retenue la fille de Dia, ce qui signifiait que la sauver discrètement serait doublement difficile.

— Toute personne surprise dans cette zone sans invitation personnelle sera immédiatement exclue.

Aucune mention d'un raccompagnement au point de rendez-vous, cette fois-ci. J'avais comme dans l'idée que, dans ces circonstances précises, c'était superflu.

Il jeta un coup d'œil à sa montre et conclut :

— Nous allons maintenant tirer les rideaux. Le trajet devrait nous prendre approximativement une heure. D'ici là, profitez bien du voyage.

Je ricanai doucement pendant que l'obscurité envahissait le car.

— Ouais, y a pas à dire, génial le voyage, dans le noir, en direction de l'inconnu.

— Et moi, je viens à peine de sortir d'hibernation. Autant te dire que je ne suis pas particulièrement fan d'endroits obscurs en ce moment.

Je la dévisageai d'un air surpris.

— Une ourse qui n'aime pas l'obscurité ?

— Oh ! Je n'ai aucun problème avec l'obscurité, petite louve. Je n'aime simplement pas y être plongée sans réel besoin.

— Tu dors avec la lumière allumée, alors ?

Elle eut un ricanement de dérision.

— Mais non. Je l'éteins aussi pendant le sexe. Je préfère éviter de trop montrer mes bourrelets.

Je souris.

— Et si tu n'aimes pas particulièrement ton partenaire, c'est plus facile d'imaginer que tu es avec quelqu'un d'autre dans le noir.

— Oh ! Ça oui ! (Elle hésita un instant.) Qu'est-ce qui nous attend, d'après toi ?

Je haussai les épaules et me demandai vaguement pourquoi elle me posait cette question. Après tout, elle n'avait aucune idée de qui pouvait nous écouter, ou même de qui j'étais vraiment. J'aurais très bien pu être chargée de détecter les espionnes potentielles. Mais d'un autre côté, les métamorphes ours n'avaient pas seulement une réputation de gros durs : ils étaient aussi connus pour leur honnêteté brutale. Peut-être pensait-elle que j'étais digne de confiance tout simplement parce que je m'étais assise près d'elle.

Ou peut-être était-ce *elle* qui était chargée de détecter les espionnes.

Mais, pour une raison quelconque, je ne le croyais pas, et j'ignorais pourquoi, à part qu'elle me semblait sympathique. Vu mon peu de chance en matière de choix d'amis ces derniers temps, ça aurait dû au contraire me pousser à être prudente avec elle.

— Je crois qu'il s'agit d'un milliardaire excentrique qui adore organiser des partouzes géantes pour impressionner ses invités.

— Oui, mais l'arène ? J'aime me battre, hein, mais tout ça m'a l'air un peu plus sérieux que ce que je fais d'habitude.

— Tu es pro ?

— Oui, je fais du catch.

Elle avait le gabarit pour. Et même si je n'avais jamais vu de métamorphe ours en action, j'étais prête à parier qu'elle en avait aussi la rapidité. Les vrais ours sont sacrément vifs pour leur taille.

— Ça doit pas mal rapporter, ça, non ?

— Quand on est bonne. Je ne me fais pas la moitié de ce que gagne Ginny.

Je fronçai les sourcils.

— C'est qui, Ginny ?

— La fille tatouée. Tu l'as sûrement remarquée dans la file d'attente.

Ah oui, la fille au pied léger. J'avais vu juste. Elle était effectivement payée pour se battre.

— Vous vous connaissez donc ?

— Nous fréquentons le même circuit.

Ce qui pouvait signifier aussi bien qu'elles étaient les meilleures amies du monde que des ennemies mortelles.

— Vous êtes toutes les deux au chômage en ce moment, alors ?

— Non. En ce qui me concerne, la somme offerte était impossible à refuser. Ça me permettrait de mettre un peu de côté pour les coups durs. Et peut-être même de m'acheter un endroit pour vivre.

Elle se tut. J'entendis le cuir des sièges crisser sous les cuisses des autres femmes. Personne ne parlait. Peut-être étaient-elles fascinées par notre conversation.

— Et toi, tu faisais quoi quand on t'a recrutée, petite louve ? reprit-elle.

— Je venais d'arriver de Sydney.

— Pourquoi ?

— C'était devenu un peu chaud pour moi, là-bas. Je me suis dit qu'un petit voyage serait plus sympa qu'un séjour derrière les barreaux.

Elle ne fit aucun commentaire, mais je sentis soudain une indéniable froideur de sa part.

— Tu as fait quelque chose de grave ?

— J'ai juste eu la main un peu leste au mauvais endroit.

— Voleuse.

Elle le dit d'une manière calmement désapprobatrice. Pas étonnant vu l'honnêteté sans fard des ours. Mais je devinai à l'entendre que j'avais aussi perdu une amie potentielle. Cela m'attrista, car ce n'était jamais facile pour moi de me faire des amis et j'avais vaguement espéré que ce serait le cas cette fois-ci.

— Quand c'est nécessaire, répondis-je d'un air détaché. Il faut bien survivre.

— On peut toujours chercher du travail.

— C'est ce que je fais. Et on finit toujours par me virer.

— Pas étonnant si tu as la main leste.

Je ne trouvai rien à répondre à ça, et elle garda le silence de son côté. Le reste du voyage me sembla bien long, puis, enfin, les rideaux furent tirés, laissant apparaître une longue allée blanche bordée d'ormes. Elle menait à une maison à colonnes qui aurait été à sa place dans le sud profond des États-Unis, sauf qu'elle était incomparablement plus vaste que n'importe laquelle de ces demeures sudistes. Une vague de « Waouh ! » parcourut le car, et j'y pris part, même si j'avais déjà étudié les plans de la propriété. Visiblement, le crime payait *extrêmement* bien.

Le car ne s'arrêta pas devant l'entrée de la demeure, mais prit plutôt vers la droite et se dirigea vers l'arrière. Je laissai les autres dévorer le bâtiment du regard et choisis d'observer le parc et les champs de courses, où j'aperçus des dortoirs, dont l'un était encerclé par des barbelés : probablement là où se trouvaient les prostituées. Et, dans le genre bordel, c'était un bâtiment parfait : une réplique en miniature de la maison principale, avec un petit parc luxuriant et une piscine privée. Néanmoins, en voyant les barbelés et les caméras aux quatre coins de la maison, j'étais bien contente que nous n'ayons pas suivi le plan d'origine. Ça aurait été un enfer de devoir sortir de cet endroit, sans parler d'y entrer.

Le car s'arrêta derrière le manoir et le simili-soldat se leva.

— Lorsque j'appellerai votre nom, vous descendrez du car et vous dirigerez vers la porte rouge. Derrière celle-ci, vous trouverez un parcours d'obstacles que vous devrez franchir. Selon que vous y arriverez ou non, vous serez alors escortées soit à votre chambre, soit au car. C'est bien compris ?

Nous acquiesçâmes toutes sagement. Il appela le premier nom :

— Nerida Smith.

La métamorphe renard se leva et descendit du car. La porte rouge s'ouvrit à son approche, puis se referma derrière elle. Je tendis l'oreille mais ne pus entendre aucun son s'échapper de derrière la porte. Ce qui se passait à l'intérieur était donc silencieux. Ou alors, la maison était très bien isolée.

Ce fut ensuite au tour des « jumelles », puis celui d'une femme à la peau noire qui semblait terriblement fragile. Cinq secondes après son entrée, j'entendis des hurlements d'effroi. Le soldat baissa les yeux sur son bloc-notes et raya un nom. Notre premier échec.

Ginny, la fille aux tatouages, passa ensuite, puis Berna.

— Bonne chance, lui dis-je en la voyant se lever.

Elle me remercia d'un mouvement de tête crispé qui en disait plus sur sa nervosité que sur une quelconque antipathie envers moi. Il n'y eut aucun cri de la part de ces deux-là, ce qui signifiait probablement qu'elles avaient réussi. Ce ne fut pas le cas de la blonde qui les suivit.

— Et en dernier, petite chanceuse, finit-il par dire, la louve à grande gueule.

Je me levai.

— J'imagine que vous parlez de moi.

Il désigna la porte rouge de la pointe de son stylo.

— On va bien voir si tu feras ta petite maligne là-dedans.

— Les parcours d'obstacles, ça ne me fait pas peur.

Il sourit soudain d'un air décidément malsain.

— Celui-là, ce sera peut-être différent.

J'avais tellement hâte. Je descendis du car et m'avançai vers la porte.

— J'entre dans la maison, murmurai-je. Je coupe le son jusqu'à ce que je sois sûre d'être en sécurité.

— *Bonne chance, Riley.*

— Merci.

J'effleurai discrètement mon oreille pour interrompre la liaison et pris une grande inspiration en voyant la porte rouge s'ouvrir sur une longue pièce à moitié obscure, avec des tas de cartons dispersés çà et là. Je levai les yeux en passant la porte et remarquai qu'il n'y avait pas de capteur à l'intérieur, ce qui signifiait qu'on ne pouvait pas sortir par cette issue. Des caméras étaient installées à intervalles réguliers au plafond. Quelqu'un devait donc surveiller la progression des candidates jusqu'à la sortie.

Je me demandai s'ils avaient ordre d'intervenir en cas de problème.

La porte se referma automatiquement derrière moi. Je m'immobilisai à l'entrée et reniflai l'air ambiant. Je ne sentis que poussière et odeur de renfermé, mais ça ne signifiait pas que j'étais seule dans la pièce. Mes autres sens furent mis en éveil par la présence de plusieurs créatures non humaines, cachées derrière les montagnes de cartons. Au moins l'une d'entre elles était un vampire.

Un déclic retentit : la porte qui se verrouillait. Puis la lumière s'éteignit et fit place à une obscurité absolue, encore plus impénétrable que la plus noire des nuits. Je clignai des yeux et passai en vision vampirique à infrarouges. Certes, c'était un avantage déloyal, mais qui avait dit qu'il fallait être fair-play ?

J'entendis des pas légers comme un murmure froisser le silence. Je tournai la tête vers la gauche, pas parce que les pas venaient de là, mais parce que quelqu'un y était caché. Je ne le voyais pas : il devait se trouver derrière une paroi métallique, car son empreinte de chaleur était invisible. Mais sa présence m'agaçait la peau, comme un gravillon dans une chaussure.

Je négligeai les escaliers et sautai par-dessus la rampe avant d'atterrir légèrement sur le sol. Les bruits de pas cessèrent. Pendant plusieurs secondes, je n'entendis plus d'autre son que ma respiration. Puis j'aperçus une flamme rouge palpiter dans l'obscurité, passant d'un tas de cartons à l'autre. Ce n'était pas le vampire, mais je ne perçus pas de quel type de non-humain il s'agissait. Il devait y avoir des atténuateurs psi dans la pièce.

Je débouclai ma ceinture et l'ôtai des passants de mon jean, la gardant pliée en deux dans ma main droite. Je ne voulais pas que les personnes présentes dans la pièce ou celles qui assistaient à la scène puissent deviner de quoi j'étais vraiment capable. Utiliser la boucle en forme d'araignée de ma ceinture comme arme me permettrait peut-être de détourner leur attention du fait que j'étais beaucoup trop rapide et puissante pour une métisse humain-loup.

Je m'avançai jusqu'à la première ligne de cartons. Je sentis un mouvement déchirer l'air, pas des pas, cette fois-ci, mais autre chose. Quelque chose qui se dirigeait à toute allure vers ma tête. Je me laissai tomber au sol et fis virevolter ma ceinture devant moi. Elle frappa quelque chose de solide, et une voix masculine émit un grognement. Je me tournai vers le son et plongeai en avant, taclant au niveau des genoux celui que je ne pouvais voir par vision infrarouge et le plaquant au sol. Et je ne le voyais toujours pas, alors qu'il était indéniablement fait de chair et d'os. Probablement un lézard d'esprit. Celui que j'avais tué après l'assassinat de Roberta Whitby (la sœur que Starr avait fait éliminer) n'était qu'une silhouette obscure, sans traits distincts.

Je ne pris pas le temps de m'assurer de son état et me contentai de tâter ses bras à la recherche de l'arme qu'il tenait. Un nunchaku. Cet enfoiré aurait pu m'arracher la tête… et ça expliquait probablement les cris qu'on avait entendus quelques minutes avant. Les deux femmes avaient été prises par surprise par cette chose noire qui ne dégageait ni chaleur, ni odeur.

J'attrapai le nunchaku de ma main libre, puis revins m'accroupir derrière les cartons. Des pas résonnèrent de nouveau dans le silence, mais cette fois, ils venaient de derrière moi. Je m'éloignai des marches et de l'endroit d'où venaient les pas, toujours accroupie, jusqu'à atteindre la dernière ligne de cartons. Je levai le bras vers le sommet du tas de boîtes et remarquai que, bien que haut, il était néanmoins à ma portée. Je lançai alors le nunchaku aussi loin et aussi fort que possible. Il tournoya dans les airs et je grimpai silencieusement sur le tas de cartons, avant de retourner sur mes pas, mais en altitude, cette fois-ci.

Je sentis croître la tension de celui qui se trouvait juste en dessous. Le nunchaku frappa quelque chose à grand fracas, mais personne ne réagit. Logique : les deux hommes qui étaient encore debout dans cette pièce étaient des professionnels et ne risquaient pas de flipper au moindre bruit inattendu. J'observai patiemment la trace de chaleur de l'homme et la vis passer de l'autre côté du tas de carton. Je lançai l'extrémité métallique de ma ceinture vers l'arrière de sa tête. La boucle le frappa brutalement, et il tomba comme une masse.

Plus qu'un.

Sauf que je ne parvenais pas à le voir. Ou plutôt, je ne détectais pas sa chaleur. Soit il était caché derrière plusieurs épaisseurs de cartons, de l'autre côté de la pièce, soit, comme la créature noire dont je m'étais déjà débarrassée, il était tout simplement indétectable.

Je redescendis de mon perchoir et m'approchai du mur. La discrétion n'était plus de mise : mon adversaire étant une sorte de vampire, il entendrait toujours le battement de mon cœur, même si j'étais totalement silencieuse. Mais en restant dos au mur, au moins limiterais-je les possibilités d'attaque.

Un courant d'air apporta une légère puanteur de vampire à mes narines. Celui-ci semblait avoir des relations plus cordiales avec sa douche que Gautier, mais j'étais prête à parier que, de près, il puerait quand même sacrément. Un de ces jours, ces crétins finiraient par se rendre compte que leur refus de se laver faisait d'eux des proies faciles pour ceux qui, comme moi, chassaient à l'odorat, et là, je serais dans la merde. Bon sang, la plupart des fois où je devinais que Gautier se trouvait dans le coin, c'était en sentant son odeur putride.

Un sifflement me laissa deviner que le vampire était passé à l'attaque. Je continuai à longer le mur aussi vite que possible. Le vampire se trouvait dans l'allée centrale, entre deux rangées de cartons et avançait dans la direction opposée à la mienne. J'eus un frisson de nervosité, pas tant parce que j'avais peur que parce que je voulais en finir.

Il frappa à toute allure. Tellement vite que je ne vis rien venir quand son poing s'abattit à la pointe de mon menton. Je fus projetée en arrière et faillis perdre l'équilibre, me cognant le genou sur le sol en béton avec assez de force pour me faire monter les larmes aux yeux. Il me fondit dessus tel un tourbillon de poings et de jambes qui s'abattait indifféremment sur toutes les parties de mon corps. Je levai le bras droit et réussis à bloquer certains de ses coups, puis, de la main gauche, j'agrippai la boucle de ma ceinture en glissant mes doigts entre ses pattes, transformant celles-ci en petits poignards vicieux. Puis je frappai de toutes mes forces… et sous la ceinture. Il se rendit visiblement compte de mon intention mais ne fut pas assez rapide, loin de là : mon poing américain improvisé s'abattit dans ses bijoux de famille et il s'effondra comme une masse, le souffle coupé, en se tordant de douleur.

Je laissai échapper un soupir tremblant, puis me relevai et remis la ceinture autour de ma taille. La lumière revint et la porte à l'autre bout de la pièce s'ouvrit. Je restai dos au mur jusqu'au dernier moment, des fois qu'il y ait un piège, mais personne ne me sauta dessus.

J'étais à peine sortie de la pièce quand une horrible odeur de vampire me donna des haut-le-cœur.

Sauf qu'il ne s'agissait pas de n'importe quel vampire.

C'était Gautier.

Chapitre 6

Je restai pétrifiée. Qu'est-ce que Gautier foutait là ? Comment était-il arrivé ici ? C'était peut-être un vampire fabriqué en laboratoire, mais ça ne le rendait pas insensible aux contraintes que subissaient tous ceux de son espèce. Il n'était pas assez âgé pour pouvoir supporter la lumière de cette fin d'après-midi. Et, même s'il avait pu voyager comme Jack dans une camionnette aux vitres noircies, il n'aurait certainement pas pu entrer dans le véhicule sans être repéré par ceux qui surveillaient chacun de ses faits et gestes.

Et Jack m'aurait avertie. Même s'il se fiait totalement au travail de Liander, il m'aurait dit si Gautier se trouvait dans le domaine, ne serait-ce que parce qu'il était le plus à même de faire capoter notre mission.

J'affrontai le regard de ma Némésis, mais n'y vis pas la lueur haineuse et maléfique qui animait en général les iris d'un brun terreux de Gautier. Ce n'était pas lui, mais un autre clone qui lui ressemblait non seulement à l'œil, mais aussi à l'odorat. Le soulagement que je ressentis à cet instant précis me laissa pantelante. Tu parles d'une gardienne…

Enfin, je n'en étais pas une. En tout cas, pas de celles à qui on pouvait ordonner de tuer. Pas encore.

— Ça doit être un record pour ce parcours, dit-il. Comment as-tu détecté le vampire ?

J'eus un reniflement de dédain et feignis une confiance en moi que j'étais loin de ressentir.

— C'est son odeur qui l'a trahi.

— Et le lézard d'esprit ?

— Le quoi ?

Je savais parfaitement de quoi il s'agissait, mais pas Poppy ; il fallait donc que je pose la question.

— La créature noire qui t'a attaquée en premier. Comment tu l'as sentie ?

— Le sifflement d'air émis par son nunchaku. (Je l'examinai quelques instants.) Tu es mon guide pour l'étape suivante ?

Il eut un sourire décidément vicieux.

— Et l'arbitre qui s'assurera du respect des nouvelles règles du jeu.

— De nouvelles règles ? On n'en avait pas déjà assez comme ça ?

— Chérie, le patron te paie grassement pour tes services, alors tu ferais mieux de t'habituer dès maintenant à faire ce qu'il demande.

Il n'avait pas tort. Je haussai les épaules.

— Lors de ton séjour, tu auras le choix entre deux tenues : la combinaison que tu trouveras dans ton placard, ou rien.

Je haussai les sourcils, même si je n'étais ni inquiète ni étonnée.

— Tu veux dire que je me baladerais partout à poil ?

Il me déshabilla du regard avant de laisser celui-ci se poser sur mes seins. Il sourit.

— Et je suis certains que ces deux-là auront fière allure libérés de leur soutien-gorge.

Ouais, et je m'assurerais qu'il n'approche pas ses sales pattes de mon bonnet D. J'avais beau être une louve, j'avais certaines exigences, et les vampires qui puaient la charogne n'avaient aucune chance de figurer à mon carnet de bal.

Je parvins à retenir ma langue. Jusqu'à ce que j'en sache plus sur qui était qui, il valait mieux s'abstenir de tout commentaire, même si Poppy était réputée pour être grande gueule. Le vampire me fit signe de le suivre et se dirigea vers la porte.

— Pourquoi nous donner le choix ? demandai-je. Vu qu'on est – très bien – payées pour nous battre et coucher avec les lieutenants de ton patron, j'aurais pensé que la nudité serait obligatoire. Tu sais, un moyen de faire profiter du spectacle ceux qui ne peuvent nous toucher.

Il ouvrit la porte et me laissa passer devant lui dans un long couloir blanc. Un puant bien éduqué : voilà quelque chose que je ne m'attendais pas à trouver ici.

— Celles qui se promènent nues ont le choix de dire « non ». Les autres, celles qui préfèrent la combinaison, ne l'ont pas.

— Ce n'est pas ce que nous a raconté le sergent recruteur dans le car.

Ni ce qu'avait laissé entendre Dia. Cela étant, peut-être ne fréquentait-elle pas beaucoup les lutteuses, et n'était-elle pas au courant de tout ? Ce qui signifiait qu'elle n'était pas au courant de tout en ce qui concernait le reste…

Et n'était-ce pas une pensée sacrément réconfortante ?

Il me décocha un autre sourire obscène.

— On ne voulait pas que vous partiez toutes en courant.

— Et les combats, ils se déroulent à poil, aussi ?

— Et dans la boue. (Il remonta son pantalon de la manière dont tous les hommes le font en présence d'une femme qui leur plaît.) Très excitant.

— J'imagine, répliquai-je d'un air ironique.

Nous tournâmes dans un nouveau couloir du bout duquel nous parvenaient des voix qui se chamaillaient. L'une d'elles était celle de Berna.

— Les chambres. Tu peux choisir de partager avec qui tu veux. On s'en fiche.

— Cool.

— Le dîner est à 19 heures dans la salle à manger principale et il est obligatoire d'y assister. Les autres repas sont optionnels. (Il s'arrêta près de la première porte.) Tu es libre d'explorer tout le domaine avant et après le spectacle du soir. Moi ou un autre garde viendrons vous escorter jusqu'à la salle à manger chaque soir à 18 h 45. Ne sois pas en retard.

— Ou sinon ?

Il eut encore un sourire pervers et je dus vraiment prendre sur moi pour me retenir de le lui effacer des lèvres d'une bonne claque.

— On fera une retenue sur salaire… ou on trouvera une autre punition.

— Quel genre de punition ?

— Tu en verras un exemple ce soir, au dîner.

L'étincelle d'excitation qui brilla alors dans ses yeux me fit penser que ce serait le genre de spectacle qu'une personne normale et saine d'esprit n'apprécierait pas vraiment.

J'opinai du chef. Il regarda une dernière fois mes nichons, puis s'éloigna. Je suivis la voix de Berna, passant devant plusieurs chambres déjà complètes et m'arrêtant face à celle qui se trouvait au bout du couloir.

La métamorphe ourse se tenait au milieu de la chambre, ses larges pattes sur ses encore plus larges hanches, ses cheveux courts vibrionnant sous l'effet de la colère qui l'agitait visiblement.

Nerida, la renarde, était dressée devant elle et l'affrontait du regard. Elle n'avait pas froid aux yeux, on pouvait lui accorder ça : Berna faisait deux fois sa taille et au moins quatre fois son poids.

— Je suis arrivée la première, dit-elle. Le lit près de la fenêtre est à moi.

— J'ai besoin d'air frais, sinon je ronfle. Crois-moi, si tu tiens à ton sommeil, il vaut mieux éviter ça.

Tout ce boucan pour une fenêtre ?

— Enfin, mesdames, on devrait réussir à s'arranger, intervins-je.

Berna me foudroya du regard en me voyant entrer dans la chambre.

— On ne veut pas de voleuse dans cette chambre.

— La voleuse ne prend pas aux amis, et de toute façon, il ne reste plus aucun lit, donc il va bien falloir t'y faire. (Je me dirigeai vers le lit de la discorde et enlevai mon blouson.) Et, pour régler le problème, c'est moi qui vais prendre ce lit.

Nerida regarda Berna, puis les deux s'avancèrent pour m'en empêcher dans un bel ensemble. Cela m'intrigua. Leur mouvement avait été bien trop précis pour être le fruit du hasard, comme si elles s'y étaient longuement entraînées. Nerida était-elle aussi une catcheuse ?

Ou peut-être que ça cachait quelque chose d'autre.

Dia avait bien précisé que quelqu'un au sein du groupe n'était pas ce qu'il prétendait être. Peut-être y avait-il une autre personne dans ce cas ?

Et pour quelle raison simuleraient-elles une dispute ? Pour ne pas avoir l'air d'être amies aux yeux de ceux qui nous surveillaient, sans doute ? Et pourquoi voudraient-elles cela ?

— Je fais au moins trois fois ton poids, petite louve, et je suis probablement deux fois plus forte. Je pourrais t'enfoncer dans le sol sans le moindre effort.

— Tu peux toujours essayer, remarquai-je gentiment, mais je doute que tu y arrives.

Elle se dressa sur ses ergots.

— C'est un défi ?

Je haussai les épaules et ôtai mes chaussures. Je fis mine de ne manifester aucun intérêt envers mes compagnes alors que tous mes sens guettaient la moindre de leurs réactions.

— Tu prends ça comme ça te chante, ma cocotte.

Je me détournai et c'est le moment que choisit la renarde pour attaquer. Je me laissai tomber au sol et elle passa au-dessus de moi. Je l'agrippai par le bras et l'envoyai valser sur le lit. Je n'eus pas le temps de voir si elle s'écrasait dessus car je sentis l'approche d'un autre coup. Je me redressai et attrapai de mes deux mains le poing de Berna en plein vol. Je parvins à bloquer totalement son attaque, mais la force qu'elle y avait mise envoya une véritable onde de choc dans mes bras et fit claquer mes dents.

— Il ne faut pas toujours se fier aux apparences, murmurai-je en voyant une lueur d'étonnement dans ses yeux bruns. N'essaie plus jamais de m'attaquer de cette manière. (Je regardai Nerida, qui avait en fait atterri à côté du lit et non dessus, et se frottait la hanche.) Et toi non plus.

Je repoussai Berna en arrière et lâchai son poing, puis commençai à me déshabiller.

— Vous savez où sont passés nos bagages ?

— Ils doivent arriver une fois que nous serons installées dans nos chambres.

Je lui jetai un regard curieux.

— Et ce n'est pas le cas, là ?

Elle eut un reniflement de mépris. Quant à savoir si c'était un signe de sa résignation, ou si je devrais me battre pour mon lit à notre retour du dîner, je l'ignorais.

— Pourquoi tu te déshabilles ? demanda-t-elle.

— Parce que je vais aller me promener.

— On peut toujours compter sur un loup pour se foutre à poil, commenta Nerida d'un air méprisant.

— Plutôt à poil que ne pas avoir le choix.

— Ils me paient pour me battre et pour baiser. Mais ce n'est pas assez bien payé pour que je m'exhibe aux yeux de tous.

Je ne voyais pas la différence et le lui dis.

Elle renifla encore.

— Ça, c'est parce que vous, les loups, vous n'avez aucun sens moral. Tout le monde le sait.

Je haussai les sourcils.

— Et qu'y a-t-il de moral à se battre et à baiser pour de l'argent ?

— Peut-être pas grand-chose, mais il y a des limites que *certaines* d'entre nous ne sont pas prêtes à franchir. On dirait qu'il n'y a aucune limite pour les loups-garous.

— Et ça fait combien d'années que tu fréquentes des loups-garous, par curiosité ?

Elle détourna le regard et marmonna :

— Je n'en fréquente pas.

Je ricanai.

— Ce qu'il y a de bien, chez les loups, c'est qu'on juge les gens d'après leurs actions, pas leur réputation, répliquai-je en enlevant ma culotte et en la déposant sur mes autres vêtements. Bon, je vais me balader.

Ni l'une ni l'autre ne fit de commentaire ou ne proposa de m'accompagner, ce qui me réjouit intérieurement. Parce que non seulement j'avais l'intention d'explorer la maison et ses environs, mais aussi de me trouver un étalon. Et peut-être même de le grimper un peu.

La demeure principale semblait encore plus gigantesque en vrai que sur plans et, comme Dia nous l'avait dit, était truffée de caméras. Si les couloirs étaient aussi éclairés la nuit, alors ce serait presque impossible de les emprunter sans être vue.

Je visitai les quelques pièces accessibles puis regardai ma montre et fus soulagée de voir que j'avais encore deux heures devant moi. Je dénichai une porte qui menait vers l'extérieur et suivis un chemin pavé de pierres blanches jusqu'au champ de courses sur la bordure duquel se trouvaient les écuries. Plusieurs femmes chevauchaient, certaines nues, les autres non, et des hommes en uniforme sombre traînaient du côté des barrières en les sifflant et en leur adressant des remarques obscènes. Comme si ça les rendait attirants. Décidément, les hommes restaient d'éternels gamins.

Un vieil homme à la peau parcheminée qui devait avoir au moins quatre-vingts ans sortit de l'écurie en me voyant approcher.

— Vous voulez monter à cheval ?

J'acquiesçai et regardai derrière lui, essayant d'apercevoir Kade dans la pénombre. Je ne le vis pas immédiatement, mais l'écurie était vaste et il pouvait se trouver n'importe où.

— Vous connaissez les règles ?

J'acquiesçai encore.

— On a le droit d'aller partout, n'est-ce pas ?

— Tant que vous faites vos trente minutes sur le champ de courses pour les garçons, vous pouvez aller où ça vous chante ensuite. Sauf dans les endroits qui vous ont déjà été spécifiés comme interdits, bien sûr.

Ce qui signifiait que nous n'éveillerions pas les soupçons en nous enfonçant dans les bois. Excellent.

— Et on a au moins droit à une couverture ? Le crin de cheval et les parties intimes ne font jamais bon ménage.

Je le savais d'expérience.

Il eut un jappement de rire.

— Ah ! Ça, c'est sûr, ma belle !

Il alla chercher une couverture, une sangle et un harnais qu'il me tendit avant de dire :

— Tous ces voyous sont à votre disposition.

Je haussai les sourcils.

— Ce sont tous des étalons ?

— La plupart. Le patron fait parfois venir une jument en chaleur, pour voir les chevaux se battre.

— C'est moche.

Il haussa les épaules.

— La nature dans toute sa splendeur.

Ou la folie.

— Merci.

Il inclina la tête.

— Souvenez-vous juste que, s'il vous arrive quelque chose, nous ne sommes pas responsables.

— Il est déjà arrivé quelque chose ? m'enquis-je avec curiosité.

— Oui.

— Que s'est-il passé ?

Il haussa les épaules.

— Ce n'est pas mon problème.

Je me doutais que ce n'était pas non plus le problème de Starr. Pas tant qu'il s'occupait de leur cas de manière fort peu classique. En enterrant les personnes en question, par exemple. Les morts ne parlent pas… sauf quand c'étaient des vampires, évidemment, mais Starr était du genre à enfoncer son pieu d'abord et à poser les questions ensuite.

Je mis la sangle et la couverture en travers de mon épaule et entrai dans l'écurie chichement éclairée. Un rapide coup d'œil au plafond me révéla qu'il n'y avait ni caméras ni micros. Peut-être s'étaient-ils dit que rien d'intéressant ne risquait de se passer ici et n'avaient pas pris la peine de l'équiper, et je leur en étais extrêmement reconnaissante. Ça signifiait que je pourrais m'y introduire la nuit sans m'inquiéter qu'on me voie.

L'air était saturé de l'odeur des chevaux, de la paille et du crottin. Je descendis l'allée et vis les têtes des animaux se tourner dans ma direction, leurs gros yeux noirs luisant dans la pénombre. C'étaient en majorité des bêtes de grande taille à l'allure puissante, la plupart bais ou alezans. Et chacun d'entre eux réagit à ma présence avec un hennissement d'effroi ou un mouvement de recul. Les chevaux et les loups n'étaient pas les meilleurs amis du monde. Kade, un magnifique étalon couleur acajou, se trouvait dans la stalle du fond.

— Salut, mon grand, le saluai-je à l'intention du garçon d'écurie qui nettoyait la stalle d'en face, tu veux aller galoper un peu ?

Il tapa le sol du sabot et s'ébroua, son œil d'un brun velouté étincelant d'excitation. Je souris et ouvris la porte de la stalle, sans prendre la peine de la refermer : Kade n'irait nulle part sans moi. Je lui mis le mors entre les dents et passai les rênes par-dessus sa tête, avant de jeter la couverture sur son dos. En me baissant pour serrer la sangle, je me rendis compte qu'il avait une érection.

— Mais c'est qu'on est content de me voir ! murmurai-je.

Kade me mordilla la fesse pour me punir de ma taquinerie. Je pouffai et me hissai sur son dos.

Il se mit à avancer avant même que je sois stabilisée, descendant l'allée au petit trot avant d'accélérer en arrivant sur le champ de courses. J'harmonisai mes mouvements aux siens, savourant aussi bien l'air qui me fouettait la peau et les cheveux que le fait d'être partie intégrante d'une telle puissance. En revanche, mes seins ballottaient et c'était des plus désagréable, pour ne pas dire franchement douloureux, mais je me doutais bien que les mateurs siffleurs devaient s'en foutre royalement.

Nous galopâmes pendant les trente minutes requises, puis nous fîmes le tour du lac avant de nous enfoncer dans les sous-bois jusqu'à un petit ruisseau enfoui dans la verdure.

Je me laissai glisser du dos de Kade et reculai d'un pas en voyant la brume dorée de la métamorphose s'élever de son nez et recouvrir tout son corps. Il était aussi beau sous forme humaine qu'en tant que cheval, avec une peau couleur de bois précieux, des cheveux noirs et des yeux d'un brun velouté qui faisaient un très bel ensemble. Et ce n'était pas seulement son teint qui était sublime : il était bâti comme un vrai pur-sang, avec de larges épaules, un torse puissant, des hanches étroites et de longues jambes musclées. Je savais à quel point ces dernières étaient fortes. Surtout quand leur propriétaire s'arcboutait pour me pénétrer encore plus profondément.

J'avais très envie de ressentir ça.

Très, très envie.

Il se dégagea de la couverture et de la sangle et planta son regard dans le mien en enlevant le harnais autour de son cou.

— Est-ce que tu sais, dit-il d'une voix rauque, depuis combien de temps je n'ai pas fait l'amour à une femme ?

Je baissai les yeux vers le piquet de tente qui se dressait sur son bas-ventre.

— Un moment, on dirait.

— Trois semaines, murmura-t-il en s'approchant de moi. Trois horribles semaines de torture, avec le paradis à portée de main, ou presque.

Je souris lorsqu'il plaqua sa main sur mon épaule et me poussa contre un arbre.

— J'imagine que tu parles de toutes ces filles nues qui te chevauchaient ?

Il n'y avait plus que quelques centimètres entre nous. La chaleur de son corps brûla ma peau et son odeur mêlant musc et désir sexuel emplit mes poumons. Je fondis instantanément et fus soudain dévorée de plus de désir pour lui que je n'en avais ressenti depuis un bon moment. Au moins vingt-quatre heures, en tout cas, ce qui pour un loup, représentait « un bon moment ».

Il ôta une mèche de mon visage et murmura :

— Tu m'as manqué.

Ses doigts laissaient derrière eux des traînées incandescentes et l'envie qui vibrait en moi se transforma en symphonie. Je levai la main et effleurai son torse, suivant du bout des doigts le relief de ses abdos bien dessinés. Ce mec était vraiment chaud dans tous les sens du terme.

— Toi aussi.

Il eut un petit sourire intolérablement sexy qui fit danser mes hormones surexcitées. Cela étant, elles n'avaient pas besoin de grand-chose pour ça.

Ses doigts descendirent le long de ma gorge, accélérant les battements de mon cœur. Entre ses caresses, le souffle de son haleine contre mes lèvres et le désir qui me mettait les nerfs à vif, j'avais l'impression d'être au bord de l'autocombustion. Mais Kade ne se précipita pas.

— Tu as bien conscience que cette première fois va être rapide ? J'ai trop envie de toi pour durer.

— Rapide, c'est bien.

À cet instant précis, même moi, je refusais la lenteur.

Il sourit et m'enlaça, me serrant fort contre son torse. Il prit possession des miennes et, pendant plusieurs minutes, je savourai comme un goût de paradis. Et malgré la faim qui nous dévorait tous les deux, notre baiser fut long, tendre et passionné.

Mais je sentais la tension qui animait ses larges épaules. La dureté de son érection contre mon ventre. Les frissons qui parcouraient ses muscles alors qu'il refrénait ses pulsions.

C'était trop. Je ne voulais pas qu'il se refrène. Je le voulais, lui. Sa chaleur en moi. Pas dans cinq minutes, pas dans deux minutes, *maintenant*! Et, s'il ne se décidait pas à prendre les choses en main, alors je m'en chargerais.

Je glissai la main entre nos deux corps et entourai son sexe de mes doigts. Le contact le fit sursauter.

— On est impatiente, on dirait, murmura-t-il tandis que je le guidais vers cet endroit qui était chaud, humide et prêt à l'accueillir.

— Très, acquiesçai-je, alors grouille-toi de passer aux choses sérieuses.

J'eus à peine le temps de prononcer ces paroles qu'il était profondément enfoncé en moi. Les métamorphes chevaux tenaient de leurs cousins animaux quand il s'agissait de la taille et de la forme de leur sexe, et le sentir ainsi me remplir si parfaitement était une sensation incroyablement satisfaisante.

Mes gémissements répondirent à ses grognements, en particulier quand il se mit à bouger. Il donnait de grands coups de reins, comme s'il ne pouvait jamais s'enfoncer assez profondément, assez fort… ou simplement comme s'il ne pouvait jamais en avoir assez, un sentiment que je comprenais totalement. Le sexe avec Kade était très différent de celui avec Quinn ou Kellen, ni mieux, ni moins bien, juste différent. Et je n'étais pas près de le laisser filer dans l'immédiat, quoi qu'en pensent les deux autres.

Je nouai mes jambes autour de sa taille, m'ouvrant encore plus à sa pénétration, m'adossant à l'arbre pendant qu'il me labourait encore et encore, me donnant l'impression d'être empalée par un pieu brûlant.

Mon souffle s'accéléra avec la montée du plaisir et, presque trop rapidement, un orgasme me secoua de la tête aux pieds, me coupant le souffle et m'arrachant un cri étranglé. Il jouit juste après et s'abattit de tout son poids sur moi, enfonçant des pointes d'écorce dans mon dos.

À cet instant précis, ça aurait pu être des aiguilles que ça ne m'aurait pas dérangée.

Les secousses s'atténuèrent, puis, la respiration saccadée, il posa son front couvert de sueur contre le mien et me contempla d'un regard brillant de désir et d'amusement.

— Voilà qui aura permis de faire retomber un peu la pression.

Je souris et caressai son dos jusqu'à son petit cul luisant de transpiration.

— Tu veux dire qu'il t'en reste assez sous le pied pour une nouvelle séance un peu plus longue ?

— Bon Dieu, oui, répliqua-t-il en m'embrassant férocement. Je t'ai dit que ça faisait trois semaines que je n'avais pas baisé ?

— Incroyable que tes usines à sperme n'aient pas explosé sous la pression d'une telle production sans distribution.

Il éclata de rire.

— Je ne te le fais pas dire.

Je laissai retomber mes jambes et il recula un peu.

— Tu as combien de temps devant toi ?

Je jetai un coup d'œil à ma montre.

— À peu près trois quarts d'heure.

— Super.

Il m'attrapa la main, alla chercher la couverture puis me conduisit vers le bord du ruisseau.

— Assieds-toi, ordonna-t-il en dépliant la couverture par terre, et je vais enlever les échardes dans ton dos tout en te briefant un peu.

— Briefer, c'est un nouveau terme pour parler de sexe ? demandai-je d'un ton plein d'espoir.

Il sourit et me donna une petite tape sur la fesse.

— Sois sage. Nous devons parler affaires avant de passer à des plaisirs plus sérieux.

— Et moi qui pensais que le sexe passait toujours en premier, en deuxième et en troisième pour les métamorphes chevaux.

— Quand je ne travaille pas, c'est le cas. Tu allumes Jack ?

— Bon Dieu, quelle pensée révoltante !

Il rigola.

— Tu vois ce que je veux dire.

Bien sûr, et j'allumai donc la connexion dans mon oreille.

— Jack ? Je suis avec Kade.

— *Il était temps que tu te manifestes. Je commençais à m'inquiéter.*

— J'ai dû passer d'autres tests, et cette baraque a une sécurité plus serrée qu'un cul d'hétéro dans un bar homo.

Jack ricana.

— *Quel langage fleuri !*

— C'est la faute de mon compagnon de meute.

Kade ne savait toujours pas que Rhoan était mon frère : c'était un secret que nous n'avions révélé qu'à très peu de gens. Je m'assis en tailleur sur la couverture et Kade s'accroupit derrière moi, m'enveloppant de son odeur chaude et musquée.

— *Rhoan s'est-il manifesté ?* demanda Jack.

Je répétai la question et Kade secoua la tête. Je n'étais pas en mesure de le voir faire, mais tous mes sens étaient réglés sur les siens et ce fut comme si je pouvais « ressentir » son mouvement de tête. Ce qui aurait peut-être dû me faire peur, parce que je n'étais pas empathe, et donc théoriquement incapable de « ressentir » quoi que ce soit.

— Les nouveaux agents de sécurité mettent parfois plusieurs jours à apparaître en public, précisa-t-il en promenant ses doigts sur ma peau, envoyant des micro-ondes de plaisir dans tout mon corps et attisant mon désir insatisfait.

— Il y a tant de turn-over que ça ? m'enquis-je.

— Oui, parce qu'une partie de leur travail consiste à s'occuper du zoo. Et, autant que je te le dise, il renferme dans ses cages des créatures particulièrement furieuses, qui passent souvent leurs nerfs sur les gardes.

Pas étonnant : la plupart des non-humains ne supportaient pas d'être enfermés dans une cage. De toute façon, vu qu'il s'agissait de non-humains créés dans un laboratoire puis enfermés dans une cage, leur santé mentale devait être des plus douteuses. Starr n'en avait rien à faire tant que les créatures en question tuaient lorsqu'on le leur ordonnait.

— *Est-ce que Kade a bien reçu les plans que je lui ai envoyés ?* reprit Jack.

Je répétai la question avant de siffler de douleur en sentant Kade m'extraire une écharde du dos.

— Ouais. Bon, ça ne va pas me servir à grand-chose : je suis confiné à l'extérieur. Si j'essayais de pénétrer dans l'un des bâtiments, je serais rapidement repéré.

— Les caméras sont donc surveillées vingt-quatre heures sur vingt-quatre ?

— J'en ai bien peur, soupira-t-il en ôtant un autre bout d'écorce enfoncé dans ma peau et en l'envoyant dans le ruisseau, où il dansa sur le courant avant de disparaître. La relève a lieu à 7 et 19 heures. Il y a peut-être un créneau à ce moment-là, mais pas plus.

— *A-t-il vu Starr ?*

Je répétai la question de Jack.

— J'ai l'impression qu'en dehors des repas, il ne sort jamais de son repaire.

— Et personne d'autre n'a mentionné Libraska ?

— Personne, répondit Kade en m'embrassant sur l'épaule avant de s'asseoir, ses longues jambes musclées étendues de chaque côté de moi. Mais il y a eu beaucoup d'arrivées ces derniers jours. Quelque chose se trame.

Jack ricana.

— *Starr rassemble son état-major pour préparer la guerre contre les autres cartels.*

Je répétai le commentaire à l'adresse de Kade et le sentis plus que je le vis manifester sa désapprobation. Encore un signe inquiétant de l'effet que commençait à avoir sur mon organisme le traitement auquel Talon m'avait soumise à mon insu.

Bon sang, je ne voulais pas de pouvoirs psychiques supplémentaires. Et je ne voulais pas non plus que ceux que j'avais déjà s'accroissent. Je me trouvais très bien comme j'étais, merci bien.

Mais, comme pour un certain nombre de choses dans ma vie ces derniers temps, il semblait que je n'avais pas vraiment le choix.

— J'ai étudié les dossiers et je suis capable de reconnaître la plupart des lieutenants de Starr, objecta Kade. Or beaucoup de ces arrivées n'y correspondent pas.

Je fronçai les sourcils.

— Peut-être Starr a-t-il plus de lieutenants que ceux que nous connaissons ?

— Ou peut-être que ce qui s'annonce dépasse tout ce que nous imaginons.

Encore une pensée follement réconfortante.

— Tu as vu Dia Jones ?

— La voyante blanche ? Ouais. Joli petit lot, d'ailleurs.

— Tu l'as déjà vue en compagnie d'un bébé ?

Il hésita un instant.

— Non. Mais d'après la rumeur, Starr retient sa fille en otage pour s'assurer de son obéissance.

Elle avait donc aussi dit la vérité à ce sujet.

— Dans un laboratoire souterrain, semble-t-il. Tu sais quelque chose à ce propos ?

— Pas vraiment. Je sais qu'il se trouve au sous-sol, mais pas au niveau où Starr habite. J'ai aussi entendu dire que leurs entrées étaient complètement séparées et que les codes d'accès en étaient différents.

— *Riley, en quoi cela est-il important ?* intervint Jack. *Tu ne dois pas aller récupérer cette gamine. Ça mettrait toute notre opération en péril.*

Je fis mine de ne pas l'avoir entendu. Moi, j'étais là, lui était dans sa camionnette, et il n'y avait rien qui m'empêcherait de faire ce qui me chantait. Tant que ça ne mettait ni Rhoan ni Kade en danger, je ferais tout ce qui serait en mon pouvoir pour secourir cette petite.

— Et qui y travaille ?

— Au moins six chercheurs.

— Tu serais capable de me montrer de qui il s'agit ?

Il me serra contre lui. L'étalon était prêt pour un deuxième galop, et je ne pus retenir un sourire de plaisir anticipé.

— Pourquoi ?

— Je dois réussir à y entrer, ce qui signifie qu'il faudra probablement en baiser un pour obtenir les informations nécessaires.

— *Riley, je t'interdis de faire ça.*

— Tu peux toujours te brosser.

— Contre toi ? murmura Kade en se frottant contre mon dos et en me mordillant la nuque.

— Je parle à Jack. Patron, je ne suis pas une idiote. Je ne mettrai pas la mission en péril. Je veux la peau de Starr autant que toi.

Il laissa échapper un grognement. Quant à savoir si c'était pour manifester son accord ou le fait qu'il se rendait bien compte qu'il ne pouvait pas m'en empêcher, l'interprétation restait ouverte.

—Alors, les chercheurs? relançai-je Kade.

—C'est un peu la cour des miracles, me répondit-il.

—Tant que ce sont des mâles et qu'ils sont donc équipés d'un pénis qui prend le contrôle des opérations devant une femme nue, ça me va très bien.

Il rit doucement et posa les mains sur mes seins.

—J'adore vraiment l'absence d'inhibitions des loups-garous, murmura-t-il au creux de mon oreille.

Et moi j'adorais le contact de ses mains, la manière dont celles-ci englobaient parfaitement la courbe de mes seins, la caresse subtile de ses doigts sur mes tétons dressés. Je reposai ma tête contre son épaule et fermai les yeux en soupirant d'aise.

C'est à cet instant précis que je l'entendis. Un craquement de brindille, un doux froissement de feuilles. Quelqu'un se dirigeait vers nous.

Je me redressai d'un bond.

—Qu'est-ce qu'il y a? s'alarma Kade.

—Change de forme, soufflai-je en me relevant. Quelqu'un approche. Jack, je coupe la communication.

—*Sois prud...*

Je ne lui laissai pas le temps de terminer. Kade reprit sa forme d'équidé et s'éloigna brouter l'herbe alors que j'entrais dans le ruisseau et me rinçais des traces laissées par notre séance de sexe. Je frissonnai, mais pas à cause de l'eau glacée. C'était la présence de celui qui arrivait qui me donnait cette sensation aussi puissante que l'électricité dans l'air avant un orage d'été. À la fois désagréable et excitante.

Un homme sortit du bosquet qui se trouvait à ma droite. Il était trapu, large d'épaules avec des muscles saillants et une peau dorée. Sa belle crinière épaisse était d'un or plus foncé et ses traits presque félins. Quand il tourna le regard vers moi, je m'aperçus que ses iris étaient cuivrés. Comme ceux d'un chat.

Il s'immobilisa et me considéra en plissant les yeux. L'ambiance devint encore plus électrique, au point de me couper le souffle et de me donner chaud. Mais il y avait une composante de brutalité dans ce qu'il projetait qui me laissait deviner qu'avec ce mec, le sexe ne devait pas être une partie de plaisir.

— Qui es-tu ? demanda-t-il abruptement.

Il leva la main vers le flingue qu'il portait à la taille de son jean.

— Poppy Burns. Et vous ?

— Et c'est qui, Poppy Burns, on peut savoir ?

— J'ai été embauchée pour combattre dans l'arène. Je suis arrivée aujourd'hui.

— Ah oui ?

Il parcourut mon corps d'un air appréciateur et la course de son regard sur ma peau fit perler quelques gouttes de sueur qui n'avaient rien à voir avec de la peur, plutôt avec de l'excitation. Mes tétons pointèrent d'une manière presque douloureuse et mon bas-ventre se mit à palpiter de désir, en particulier lorsque ses yeux s'attardèrent sur mes hanches et sur mon entrejambe. Comme si, même de là où il se trouvait, il était capable de voir à quel point j'étais humide. Puis son regard conclut ce petit voyage érotique en se plantant dans le mien. La luxure qui brillait au fond de ces yeux d'ambre me rendit liquide.

J'avais beau être une louve, et plutôt du genre facilement attirée par un beau mec, l'effet que me faisait cet homme n'était pas naturel. C'était trop fort. Même un loup-garou mâle projetant toute son aura n'aurait pu provoquer une telle réaction en moi. Pas contre ma volonté.

Mais il m'était déjà arrivé de réagir ainsi : avec Talon, qui avait été fabriqué en laboratoire par le père de Starr. Si je devais en juger d'après le désir brûlant qu'il faisait naître en moi et d'après ses traits félins, j'étais en présence d'un lion-garou et non d'un métamorphe lion. Les métamorphes, même ceux qui avaient une forme de loup, ne possédaient pas d'aura. Celle-ci était le propre des espèces forcées de se métamorphoser à la pleine lune. Comme une sorte de petit cadeau de la part de cette dernière.

Ou alors une malédiction, si l'on devait en croire nombre de métamorphes et d'humains.

Sauf que je ne pensais pas que l'homme devant moi soit un demi-garou, un clone comme Talon, ou même un hybride de laboratoire. Je pensais que c'était quelque chose de totalement différent, quelque chose dont j'avais déjà entendu parler. Un humain qui, lorsqu'il était encore au stade fœtal, avait subi plusieurs modifications génétiques, telles que l'injection d'ADN de métamorphes et de garous, pour améliorer ses réflexes et sa perception sensorielle. D'après Misha, les expériences du prédécesseur de Starr avaient fini par porter leurs fruits, mais l'un des effets secondaires de telles manipulations était justement une libido surdéveloppée et une aura proportionnelle à celle-ci. Et vu que les lieutenants de Starr étaient, semble-t-il, le résultat de ces expériences, j'étais prête à parier qu'il s'agissait de l'un d'entre eux. Il y avait trop d'autorité dans son ton et dans sa manière de se tenir pour qu'il s'agisse un garde ordinaire.

Si c'était bien Leo Moss, il fallait que je la joue finement. Misha m'avait bien avertie que Moss et son compère, Alden Merle, n'étaient pas les gars les plus sains d'esprit du monde : la dernière chose que je voulais, c'était les énerver dès la première rencontre. Mais, de la même manière, je ne voulais pas paraître trop soumise, ne serait-ce que parce que ce qui était difficile à avoir intéressait plus longtemps que ce qu'on pouvait obtenir d'un claquement de doigts. Or j'avais besoin de retenir leur attention jusqu'à ce que Rhoan ou moi obtenions les coordonnées de Libraska. Tuer Starr et démanteler le cartel serait inutile sans cela. Quelqu'un prendrait la place de Starr et continuerait à produire des cauchemars en série.

L'inconnu se dirigea vers moi. Je me retins de reculer. Plus il s'approchait et plus j'avais l'impression de me consumer, et pas seulement à cause de son aura. Il dégageait aussi de tous ses pores une impression de folie, comme si son esprit, son âme, même, étaient infectés par la mort et par la pourriture.

Je passai la langue sur mes lèvres sèches et vis son regard suivre le mouvement, une flamme de désir animer ses yeux, presque hypnotique, et je dus faire un effort pour pouvoir baisser les miens.

Je vis alors le fin duvet qui lui recouvrait la peau. C'était une fourrure soyeuse et brillante qui rappelait plus celle d'un chaton que le pelage rêche d'un lion. Cela me démangea de lui gratouiller le ventre, mais la question qui se posait vraiment, c'était : est-ce que *tout* était ainsi recouvert ? Je n'étais pas trop fan de poils à certains niveaux de l'anatomie.

Il s'immobilisa à moins d'un mètre de moi. Je croisai les bras en feignant l'indifférence alors même que tous les nerfs de mon corps vibraient de désir et que tous mes sens me hurlaient de m'enfuir en courant loin de cette horreur.

— Et vous, vous êtes qui, exactement ?

Un petit sourire lui effleura les lèvres, mais l'arrogance de celui-ci ne fit que renforcer ma volonté de résister à son aura. J'avais beau être une louve, et par définition un peu facile, je refusais qu'on pense pouvoir m'avoir sans même lever le petit doigt.

— Je suis l'homme avec qui tu vas passer la nuit.

Un frisson me parcourut l'échine à cette simple perspective, alors même que c'était exactement pour ça qu'on m'avait envoyée ici.

— Ah ouais ? Et pourquoi ?

— Parce que c'est ce que je désire.

— Et alors ? Je peux choisir qui je veux, et je ne vois vraiment pas pourquoi je le ferais sans avoir vu tout ce qu'il y a au menu.

Je laissai mon regard descendre le long de son corps. S'il me désirait, en tout cas, ce n'était pas visible à travers son pantalon. Bon, d'un autre côté, je folâtrais avec un étalon, donc tout semblait minuscule en comparaison.

— Tu as lu les petits caractères en bas de ton contrat ?

— Pourquoi est-ce qu'on n'arrête pas de me demander ça ?

— Parce que si tu avais bien tout lu, tu saurais que, même si la gagnante des combats doit obligatoirement passer la nuit avec les lieutenants de Starr, ces derniers ont aussi le droit de choisir n'importe qui d'autre, qui devra obéir.

Et Jack qui m'avait assuré que c'était un contrat des plus ordinaires. J'aurais bien aimé savoir ce qu'il considérait comme « pas ordinaire ».

— J'ai l'impression que vous inventez tous de nouvelles règles au fur et à mesure.

Il me décocha un autre de ses sourires suffisants.

— Alors, je m'assurerai de te faire parvenir un duplicata du contrat. Je te conseille de le relire un peu plus attentivement, cette fois-ci.

Il me regarda de nouveau de la tête aux pieds, provoquant encore en moi une réaction de chienne en chaleur. Il aurait pu me jeter au sol et me prendre à ce moment-là que je n'aurais rien trouvé à y redire. Kade, peut-être, mais pas moi.

Bien entendu, ma réaction après aurait été très différente. Du genre à impliquer moult douches et un grand nombre de savonnettes.

Mais Moss ne poussa pas son avantage et s'éloigna de moi. L'onde de choc de son aura s'atténua, et la décrue de mon désir me permit de respirer plus facilement.

—Je te ferai conduire à mes appartements après le dîner.

—Joie.

Il arqua un sourcil.

—Insolente. J'aime ça.

—J'en ai rien à foutre de ce que tu aimes.

—Oh que non, tu n'en as pas rien à foutre. Tu verras ça ce soir.

Il me salua de la tête puis continua sa route et disparut dans les bois.

Je laissai échapper un profond soupir de soulagement, puis regardai autour de moi et vis Kade approcher.

—Attends, lui dis-je, je vais le suivre.

—C'est trop danger…

—Moss a-t-il l'habitude de se promener à cette heure de la journée ? l'interrompis-je.

—Pas à ma connaissance…

—Alors, il faut qu'on sache ce qu'il mijote.

Je fis volte-face et emboîtai le pas à Moss. Son odeur flottait encore dans l'air, ou plus exactement, le mélange de son aura sexuelle et de cette impression de corruption qu'il dégageait. Et en y réfléchissant, je me rendis compte que cet homme n'avait pas d'odeur. Peut-être avait-il été conçu pour ne pas en avoir ?

Je me glissai de zone d'ombre en zone d'ombre en essayant de ne pas perdre sa piste non olfactive, assez proche de lui pour entendre les brindilles crisser sous ses pas. De mon côté, j'étais nue et marchais d'un pas plus léger. J'espérais donc que lui ne m'entendrait pas. Mais, avec ses sens plus aiguisés que la normale, il fallait que je fasse très attention.

Surtout que la forêt était incroyablement calme. Il n'y avait aucun chant d'oiseau, pas le moindre bruit d'ailes, pas même l'irritant bourdonnement des insectes. Je ne l'avais pas remarqué auparavant, mon esprit étant trop monopolisé par la recherche du plaisir. Mais là, ça me semblait étrange. Vraiment très étrange, même.

Nous continuâmes à marcher dans ce silence pendant dix bonnes minutes quand soudain, je remarquai que je n'entendais plus les pas de ma proie. Mon cœur manqua un battement : m'avait-il repérée ?

Je me dissimulai à l'ombre d'un pin et écoutai attentivement. La seule chose que j'entendis, ce fut mon cœur qui s'emballait. Je pris une profonde inspiration afin de me calmer les nerfs, puis poursuivis mon chemin. Les pins et les eucalyptus semblaient de plus en plus fournis et la lumière peinait à se frayer un chemin. Même l'air semblait plus froid, moins agréable.

L'étrange non-odeur de Moss n'était plus perceptible, mais je vis néanmoins des traces de son passage, branches cassées ou tas de feuilles éparpillés, jusqu'à un point où elles disparurent totalement.

Je m'arrêtai et regardai autour de moi. Pas d'odeur, pas d'empreintes, et pas le moindre endroit où il aurait pu disparaître.

Ce salopard s'était tout bonnement évaporé dans les airs.

Chapitre 7

Ce qui était impossible, évidemment. Si Moss avait changé de forme, pour prendre celle d'un oiseau, par exemple, j'aurais entendu un battement d'ailes. La forêt était trop calme, trop silencieuse pour que le son ne porte pas. Et, s'il s'était transformé en quelque chose d'autre, il y aurait une piste à suivre. Bon Dieu, même les vampires laissaient des traces dans un environnement de sous-bois ! Et quoi qu'il en soit, un vampire n'aurait pas pu disparaître ainsi, en plein milieu de la journée… À moins qu'il s'agisse d'une sorte de vampire diurne, capable de se camoufler dans la lumière du jour comme un vampire normal le faisait dans l'obscurité de la nuit.

Et, même dans ce cas, j'aurais dû être en mesure de sentir sa non-odeur.

Il devait donc y avoir une autre explication. Par exemple, une entrée camouflée menant à une cachette souterraine. Il n'y avait rien de tel sur les plans que Jack m'avait donnés ou sur ceux que Dia avait dessinés à notre intention, mais si Starr était aussi paranoïaque à propos de la sécurité qu'il en avait l'air, il n'aurait probablement pas rendu publiques les sorties de secours de son terrier. Après tout, une issue de secours pouvait très bien se transformer en entrée pour des personnes malintentionnées.

J'examinai le sol mais ne vis rien qui ressemblait à une trappe camouflée. De toute façon, je n'avais pas le temps de me lancer dans une exploration plus approfondie. Pas en plein jour. Mais ça vaudrait peut-être le coup de revenir ce soir-là pour s'y intéresser de plus près. Enfin, si je parvenais à échapper aux griffes de Moss à une heure décente, bien sûr.

Je fis demi-tour et revins sur mes pas. Quand je fus assez loin de l'endroit où Moss avait disparu, j'établis la connexion avec Jack.

— Je viens de faire la connaissance de Leo Moss, dis-je.

— *Et ?*

— Il a follement envie de moi. Je devrai passer la nuit dans son lit.

S'il avait l'habitude de baiser dans son lit. Je m'attendais à tout sauf à du classique.

— *Excellent. Cela étant, à ta place, je ne tenterais probablement pas de lire ses pensées ce soir. Fais quelques repérages, donne-toi un peu de temps, fais en sorte qu'il se sente à l'aise avec toi.*

— Je n'avais pas l'intention de faire quoi que ce soit tant que Rhoan ne serait pas arrivé.

C'était lui qui avait le plus d'expérience, j'avais donc l'intention de le consulter à propos de chacune de mes actions. Si possible, en tout cas.

— Dis, est-ce que le Directoire a accès à des images satellites ? repris-je.

— *Ouais, pourquoi ?*

— Parce que j'ai suivi Moss, et il a disparu en plein milieu des bois. Je me demande s'il n'y aurait pas des tunnels là-dessous.

— *Ce serait logique que Starr se soit aménagé quelques issues en cas d'urgence. Et la région est effectivement photographiée tous les six mois, mais peut-être que les tunnels n'ont été construits que récemment. Je m'arrangerai pour qu'un scan soit fait au prochain passage du satellite.*

— Super, mais je vais quand même fouiner dans cette direction de mon côté.

— *Ne fais rien qui puisse te trahir.*

— Je ne suis pas stupide.

— *Non, mais tu manques d'expérience.*

— C'est un peu fort de café de la part du mec qui insiste pour que je devienne gardienne.

— *Oui, et c'est pour cette raison que je n'ai pas très envie de te perdre. Fais attention, c'est tout ce que je te dis.*

— Je ferai gaffe. Au revoir, patron.

J'interrompis la communication et revins en courant vers la clairière où j'avais laissé Kade. Et où, après avoir discuté de ce qui venait de se passer, nous passâmes le reste du temps à nous satisfaire mutuellement.

Le vieillard sortit de l'écurie en m'entendant arriver. Kade s'immobilisa et je descendis de son dos.

— Bonne promenade ? demanda-t-il en me prenant les rênes des mains.

J'acquiesçai et tapotai l'épaule luisante de transpiration de Kade.

— Ce petit voyou était terriblement excité. Je pense qu'il a grand besoin qu'on le monte plus souvent.

Kade renifla bruyamment et frappa le sol de son sabot, et je dus retenir un grand sourire.

— On vous voit demain, alors ? s'enquit le vieil homme.

— Oui.

— Je demanderai à la sécurité de nous prévenir de votre arrivée, comme ça on pourra le préparer pour vous.

— Merci… Vous avez un nom ?

— Tommy.

Il me tendit la main et je la serrai. Il avait des doigts rugueux, marqués par l'âge, la crasse et des années de dur labeur. Il ne semblait pas le genre à travailler pour un salopard comme Starr, ce qui était une pensée étrange étant donné que je connaissais à peine cet homme. De ce que j'en savais, Tommy pouvait tout aussi bien être l'oncle de Starr.

— Moi, c'est Poppy. Merci.

Il ramena Kade à l'intérieur de l'écurie et moi, je revins dans ma chambre pour faire un brin de toilette. Ni Berna ni Nerida ne s'y trouvait, mais mon sac était sur le lit que j'avais choisi. Un rapide coup d'œil me révéla que tous mes vêtements et sous-vêtements avaient disparu, mais qu'on n'avait pas touché à mes affaires de toilette. Je m'avouai heureuse et allai me laver dans la salle de bains. Surprise, surprise, il y avait là aussi des caméras. Pas de micros visibles, en revanche. Peut-être se disaient-ils qu'on ne discutait pas de sujets sensibles dans une salle de bains, ce qui laissait penser que les concepteurs de ce système de sécurité étaient bien des hommes. Les femmes savent à quel point les toilettes sont le cadre où sont abordés les plus sensibles des sujets, en particulier ceux concernant les hommes. Cela étant, l'homme qui tirait toutes les ficelles ici n'était pas réputé pour sa pensée linéaire, donc peut-être s'en foutait-il, tout simplement.

Berna et Nerida étaient toutes deux revenues quand je revins dans la chambre, la métamorphe ourse toujours habillée faisant des allées et venues comme un animal en cage et la renarde en combinaison allongée sur le lit, un magazine féminin sous les yeux. La combinaison, plus exactement un justaucorps crème, était extrêmement moulante et ne dissimulait pas grand-chose de son anatomie, ce qui me fit me demander pourquoi elle prenait cette peine. Bon sang, ses seins étiraient tellement le tissu que la petite poche de poitrine et le mouchoir gris et blanc qu'elle y avait glissé évoquaient vaguement… eh bien, des couilles de chien, s'il fallait être honnête. Si elle pensait qu'on la remarquerait moins dans une telle tenue, elle se trompait lourdement.

Elles feignirent de ne pas m'avoir vue et je leur rendis la politesse en me dirigeant vers mon lit pour ouvrir la fenêtre. Un filet d'air rafraîchi par la nuit qui tombait s'insinua dans la pièce. Mais, en dehors du bruit de sabots des chevaux et de celui, plus occasionnel, des pas d'un garde en pleine ronde, le silence était total. Aucun des sons ordinaires du crépuscule, comme le bavardage des pies ou le chant des criquets ne se faisait entendre, et cela me donna le frisson. Quelque chose qui terrifiait même les insectes n'était pas des plus rassurants, dans mon esprit.

À 18 h 45, Berna se décida enfin à se déshabiller, mais à contrecœur. Elle semblait imposante habillée mais, nue, elle faisait l'effet d'une montagne. Et il n'y avait pas un poil de gras. Elle était juste balèze de partout : de larges épaules, des bras musclés, des seins gros comme des melons, de bonnes hanches et des jambes épaisses et fortes. On aurait dit qu'elle pouvait briser quelqu'un en deux rien qu'en l'enserrant entre ses cuisses, ce qui me fit m'interroger à propos de ce qu'elle avait dit plus tôt, comme quoi elle n'était pas une catcheuse d'un niveau très élevé. Comment pouvait-on être bâtie ainsi et ne pas faire partie des meilleurs ?

Je n'eus pas le temps de lui poser la question puisque, aussitôt qu'elle eut terminé de se déshabiller, le garde chargé de nous escorter entra dans la chambre. Il parcourut la pièce du regard, nous adressa un signe approbateur et fit signe de le suivre.

Ce que nous fîmes, bien évidemment. Les autres filles du car se trouvaient déjà dans le couloir et s'éloignaient, guidées par d'autres gardes. Parmi elles se trouvaient aussi deux femmes que je ne pus remettre. Probablement deux des trois femmes qui étaient restées du groupe précédent.

Nous fûmes accompagnées jusqu'à une des portes de l'arène que j'avais testée lors de mon expédition, un peu plus tôt, mais qui était alors verrouillée.

D'après les plans, l'arène s'inspirait des arènes romaines traditionnelles, mais sur une échelle bien plus réduite, bien entendu. Mais en entrant, je me rendis compte que les plans n'avaient pas réussi à refléter la taille de cet endroit. Non seulement les murs s'élevaient à perte de vue, mais en plus, tout semblait surdimensionné, comme si le but était de faire paraître les gens plus petits en comparaison. Ce qui était probablement l'effet recherché par l'esprit malade de Starr. Le plafond était si haut que sans les spots muraux, ses arches auraient été plongées dans l'obscurité, et les statues de nus masculins et féminins qui décoraient les murs étaient au moins deux fois plus grandes qu'un corps humain. Les murs de l'arène étaient assez hauts pour empêcher la plupart des garous et métamorphes de sauter par-dessus, même si ça ne devait pas déranger les créatures volantes. Le sol de l'arène était recouvert de sable, mais il y avait aussi des poteaux cloutés plantés à chaque extrémité, leur bois abîmé et taché par une substance que mon imagination se refusait à identifier.

Les trois quarts de l'espace étaient occupés par des tables et des chaises. Une longue table dominait l'autre bout de la pièce, recouverte d'une lourde nappe blanche, chargée de vaisselle en or massif et flanquée de chaises richement ornées qui auraient eu leur place à la cour d'un roi. J'en conclus qu'il devait s'agir de la table de Starr.

Lui et son entourage n'étaient pas encore arrivés, mais il y avait déjà énormément de monde. Peu de femmes, ce qui signifiait que les putes ne méritaient pas d'être conviées à cette petite nouba. Je reconnus certains invités d'après les dossiers que Jack m'avait fait étudier sur les associés connus de Starr, mais je fus incapable de mettre un nom sur la grande majorité d'entre eux. C'était une bonne chose que Rhoan soit censé arriver avec un appareil photo : j'étais prête à parier qu'il y avait beaucoup de criminels recherchés parmi nous, ce soir-là.

Bien sûr, avec tant de gens dans un tel espace, le niveau sonore des conversations et la puanteur d'humanité et d'après-rasage étaient presque insupportables. Mais, plus que cela, je percevais autre chose, comme un effluve de mort et de désespoir qui semblait s'élever du sable, et tout mon être en était alarmé.

Ce n'était pas une salle de combat. On ne venait pas ici pour profiter du spectacle. Tout en ce lieu parlait de domination. De destruction.

Destruction de tout espoir. De toute humanité.

Je ne m'aperçus pas que je m'étais arrêtée avant que Berna me rentre dedans.

— Putain, c'est quoi, ton problème ? maugréa-t-elle d'un air agacé.

— Tu es une métamorphe ourse… Tu ne sens pas cette odeur ?

— Le désespoir, souffla Nerida en croisant brièvement mon regard. (Dans ses yeux ambrés, je vis une étincelle de peur.) Cet endroit en est complètement imprégné.

— Vous êtes vraiment bizarres, vous, les garous, marmonna Berna.

— Non, c'est simplement que les espèces canines ont un odorat spécialement conçu pour détecter certains types d'odeurs attachées à des émotions particulières. La peur, par exemple, lui murmurai-je alors que notre guide nous menait jusqu'à une table coincée entre le mur et l'un des poteaux. J'aurais cru qu'une métamorphe ourse saurait cela, étant donné que vous avez un odorat encore plus fin que les loups.

Elle secoua la tête.

— C'est peut-être le cas, mais notre odorat ne perçoit que des odeurs purement physiologiques, pas celles qui ont une composante émotionnelle. C'est pareil pour les sons : je peux entendre un fusil qui s'arme aussi bien que flairer une carcasse à trois kilomètres, mais les émotions n'ont pas d'odeur pour moi.

— Alors, cette arène ne te met pas mal à l'aise ?

— On me paie une coquette somme pour y combattre, répliqua-t-elle en se tournant vers moi. Et toi aussi.

— J'aime autant me battre que n'importe quel loup qui se respecte, mais il n'y a pas que ça dans cet endroit.

Elle haussa un sourcil.

— Si ton intuition est la bonne, alors peut-être faudrait-il prévoir un moyen de nous enfuir d'ici ?

— Avec des caméras dans tous les coins ? Ils nous rattraperaient en une poignée de secondes. (Cela étant, si je voulais sortir d'ici, il faudrait bien que je trouve un moyen, caméras ou non.) Et fais attention quand tu parles de ce genre de sujet, parce qu'il y a des micros en plus des caméras, ici.

Elle regarda autour d'elle en s'asseyant à la table, dos au mur.

— Vraiment ? Où ça ?

J'eus un geste du menton en direction du dôme noir qui trônait au-dessus de la table voisine.

— On dirait bien un PTR-1043. Ça enregistre aussi bien les images que les sons. (Leur air surpris m'amusa et je pris quelques libertés avec la vérité.) J'ai couché un moment avec un spécialiste des systèmes de sécurité. Il adorait parler matos.

Nerida pouffa.

— Comme tous les mecs.

— J'imagine que c'est à ce moment-là que tu as appris l'art du vol, demanda Berna.

Je tournai le regard vers elle. Il n'y avait aucune animosité dans sa voix, ni dans son expression, mais je sentais pourtant l'onde de désapprobation qu'elle projetait.

— Oui.

Elle poussa un grognement et n'ajouta rien d'autre, se contentant de contempler l'arène, les bras croisés. Nerida me considéra un instant et dit :

— Tu ne ressembles pas à une voleuse, à mes yeux.

Probablement parce que je n'en étais pas une, mais, si je parvenais à en convaincre Berna et tous les autres, pourquoi pas la renarde ? Que percevait-elle que les autres ne sentaient pas ? Je me forçai à hausser les épaules.

— À quoi ça ressemble, une voleuse ?

— Sournoise, un peu désespérée. Tu n'as pas du tout l'air désespéré.

— Et en effet, je ne le suis pas en ce moment, pas vrai ?

Des trompettes retentirent avant qu'elle puisse répondre et une voix nous ordonna de nous lever. Je fis mine de ne pas voir le regard intrigué de Nerida et me levai en regardant en direction de la table principale. Starr, ses lieutenants et leur entourage venaient d'entrer dans l'arène, avec des allures de cour royale. Et, étant donné que Starr semblait être la reine des folles, peut-être était-ce adapté à la situation.

Starr lui-même n'était pas le genre à attirer l'attention dès le premier regard. Plutôt petit, mince, il avait les cheveux hérissés et le teint cireux. Mais ce n'était pas le véritable Starr : ce dernier avait été assassiné plusieurs mois auparavant et remplacé par le fils métamorphe de celui par qui tout ce cauchemar avait commencé. Ce Starr-là était encadré de ses deux lieutenants, Moss devant, Merle derrière, les deux torse nu. Des trois hommes, c'était probablement Merle qui attirait le plus l'œil. Non seulement il était bâti comme un Adonis, mais en plus, il était doté des traits félins et des rayures d'un tigre. Dans n'importe quel autre cadre, je l'aurais trouvé franchement sexy. Mais le fait de savoir qui il était avait tendance à atténuer le désir.

Ce qui n'aurait pas grande importance s'il avait une aura aussi puissante que celle de Moss.

L'un des gardes qui les escortaient tira la plus ornée des chaises. Starr ne s'assit pas tout de suite et resta un instant à regarder la foule, les mains posées sur la table. Ses yeux semblèrent s'arrêter un instant sur notre table et, même si j'étais trop loin pour voir ne serait-ce que la couleur de ses yeux, un frisson me parcourut l'échine. C'était comme si, un bref instant, Starr avait senti qui j'étais vraiment.

Je me passai la langue sur les lèvres et me tordis les mains en luttant contre la tentation de fuir à toutes jambes. Cette flambée de terreur n'avait aucun sens. Starr ne pouvait pas connaître ma véritable identité. Je serais déjà morte, ou enfermée dans une cage, si c'était le cas. Son regard s'attarda encore quelques longues secondes sur moi, puis il se pencha vers Moss et lui murmura quelque chose à l'oreille. Je poussai un soupir de soulagement quand il finit enfin par détourner les yeux. Mais la tension resta présente dans mes muscles, car j'avais le mauvais pressentiment que je serais présentée à ce malade bien plus tôt que je le voulais.

Quand Starr s'assit enfin, nous fûmes autorisés à faire de même. Des serveurs apparurent aussitôt et posèrent des assiettes de viande et de légumes devant chaque convive.

Nous entamâmes notre repas alors qu'un homme seul entrait dans l'arène, le spot braqué sur lui faisant luire son crâne chauve mais laissant le reste de son corps dans la pénombre. Les bavardages firent place à un étrange mélange d'excitation et d'impatience.

— Mesdames et messieurs, dit-il d'une voix qui sembla résonner dans l'arène et tout bruit de vaisselle s'interrompit.

Ce soir, vous allez être témoins des risques encourus quand on agit de manière imbécile.

D'un geste ample, il déclencha l'ouverture d'un pan de mur à l'autre bout de l'arène. Deux hommes et une femme en sortirent. Elle était d'une beauté époustouflante : chevelure d'un blond presque blanc, teint hâlé, poitrine imposante et silhouette de sablier. Le genre de filles qu'on retrouvait dans les posters centraux des magazines pour hommes depuis la création de ces derniers.

Elle avait beau avoir les poignets liés, elle avait l'air particulièrement combatif, comme si elle s'attendait à une tape sur les doigts, rien de plus.

J'étais certaine qu'elle avait tort.

La tension qui m'avait envahie se fit sentir avec une vigueur accrue, et je perdis soudain tout appétit. Je me forçai à avaler ma bouchée et repoussai le reste sur le bord de mon assiette. Je n'avais vraiment plus envie de quoi que ce soit. Et surtout pas d'assister à ce qui allait se passer.

— Cette lutteuse, Janti Harvey, a été surprise dans une zone interdite. On lui a donné le choix entre une séance de flagellation et l'arène comme punition. Elle a choisi l'arène.

Mauvaise idée. Ce devait être une métamorphe ou une garou quelconque, et donc le fouet était pour elle une punition à laquelle il était possible de survivre, tout simplement parce qu'une simple métamorphose guérirait la majorité des plaies. Et oui, ça ne serait pas une partie de plaisir et elle en ferait probablement des cauchemars pendant des mois et des mois, mais c'était probablement mieux que d'affronter l'inconnu qui l'attendait dans l'arène.

Mais en regardant son visage, je vis son expression d'arrogance. De confiance sans limites. Peut-être cette fille avait-elle tellement assuré dans l'arène qu'elle était persuadée d'avoir l'avantage sur n'importe qui.

Visiblement, personne n'avait pris la peine de lui faire visiter le zoo ou de lui montrer les créatures qu'il renfermait.

— Faites descendre la cage ! annonça le présentateur avec emphase.

La femme et lui levèrent les yeux vers le plafond et, logiquement, tout le monde dans la pièce les imita. Une énorme cage sortit de la pénombre qui baignait le plafond voûté. On aurait dit le haut d'une cage à oiseaux ancienne, que ce soit par sa forme ou par le métal ouvragé dans lequel elle avait été forgée. Elle se posa sur les murs encerclant l'arène avec un « clic » à peine audible, recouvrant la zone de combats d'une résille métallique géante. Voilà comment ils se débrouillaient pour empêcher les métamorphes oiseaux de s'enfuir.

— Détachez-la.

Les deux gardes s'exécutèrent, puis reculèrent rapidement. N'importe qui en voyant cela aurait deviné que ça annonçait quelque chose de particulièrement effrayant. Mais la fille se contenta de rester plantée là en secouant les mains et étirant son cou.

Je croisai les bras sur ma poitrine et résistai à la tentation de me lever et de lui crier de s'enfuir. Parce que de toute façon, avec cette cage, où pourrait-elle s'enfuir ?

— Faites entrer ses adversaires.

Il prit à peine le temps de terminer sa phrase avant de battre précipitamment en retraite par l'ouverture par laquelle il était apparu.

La femme fit quelques exercices d'échauffement. De l'autre côté de l'arène, plusieurs portes s'ouvrirent lentement. La tension s'accrut de nouveau et mes muscles se contractèrent à m'en faire mal.

Je ne savais pas ce qui était le pire : être assise, ici, à attendre de voir ce qui allait passer ces portes, ou savoir qu'il n'y avait absolument rien que je puisse faire pour épargner le sort réservé à cette femme.

Et elle ne semblait vraiment pas avoir conscience de ce qui l'attendait.

Les portes s'ouvrirent en grand et deux humanoïdes bleus et élancés sortirent des ténèbres, leurs ailes de papillon repliées dans le dos. Un murmure d'approbation parcourut l'assistance mais ne parvint pas à notre table. Nerida et Berna semblaient tout aussi perturbées par le cours des événements que je l'étais.

Les créatures bleues s'immobilisèrent à peine entrées dans l'arène et déployèrent leurs ailes légères. La lumière se refléta dans les membranes chatoyantes et les fit étinceler comme des milliers de pierres précieuses. Mais la beauté de ces ailes était tempérée par les griffes cruelles qui terminaient chacun de leurs doigts. Et par les barbelés qui ornaient leur sexe, aussi.

La femme écarta les bras et secoua ses doigts. Si elle était surprise par le fait d'avoir deux adversaires au lieu d'un seul, et que ceux-ci soient nus et franchement pas rassurants question bijoux de famille, elle le cachait bien. Son visage rayonnait toujours d'une confiance sans limites. Mais combien de temps cela durerait-il une fois que les créatures bleues attaqueraient ?

L'une d'elles commença à battre plus rapidement des ailes et, avec une grâce certaine, s'éleva dans les airs. L'autre s'avança sur le sable de l'arène, ses ailes palpitant à peine assez fort pour déranger les rares mèches de cheveux qui coiffaient son crâne bleu.

Elle n'attendit pas qu'ils viennent à elle et attaqua l'ennemi qui se trouvait au sol avec une férocité surprenante. Le monstre bleu fut momentanément pris par surprise et recula sous l'avalanche de coups, tout en semblant peu concerné par ceux-ci. La seconde créature prit un peu d'altitude puis, dans un froissement de plumes, plongea vers le sol. Le hurlement d'air causé par son changement brutal de direction la trahit et la fille se projeta hors de sa trajectoire. Les serres du monstre la manquèrent de peu, mais parvinrent malgré tout à lui arracher quelques mèches dorées. Celles-ci étincelèrent dans la lumière des projecteurs quand la créature repartit dans une trajectoire ascendante. La fille fit un roulé-boulé sur le sable et se releva dans un mouvement fluide, mais n'eut pas le temps de se retourner que la seconde créature lui fondait déjà dessus. L'être bleu la noya dans une brume de coups rapides qu'elle ne réussissait à bloquer que partiellement. Aucun métamorphe ou garou, quelle que soit sa force, ne pouvait résister bien longtemps à une telle castagne.

Sa confiance fit bientôt place au désespoir et sa respiration devint une succession de sanglots apeurés. La créature bleue choisit cet instant pour reculer de quelques pas. La fille se laissa tomber à genoux en avalant de grandes goulées d'air et en pleurant. Je voulus me lever d'un bond pour la prévenir que ce n'était pas terminé, que ces monstruosités n'en avaient pas fini avec elles, mais je me forçai à rester impassible devant la suite des événements. Je ne pouvais rien faire pour elle, et je ne pouvais pas me permettre d'attirer l'attention. Je n'avais pas le choix.

La créature qui planait au-dessus de l'arène se laissa de nouveau tomber vers le sol. Le public frémit d'impatience. Je regardai autour de moi. La plupart des invités observaient le spectacle d'un air fasciné, attendant avec gourmandise que le sang soit versé et les chairs déchiquetées.

J'eus une remontée de bile et il me fallut toute la volonté du monde pour ne pas vomir là, sur la table. Au moins les monstres bleus faisaient-ils ce pour quoi ils avaient été conçus : tuer. Mais ceux qui prenaient plaisir à ce spectacle n'avaient pas cette excuse. Je les exécrai pour cela, et je rêvai de les jeter dans l'arène à leur tour pour voir comment, eux, ils se débrouilleraient face aux créatures bleues.

Le plongeon du monstre ailé devait encore avoir été audible par la fille, car elle sursauta soudain et se jeta sur le côté. Les serres de la bête lui déchirèrent le dos et un torrent de sang s'échappa des lacérations, dégoulinant le long de ses flancs. Un hurlement de triomphe retentit dans l'arène et certains se mirent même à encourager les créatures.

La seule table autour de laquelle le silence régnait était la nôtre. Nerida refusait même de regarder en direction du combat. Elle fermait les yeux et tremblait de tout son corps, mais je ne sentais pas la peur : j'en conclus donc que c'était de colère.

La première créature remonta de nouveau dans les airs et la seconde porta une nouvelle offensive. Cette fois-ci, la fille n'eut aucune chance d'éviter ses coups. Elle finit carrément par renoncer, se contentant de rester allongée au sol, les bras autour de la tête, en émettant un gémissement continu qui se perdait dans le bruissement d'ailes.

Au bout de Dieu sait combien de temps, l'autre monstre atterrit et aida l'autre à traîner la fille jusqu'au poteau. Ils la plaquèrent face à celui-ci et l'y attachèrent.

Puis, sans autre forme de procès, ils la sodomisèrent. Elle poussa un hurlement si perçant, si douloureux que les larmes me montèrent aux yeux. Je fermai les paupières et portai mes mains à mes oreilles, mais sa souffrance continua à me chavirer, à m'agresser les nerfs, la peau, les sens, me déchirant l'âme et me rendant plus nauséeuse que je ne l'avais jamais été.

Ils paieraient tous pour ça. Que Dieu me vienne en aide, même si c'était la dernière chose que je faisais de mon vivant, je ferais payer Starr, ses lieutenants et tous ces pervers qui prenaient leur pied avec ce qui s'était passé ce soir. Le fait que je ne connaisse même pas cette fille était sans importance. Personne, qu'il soit humain, garou, métamorphe ou autre, ne méritait d'être traité ainsi.

Surtout quand on pensait que son seul crime avait été de pénétrer dans une zone interdite. Si encore elle avait attenté à la vie de Starr, la brutalité de ce châtiment aurait peut-être été plus compréhensible, à défaut d'être acceptable.

Mais ça, c'était du domaine de l'inconcevable. Une autre manifestation de la perversité absolue qui animait le cerveau de ce cartel.

Les monstres bleus finirent leur besogne et la fille fut transportée ailleurs. Le Monsieur Loyal revint au centre de l'arène et annonça le numéro suivant, un combat qui opposerait deux des gardes de la propriété. Je refusai de le regarder, gardant obstinément les yeux baissés vers la table. Je craignais, si je les levais et croisais le regard de Starr, qu'il y voie mes envies de meurtre. Et cela pourrait avoir un effet désastreux étant donné que le but principal du châtiment de la femme était d'éveiller la terreur dans le cœur des nouvelles lutteuses et de s'assurer de leur docilité.

Après le combat de gardes, des vigiles s'approchèrent de plusieurs tables, dont la nôtre. Berna haussa un sourcil en voyant l'un des hommes en uniforme m'ordonner de me lever.

— Attendez. On n'était pas censées avoir le choix si on restait nues ?

Je ricanai.

— Sauf si l'un des lieutenants du chef décide qu'il nous trouve à son goût. Apparemment, c'était écrit en petit au bas du contrat.

— J'ai bien lu les petits caractères et je n'ai aucun souvenir de ça.

— C'est exactement ce que je leur ai dit. (Je regardai le sang qui imbibait le sable près du poteau.) Mais j'ai l'impression qu'ils font ce qu'ils veulent tant qu'on est ici.

Elle prit un air désapprobateur, mais se souvint à temps de la caméra et resta silencieuse. Je suivis le garde comme le bon petit chien que je prétendais être, mais lorsqu'il s'approcha d'un ascenseur que je n'avais vu sur aucun plan, je m'intéressai soudain beaucoup plus à ce qu'il faisait. Il tourna une clé dans une serrure et composa un code sur le clavier qui se trouvait à côté de celle-ci, trop rapidement pour que je puisse le voir, et encore moins le mémoriser. Les portes de l'ascenseur s'ouvrirent et il me fit signe d'entrer.

Il y avait six boutons, dont seulement trois portaient un numéro. Il pressa sur « - 3 » et les portes se refermèrent. Je levai négligemment les yeux au plafond à la recherche de caméras et autre matériel de sécurité, plus particulièrement des atténuateurs psi. Il y avait bien une caméra, et donc probablement des micros, mais je ne vis rien d'autre. Même si ça ne voulait rien dire.

Il n'y avait qu'une manière de m'assurer que je pourrais faire ce que j'avais l'intention de faire. Je baissai légèrement mes défenses mentales et tâtonnai à la recherche de l'esprit du garde. Je sentis tout d'abord son excitation sexuelle et mon corps réagit en conséquence. Mais en dessous, je perçus ses pensées, et je fus la première surprise par la facilité avec laquelle je réussis à les atteindre. J'aurais cru qu'une personne connaissant les codes d'accès aux appartements de Starr serait soit insensible à la télépathie, soit équipée d'un bouclier psi.

Je n'allais pas non plus me plaindre. Je parcourus rapidement et discrètement l'esprit du garde, récupérant non seulement le code de l'ascenseur mais aussi diverses informations comme les tours de garde ou le fait que la plupart des gardes passaient le plus clair de leur temps libre soit au bordel, soit à jouer au billard dans leurs quartiers. Il y avait aussi quelques intéressantes pensées concernant le chef de la sécurité, un homme grand, au crâne dégarni et à la peau grêlée. D'après mon garde, c'était aussi une grande gueule qui n'en fichait pas une rame et qui était très doué pour s'attribuer le mérite du travail des autres. Ce qui me laissa penser que l'énergumène était probablement le sujet idéal pour une séance de séduction lycanthropique… et de télépathie. En tant que chef de la sécurité, il devait en savoir nettement plus que ce garde-ci et avoir accès à un deuxième trousseau de clés pour les ascenseurs. S'il y en avait un, évidemment. Les pensées du garde ne me permirent pas de le confirmer.

L'ascenseur s'immobilisa. Je sortis de l'esprit du garde et remontai rapidement mes barrières en voyant les portes s'ouvrir. Juste en face de nous se trouvait ce que je supposai être un autre ascenseur, celui-ci protégé non seulement par une clé et un code, mais aussi par un scanner à empreintes digitales. Des deux côtés s'étendait un long couloir silencieux seulement éclairé par l'intérieur de l'ascenseur et par deux rampes lumineuses à chaque extrémité. En dehors de ces sources de lumière, la pénombre ajoutait à la sensation d'isolement.

— M. Moss vous attend par là, dit le garde en désignant la gauche.

Il avait laissé la main sur la porte de l'ascenseur, ce qui devait signifier qu'il ne m'accompagnerait pas.

— Qu'est-ce qu'il y a, par là ? demandai-je en désignant la droite.

— Les appartements de M. Merle.

— Ils ne partagent pas le même appartement, alors ?

Le garde ricana.

— Ils ne partagent pas grand-chose en général.

Je haussai le sourcil.

— Même pas les femmes ?

— Surtout pas les femmes, répondit-il avec un mouvement nerveux de la main. Vous feriez mieux d'y aller. Il n'aime pas qu'on le fasse attendre.

Tant pis pour lui, faillis-je répondre. Mais je me mordis les lèvres : j'étais ici pour séduire et lire dans les esprits, pas pour jouer les petites malignes. Je me contentai donc d'un signe de tête à l'adresse du garde et m'enfonçai dans la pénombre. Le bruit de mes pas résonna dans le silence, rebondissant bizarrement sur les murs comme un battement de tambour. J'étais persuadée que tout cela avait été aménagé dans l'intention précise d'effrayer, de la manière dont on l'était toujours quand on marchait dans l'obscurité.

Et ça aurait pu marcher si je n'avais pas été confrontée à bien pire ces quatre derniers mois. En comparaison, les ténèbres et l'inconnu, c'était du gâteau.

Une petite lumière en haut de la porte passa au vert à mon approche, et le panneau s'ouvrit. La pièce qui se trouvait derrière était étonnamment accueillante. Une lampe en éclairait un coin, donnant aux murs des reflets dorés mais laissant le reste dans l'ombre. Les meubles étaient en chêne avec des coussins bordeaux, et d'épais tapis de laine recouvraient le sol moquetté. Je n'aurais jamais eu l'idée d'associer un endroit si chaleureux à Moss, mais d'un autre côté, que savais-je de lui en dehors du fait qu'il s'agissait d'un psychopathe doté d'une aura particulièrement efficace ?

Moss ne se trouvait pas dans la pièce, mais il y avait autre chose. Une chose dont l'odeur me laissa perplexe, évoquant la terre et l'air. Je m'arrêtai derrière l'un des confortables canapés et parcourus la pièce du regard jusqu'à ce que j'aperçoive une vague forme se confondant avec la pénombre. C'était un de ces lézards d'esprit. Comme les autres exemplaires que j'avais croisés, il avait les doigts et les orteils ventousés. Il devait donc y avoir du gecko dans le mélange. Pourquoi étaient-ils qualifiés « d'esprit » ? Le mystère restait entier, mais j'imaginais que ça devait avoir un rapport avec le fait que, même dans une pièce éclairée, ceux-ci restaient quasiment invisibles.

Il ne se camouflait pas de la manière dont un vampire pourrait le faire : il n'en avait nul besoin. Il était nu comme au jour de sa naissance et sa peau était noire comme la nuit. Dans cette lumière tamisée, on ne voyait de lui qu'une silhouette sombre, une forme sans traits particuliers. Il n'avait même pas d'organes génitaux visibles, je me demandais donc pourquoi je pensais à lui au masculin. Je réfléchis un instant. Peut-être à cause de la forme générale de son visage.

— Bon, m'écriai-je d'un air insolent, t'es quoi, encore, toi ? Le comité d'accueil ?

Un sourire étira ses fines lèvres. Il avait les yeux bleus, entièrement bleus : ni blanc, ni pupille noire, seulement du bleu marine. Joli, mais bizarre.

— La plupart de ceux qui viennent ici pour la première fois ont peur de moi. Et ceux qui reviennent encore plus.

Je pris le temps de l'examiner de la tête aux pieds.

— Et de quoi est-on censé avoir peur ?

— Il ne faut pas se fier aux apparences.

— Il faut croire, commentai-je en parcourant la pièce du regard. Chouette endroit. C'est chez vous ?

Il secoua la tête.

— Je suis ici pour vous préparer.

Je le regardai d'un air surpris.

— Pour quoi faire ?

— Pour le sexe, évidemment.

Je baissai le regard.

— Avec quoi ?

— Avec ça, répondit-il.

Et soudain, des organes génitaux apparurent en bas de son ventre, comme sortis de l'intérieur de son corps et reprenant leur forme et leur taille d'une manière qui rappelait bizarrement une poupée gonflable en train d'être remplie d'air.

— Pas mal pour éviter de se prendre un coup dans les couilles, remarquai-je ironiquement.

Il sourit. Soudain, des épines apparurent tout le long de son pénis et dressèrent leurs pointes aiguës vers le haut.

— Ce machin n'approchera pas de moi à moins de trois mètres, prévins-je.

— Bien sûr que si.

— Essaie un peu, pour voir.

— Vous êtes ici pour obéir aux ordres.

— Non, je suis ici pour baiser avec Moss. S'il n'est pas équipé pour ça, tant pis pour lui. Je vais pas baiser avec un cactus juste pour que monsieur puisse prendre son pied.

La créature noire haussa un sourcil et j'aurais pu jurer voir une lueur amusée dans ses yeux. Mais son expression se figea en voyant ce qui se trouvait derrière moi. Quelque chose qui me fit trembler au plus profond de moi.

— Intéressant, dit une voix dans mon dos. Vous ne semblez avoir peur ni de la créature, ni des dégâts qu'elle pourrait causer.

Un frisson me parcourut l'échine. Pendant quelques secondes, je fus incapable de bouger et même de respirer.

Je ne connaissais pas cette voix, mais je n'en avais pas besoin. Pas quand la perversité de son propriétaire semblait imprégner la pièce et contaminer l'air frais en le remplaçant par des vapeurs pestilentielles.

La créature noire avait beau ne pas m'effrayer, ce n'était pas le cas de celui qui se trouvait derrière moi.

Parce que cet homme n'était autre que Deshon Starr.

Chapitre 8

Je me forçai à bouger les pieds et à me retourner. De près, Starr semblait encore plus inoffensif que de loin. Le genre de nerd maigrichon qui aurait l'air plus à sa place devant un ordinateur qu'à la tête d'un des cartels les plus puissants de Melbourne.

Il fallait croiser son regard pour que la vérité transparaisse. Il n'y avait pas la moindre étincelle de vie dans ces yeux, pas la moindre trace d'humanité, juste une étendue sans fin de bleu arctique injecté de sang.

J'en eus la chair de poule mais, au fond de moi, il y eut un éclair de reconnaissance. Ces yeux me rappelaient quelqu'un. Qui, je l'ignorais pour l'instant… Mais ça me reviendrait.

Pourtant, il n'y avait personne dans mon entourage qui provoquait en moi la même réaction que Starr, ce qui aurait certainement été le cas si j'avais fréquenté celui-ci sous une autre forme. L'apparence pouvait changer, l'âme restait la même, et c'était bien la corruption absolue de celle-ci que je ressentais au contact de Starr.

Alors pourquoi cela se produisait-il à présent, et pas quand je le voyais dans ma vie de tous les jours ?

Est-ce que, par le plus grand des hasards, ça n'aurait pas quelque chose à voir avec ce que Dia m'avait dit : que ma supposée puberté était en train de modifier et d'accroître mes talents ?

J'avais bien besoin de ça, en plus des médicaments qui étaient probablement en train de me bousiller l'organisme.

Starr n'était pas seul et je détournai avec soulagement les yeux de lui. Tout valait mieux que d'affronter trop longtemps du regard le Mal incarné. L'autre homme était le second lieutenant de Starr, Merle, aussi impressionnant de près que de loin. Je le toisai et haussai le sourcil.

— Ah, avec toi, en revanche, je batifolerais bien. Enfin, si tu as un sexe normal, évidemment.

J'avais à peine terminé ma phrase quand son aura me frappa, aussi brûlante et impérieuse que celle de Moss. Des perles de sueur coulèrent dans mon dos et la fournaise qui animait mon bas-ventre devint positivement douloureuse. Il eut un sourire débordant d'arrogance.

— Si je voulais de toi, je te prendrais, dit-il d'une voix sans expression mais qui laissait transparaître la confiance absolue de celui qui obtenait toujours ce qu'il désirait.

Et avec une aura pareille, ça ne me semblait pas surprenant.

Il laissa son regard parcourir mon corps et j'eus l'impression d'être prise dans un brasier de désir qui me calcinait la peau. Mes genoux manquèrent de céder sous mon poids et je trébuchai contre le canapé. Ce ne fut que grâce à lui que je pus rester debout.

Son regard croisa de nouveau le mien.

— Et je crois bien que c'est ce que je vais faire.

Il commença à défaire sa ceinture et je fus agitée par un frisson que je ne sus identifier : peur ou excitation ? Bon sang, ce n'était pas le sexe qui me posait problème, pas plus que de faire l'amour en public. C'était simplement *lui*. Il y avait quelque chose de fondamentalement perverti, un côté désaxé qui éveillait une terreur profonde à la simple idée de l'avoir à l'intérieur de moi. Mais cet aspect malsain n'arrivait pas à la cheville de celui que j'avais ressenti chez Moss. On devait pouvoir survivre à Merle. Moss, j'en étais moins sûre.

— Merle, range-moi ça, le rabroua Starr.

Merle n'avait encore rien sorti. Dieu merci.

Mais l'ordre de Starr fit disparaître l'aura, comme si on avait soufflé une bougie. Il devait vraiment y avoir du garou dans les gènes de Merle aussi.

— Où est Moss ? demanda Starr, les yeux plantés dans les miens, bien que sa question s'adressât visiblement au lézard d'esprit.

— Il accueille les nouveaux gardes. Il devrait bientôt être là.

Je tendis l'oreille à la mention des nouveaux gardes. Cela signifiait-il que Rhoan était arrivé ? Bon sang, je l'espérais. J'avais vraiment besoin de le voir. De lui parler. Qu'il me rassure, me conseille et me prenne dans ses bras.

— Dis-lui que je veux le voir dès qu'il sera de retour.

— Oui, monsieur.

Starr me parcourut du regard de pied en cap. Cela n'avait rien de sexuel, c'était plus le genre de regard qu'un boxeur adressait à son adversaire avant le combat. Mais quand ses yeux revinrent au niveau des miens il y eut au fond d'eux une lueur de reconnaissance et ça, c'était carrément bien plus flippant que tout ce qui s'était passé auparavant.

— On se connaît ?

Je me forçai à ne pas passer la langue sur mes lèvres soudain sèches et secouai la tête.

— À moins que vous soyez allé à Sydney récemment. Je ne suis arrivée à Melbourne qu'il y a quelques jours.

— Alors pourquoi cette impression de familiarité ?

— Je ne sais pas, monsieur.

Il courba les lèvres en ce que je supposai être un demi-sourire, même si ç'aurait tout aussi bien pu passer pour une demi-grimace menaçante.

— Respectueuse envers ceux qui ont visiblement le pouvoir sur elle. J'aime ça.

À cet instant précis, j'aimais tout ce qu'il aimait. Il valait mieux qu'il s'intéresse à tout autre chose que son impression de me connaître. Parce que s'il me connaissait, ça signifiait que moi aussi, je le connaissais. Et dans mon propre intérêt, il valait mieux que je me souvienne d'où avant qu'il le fasse.

Je ne répondis rien et il continua à me scruter sous tous les angles. Mon estomac me donnait l'impression d'être un tambour de lave-linge lancé à pleine vitesse et menaçait de se rebeller à la moindre provocation. C'était bizarre d'ailleurs : je m'étais toujours dit que quand je me retrouverais face à l'homme qui m'avait violée, kidnappée, bourrée de saloperies et qui avait essayé de me tuer, ce serait la colère qui dominerait tous mes sentiments.

Mais en imaginant la scène, j'avais oublié un détail important : Starr lui-même. Ou plutôt le fait qu'il devait avoir fait preuve d'énormément de puissance, d'intelligence et surtout de cruauté pour réussir à prendre le contrôle du cartel.

— Vous appartenez à la meute rousse ?

Oh, bon Dieu… Il se doutait bien de quelque chose. Mais de quoi ? Qui était cet homme, sous ce masque, et d'où le connaissais-je ?

Je me forçai à hausser les épaules d'un air indifférent.

— Je ne sais pas. Ma mère était humaine, et pas vraiment certaine de l'identité de mon père.

— Vous avez le teint des loups roux.

— Elle était irlandaise. C'est la même chose, question teint.

— Ah. Vous êtes donc une enfant de groupie ?

J'acquiesçai, en me demandant s'il me croyait. Son visage était totalement inexpressif, il n'y avait pas la moindre étincelle dans ses yeux qui aurait pu laisser penser si c'était ou non le cas. Seulement ce vortex de corruption qui semblait sucer tout ce qu'il y avait de bon dans l'atmosphère.

— Il faudra que nous reparlions de tout cela une autre fois, finit-il par dire.

Mon cœur manqua un battement. Je voulais tuer ce mec, certainement pas discuter avec lui. Pas maintenant. Ni plus tard. Jamais.

Et le trucider n'était pas une option actuellement, non seulement à cause de Merle et de la créature noire, mais surtout parce que Jack me tuerait si je tentais quoi que ce soit avant que nous ayons découvert l'endroit où se trouvait le laboratoire principal.

— Parler ? Mais avec grand plaisir !

Il sourit vraiment, cette fois-ci. C'était le sourire le plus vicieux que j'aie jamais vu.

— Comme si vous aviez le choix en la matière, chérie. (Il se tourna vers Merle.) Amène-la-moi demain pour le brunch.

Ses paroles firent courir un nouveau frisson le long de mon échine. J'avais le terrible pressentiment que l'idée que Starr se faisait d'un brunch n'impliquait pas seulement du pain grillé et du jus d'orange, mais aussi des choses bien plus obscures. Plus sanglantes.

Merle acquiesça et remonta son pantalon.

— Est-ce tout pour l'instant ?

Starr laissa échapper un ricanement et se retourna vers moi.

— Mon assistant a faim. Préparez-vous à une sacrée chevauchée, ma chère.

Je haussai un sourcil.

— Et M. Moss ?

— Il sera probablement très déçu d'avoir raté le coche. (Il jeta un nouveau regard à Merle.) N'oublie pas le car des putes.

Son adjoint opina du chef. Starr quitta la pièce et aussitôt, comme si on avait appuyé sur un interrupteur, l'aura sexuelle de Merle me frappa en pleine poitrine, me noyant dans la chaleur et le désir. Merle tendit la main et je m'avançai vers lui, les genoux tremblants, redoutant de m'effondrer à tout instant.

Il enveloppa ma main de ses doigts rugueux et brûlants. Je frissonnai et compris soudain ce que Rhoan avait si souvent essayé de me dire. Ce n'était pas le sexe, le problème, c'était cette impression que la perversité de ceux qu'on baisait risquait de nous contaminer.

Tout ce que je pus penser pour me rassurer, c'est qu'il valait mieux cet homme-ci que Moss.

Merle regarda par-dessus mon épaule et, même s'il ne dit rien, le bruit de pas étouffés me confirma que le lézard d'esprit sortait de la pièce.

Il planta de nouveau son regard dans le mien. Au fond de ses pupilles ambrées, la luxure et la folie se livraient une bataille enragée. Ou peut-être n'était-ce que mon imagination, le résultat logique de la combinaison entre son aura et la corruption essentielle de son être que je ressentais à chaque inspiration.

— Nous allons d'abord baiser ici, décréta-t-il en me conduisant de l'autre côté du canapé. L'odeur du sexe informera Moss de ce qu'il a manqué.

— Vous avez l'air d'être des amis géniaux, remarquai-je d'une voix essoufflée et pleine d'impatience alors que ma raison, elle, voulait retarder l'épreuve le plus possible.

La force de son aura avait beau faire réagir mon corps au point que ma peau me brûlait et que j'aurais tout donné pour du sexe, une partie de moi reculait à l'idée de passer un seul instant avec ce mec.

C'était vraiment bizarre.

J'étais un *loup-garou*, bon sang ! Le sexe faisait partie intégrante de notre psyché, de notre âme, même. À la pleine lune, j'accepterais de coucher avec le diable sans aucun remords. Alors pourquoi cette répugnance ? Était-ce simplement le parfum de dépravation que dégageait Merle ou s'agissait-il plutôt du fait que je baisais avec lui parce que le Directoire l'avait ordonné, m'avançant encore d'un pas sur le chemin qui m'amènerait à devenir pleinement gardienne ?

Ou les deux ?

Je l'ignorais.

Tout ce que je savais, c'est que j'avais besoin de parler à mon frère. Désespérément.

—Amis, c'est une façon de voir, répliqua Merle en posant l'extrémité de ses doigts brûlants sur ma poitrine et en me poussant légèrement en arrière.

Je me laissai tomber sur le canapé et le regardai enlever son pantalon. Par bonheur, son sexe n'était pas hérissé de piquants, ni d'une fourrure rayée, seulement un pénis d'un rose tout à fait ordinaire et légèrement plus petit que la moyenne.

—Il doit déjà s'avouer heureux de pouvoir survivre, poursuivit-il. Notre amitié s'arrête là.

Le garde avait donc dit la vérité concernant les rapports qu'entretenaient les deux lieutenants de Starr. Intéressant. Mais, vu la réaction que Moss éveillait en moi, semer la zizanie entre eux était une carte que je n'avais absolument aucune envie de jouer.

Il contempla mon corps nu avec un sourire satisfait.

—Je te baiserais avec plaisir rien que pour ta beauté, mais le fait de le faire en premier alors que Moss t'a choisie ajoute encore plus de piquant à la chose.

Il grimpa sur le canapé et se mit à quatre pattes au-dessus de moi. Son aura augmenta encore d'un cran et j'eus l'impression d'être plongée dans un liquide en ébullition, comme une liqueur enivrante.

— Ne bouge pas. Ne parle pas.

Ou sinon ? faillis-je demander. Mais il m'était impossible de prononcer le moindre mot sous l'assaut de cette vague de désir. Tout ce que je voulais, c'était obéir. Le sentir en moi, corrompu ou pas. La passivité n'était pas vraiment mon truc, mais j'imagine que le plaisir n'était pas le but recherché dans tout cela. Le mien, en tout cas.

Il me pénétra d'un coup de reins. Avec la puissance de son aura qui bousculait mes sens, la sensation de sa chair écartant les miennes fut un tel soulagement qu'un grondement de plaisir s'échappa de ma gorge. Bon Dieu, une énorme partie de moi ne demandait qu'à rester silencieuse et immobile si ça signifiait que ma faim allait être apaisée. Et c'était sans importance si son essence était pervertie ou si je ne le désirais absolument pas : mon corps hurlait pour obtenir le soulagement que seul un bâton de chair rigide pouvait lui procurer.

Sauf qu'il ne l'obtint pas.

Il s'avéra que Merle n'était pas du genre à prêter attention au plaisir de sa partenaire. Il éjacula beaucoup trop rapidement, me laissant pantelante de frustration et franchement désabusée. Un sentiment qui ne s'arrangea pas lorsqu'il me tira de sur le canapé et me traîna jusqu'à ses propres appartements à la décoration glaciale. Où nous repartîmes pour un tour.

Frustrant, c'était le mot.

Surtout que ça continua de la même manière pendant de longues minutes. Il utilisait son aura en guise de préliminaires, et, même si j'étais du coup physiquement prête, c'était d'un ennui souverain, un terme que je ne pensais jamais associer au sexe.

D'un autre côté, je n'avais jamais été très passive dans l'âme. J'aimais participer à l'action, sentir, goûter, toucher. Et même, occasionnellement, dominer.

Ce qui signifiait qu'il fallait que je trouve quelque chose à faire pendant que monsieur s'excitait sur moi. La seule autre solution aurait été de virer son cul de là et d'aller me chercher un amant digne de ce nom.

Et bon, il y avait bien quelque chose qui pouvait intéresser mes sens chez Merle.

Mes sens psi, je veux dire.

Je ne voyais aucune caméra dans la chambre de Merle, et je n'avais ressenti l'espèce de bourdonnement produit par les atténuateurs psi nulle part à l'intérieur de la demeure, pas même ici, dans les appartements de Merle et Moss. Mais Dia avait mentionné leur existence et je n'avais aucune raison de douter de ses dires. Le fait qu'il y en ait dans l'arène devait signifier qu'il y en avait ailleurs. Et, même si j'avais facilement exploré l'esprit du garde, peut-être cela signifiait-il seulement que les ascenseurs bloquaient l'effet de ces appareils.

Ou alors peut-être mes talents n'étaient-ils plus affectés par ceux-ci.

Cette idée avait des implications que je refusai d'envisager dans l'immédiat, même si je mourais d'envie de tester ma théorie. Je fis précautionneusement glisser un pan de mes protections psi, soudain reconnaissante pour les heures d'entraînement que m'avait imposées Jack. Dia avait probablement mis le doigt sur une faiblesse dans mon don de télépathie en matière d'attaque, mais là, cela ne serait pas un problème, car je n'avais pas la moindre intention de baisser toutes mes défenses pour envahir l'esprit de Merle. Je voulais juste savoir si je pouvais lire dans ses pensées.

Et le test fut concluant.

D'une certaine manière. Ses pensées étaient là, comme un brouillard de couleur distant que je pouvais apercevoir, mais pas toucher.

Mais si je pouvais les voir, alors je devais être en mesure de les lire. Je fronçai les sourcils et poussai un peu plus fort. Ce fut comme si j'essayais de traverser un mur de mélasse. Chacun de mes pas mentaux rencontrait une résistance terrible, mais celle-ci n'était pas consciente. Ce n'était pas le genre de résistance que manifestait un télépathe sentant son esprit envahi. Peut-être Merle était-il trop passionné par ce qu'il était en train de faire pour se rendre compte de l'intrusion. Ou peut-être était-ce que mon don restait indétectable pour lui de la même manière qu'il n'était pas affecté par les atténuateurs psi.

Quoi qu'il en soit, cela n'avait pas grande importance de savoir pourquoi les choses se passaient comme elles se passaient. Ce qui était important, c'était de réussir à atteindre les pensées de Merle. La mélasse sembla s'épaissir encore en approchant de sa barrière mentale et je sentis mon front se couvrir de sueur. Mon entraînement avec Jack me laissait souvent fatiguée mentalement, mais jamais il n'avait eu cet effet d'épuisement physique qui menaçait de me tomber dessus à chaque instant. La moindre parcelle de mes forces était consacrée à percer les défenses de Merle et mes membres commençaient à trembler à cause de l'effort. Si je ne faisais pas attention, il risquait de se rendre compte que ce n'étaient pas des spasmes orgasmiques qui me secouaient.

Et soudain, aussi brusquement qu'un élastique qui céderait, la mélasse disparut, me laissant mentalement secouée, mais au cœur du tourbillon des pensées de Merle. Encore que « tourbillon » ne soit pas le mot le plus adapté : si l'on devait se fier à ce que je voyais, alors effectivement, les hommes n'avaient en tête qu'un écran blanc pendant le sexe.

Je parcourus prudemment ses pensées de surface, franchis le torrent grandissant de satisfaction purement animale et m'aventurai dans les profondeurs des pensées inactives. Le car dont Starr avait parlé était bien celui qui devait amener de la viande fraîche pour ses invités. Ceux-ci étaient, comme je l'avais deviné, aussi bien les « chefs de département » de son propre gang que des responsables des cartels rivaux. Étonnamment, Starr n'avait nulle intention de les tuer. Il prenait son temps, cherchant à gagner la confiance des vrais leaders des gangs en question et à les attirer dans son antre. Mais il n'avait pas simplement l'intention de les éliminer : il planifiait aussi de les remplacer. Starr appartenait à la meute des Helki, et nombre de ces loups étaient de véritables métamorphes, capables de prendre n'importe quelle apparence humaine. Starr remplacerait la tête des gangs par des hommes à lui et personne ne s'en rendrait compte.

Les mouvements de Merle s'accélérèrent soudain et je sentis le feu de l'extase se répandre dans son esprit. Il fallait que je me dépêche si je ne voulais pas me faire surprendre en train de lire dans ses pensées.

Je m'enfonçai encore plus profondément, cherchant une mention de l'enfant de Dia ou même l'endroit où se trouvait le labo. Rien. Soit je n'étais pas au bon endroit, soit Merle était le genre de gars à la pensée linéaire, qui ne pensait qu'aux choses qu'il devait faire à court terme. Cela aurait expliqué pourquoi j'avais eu tant de détails concernant le bus et les autres gangs. Une pensée menait à l'autre.

Je sentis le corps de Merle tressauter en atteignant l'orgasme, ce qui signifiait qu'il fallait que je sorte de là, et fissa. Je me traînai à travers la mélasse avec un peu plus de facilité qu'à l'aller. Peut-être était-ce seulement parce que je sortais au lieu d'entrer.

J'ouvris les yeux au moment même où retentissait une sonnerie hyperaiguë qui me flanqua une frousse de tous les diables. Mon cœur me donna l'impression d'être sur le point de sortir de ma poitrine et je me figeai tel un lapin pris dans la lumière des phares. Quelqu'un avait-il surpris mes explorations psychiques ?

Merle jura à mi-voix et se releva, et je me rendis compte que ce n'était que la sonnerie d'un téléphone, pas une alarme quelconque. Je laissai échapper un soupir de soulagement et m'assis en pliant les genoux sous mon menton. Je pris quelques profondes inspirations pour atténuer mes tremblements dus en partie à la fatigue, en partie à la peur, et regardai autour de moi. Sur une commode, près de la porte de la salle de bains, je vis un petit trousseau de clés.

L'ascenseur par lequel j'étais arrivée était commandé par une clé. J'avais le code, l'étape suivante était donc de se procurer la clé. Quant à savoir si elle se trouvait dans ce trousseau, c'était une autre histoire, mais j'avais bien l'intention de vérifier si c'était le cas. Bien sûr, subtiliser ces clés et les sortir d'ici n'allait pas être chose aisée. Surtout étant donné que j'étais nue et n'avais rien pour les dissimuler.

Enfin, si, il y avait bien un endroit. Mais me les enfoncer là où je pensais n'était pas des plus confortables, et la manœuvre nécessaire pour les y mettre risquerait d'attirer l'attention.

D'un autre côté, je préférais encore des clés en métal froid à la bite puante de Merle.

Celui-ci poussa un grognement et raccrocha sèchement. Il ne m'adressa même pas un regard et se contenta d'attraper quelques vêtements sur une chaise proche et de s'habiller.

— Iktar, appela-t-il en enfilant sa chemise.

Un lézard d'esprit apparut dans l'encadrement de la porte. Impossible de savoir s'il s'agissait du même que j'avais croisé dans l'antichambre de Moss. Ces trucs se ressemblaient tous.

— Ramène-la au rez-de-chaussée.

Je pris mon expression la plus outragée.

— Quoi ? Même pas un « merci, c'était chouette » ? Même pas une foutue douche ?

Il ricana en récupérant les clés sur lesquelles je lorgnais et les fourra dans sa poche.

— Non. Maintenant, dégage de là.

Je me levai du lit et sortis de la pièce d'un air indigné, une performance qui aurait mérité l'Oscar, si vous voulez mon avis. La créature noire me guida hors de l'appartement dépourvu de couleur de Merle puis le long du couloir stérile, avant d'appeler l'ascenseur au clavier. Une légère sonnerie annonça l'arrivée de la cabine. Alors que les portes s'ouvraient, nous vîmes Merle se diriger d'un pas lourd vers nous et s'arrêter devant la porte qui faisait face à l'ascenseur avec un air lugubre. Il inséra une clé dans la serrure, composa le code et posa sa main sur le scanner digital. Aucune sonnerie ne retentit, mais les portes s'ouvrirent pour révéler, comme je l'avais deviné un peu plus tôt, un autre ascenseur.

Je n'eus pas le loisir de voir quoi que ce soit d'autre, car le lézard me poussa à l'intérieur de la cabine.

Je me cognai l'épaule dans la paroi du fond assez fort pour m'arracher un grognement, mais je recouvrai rapidement mon équilibre et me retournai. Le lézard d'esprit appuya sur le bouton du rez-de-chaussée, puis me fit face. Le désir faisait briller ses yeux et son pénis était sorti et fièrement dressé.

Je croisai les bras et feignis l'indifférence.

— On dirait que le larbin veut sa part.

Il eut un sourire aussi glacial et dangereux que celui de Merle ou de Starr, mais ce fut l'étincelle d'astuce dans son regard qui me fit comprendre qu'il y avait autre chose que le simple besoin de sexe dans l'esprit de ce lézard du même nom.

— Et je vais l'obtenir, dit-il d'une voix à peine audible avec le bruit de la machinerie de l'ascenseur. Sinon, j'informerai mes maîtres de ce que vous étiez en train de faire pendant que vous vous faisiez baiser.

La panique me serra la gorge, mais je me forçai à rester calme. S'il avait eu l'intention de me dénoncer, il l'aurait déjà fait. Je me raccrochai à cette pensée, à l'impression qu'il voulait autre chose que seulement du sexe et répondis :

— Je ne vois pas de quoi tu parles.

Son sourire s'élargit. Son sexe aussi. Un frisson me parcourut l'échine. Que Dieu me vienne en aide, une partie de moi désirait ce qu'il avait à m'offrir. Désirait son dangereux sexe en moi.

Quel salaud d'égoïste, ce Merle !

— Ils peuvent nous voir, mais pas nous entendre, vous savez ?

Comme si j'allais me fier à lui. Je me contentai de sourire.

— Tant que l'ascenseur se déplace, ils ne peuvent pas entendre ce qui se dit à l'intérieur. La machinerie interfère avec le signal et ils ne trouvent aucune solution pour y remédier. Et le garde qui surveille actuellement les caméras ne sait pas lire sur les lèvres.

Je ne lui faisais toujours pas confiance, alors je demandai :

— Et pourquoi vous me dites tout ça ?

— Parce que je suis capable de sentir l'utilisation de pouvoirs psychiques de la même manière que vous, vous sentez les odeurs transportées par le vent. Je sais ce que vous mijotez.

Eh! Merde! J'aurais dû faire comme me l'avait conseillé Jack et tâter le terrain avant de me lancer dans une exploration à grande échelle. Qu'est-ce que j'allais bien pouvoir faire, à présent ? Je baissai les yeux vers sa queue. Vers les grosses épines qui la hérissaient. Pas le baiser, ça, c'était certain.

— Oui, reprit-il en voyant la direction de mon regard, à défaut de celle de mes pensées, je peux aussi sentir les auras, en plus de la télépathie.

Je plantai mon regard dans le sien.

— Tu approches ce truc de moi, et je te tue.

Il haussa le sourcil.

— Parce que tu crois que je te laisserai assez approcher pour me tuer sans que je te mette KO ?

Après tout, il m'était déjà arrivé de tuer l'un de ses semblables… mais je ne pouvais pas lui dire ça.

Il jeta un coup d'œil à l'indicateur d'étage.

— Il nous reste dix secondes. Retrouvez-moi à l'entrée du zoo dans une demi-heure. Si vous n'y êtes pas, je vous dénoncerai et vous serez exécutée. (Il croisa mon regard.) D'accord ?

— J'ai le choix ?

Il se contenta de sourire et de s'écarter lorsque l'ascenseur atteignit l'étage demandé et que les portes s'ouvrirent. Je sortis et retournai vers ma chambre. Berna et Nerida ne se trouvaient pas dans leur lit, ce qui, étant donné le ratio hommes-femmes dans l'arène, ne me surprenait pas vraiment. Certains hommes préféraient que leurs partenaires soient consentantes, et pas seulement des objets de satisfaction rémunérés. Cela étant, nous, les lutteuses, étions aussi payées pour cela… Nous avions juste un peu plus le choix que les prostituées.

Arrivée au pied de mon lit, j'eus un instant d'hésitation dû à mon épuisement extrême. Je voulais seulement dormir, m'allonger et oublier Merle, Starr et tous les tarés qui peuplaient cet endroit. Mais le sommeil n'était pas envisageable pour le moment, parce que je devais voir un lézard, trouver mon frère et satisfaire le mal qui me rongeait. Une bonne douche me débarrassa de l'odeur et du souvenir des mains de Merle, mais ne fit rien pour soulager la tension qui me tordait l'estomac. Il fallait que je parle à quelqu'un immédiatement, et le seul choix qui s'offrait à moi, c'était Jack.

Je me dirigeai vers l'extérieur et m'assurai que personne ne se trouvait à portée d'oreille, puis j'appuyai légèrement sur l'interrupteur sous-cutané.

— Hé, patron, t'es réveillé ?

— *Il était temps que tu te manifestes*, bougonna-t-il. *Je commençais à m'inquiéter.*

Oui, tellement qu'il avait bien évidemment envoyé la cavalerie à ma rescousse. Ou pas.

— C'est toi qui as insisté pour envoyer la non-professionnelle dans la gueule du loup. Ne te plains pas si je ne fais pas les choses comme tu en as l'habitude.

Il eut un grognement dont la signification m'échappa.

— *Que se passe-t-il ?*

Je bifurquai sur le chemin pavé qui serpentait autour du bâtiment et menait jusqu'au zoo.

— Plusieurs choses. Des bonnes et des mauvaises.

Il soupira.

— *Raconte-moi.*

— Eh bien, j'ai fait frotti-frotta avec Merle et c'est maintenant un homme heureux. Sans compter le fait que je me suis aperçue que je pouvais assez facilement explorer ses pensées, même si je n'ai pas osé aller trop loin ce soir.

— *Ravi que la prudence l'ait emporté, pour changer.* (Il réfléchit.) *Mais il n'y a pas d'atténuateurs psi dans les appartements privés ?*

J'hésitai un instant, mais le fait était qu'il allait bien se rendre compte à un moment ou un autre de mon apparente capacité à contourner l'action des atténuateurs. Autant que ce soit maintenant : au moins ne serait-il pas en mesure de me soumettre sur-le-champ à une nouvelle batterie de tests au sein du Directoire.

— Il y en a. Mais on dirait qu'ils n'ont aucun effet sur mes dons.

— *Nous avions remarqué un certain accroissement de ceux-ci aux derniers tests, mais certainement pas suffisant pour pouvoir court-circuiter des atténuateurs.*

— Aurait-il été suffisant pour que je puisse transpercer le bouclier psi de Quinn ?

Il resta silencieux un bref instant, puis demanda :

— *Ça s'est passé quand, ça ?*

— Hier. Mais je l'ai pris par surprise.

— *Ça n'aurait pas dû avoir d'influence.* (Il ne dit mot pendant encore quelques longues secondes et, si je ne l'avais pas connu aussi bien, j'aurais pu penser qu'il était inquiet.) *Ça fait six mois qu'on t'a administré l'ARC-123. C'est peut-être le signe que le traitement te change.*

— Ou bien c'est Dia qui a raison, et mes dons connaissent actuellement une maturation due au fait que je viens d'avoir mes premières règles.

C'était vraiment se raccrocher aux dernières bribes d'espoir, mais je n'avais pas vraiment le choix. Je voulais être normale, avoir une vie normale… Enfin, aussi normale que possible pour une gardienne mi-loup-garou, mi-vampire, évidemment. Je voulais absolument éviter de devenir un phénomène de foire surveillé de près par des scientifiques à la recherche du moindre effet secondaire du traitement.

— Les loups mûrissent plus lentement que les humains, repris-je. Et tu le sais, ni Rhoan ni moi n'avons idée de l'identité de notre père, en dehors du fait que c'était un vampire. Si ça se trouve, c'était un métamorphe-faucon doté d'importants pouvoirs psi avant sa non-mort.

— *Toutes tes analyses laissent transparaître des dons latents, je t'en avais parlé. Mais ce n'est pas parce qu'ils sont latents qu'ils vont nécessairement se développer.*

— Peut-être est-ce le résultat de ton entraînement ?

— *Il y a deux semaines, tu étais totalement incapable de passer mes défenses, sans parler de celles de Quinn. Et si c'est bien ce qui s'est produit, on parle d'autre chose que d'un don latent qui commencerait à s'éveiller. Tu devras repasser des tests après cette mission.*

Je fermai les yeux et laissai échapper une longue expiration. Cela ne m'aida absolument pas à endiguer le raz-de-marée de fureur et de haine qui grondait. La vie telle que je l'imaginais venait de s'éloigner encore un peu plus, et c'était Starr, avec son putain de plan pour non seulement concevoir la machine à tuer parfaite mais aussi dominer le monde (ou tout du moins la région de Melbourne), qui en était responsable. S'il s'était trouvé dans le coin, j'aurais certainement tué cet enfoiré sans me préoccuper des conséquences.

— Je n'ai jamais voulu être gardienne, Jack. Tu le sais bien.

— *Mais il n'y a que deux endroits où tu pourras recevoir l'aide nécessaire pour contrôler la puissance que tu sembles acquérir : l'armée et le Directoire.*

— Je ne veux rien avoir à faire avec l'armée.

— *Alors, le Directoire est un moindre mal.*

Ce qui ne signifiait pas grand-chose.

— *Qu'est-il arrivé d'autre ?* interrogea Jack.

Je me frottai les yeux.

— J'ai rencontré Starr. Il ne vit pas sur la même planète que toi et moi. J'imagine que tu es au courant ?

— Il est peut-être fou, ça ne l'empêche pas d'être extrêmement intelligent. Ne l'oublie pas.

— Je m'en souviendrai. (J'eus un instant d'hésitation.) Il m'a demandé si je venais de la meute rousse. Il a l'air de penser qu'il me connaît.

Jack poussa un juron.

— Putain, ça craint, ça.

— Oh, c'est pas le pire.

— Y a pire ?

— Je suis à deux doigts de me rendre compte à quel point je suis dans la merde.

Je tournai au coin du bâtiment principal et traversai l'étendue luxuriante de pelouse. Une odeur d'animaux en captivité me parvint, portée par l'air nocturne. Jusqu'à ce moment, je n'avais jamais pris conscience que la captivité avait une odeur particulière, mais elle était bien présente, procurant à la nuit une indéniable note de désespoir et de frustration.

Étrange que de telles choses aient des odeurs.

Et plus étrange encore que je sois en mesure de les sentir. Certes, j'avais un odorat de loup, mais jusqu'à présent, les seules émotions que j'avais pu sentir étaient la peur, le désir sexuel et la mort.

Enfin, techniquement, la mort n'était pas une émotion. Ça ressemblait plus à une tristesse qui teintait l'atmosphère de façon fugace.

— Merle et Moss ont un lézard d'esprit en guise de domestique. Il semble être en mesure de détecter l'usage des pouvoirs psi.

— J'en conclus qu'il t'a surprise en train de lire les pensées de Merle mais qu'il ne t'a pas dénoncée ?

— En effet. Mais il a exigé une rencontre.

— Y a-t-il la moindre chance qu'il ne veuille que du sexe ?

— S'il est sensible aux auras, alors oui, il sera clairement chaud comme la braise et aura besoin d'être soulagé. Mais il est hors de question que je me laisse docilement baiser par *lui*.

— *Riley…*

— Sa bite a des épines, Jack.

— *Oh.*

— « Aïe » est un terme plus adapté, répliquai-je avec un petit sourire. Mais j'ai l'impression qu'il veut autre chose que du sexe.

— *Ça ne ferait pas de mal d'avoir un allié dans la place.*

— Si on peut se fier à lui…

— *Écoute ton instinct. Je te fais confiance.*

Le seul problème, c'est que mon instinct m'avait déjà trompée à un certain nombre d'occasions. Et, cette fois-ci, il n'y aurait personne pour me sortir du pétrin.

— Je suis censée le voir dans quelques minutes.

— *Sois prudente. Garde la connexion ouverte.*

— Pas de problème. (Je levai les yeux vers une grille que je venais de voir.) Je suis presque arrivée.

— *Prépare-toi à le tuer si ça se passe mal.*

Je ne répondis rien. Si ça se devait mal se passer, je ferais tout ce qui était en mon pouvoir pour éviter de compromettre la mission et notre sécurité à tous, y compris la mienne. Mais je ne voulais pas m'habituer à l'idée de tuer, même si c'était exactement ce que Jack espérait, de son côté.

Je gravis une petite butte et m'immobilisai. Devant moi se trouvait le zoo, mélange de barreaux de fer, de fil barbelé, de désespoir et de colère. Les créatures qui y étaient enfermées avaient beau se trouver en cage, elles n'étaient certainement ni passives ni sereines. Ça expliquait pourquoi tant de gardes y laissaient leur peau. Toute erreur de leur part constituait pour les captifs une occasion de se venger.

Je parcourus les cages du regard afin de me faire une idée de la variété des créatures qui s'y trouvaient, puis me dirigeai vers la gauche. Je passai devant des cages renfermant des créatures bleues ailées, puis des espèces de trolls couverts de piquants, et enfin des monstres mi-poisson, mi-humain. Peu d'entre eux étaient endormis : la plupart avaient les yeux ouverts et surveillaient tout ce qui se passait.

Leurs regards brillaient de désespoir et celui-ci résonnait au plus profond de moi. Et je détestais ça : éprouver leurs sentiments. Je ne pouvais rien faire pour ces bêtes de cauchemar issues d'une imagination perverse. Ils avaient été conçus pour mourir, et c'est exactement ce qui allait se produire, que ce soit de la main de Starr ou de celle du Directoire. C'était injuste, mais la vie était souvent injuste.

Et je détestais cette idée, aussi.

Iktar se tenait non loin du portail principal, attendant, les bras croisés. Le projecteur qui se trouvait au-dessus des grilles lui caressait la peau, lui donnant une nuance bleu-noir et rendant ses yeux presque luminescents. Il n'y avait aucun signe de ses organes génitaux.

Heureusement.

Je m'arrêtai juste à la limite du cercle de lumière.

— N'est-ce pas un peu dangereux ? Il doit y avoir des caméras qui surveillent les alentours du zoo, non ?

Il acquiesça.

— Et des capteurs laser. Mais lorsque Moss et Merle prennent femme, j'ai l'autorisation de venir ici.

Je regardai par-dessus mon épaule et me rendis compte de la présence d'ombres plus foncées dans l'obscurité. D'autres lézards d'esprit, des deux sexes.

— Pour soulager tes pulsions ?

— Oui. (Il sourit.) Comme tu as pu le constater, je ne suis pas compatible avec les humaines.

— Pour quelle raison te le permettent-ils ? Tu n'es rien d'autre qu'une arme, pour eux, un outil.

Il sourit, mais un éclair de colère anima son regard. Il détestait la captivité. Il ne supportait pas ce qu'il était contraint de faire, et ceux par qui il l'était. Celui-là n'avait pas été conçu en laboratoire. C'était quelque chose d'autre. Quelque chose de bien plus intéressant.

— Ils font confiance à mes talents pour les protéger lorsqu'ils sont occupés à autre chose, répondit-il d'un ton maîtrisé qui tranchait avec la sauvagerie qui se lisait dans ses yeux.

— Mais pourquoi Moss t'utilise-t-il pour « préparer » ses partenaires ?

— Il aime le goût de la peur. Je ne suis qu'une de ses armes destinées à provoquer une telle émotion.

Ce qui signifiait que je devais probablement me considérer comme chanceuse que Merle m'ait subtilisée à son collègue. C'était peut-être un amant ennuyeux, mais au moins survivait-on à l'ennui. Je n'avais rien contre le fait d'être attachée, ou contre une fessée de temps en temps, mais, si Moss avait essayé quelque chose de plus vicieux, j'aurais été trop tentée de le mettre KO. Ce qui aurait sonné la fin de la mission… sans compter la mienne.

— D'accord, mais ceux qui surveillent ces caméras vont peut-être trouver bizarre que tu aies rendez-vous avec moi, non ?

— Ce serait le cas si la caméra fonctionnait. Mais elle est en panne.

Je haussai les sourcils.

— Ça tombe bien.

— Elles sont sabotées à intervalles réguliers. Ça ne constitue qu'un embarras mineur pour les employés de Starr, mais ça nous donne les moyens de nous venger.

Il voulait certainement parler des gardes, et de leurs malheureux accidents dans le zoo. Je me redressai et dus faire mon possible pour me retenir d'exiger que ces attaques cessent immédiatement. Rhoan avait beau jouer le rôle d'un garde, je ne devais pas oublier qu'il était avant tout gardien, et l'un des meilleurs avec Gautier. S'il pouvait se battre contre cinq vampires à la fois, il serait certainement capable de se défendre contre ces créatures de cauchemar, tout du moins assez longtemps pour leur échapper.

— Qu'est-ce que tu me veux, alors ?

— Je veux passer un marché avec ceux pour qui tu travailles.

— *Ça dépend de ce qu'il a à offrir et de ce qu'il demande*, intervint Jack.

— Qu'est-ce qui te fait penser que je travaille pour quelqu'un ?

Iktar eut un sourire amusé.

— La plupart des femmes tremblent lorsqu'elles voient mes organes génitaux. Toi, tu étais prête à te battre. Ça trahit un certain entraînement. Qu'il soit militaire ou autre, je n'en ai rien à faire.

— Ce n'est pas militaire.

Il haussa les épaules.

— Tant que vous êtes prêts à négocier, c'est sans importance.

— Qu'est-ce que tu veux, et qu'est-ce que tu offres en échange ?

— Ce que je veux, c'est qu'on sorte tous les miens d'ici.

Je jetai un coup d'œil en direction des ombres qui se confondaient avec l'obscurité.

— Les tiens ?

Il me considéra un instant, son visage sans traits dépourvu d'expression ; pourtant, ses yeux sombres me donnaient l'impression d'être jugée.

— Que savez-vous sur Starr et sur son cartel ?

— Je sais ce que représente ce zoo, et je connais l'origine de la plupart des créatures qui y sont enfermées, répondis-je.

Cela sembla le surprendre.

— Comment le savez-vous ?

J'eus un sourire énigmatique.

— Disons que j'ai eu une expérience de première main avec les créations de Starr.

Ses épaules se relâchèrent de soulagement.

— Alors, vous connaissez l'existence des laboratoires.

— Oui.

— Et vous savez où Starr récolte ses échantillons d'ADN pour ses expériences.

— Oui.

Il fit un signe de tête, visiblement satisfait.

— Vous ne serez donc pas surprise d'apprendre que nombre de ceux qui se trouvent derrière nous ne sont pas le résultat de manipulations génétiques, mais ont au contraire été enlevés pour servir d'échantillons pour ces expérimentations.

Je regardai encore une fois les créatures couleur de nuit.

— Comment êtes-vous tous arrivés ici ?

Il eut un sourire lugubre.

— Ce qui est pratique avec les lézards d'esprit, c'est qu'en dehors des différences de genre, nous nous ressemblons tous. Nous avions espéré que remplacer les spécimens de laboratoire dans cette propriété nous permettrait de nous échapper plus facilement. Nous avions tort.

Je reportai mon regard sur lui.

— Pourrais-tu me dire où se trouvent ces labos ?

Il haussa les épaules.

— Le bâtiment dans lequel nous étions enfermés n'avait aucune fenêtre, et on nous a drogués avant de nous sortir de là. Personne n'a la moindre idée d'où nous nous trouvions ni de comment nous sommes arrivés ici... mais le trajet ne m'a pas semblé très long.

« Pas très long », ça pouvait aussi bien signifier dix minutes que dix heures. Ça dépendait du point de vue. Et j'imaginais que si le labo se trouvait à dix minutes de route, le Directoire s'en serait aperçu. Ils surveillaient tout particulièrement cette zone depuis des mois.

— Alors qu'est-ce que tu as à nous offrir en échange de notre aide ?

— Tout ce qui sera en mon pouvoir.

Une offre quand même assez vague, vu que je n'avais aucune idée de ce qu'il pouvait faire ou non. Je scrutai son visage lisse pendant quelques secondes, puis fis remarquer :

— Si tu as l'autorisation de te déplacer comme bon te semble ici, pourquoi n'as-tu rien fait pour libérer les tiens ?

— Parce que nous sommes piégés.

Je haussai les sourcils.

— Piégés ?

Il avança vers moi et tendit le bras.

— Touche.

Je parcourus son bras du bout des doigts. Il avait la peau froide et un peu gluante, comme celle d'une grenouille. Je réprimai un frisson de dégoût et interrompis mon exploration en sentant une petite boule dure non loin de son aisselle.

— C'est quoi ?

— Une bombe assez puissante pour me pulvériser la moitié du corps.

— Saloperie, soufflai-je en laissant retomber ma main et en reculant.

Je ne me sentais pas à mon aise si proche de lui. Probablement parce que, même si cette créature disait la vérité, elle était aussi peu digne de confiance qu'un serpent à sonnettes. Par ailleurs, s'il pensait que ça pourrait l'aider dans ses projets d'évasion, il me tuerait sans l'ombre d'un scrupule. Ou me dénoncerait à Starr.

— Vous en avez tous une ?

— Seulement ceux qu'il considère comme des meneurs.

— Vous ne pouvez pas l'arracher ?

— Non, parce que, sans détruire le détonateur central, l'arracher ne fera que déclencher le dispositif. Nous avons malheureusement pu nous en rendre compte.

Je tentai de ne pas imaginer le résultat de l'expérience et demandai :

— Et où se trouve ce détonateur ?

— Je n'en suis pas certain, mais c'est soit dans l'appartement privé de Starr, soit dans le PC de sécurité. Il doit absolument être détruit avant qu'on puisse s'enfuir d'ici.

— Tu as déjà essayé d'entrer dans ces deux endroits ?

— Je ne peux pas.

— Pour quelle raison ?

— J'ai seulement accès aux appartements de Merle et de Moss, ainsi qu'aux niveaux supérieurs. Je serais immédiatement exécuté si on me surprenait ailleurs.

Le PC de sécurité se trouvait néanmoins au niveau supérieur. Mais peut-être que Starr avait conscience qu'un lézard d'esprit qui se rendait là-bas devait avoir quelque chose derrière la tête. Après tout, s'il leur avait fait confiance, il ne leur aurait pas implanté des bombes.

— Moi aussi, ils me tueront si je m'approche de ces endroits.

Il eut un sourire amusé.

— Mais vous avez une invitation à un brunch, demain. Cela vous permettra d'entrer plus loin dans son antre que je n'ai jamais été autorisé à le faire.

— *Tu sais*, intervint Jack dans mon oreillette, *le but d'un rapport, c'est de rapporter tout ce qui s'est produit depuis le rapport d'avant. Qu'est-ce que tu ne comprends pas, dans le concept ?*

Je réprimai un sourire et dis à Iktar :

— Que dirais-tu d'un échange ?

— Un échange ?

— Je tente de mettre la main sur le détonateur, et toi, tu subtilises les clés d'ascenseur de Merle.

Il me considéra un instant, puis fit un signe de tête.

— C'est risqué, mais j'essaierai.

— Bien. À quoi ressemble le détonateur ?

— On dirait une manette de console de jeux vidéo, mais avec plus de boutons. (Le coin de ses lèvres tressauta.) Comme ça il peut nous tuer individuellement ou tous en même temps, au choix.

Je tournai de nouveau la tête vers les ombres attentives.

— Et ceux d'entre vous qui ont été produits en laboratoire ?

— Quoi donc ?

— Eh bien, eux aussi sont équipés d'une bombe, même si elle n'est pas du même genre, pas vrai ?

Une expression de surprise passa dans son regard.

— Tu en sais plus long que je le pensais. Et oui, en effet. Mais personne ne peut rien faire concernant ce détonateur génétique. Ils préfèrent de toute façon mourir libres qu'en cage, si c'est leur destin.

— Et pour les autres créatures qui vivent ici ?

— Ce n'est pas mon problème.

Charitable, notre ami Iktar. D'un autre côté, je ne pouvais pas lui reprocher de faire passer lui et les siens avant les autres.

— Marché conclu, alors ? Tes compagnons aideront-ils mes frères à sortir d'ici ?

— *S'il respecte sa part du marché,* prévint Jack, *nous ferons en sorte de libérer ses semblables, mais je ne peux rien promettre pour ceux qui ont été créés en laboratoire.*

— Marché conclu, dis-je en tendant la main.

Iktar la considéra puis planta son regard dans le mien avec un sourire glacial.

— Je vais la serrer, mais sachez que si toi et tes amis ne tenez pas parole, je te tuerai.

Je lui décochai un sourire vicieux.

— Et si je sens la moindre odeur de trahison de ta part, sois certain que je vous buterai tous jusqu'au dernier.

— *Ça, c'est bien envoyé*, commenta Jack d'un ton admiratif.

J'aurais bien aimé l'envoyer se faire voir, mais avec Iktar juste devant moi, c'était impossible.

— On se revoit quand ?

— Comme Merle a été interrompu lors de votre rendez-vous, il va certainement de nouveau réclamer ta présence. Je te ferai signe quand j'aurai les clés.

— Ça peut me prendre un peu de temps pour trouver le détonateur.

Si je parvenais à mettre la main dessus.

— Je le comprends bien.

Je le saluai d'un signe de tête et m'éloignai, n'osant me retourner qu'une fois à bonne distance de lui. Il eut l'air amusé par mes précautions, mais je n'en avais rien à faire. Prudence est mère de sûreté, et je ne lui faisais pas la moindre confiance.

— Vous allez vraiment laisser partir ses compagnons ? demandai-je une fois hors de portée.

— S'ils peuvent prouver qu'ils ne représentent aucune menace pour la société, oui. Tu penses qu'il est digne de confiance ?

— Je pense qu'il dit la vérité, tant que ça l'arrange. Mais non, je ne lui fais pas confiance.

— Alors sois prudente dans tes négociations avec lui.

— Oh ! Merci du conseil ! J'y aurais pas pensé toute seule !

Il ricana. Un son désagréable.

— Tu n'as plus rien d'autre à me dire ?

— J'aurais besoin que tu fasses des recherches sur deux personnes. (Je donnai les noms de Berna et Nerida.) Quelque chose cloche chez ces filles.

— Je te dirai ce qu'on trouve sur elles.

— Rhoan est déjà là ? Je sais qu'il y a eu une arrivée de gardes ce soir, mais je ne suis pas certaine qu'il était parmi eux.

— Il est monté dans le car, mais je ne peux rien te dire de plus parce qu'il ne nous a pas contactés depuis.

— À plus tard, alors.

Je coupai la communication et m'immobilisai sous les frondaisons verdoyantes d'un vieil orme. Le bâtiment principal se trouvait à ma gauche. Les écuries à ma droite. J'étais complètement moulue, percluse de courbatures, et la simple perspective de me glisser entre les draps et de dormir était délicieuse.

Mais la possibilité de soulager ma frustration l'était tout autant.

J'hésitai entre les deux possibilités, mais après une brève réflexion, la luxure l'emporta sur la fatigue.

Je me camouflai dans mon manteau d'ombre de vampire et me dirigeai furtivement vers l'écurie. Celle-ci était plongée dans l'obscurité. Je passai en vision infrarouge et vis qu'il n'y avait que des chevaux à l'intérieur. Le vieux n'était pas là et il n'y avait aucun garde. Ça ne m'empêchait pas d'être prudente. La dernière chose que je voulais, c'était que quelqu'un puisse soupçonner qu'il y avait un espion métamorphe cheval dans le haras.

Je me glissai par la petite porte à gauche de l'entrée principale et remontai l'allée centrale. Bien qu'à moitié endormis, les chevaux réagirent néanmoins à ma présence, s'éloignant autant que possible de moi en renâclant d'un air paniqué. Le seul qui avait l'air content de me voir était celui que j'étais moi-même très contente de voir.

J'entrai dans le box et refermai la porte derrière moi. La brume dorée de la métamorphose enveloppa son corps et il s'offrit à mon regard dans toute sa magnificence de peau acajou. Il était à croquer.

Un petit sourire malicieux étira ses lèvres sensuelles.

— Tu as les yeux qui sentent le sexe, ma chère. Puis-je faire quelque chose pour toi ?

— Oh, bon Dieu, oui !

Je parcourus rapidement la distance qui nous séparait. Il glissa ses mains autour de ma taille dans un geste possessif, presque exigeant, et m'attira contre lui. Son corps me donnait l'impression d'être tout de métal chaud et son érection palpitait, brûlante, contre mon ventre. Ma peau surchauffée fut parcourue de mini-décharges de désir, mais je me retins de simplement me servir. Il y avait eu bien trop d'égoïsme dans cette soirée. Cette fois-ci, je voulais du partage.

— Ce que je veux, murmurai-je doucement en posant ma main sur sa nuque et en attirant sa bouche vers la mienne, c'est que tu me caresses, que tu me stimules, que tu me couvres de baisers. Je veux me noyer dans ton odeur, je veux que le désir monte entre nous au point de rendre toute pensée cohérente impossible.

— Je pense que je peux faire ça, souffla-t-il avant de me dévorer la bouche.

Notre baiser était de ceux que seuls deux amants connaissant intimement les désirs de l'autre peuvent partager : profond, intense et minutieux. Il dura jusqu'à ce que le souffle me manque, la tête me tourne et que mon corps palpite de désir.

Sa bouche abandonna mes lèvres et partit explorer d'autres contrées, léchant, titillant, soufflant un air aussi doux que les baisers dont il dévorait mon cou et mes épaules. Lorsque ses mains adroites parcoururent les vallées de mon corps, je fis de même et laissai courir les miennes sur ses muscles saillants, savourant le contact de nos deux peaux brûlantes. J'inspirai profondément, laissant le mélange du désir aux arômes musqués et de son odeur plus terrienne imprégner la moindre fibre de mon être, me rinçant du souvenir nauséabond de Merle.

Je passai mes mains sur sa taille puis sur son bas-ventre avant de caresser la gloire de son sexe en érection. Il poussa un gémissement et son corps tressauta sous mes doigts. Le désir qui brûlait entre nous devint une fournaise qui rendit difficile le simple fait de respirer et une pensée presque primale me traversa l'esprit : ce puissant étalon m'appartenait et je pouvais en faire ce que je voulais.

Et là, ce que je voulais, c'était ce que nous désirions tous deux plus que tout.

L'un de nous poussa un ahanement quand sa queue s'inséra lentement en moi, je ne sais si c'était lui ou moi. Mais c'était sans importance : il commença à bouger et toute tentative de pensée devint hors de portée. Tout ce que je pus faire, c'est le rejoindre à bord pour accompagner ses mouvements et me délecter des sensations qui me traversaient.

Cette fois-ci, il prit son temps, donnant de grands coups de reins tout en goûtant la moindre parcelle de mon corps, alternant mordillements et baisers. Le plaisir me contracta le bas-ventre, s'étendant en délicieuses vagues dans tout mon corps, s'intensifiant jusqu'à devenir une force en fusion qui envahit mes membres parcourus de tremblements et ma gorge qui laissa échapper un gémissement.

La pression monta jusqu'à ce que j'aie l'impression d'être sur le point de me fendre en deux et sa respiration devint plus saccadée, son tempo plus impérieux. Il me poussa férocement dans un territoire où seules comptaient les sensations, puis encore au-delà.

Il jouit en même temps que moi. Ses lèvres capturèrent les miennes en un baiser aussi passionné que les ruades de son sexe répandant sa semence en moi, et tout son corps se tendit contre le mien.

Nous restâmes immobiles plusieurs minutes, nous contentant de laisser l'air nocturne rafraîchir notre peau. Puis il s'étira, roula sur le côté et m'embrassa tendrement, doucement.

— Si ce n'était pas exactement ce que tu voulais, laisse-moi juste cinq minutes et je ferai de mon mieux pour te satisfaire.

Je gloussai doucement et passai ma main sur sa joue luisante de sueur.

— C'était génial.

Il haussa un sourcil et me décocha un regard amusé.

— Ça veut dire qu'il n'y aura pas de second round ?

— Ai-je dit…

Je m'interrompis en entendant le grincement d'une charnière de porte déchirer le silence de l'écurie. Kade s'éloigna de moi, laissa la brume dorée envelopper son corps de nouveau et reprit sa forme d'équidé. Il s'approcha de la porte du box et jeta un coup d'œil dehors. Je me dissimulai dans son ombre, en sachant que personne, en dehors d'un vampire, ne pourrait distinguer mon battement de cœur ou mon empreinte de chaleur de ceux de Kade.

Pendant plusieurs longues minutes, il n'y eut aucun son, aucun mouvement de la part de la personne qui avait ouvert la porte.

Puis nous entendîmes un bruit de pas, des pas menaçants qui semblaient avoir un objectif précis.

Et ils ne ralentissaient devant aucune autre stalle. Ils se dirigeaient droit vers nous.

Chapitre 9

Je m'éloignai de la porte et parcourus la stalle du regard à la recherche d'une arme. C'était une réaction idiote, vu que l'entraînement que j'avais suivi ces derniers mois m'avait peu ou prou transformée en arme aussi redoutable que n'importe quel objet de fer ou de bois.

De toute façon, il n'y avait rien de plus dangereux qu'un seau d'eau dans le coin.

Je fis craquer les articulations de mes mains pour évacuer la tension qui s'accumulait en entendant les pas s'approcher. Kade aplatit ses oreilles en arrière et montra les dents, mais sa réaction semblait être plus causée par l'antipathie que par l'envie d'attaquer.

Les picotements d'avertissement qui envahirent mes sens me permirent d'en comprendre la raison.

Ce n'était pas un inconnu, un garde de Starr, par exemple, qui s'approchait.

C'était Quinn.

Il s'arrêta à quelques pas de la porte du box. La colère que j'avais ressentie à son encontre un peu plus tôt explosa de nouveau en moi et je dus faire tout ce qui était en mon pouvoir pour éviter de me ruer à travers la porte et lui sauter dessus. Non que j'aie eu le moindre espoir de le dominer physiquement : il était infiniment plus rapide et puissant que moi. Mais j'avais toujours eu tendance à user de mes poings plutôt que de mes pouvoirs psychiques.

De toute façon, j'étais persuadée que, si j'utilisais ces derniers, cela n'aurait aucun effet, même s'ils avaient énormément augmenté ces derniers temps. La fois précédente, je l'avais pris par surprise. Il n'y aurait pas de seconde fois, j'en étais certaine.

Je me contentai donc d'avancer en gardant la porte en guise de barrière entre nous, et grondai :

— Putain, mais qu'est-ce que tu fous ici ?

Il affichait l'une de ses expressions de vampire totalement dénué d'émotions et me décocha un sourire glacial. Je ne percevais rien de sa part sur un plan extrasensoriel, ce qui signifiait qu'il avait dressé ses barrières psi au maximum et que ses sentiments étaient aussi indéchiffrables que son visage.

— Tu pensais que j'abandonnerais aussi aisément mes idées de vengeance ?

J'eus un ricanement de dérision.

— J'ai vu jusqu'où tu pouvais aller pour te venger, alors non. Je te demandais surtout comment tu avais fait pour arriver ici.

— Par le car.

— Avec Rhoan ? Bizarrement, je doute qu'il t'ait laissé faire ça.

— J'ai dit que j'étais venu par le car. Je n'ai jamais dit que j'étais dedans. L'un des avantages des vieux vampires, c'est de pouvoir se rendre indétectable à volonté.

— Sauf que Rhoan est immunisé contre les pouvoirs psi. Tu n'aurais pas pu toucher son esprit et le convaincre que tu n'étais pas là.

— Pas besoin de ça. J'ai tout simplement cessé d'exister en termes concevables par l'esprit humain.

Je haussai les sourcils.

— Qu'est-ce que c'est que cette histoire ?

— Je te dis juste qu'il existe en ce monde plus de talents que toi et Jack ne pouvez l'imaginer. Et c'est aussi une manière de rappeler que, lorsque j'ai franchi la frontière entre la vie et la mort, j'ai non seulement hérité des dons de mon créateur, mais aussi de ceux que j'avais déjà dans la vie.

— Les humains n'ont pas ce genre de talents. Or tu m'as dit que tu étais humain.

— C'est ainsi que je me considérais.

— Ce qui signifie ?

— Ce qui signifie que j'ai grandi parmi les humains, mais que je ne l'étais que partiellement.

— Et quelle était l'autre partie ?

— Quelque chose qui n'existe plus.

Je ricanai de nouveau.

— Et tu te demandes pourquoi personne ne te fait confiance ou ne te confie quoi que ce soit ? Visiblement, ça a l'air aussi difficile pour toi d'ouvrir ton cœur que de répondre directement, non ?

Une étincelle de colère fit briller son regard.

— Tu peux parler, avec toutes les cachotteries que Jack et toi passez votre temps à faire. Si tu m'avais dit ce qui était prévu, je n'aurais pas dû recourir à de telles extrémités.

Je sentis une bouffée d'énergie et, sans avoir à me retourner, sus que Kade avait repris forme humaine. Je sentis la chaleur de son corps contre mon dos et appréciai cette présence qui me sembla soudain rassurante. Je n'avais pas peur de ce que Quinn pouvait faire, plutôt de ce que moi, j'étais susceptible de faire. En général, j'étais relativement douée pour maîtriser mes émotions, mais à cet instant précis, avec tout ce qui s'était passé et tout ce qui restait informulé entre nous, mon endurance était poussée à ses limites.

Quinn avait peut-être trahi ma confiance, mais je n'avais pas envie de lui faire du mal. Et, même si j'étais certaine de ne pas pouvoir franchir de nouveau ses défenses psi, le simple fait que mes dons semblaient se développer à une allure effarante signifiait que si j'essayais de nouveau, ce serait peut-être avec une force insoupçonnée. Une puissance qui pourrait faire des dégâts, non seulement chez Quinn, mais aussi chez Kade.

— Jack avait gardé le silence concernant nos plans parce qu'il sait parfaitement à quel point tu es obsédé par ta vengeance. Or il y a bien plus qu'un homme à tuer, là.

— Je m'en rends bien compte…

— Vraiment ? l'interrompis-je. Alors pourquoi m'as-tu dit que tu obtiendrais ta revanche, quel qu'en soit le coût ?

— Jack ne m'aurait de toute façon pas laissé prendre part à cette partie de la mission, même si j'avais été un bon petit soldat, et tu le sais parfaitement. (Il regarda derrière moi.) Cela étant, ça me dépasse qu'on préfère faire confiance au métamorphe cheval.

L'éclair de véhémence qui passa dans son regard me confirma, si le ton amer n'avait pas suffi, que Quinn ne parlait pas seulement de la mission. J'étais de nouveau agacée. Cet homme passait son temps à me juger et à remettre mes choix en question. Il s'attendait que je réponde aux critères qui étaient les siens, alors même que ces critères étaient complètement étrangers à l'esprit lycanthrope.

— Kade est ici parce qu'il respecte la règle du jeu. Que ce soit sur le terrain ou au lit.

Au moins Kade était-il, lui, prêt à m'accepter telle que j'étais, avec ce que j'avais à offrir. Peut-être parce que les étalons avaient pas mal en commun avec les loups-garous du point de vue sexuel. Quinn, lui, voulait jouer son jeu à lui et, vu que c'était un vampire, et moi une louve-garou à la recherche de mon âme sœur, ça ne risquait pas de se passer ainsi.

Kade posa ses grandes mains chaudes sur mes hanches. Avant que je puisse me rendre compte de ce qu'il faisait, il affirma sa possession de la manière la plus basique possible, en glissant son sexe profondément en moi.

— Ça a des avantages, de respecter les règles du jeu, remarqua-t-il d'une voix profonde qu'il parvint à rendre moqueuse et amusée. Tu devrais essayer, un de ces jours. C'est incroyablement satisfaisant.

Mon agacement se retourna contre Kade, pourtant, une partie de moi crevait d'envie de titiller Quinn, de rejoindre Kade dans son petit jeu pour rendre le vampire encore plus furieux.

Il fallait bien avouer que le bon sens n'était pas mon fort quand j'étais en colère contre quelqu'un.

Alors, au lieu de me dégager de l'étreinte de Kade ; comme il aurait été raisonnable de le faire, je décidai de me presser plus fort contre lui en m'empalant encore plus profondément sur son sexe. Quinn plissa les yeux d'un air menaçant. Il n'était pas assez près pour voir exactement ce qui se passait, mais c'était un vampire et un empathe. Non seulement il devait avoir entendu la soudaine accélération de mon pouls, mais il avait aussi certainement perçu la vague de plaisir et d'agacement mêlés.

Je le défiai du regard. Ses yeux d'obsidienne luisaient d'un éclat de pure certitude qui me frappa au cœur, le faisant s'emballer et couvrant ma peau de chair de poule. Kade avait beau être celui qui me possédait sexuellement, celui que je voulais réellement sentir en moi, je devais l'avouer, c'était Quinn… si désagréable et furieux soit-il.

Mais mon désir ne risquait pas de me rendre plus tendre envers lui. Plutôt le contraire, d'ailleurs.

— Qu'est-ce que tu as l'intention de faire ? demandai-je alors que Kade commençait à bouger de manière imperceptible, envoyant de petites ondes de plaisir dans tout mon corps.

— Je suis venu t'informer de ma présence et demander les dernières nouvelles, répondit-il, les yeux braqués dans les miens, la certitude laissant le pas au désir dans ceux-ci.

Ce vampire si pragmatique avait beau ne pas apprécier celui qui me baisait à ce moment-là, ça l'excitait sacrément de regarder. Qui aurait cru que Quinn avait des tendances au voyeurisme ?

— Tu n'as donc pas l'intention de foncer au milieu de la bagarre et de tuer Starr ?

— Cela vous mettrait en danger, Rhoan et toi. Je n'y tiens pas.

Ce qui sous-entendait qu'il avait beaucoup moins de scrupules à mettre Kade en danger.

— En d'autres termes, tu t'es rendu compte qu'il ne serait pas aussi simple d'atteindre Starr que d'entrer dans la propriété. Et tu ne feras rien tant qu'une occasion ne se présentera pas.

— Très cynique, comme vision des choses.

— Réaliste plutôt.

Il hésita un instant, me consumant de son regard sombre d'une manière presque métaphysique. C'était comme si nous étions sur le point d'avoir le rêve érotique le plus fabuleux du monde alors qu'aucun de nous n'était endormi.

— Oui, reconnut-il d'une voix douce, et je ne sus s'il répondait à ma réflexion ou à la pensée que je venais d'avoir.

— Si tu n'es pas entré ici en tant que garde, tu ne vas pas être libre de tes mouvements, remarquai-je d'un ton légèrement essoufflé.

Ce n'était pas à cause de ce que Kade me faisait. Non, c'était Quinn, la manière dont nos regards étaient liés, celle dont nos pensées semblaient se confondre, la sensation que nous ne formions qu'un d'une façon qui allait bien au-delà du simple lien physique.

— La nuit est mon esclave, chuchota-t-il.

Et ses paroles pleines de puissance et de passion firent vibrer chaque parcelle de mon corps.

Il semblait utiliser la nuit et cette connexion entre nous pour accentuer le sentiment d'intimité et de désir croissant, et je ne parvenais pas à lutter. Non que je l'aie vraiment voulu. Je mourais d'envie de voir jusqu'où tout ça nous mènerait… jusqu'où il était prêt à aller.

— Mais pas le jour, remarquai-je.

— Pas encore, en effet.

Il m'adressa un regard si brûlant qu'on aurait pu y fondre de l'acier, et j'étais loin d'être aussi solide que ça. La puissance de ce regard était telle que mon corps fut secoué de tremblements, et, même si je sentais vaguement Kade bouger en moi, tous mes sens étaient accordés à ceux de Quinn. Complètement monopolisés par ce qui était en train de croître entre nous.

— Le jour ne sera jamais ton esclave, Quinn. Tu es un vampire, c'est un fait que tu ne peux pas nier.

Nous savions tous deux que ce n'était pas seulement du jour que je parlais, et il eut un sourire presque arrogant. Mais tellement sexy…

— Ne parie pas trop là-dessus. Cela fait un bon moment que je suis là, et j'ai bien l'intention de rester dans le coin encore quelques siècles. Tout vient à point à celui qui sait attendre.

— Mais tout ne vient pas avec le temps.

— Beaucoup de choses finissent par arriver avec assez de patience.

La sueur se mit à ruisseler sur mon front, puis chatouilla mes joues. J'aurais voulu l'essuyer, mais j'étais incapable du moindre mouvement, comme plongée en transe dans la fournaise qui crépitait entre nous, la peau frissonnant d'une myriade de sensations et de désirs. Je me passai la langue sur les lèvres et réussis à répondre :

— Vraiment ? Pourtant, la patience ne semble pas être ton fort.

— Peut-être que non, dit-il, le sourcil moqueur. Mais la vraie question est : veux-tu avoir maintenant la preuve que je suis très patient ?

— Non.

Bon Dieu, non.

Son sourire s'élargit et soudain, il était là, autour de moi, en moi, m'emplissant de chaleur et de passion. Même si c'était la queue de Kade qui allait et venait en moi, ce n'était pas lui que je ressentais, ni son odeur dont je m'enivrais. C'était Quinn. Rien que lui. Il me toucha, me caressa, me posséda. Peut-être pas physiquement, mais d'une manière qui n'en était pas moins complète, absolue. Je n'avais jamais rien ressenti de tel. Notre chair n'était pas en contact dans la réalité, mais ça n'avait aucune importance, parce que nos esprits avaient fusionné dans une danse qui allait au-delà de l'intimité, au-delà du simple plaisir.

Je me noyai dans un océan de chaleur, de passion et d'intensité, volontairement, avec enthousiasme, même. Mon cœur battait furieusement, mon corps était un hurlement, assoiffé de soulagement, et chaque muscle, chaque fibre de mon être me donnait l'impression d'être tendus comme une corde de violon prête à lâcher.

Puis cela céda enfin, un raz-de-marée d'une telle douceur, si glorieux, que j'en pleurai. Il effleura mon poignet du bout des doigts et le souleva délicatement jusqu'à sa bouche. Je sentis ses crocs égratigner ma peau. J'eus un sursaut de réflexe lorsqu'ils la percèrent, mais la douleur se mua rapidement en une sensation parfaitement exquise, et je jouis encore.

J'étais en train d'essayer de me souvenir de comment on respirait quand je repris conscience de la présence de Kade, de son sexe satisfait encore en moi. Il était immobile, trop immobile pour que ce soit naturel. Je jetai un regard à Quinn, à son air moqueur et arrogant qui ne semblait pas correspondre aux éclairs de désir qui animaient ses pupilles sombres, puis baissai les yeux vers mon poignet. Les deux trous étaient déjà en train de se refermer. Il y avait donc vraiment eu quelque chose de matériel entre nous. Et, à vrai dire, je me doutais que tout s'était réellement passé, et qu'il avait trouvé le moyen de brouiller les limites entre imagination et réalité.

Je levai de nouveau le regard vers lui et vis une goutte d'eau à l'extrémité de son doigt. Une larme. Ma larme. Il la porta à sa bouche et la savoura lentement, comme s'il était en train de goûter un vin enivrant. Bizarrement, cela me sembla encore plus intime que tout ce qui avait précédé, comme s'il était en train de boire mon essence, mon âme, faisant de moi sa chose d'une manière que je ne pouvais encore imaginer. Je me frottai les bras, sentant le froid me saisir.

— Un jour, tu seras à moi.

Il dit cela d'un ton empli d'une douce certitude. Je me passai la langue sur les lèvres et tentai de ne pas prêter attention à ce sentiment qu'il se passait quelque chose dont je n'avais pas la moindre conscience.

— Tu n'es pas un loup, observai-je. Nous ne pourrons jamais être ce que tu désires.

Et ce qu'une partie de moi désirait aussi.

— Seul le temps nous le dira.

C'était indéniable. Et j'avais l'impression que seule ma mort viendrait contredire ses certitudes. Mais je n'avais nulle intention de mourir dans les mois à venir : la seule solution était donc ici de ne pas prêter attention à son affirmation et au sentiment de malaise qui m'avait envahie et de changer de sujet.

— Il est normalement impossible de lire dans les pensées des métamorphes chevaux, et encore plus de les contrôler. Comment fais-tu pour qu'il reste aussi immobile ? Comment as-tu pris le pouvoir sur son esprit ?

— Comme je te l'ai souvent répété, je suis un très vieux vampire. Et, chez les vampires, le pouvoir croît avec l'âge. Il est extrêmement difficile de pénétrer l'esprit d'un métamorphe cheval, mais ce n'est pas impossible. C'est pareil pour chaque espèce, chaque individu… (Il s'interrompit et me regarda.) Sauf, peut-être, pour l'un d'entre eux.

Je haussai les sourcils.

— Ça signifie donc que tu peux lire dans les pensées de Rhoan ?

— Peut-être deux individus, alors.

Je baissai les yeux et me rendis compte qu'il ne bandait pas. Soit ce qui s'était passé entre nous ne l'avait pas excité, soit l'orgasme de Kade avait été d'une certaine manière le sien aussi.

— Il y a d'autres formes d'orgasme que le physique, murmura-t-il. L'extase émotionnelle est souvent beaucoup plus satisfaisante.

Il lisait encore dans mes pensées, et ça aurait dû me rendre furieuse, mais ce n'était pas le cas. En l'occurrence, la curiosité était plus forte. Je haussai de nouveau les sourcils.

— Tu n'as donc pas le fond du slip humide, là ?

Il eut un petit sourire amusé et la courbe de ses lèvres sensuelles fit bondir mes hormones. Elles avaient beau avoir eu tout ce qu'elles désiraient quelques minutes auparavant, j'étais une louve, et il n'en faudrait pas beaucoup pour qu'elles soient de nouveau prêtes à l'action.

—Eh bien non, répondit-il.

—Comment ça se fait que moi, j'aie ressenti quelque chose de physique, mais pas toi ?

—Parce que tu n'es pas encore prête à complètement laisser la dimension physique derrière toi. (Il s'interrompit un instant.) Tu as dit une fois que ce devait être fabuleux, le sexe avec un télépathe. Disons que ce que tu viens d'expérimenter n'était qu'une mise en bouche.

—Et j'imagine que cette mise en bouche est censée me mettre en appétit ?

—Exactement.

—Pourquoi ? Je veux dire, c'était bon, mais je peux avoir quelque chose d'aussi agréable avec Kellen quand je le désire.

C'était faux, mais ça ne faisait pas de mal de lui rappeler l'existence de Kellen, qui constituait un véritable rival pour lui. En effet, lui pouvait me donner ce que je voulais, contrairement à Quinn.

Son sourire se crispa légèrement et je résistai à la tentation d'afficher ma satisfaction.

—Tu ne parviendras jamais au genre d'intimité dont je parle avec Kellen.

—Et comment diable le sais-tu ? Tu n'as pas la moindre idée de ce qu'il y a entre Kellen et moi.

—Je le sais parce que cette intimité ne peut être partagée qu'entre télépathes.

—Pourquoi ça ?

—Parce que, le fait de baisser ses défenses psi afin de laisser ton esprit danser avec celui de l'autre, ça implique de s'ouvrir totalement à celui-ci. Il n'y a plus de secrets, plus de cachotteries, plus de mensonges. Seulement toi, ton amant, vos émotions et la vérité de ce qui vous lie. (Il hésita un instant et j'eus l'impression qu'il allait ajouter autre chose, avant de se raviser.) C'est une question de confiance, de confiance pleine et entière.

— Ça veut donc dire que nous ne pourrons jamais aller plus loin que ça, vu que je ne te fais pas vraiment confiance.

Et ce serait longtemps le cas, étant donné sa petite expédition sans permission dans les méandres de mon esprit. Il ne répondit rien, se contentant de me fusiller du regard. Je m'éloignai de Kade. Celui-ci n'eut aucune réaction.

— Libère-le, Quinn.

J'eus à peine le temps de le dire que Kade sembla sortir de sa transe en clignant des yeux, et un sourire ravi étira ses lèvres. Il s'approcha de moi et glissa un bras de propriétaire autour de mes épaules. Ce qui m'agaça autant que l'insistance de Quinn pour que je joue selon ses règles à lui et sa certitude que je finirais par céder.

Mais, avant que je puisse dire quoi que ce soit, j'entendis la porte principale de l'écurie s'entrouvrir et sentis un courant d'air froid sur ma peau. Quinn disparut dans un battement de cils, comme avalé par l'obscurité. Kade recula d'un pas, reprit sa forme d'équidé, puis se colla contre moi pour couler un regard par-dessus la porte de la stalle. Je me camouflai dans l'ombre et entendis se rapprocher la respiration étouffée de l'intrus.

Puis elle fut rejointe par un bruit de pas. Des pas tranquilles, ni pressés ni prudents, juste un rythme soutenu. C'était un bruit de talons hauts, rien à voir avec les bottes de sécurité portées par les gardes. La personne qui approchait était une femme. Pas un garde. Quelqu'un d'autre.

L'air de la nuit me permit de percevoir des effluves tentateurs de jasmin et d'orange. Mais derrière ces odeurs, il y avait autre chose : quelque chose qui n'était ni humain, ni non humain, un être totalement différent, et extrêmement dangereux. Un Fravardin. La tension s'évacua soudain de mes muscles. Je rétablis la connexion avec Jack pour qu'il puisse entendre ce qui était sur le point de se produire, puis m'approchai à mon tour de la porte du box et regardai par-dessus le dos de Kade.

Dia se dirigeait vers nous, ses formes moulées dans une robe blanche fluide qui brillait autant que sa chevelure neigeuse dans l'obscurité. Kade renifla bruyamment en un signe indéniable d'appréciation.

Je retins un sourire et laissai tomber mon manteau d'ombre.

— Vous me cherchez ?

Elle sursauta légèrement, puis son regard plein de puissance se posa sur moi et, de nouveau, je me fis la réflexion que c'était une femme dont je ne voulais pas comme ennemie. Et pas seulement à cause de la créature qui l'accompagnait, lui prêtant ses yeux et la protégeant.

— Oui. (Elle hésita un instant.) Pourquoi vous cachez-vous dans l'écurie ?

— Je suis ici parce qu'il n'y a personne la nuit, et je me suis cachée dans la stalle des fois qu'un garde passerait. De plus, il n'y a pas de micros dans les environs, c'est donc un bon endroit pour faire mon rapport à mon chef. Pourquoi me cherchiez-vous ?

— Parce qu'il y a eu des changements depuis notre dernière conversation. (Elle s'arrêta à quelques pas de moi, puis laissa échapper un lent soupir.) Le programme a été avancé. Il ne veut pas attendre que Gautier ait pris le pouvoir sur le département des gardiens avant de tenter son putsch.

On avait bien besoin de ça.

— Que s'est-il passé ?

— Il y a non seulement ses généraux, ici, mais aussi certains responsables des gangs rivaux. Il les a convaincus de son désir de travailler main dans la main avec eux pour former un gang à l'échelle de l'Australie, ce qui sera plus profitable pour tout le monde. Les chefs des autres cartels arrivent dans deux jours pour discuter de cette association.

Ses informations me confirmaient deux éléments : j'avais correctement lu les pensées de Merle, et elle essayait effectivement de nous aider de son mieux.

— De combien de cartels parlons-nous ?

— Trois sur les six.

— *La moitié*, murmura Jack. *Ce serait déjà un sacré coup contre le crime organisé à Melbourne si on pouvait les capturer.*

Mais ça en laissait encore trois autres, et ces derniers s'empresseraient de prendre la place laissée par les trois gangs décapités.

Mais c'était déjà mieux que rien.

— Deux jours, c'est pas énorme, sans compter qu'ils doivent surveiller encore plus étroitement les nouvelles arrivées.

— Je le sais bien, mais je n'y peux rien, je suis désolée.

— Vous pouvez en tout cas nous donner quelques informations.

— « Nous » ? s'étonna-t-elle en arquant un pâle sourcil. Vous n'êtes pas seule ?

Je me maudis intérieurement pour ce lapsus. J'avais beau croire Dia, être convaincue de son désespoir réel de sortir sa fille d'ici, ça ne signifiait pas nécessairement qu'elle était de notre côté. Si la situation devenait nauséabonde et que nous nous faisions démasquer, elle ferait ce qui serait nécessaire pour sauver sa peau et celle de son enfant. Exactement comme le lézard d'esprit. Je me contentai de hausser les épaules.

— C'est un « nous » métaphorique.

Je vis à son expression qu'elle ne me croyait pas. J'allais vraiment devoir prendre quelques leçons de mensonge.

— De quelles informations avez-vous besoin ?

— Pour commencer, je dois savoir où mène le deuxième ascenseur qui dessert les appartements de Merle et Moss.

Elle fronça les sourcils.

— Quel ascenseur ?

— Celui qui fait face à celui par lequel les gardes emmènent leurs distractions nocturnes aux lieutenants.

Une lueur de compréhension anima ses yeux aveugles.

— Ce n'est pas un ascenseur, mais la porte de l'appartement de Starr.

Ce fut à mon tour de froncer les sourcils.

— J'ai vu Merle l'ouvrir avec sa clé. Ça ressemblait vraiment à un ascenseur.

— À première vue, oui. Mais c'est une sorte de sas : la seconde porte ne s'ouvre que si la première est fermée, et pas avant d'avoir composé un code secret et scanné sa main.

J'étais perplexe. Je savais pourtant bien ce que j'avais vu, et c'était un ascenseur, pas un sas.

— Vous pouvez y entrer ?

Elle secoua la tête dans un signe de dénégation souligné par le volètement de ses mèches argentées. Kade s'ébroua et faillit écraser mon pied avec son sabot. Je lui donnai un petit coup de coude pour lui rappeler ma présence et qu'il devait faire attention, si attiré par Dia soit-il. Il tourna la tête vers moi et me décocha un regard amusé de ses grands yeux cacao.

— On m'y a déjà accompagnée, mais rien de plus. Starr n'est pas assez fou pour me permettre de l'atteindre aussi facilement, répondit Dia. D'après ce que je sais, seuls Merle, Moss et le chef de la sécurité ont le code de ce sas.

— Le chef de la sécurité, c'est un grand gars dégarni avec des cicatrices d'acné ?

Elle acquiesça.

— Il s'appelle Henry Cartle.

— Y aurait-il moyen que vous chipiez un tableau de service de la sécurité ?

Elle hésita.

— Je vais essayer.

— Faites votre possible, parce que, sans votre aide, je ne peux rien.

Elle me considéra un moment, comme si elle comprenait autant le sous-texte que les mots prononcés, puis acquiesça.

— Quoi d'autre ?

— Où se trouve le labo ?

— Au deuxième sous-sol.

— *Riley, tu ne vas pas secourir ce bébé*, gronda Jack.

Ne pouvant lui répondre, je me contentai de faire comme si je ne l'avais pas entendu. Il ne pouvait pas m'en empêcher, de toute façon, sauf en me retirant la mission, mais nous savions tous deux qu'il n'en avait pas la moindre intention.

— Et il est soumis aux mêmes conditions de sécurité que le troisième sous-sol ?

— *Sous aucune circonstance, tu ne seras autorisée à approcher ce labo afin de secourir cet enfant. C'est un ordre direct.*

Et pour moi, les ordres directs, c'était à peu près aussi agréable qu'une séance sur le fauteuil du dentiste.

Dia acquiesça.

— L'entrée est réservée aux chercheurs, aux lieutenants de Starr et au chef de la sécurité.

Ce qui signifiait qu'il serait peut-être plus aisé de me rapprocher d'un des chercheurs que de viser directement la sécurité, Moss ou Merle.

— Où vivent les chercheurs ?

Jack laissa échapper un juron.

— *Bon Dieu, Riley, tu m'écoutes ?*

Pour un homme aussi intelligent que lui, il mettait un certain temps à se rendre compte que non. J'effleurai mon oreille et coupai la communication. Il n'allait pas manquer de gueuler, et j'avais déjà bien assez mal au crâne sans ça.

— Dans le bâtiment à côté de celui des gardes, répondit Dia.

— Et ce Henry Cartle, il habite avec ses hommes ?

— Oui, mais il a une chambre privée.

De mieux en mieux.

— Qu'est-ce que vous savez à propos des tunnels d'évacuation ?

Elle eut l'air interdit.

— Je ne vois pas de quoi vous parlez.

— Tout à l'heure, j'ai suivi Moss dans les bois et il a tout bonnement disparu. À moins qu'il puisse se métamorphoser, il doit y avoir une entrée vers les niveaux souterrains dans cette forêt.

— Si c'est le cas, je ne suis pas au courant. (Elle hésita un instant.) Je vais voir ce que je peux apprendre à ce sujet. Starr aime se faire prédire l'avenir quand je suis dans le coin.

Je haussai un sourcil.

— Vous voulez dire que vous pouvez aussi lire le passé lorsque vous touchez quelqu'un pour lui prédire l'avenir ?

Elle eut un élégant haussement d'épaules.

— Parfois.

— Et qu'avez-vous vu lorsque vous m'avez touchée ? Le passé ou le futur ?

— Le futur. (Elle me dévisagea durant plusieurs secondes, comme si ses yeux me traversaient et voyaient jusqu'à mon âme.) Votre avenir est troublé, et vous devrez emprunter de nombreux détours. Vous devrez renoncer à une partie de vos rêves, mais en réaliserez d'autres. Certains vous ont d'ores et déjà échappé.

Visiblement, c'était trop espérer que d'attendre une réponse directe.

— Balivernes de charlatan qui peuvent signifier n'importe quoi.

Elle haussa encore les épaules.

— Comme je ne vous ai pas touchée avec une question précise à l'esprit, je n'ai vu que des généralités. Si vous voulez une lecture plus précise, alors je suggère que vous veniez me voir une fois que tout cela sera terminé et que nous serons tous en sécurité.

— Ça marche.

Elle sourit et jeta un coup d'œil à sa montre.

— Il faut que j'y aille avant que mon absence éveille les soupçons. Je fais en général ma promenade avant le déjeuner. Retrouvons-nous dans le parc demain et je vous dirai ce que j'ai pu apprendre.

J'approuvai d'un signe de tête. Elle fit demi-tour et sortit de l'écurie. La porte se referma, plongeant les stalles dans l'obscurité, et Quinn réapparut.

— C'était quoi, cette chose qui l'escortait ?

— Un Fravardin. Il lui prête ses yeux et la protège.

Une nuée d'énergie me picota la peau alors que Kade reprenait forme humaine.

— En tout cas, ça n'avait aucune émotion perceptible. Pour mes sens, il ne représentait rien d'autre qu'un espace vide. En revanche, elle était absolument exquise. (Il croisa mon regard.) J'exige que tu me la présentes une fois que nous en aurons terminé avec tout ça.

— Si on s'en sort entiers, tu peux compter sur moi. (Je me tournai vers Quinn.) Toi qui passes ton temps à me rappeler ton grand âge, c'est surprenant que tu ne connaisses pas ces créatures.

Il eut un petit sourire amer.

— Il y a encore tant d'endroits à visiter sur cette planète, tant de personnes à rencontrer.

— Je ne sais pas si cette chose peut vraiment être qualifiée de « personne ».

— Ce n'est pas parce qu'il n'a pas une forme humaine telle que nous la définissons actuellement qu'il n'appartient pas au grand arbre de l'humanité. (Il avait un petit ton moralisateur qui m'agaça particulièrement étant donné que c'était lui qui avait utilisé le terme « chose » le premier. Mais, vu qu'il semblait parti pour argumenter, ça ne servait à rien de le lui faire remarquer.) De la même manière que les loups-garous, les métamorphes, les sirènes et autres créatures ne peuvent nier le fait qu'ils constituent une des nombreuses branches de cet arbre au même titre que les humains.

— Ce n'est pas aux garous et aux métamorphes qu'il faudrait dire ça, lui rappelai-je d'un ton aigre. Aux dernières nouvelles, ce sont plutôt les humains qui considèrent qu'ils sont au sommet de l'évolution et pensent que les autres espèces ne sont que des anomalies.

Il haussa les épaules.

— Ce n'est pas l'endroit pour un tel débat.

Je ricanai doucement.

— Oui, c'est d'ailleurs la raison pour laquelle tu joues les pères la morale, parce que tu n'as pas la moindre envie de débattre. (J'ouvris la porte du box.) Il faut que je trouve mon frère avant de faire quelque chose que je regretterai. Ou pas.

— Je t'accompagne, décida-t-il d'une voix vibrante de colère, mais c'était souvent le cas quand il s'adressait à moi. Il faut qu'il sache que je suis ici.

De même pour Jack, mais comme il était probablement toujours en train de me traiter de tous les noms à la suite de ma désobéissance, j'avais la ferme intention de laisser Rhoan se charger d'informer notre patron qu'on avait un quatrième agent dans la place.

Je donnai un rapide baiser à Kade, plus pour agacer un certain vampire que pour autre chose, puis me dirigeai vers la porte de l'écurie. Quinn était à peine plus qu'une ombre dans mon dos, une présence que je pouvais ressentir, mais pas percevoir avec mes sens ordinaires. Avec un peu de chance, ça voulait dire que personne d'autre ne le verrait non plus.

— À moins qu'ils aient des caméras infrarouges, personne ne me verra, dit-il dans un murmure qui atteignit à peine mes oreilles, mais me fit l'effet d'une brise d'été sensuelle.

— Il y en a autour du zoo et dans les niveaux inférieurs, alors évite de traîner par là. Et cesse de lire dans mes pensées.

— Si tu ne gardes pas tes boucliers levés, je prendrai toujours ça comme une invitation. (Même si je ne voyais pas ses yeux, je pouvais sentir son regard sur moi.) Et par ici, c'est extrêmement imprudent de…

Il fut interrompu par le bruit d'une explosion qui déchira le silence de la nuit.

Chapitre 10

La force de la déflagration nous plongea dans un souffle brûlant et fit vibrer les fenêtres alentour. Une colonne de fumée s'éleva dans le ciel, accompagnée de flammes d'un jaune orangé qui illuminaient la façade ouest de la maison et les arbres voisins. Elles étaient accompagnées d'une pluie de gravats, de morceaux de bois et de béton qui heurtèrent le sol avec une violence inouïe. Puis l'incendie se ramassa sur lui-même, se réduisant à une fournaise rougeoyante qui illuminait la nuit. Une odeur âcre de fumée se répandit dans l'air, suivie de cris de douleur, de terreur, ou des deux.

Je ne pris même pas le temps de réfléchir à ce que j'allais faire et si c'était bien prudent, et me ruai à toutes jambes en direction du sinistre. Je n'étais pas la seule : il y avait des gardes partout, sortant des bâtiments dans un ensemble tout militaire, certains se précipitant vers l'extrémité du bâtiment, d'autres formant un cordon pour isoler la zone. Les hommes de Starr étaient efficaces, on ne pouvait pas le nier. Je restai camouflée dans mon manteau d'ombre, franchis le cordon et suivis ceux qui se dirigeaient vers le site. Plus on approchait et plus l'air était chaud, pas seulement à cause de l'explosion, mais aussi à cause de la vapeur. Le système d'extinction automatique s'était déclenché et étouffait rapidement les flammes.

Celles-ci n'étaient pas seules à mourir dans les environs. L'explosion s'était produite dans une aile qui contenait la cuisine et la salle à manger, et celle-ci avait été littéralement éventrée. Dans des circonstances ordinaires, ça n'aurait pas fait autant de victimes, parce que dans la plupart des demeures où le personnel de maison résidait sur place, celui-ci n'était que rarement logé au sein du bâtiment principal ou en un seul et même endroit. Mais, en l'occurrence, les employés se trouvaient tous dans cette partie de la maison. Et lorsque le rez-de-chaussée avait été pulvérisé par l'explosion, les étages supérieurs n'avaient eu d'autre option que de s'effondrer.

Je ne voyais ni les morts ni les blessés à travers la fumée noire et brûlante, mais je les sentais. Leur douleur emplissait l'air de la nuit, m'enveloppant dans un tourbillon de détresse et de souffrance qui emplissait mes poumons, entrait en moi par chaque pore de la peau. Comme si je me noyais dans un puits de désespoir.

Mon estomac se rebiffa et je fus prise de nausées. Je me précipitai sur le côté et vomis le peu que j'avais mangé. Je sentis une main se poser sur mon dos, sa chaleur adoucissant le froid glacial qui avait saisi mon corps, à défaut de le faire totalement disparaître.

— Tu n'es pas empathe, l'entendis-je dire à mon oreille, alors qu'il restait invisible à mes yeux. Tu ne devrais pas ressentir ce que tu ressens en ce moment.

D'un geste imperceptible, il recueillit les mèches de mes cheveux qui pendaient et dégagea mon visage. Je pris une brève inspiration en essayant de lutter contre mon estomac rebelle.

— Je suis une louve-garou. Je peux sentir la mort.

— Sauf que tu ne le sens pas avec ton odorat, là. Tu le ressens, et c'est totalement différent.

— J'en ai bien conscience.

Et j'avais aussi conscience du fait qu'il n'aurait pas dû ressentir ce que moi je ressentais. Il avait beau être empathe, mes émotions étaient tout aussi protégées que les siennes. En tout cas, c'est ce que je pensais jusqu'à cet instant. J'inspirai encore un peu d'air et me redressai prudemment. Mon estomac tressauta un peu, mais il ne me sembla pas sur le point se soulever. Je fermai les paupières et me forçai à respirer par la bouche. Ce qui ne m'aida pas vraiment. La sensation de mort saturait l'air de son immonde saveur. Je déglutis avec difficulté.

— Tu peux essayer de lire l'esprit des gardes ? Est-ce qu'ils savent ce qui s'est passé ?

Il ne dit rien pendant de longues minutes, mais l'énergie qu'il dégageait me hérissait les poils des bras.

— Un garde a rapporté une odeur de gaz quelques minutes avant l'explosion. Ils pensent que quelqu'un a oublié d'éteindre l'un des brûleurs d'une cuisinière.

— Ce serait donc un accident ?

— Il semblerait.

— « Semblerait » ? demandai-je avec un regard curieux.

— Ils ne connaissent pas l'origine de l'étincelle qui a déclenché l'explosion.

— Dans une cuisine ? C'est plein de veilleuses, ce genre d'endroits.

— Exact. Espérons simplement que quelqu'un a pensé à couper l'arrivée de gaz, parce que sinon, il va y avoir d'autres bricoles… (Il s'interrompit.) C'est l'un des lieutenants de Starr ?

Je regardai dans la direction qu'il m'indiquait et aperçus à travers la fumée Moss qui s'extrayait du lieu du désastre, les vêtements déchirés, les cheveux ébouriffés et le visage ensanglanté par quelques égratignures.

— Ouais, c'est Moss. Dommage qu'il n'ait pas été tué.

Je me frottai les bras. La sensation de mort était encore présente dans l'air, mais le goût et l'odeur de celle-ci commençaient à s'estomper. Quant à savoir si c'était effectivement le cas, ou si je m'y habituais, je l'ignorais.

Quinn me frotta le dos, envoyant des ondes de chaleur dans tout mon corps.

— Il a quand même l'air plutôt contrarié.

La caresse de Quinn fit s'évaporer les dernières traces de froid en moi et je me sentis soudain mieux. Tant que je ne verrais rien qui ressemblait à un bout d'humain dans les ruines, je m'en sortirais. Enfin, je l'espérais.

— J'imagine qu'échapper de justesse à une explosion doit être assez contrariant.

Une bouffée d'amusement m'enveloppa, aussi radieuse et attirante que la première danse des rayons du soleil à l'aube.

— Il y a plus que ça. Tu l'entends ?

— Pas à cette distance. (Je fronçai les sourcils.) Pourquoi ne lis-tu pas simplement dans ses pensées ?

— Il a une espèce d'atténuateur psi. Je pourrais le court-circuiter, mais du coup, il saurait que j'essaie de lire en lui.

— Approchons-nous, alors.

— Tu t'en sens capable ? s'inquiéta-t-il en posant sa main sur mon bras, m'effleurant le coude du bout des doigts.

Je n'étais pas assez flageolante pour avoir besoin d'être soutenue, mais je n'allais pas non plus refuser son aide. Surtout quand le contact de sa paume semblait m'aider à combattre cette vision d'horreur.

— Tant que je ne me retrouve pas sous le vent du bâtiment, ça devrait aller.

Mais si je voyais des cadavres, ou des morceaux de cadavre, ce serait une tout autre paire de manches.

J'avais pourtant été confrontée à la mort sous des formes diverses et variées, ces dernières années, mais jamais ça ne m'avait autant dérangée. J'avais déjà vu un loup réduit en charpie par un de ses congénères, et je n'en avais pas eu la nausée. J'avais vu Misha se faire dévorer de l'intérieur, et, même si cela m'avait rendue malade et horrifiée, je n'avais pas vomi. Mais toutes ces fois-là, je n'avais pas senti le goût de la mort. Jamais je n'avais non plus ressenti cette impression que les âmes de ceux qui étaient morts ou agonisaient m'envahissaient, m'emplissant du choc, de la colère et de l'horreur qui étaient les leurs.

Je m'en serais bien passée.

Je déglutis avec difficulté et me forçai à avancer en gardant les yeux braqués sur Moss plutôt que sur son environnement. Ou sur les choses à côté desquelles il passait. Il s'arrêta pour parler avec un groupe de gardes qui se trouvaient à l'autre bout du champ de ruines. Le système anti-incendie fonctionnait toujours, enveloppant l'homme d'une fine brume argentée. Soit il ne s'en rendit pas compte, soit il s'en fichait, mais il y avait quelque chose dans son absence totale de réaction qui me mit mal à l'aise. Son calme était mortel.

Merle m'avait peut-être semblé immonde, mais il ne me faisait pas aussi peur que Moss à ce moment-là. Le simple fait de le regarder me fit dresser les poils de l'échine.

Il fallait vraiment espérer que le garde avait dit la vérité quand il m'avait assuré que Merle et Moss ne partageaient pas leurs maîtresses, parce que je ne voyais pas comment je pourrais supporter la moindre intimité sexuelle avec ce mec.

Je me demandai comment faisait mon frère. Il utilisait régulièrement le sexe comme monnaie d'échange pour obtenir des informations sur ses cibles, et il aimait ça, quel que soit son amant. Était-ce seulement parce qu'il n'était doté d'aucun pouvoir psi qu'il avait l'avantage sur ce point ? S'il était capable de sentir le goût infect de l'âme des personnes concernées, serait-il capable de coucher avec elles ?

Étrangement, je pensais que la réponse était « oui ». Rhoan n'avait jamais été regardant sur la nature et le nombre de ses partenaires, tant que *lui* s'amusait de son côté.

J'avais toujours été un peu plus sélective, malgré tout ce que pouvait penser Quinn. Cela dit, la définition lycanthrope de la sélectivité devait être assez différente de celle d'un vampire à la mentalité humaine.

Nous nous rapprochâmes du bâtiment détruit et du groupe formé par Moss et les gardes, en prenant bien soin de maintenir notre camouflage et de rester sous le vent pour éviter que les hommes devant nous détectent notre odeur.

— Non, chef, affirma l'un des gardes avec une précision toute militaire. Je n'ai vu aucun mouvement dans la cuisine.

— Mais vous avez bien dit que vous aviez entendu un bruit de pas ?

— Oui, chef.

— Combien de temps avant l'explosion ?

— Dix, peut-être quinze minutes avant, chef.

Moss poussa un juron et se tourna vers l'autre homme.

— Et vous ?

— J'ai détecté une empreinte de chaleur dans la cuisine, mais le temps que j'arrive, cette personne s'était échappée par la fenêtre.

— Et vous n'avez pas pensé à la suivre ?

— Je ne sais pas par où elle est partie. J'ai juste vu un renard qui fouillait les poubelles.

Je tendis l'oreille. Un renard ? Nerida était un renard-garou, et même un vampire ne pouvait détecter la différence entre l'empreinte de chaleur d'un vrai renard et celle d'un garou ou d'un métamorphe. Il aurait dû pouvoir se rendre compte qu'il s'agissait d'un garou en le voyant mais, s'il était plus motivé par la perspective de se recoucher, peut-être s'était-il tout simplement fié aux apparences.

Je ne doutais pas que des renards venaient effectivement fouiller les poubelles la nuit, mais ici, la coïncidence semblait un peu trop grosse. De fait, la plupart des renards se seraient enfuis au moindre signe de présence humaine. Et ils ne resteraient certainement pas dans les environs en sentant un vampire approcher. La plupart des animaux avaient aussi peur des morts-vivants que les humains.

Mais qu'est-ce que Nerida aurait pu fabriquer dans la cuisine ? Avait-elle quelque chose à voir avec cette explosion ou n'était-ce qu'un hasard ? Pourquoi vouloir détruire cette partie de la maison ? Il n'y avait rien de plus que la cuisine et la salle à manger, ainsi que ceux qui y travaillaient.

Mais alors, pourquoi Moss était-il là ? Pourquoi s'était-il retrouvé au beau milieu de l'explosion alors qu'il était censé parler au nouveau contingent de gardes ?

— Allez faire un petit tour dans les environs pour voir si vous détectez cette empreinte de chaleur.

À ce moment précis, je me sentis entraînée brutalement au sommet de la butte, à l'abri d'un bosquet d'arbres.

— Hé, qu'est-ce que tu fous ? protestai-je en me dégageant de la prise de Quinn et par la même occasion de mon manteau d'ombre.

Quinn aussi laissa tomber son camouflage, avec beaucoup plus d'élégance que moi.

— Il était sur le point de passer en vision infrarouge. Il nous aurait sûrement vus.

— Comme il nous tournait le dos, on avait tout le temps de se cacher.

— Peut-être que oui, peut-être que non. En tout cas, ça ne valait pas le coup de courir le risque. (Il s'interrompit et regarda vers les décombres en contrebas.) Je vais essayer de suivre Moss. Si tu croises Rhoan, dis-lui que je suis ici et que je le contacterai dès que possible.

— Si tu tues Moss, ils sauront que la demeure n'est pas sûre.

Il me décocha un bref regard couleur d'obsidienne totalement dépourvu d'émotion.

— Ce n'est pas moi, l'amateur.

Il avait raison, mais ça ne l'empêchait pas d'être vexant.

— Non, toi, tu es le gars assoiffé de vengeance, quel qu'en soit le coût.

— Je ne ferai rien qui risquerait de vous mettre en péril, toi ou Rhoan.

— C'est une promesse ?

Il hésita un très court instant.

— Oui.

Je le dévisageai un long moment, tentant d'évaluer sa sincérité, percevant la franchise dans sa voix mais rechignant à lui faire confiance.

— Je ne sais pas ce que vaut une promesse pour un vampire, mais je vais t'en faire une de mon côté : s'il arrive quoi que ce soit à Rhoan parce que ton désir de vengeance devient plus fort que tout, tu me le paieras.

Il ne répondit pas et se contenta de s'éloigner le long de la pente avant de disparaître dans son manteau d'ombre, puis dans le sous-bois.

Je me frottai le front d'un air las et contemplai la masse fumante de débris et de murs éventrés en contrebas. Moss s'était rendu à l'autre bout du bâtiment pour parler à de nouveaux gardes. Les deux autres commençaient à explorer les environs et se rapprochaient dangereusement de l'endroit où je me trouvais. Il fallait que je m'en aille avant d'être repérée.

Je traversai les bois en restant dans l'ombre et en évitant autant que possible les puits de lumière de lune. J'avais trop mal au crâne et pas assez d'énergie pour me camoufler de nouveau. Si la lune frappait ma peau, je serais visible comme le nez au milieu du visage. Je m'éloignai du site de l'explosion et revins vers la partie intacte de la maison. Je remarquai un petit groupe de personnes debout ou agenouillées devant l'une des portes principales. Un instant plus tard, je sentis une présence familière et le soulagement m'envahit. Mon frère se trouvait parmi eux.

Je m'arrêtai pour parcourir la petite foule du regard. Je ne vis personne avec les cheveux roux et il me fallut un moment pour en comprendre la raison : Rhoan n'était plus roux. Grâce aux talents de Liander, sa chevelure était désormais d'un châtain désespérément banal.

Une fois cela à l'esprit, je n'eus aucun mal à le trouver. Il était assis par terre, à l'écart du groupe. Ses vêtements étaient déchirés et couverts de poussière et un chiffon ensanglanté entourait sa tête.

Pour la deuxième fois cette nuit-là, je réagis sans réfléchir et il fallut que Rhoan lève les yeux vers moi et m'adresse un signe imperceptible de la tête pour me souvenir de l'endroit où je me trouvais et qui nous étions censés être.

Je ralentis et dépassai le groupe de gardes en prétendant m'inquiéter de leur sort, encourageant de quelques paroles ceux qui étaient soignés et me dirigeant mine de rien vers Rhoan. Nos regards se croisèrent. Ses yeux bruns n'étaient pas ceux que je connaissais, mais le sourire était bien le sien. Si chaleureux et accueillant. Bon Dieu, j'étais tellement heureuse de le revoir que je dus me retenir de danser une petite gigue de joie.

— Hé, murmura-t-il dans un souffle quasi inaudible, content de voir que tu es arrivée ici sans encombre.

— Et contente de voir que tu t'es sorti de ce bordel sans encombre.

Je mourais d'envie de le toucher, de le prendre dans mes bras, mais c'était impossible. Alors, je me contentai de m'agenouiller à son côté, mes cuisses contre les siennes, et levai la main pour examiner sa blessure. Ce n'était rien de grave, juste une méchante égratignure qu'il aurait pu guérir en changeant de forme.

— Pourquoi ne t'es-tu pas soigné ?

— Parce que mon loup est roux, ce qui ne colle pas avec mon identité d'emprunt.

Bien sûr, j'aurais dû y penser.

— Et qu'est-ce que tu fabriquais dans la cuisine ?

— La journée a été rude et nous n'avions pas trouvé le temps de manger. (Il haussa les épaules.) Moss avait prévu un repas dans la cuisine, mais heureusement, il a reçu un appel concernant un possible intrus et nous a séparés en plusieurs groupes pour explorer les environs. J'ai été assigné au groupe envoyé à l'extérieur.

— Petit chanceux.

— Tu m'étonnes. (Il me pressa gentiment le genou. Ce simple geste me fit deviner qu'il avait été bien plus proche de l'endroit de l'explosion qu'il voulait l'avouer.) Et toi, qu'est-ce que tu as fait ? En dehors de foutre Jack en rogne, bien sûr.

J'eus un petit sourire.

— Il devrait me connaître assez bien pour savoir que je ne suis pas du genre à jeter le bébé avec l'eau du bain.

— Le simple fait d'aider cet enfant nous fait courir un énorme danger.

— Je sais bien. Mais il faut que j'essaie.

— Je comprends, reconnut-il avec un sourire. Essaie de ne pas le faire trop tôt, sinon notre mission risque d'échouer lamentablement.

Je regardai autour de moi pour m'assurer que nous n'étions pas écoutés.

— Il est fort probable que ce soit le cas, cela dit. Le programme des réjouissances a été avancé.

— Oui, Jack m'en a parlé. Aide-moi à me relever et on discutera sur le chemin des dortoirs.

Je me levai et lui tendis la main.

— Les infirmiers t'ont examiné, au moins ?

— L'un des mecs du labo a décrété que j'étais assez en forme pour bouger. On m'a ordonné de faire un brin de toilette et de regagner mon poste dans l'heure.

Il me saisit la main et je l'aidai à se remettre sur pieds, avant de glisser un bras autour de sa taille. Il n'avait nul besoin d'être soutenu ainsi (je sentais sa force et il ne tremblait pas d'un iota) mais au moins pourrions-nous parler et prendre notre temps sans attirer des soupçons malvenus.

— Trop sympa, une heure pour te remettre !

— Oui, ils semblent avoir un cœur gros comme ça, par ici, commenta-t-il d'un ton ironique. Alors, qu'est-il arrivé de ton côté ?

— J'ai couché avec Merle et je me suis rendu compte que je pouvais lire dans ses pensées.

— Et ?

— Et maintenant je sais ce que tu voulais dire quand tu me demandais si je comprenais dans quoi je me lançais.

Il laissa échapper un soupir et l'angoisse qui fit briller ses yeux me donna une idée de ce qu'il avait traversé dans les dernières vingt-quatre heures. Et ça avait l'air d'être bien pire que ce que j'avais supporté durant la même période. Je le serrai contre moi un instant, essayant de lui dire sans paroles que j'allais bien, que ce n'était pas aussi dur qu'il le pensait.

— Ce n'est jamais agréable, la première fois.

— Parce que ça s'améliore à la vingtième ? Ou est-ce la cinquantième ?

— Oui, parce que nous sommes des loups et que le sexe nous est aussi indispensable que l'air qu'on respire. Tu apprendras à mettre ton esprit en veille et à apprécier le moment, à défaut de celui avec lequel tu le passes. (Il me regarda.) Mais c'est facile à dire pour moi qui n'ai pas de pouvoirs psi et ne ressens certainement pas aussi profondément les choses que toi.

La tension qui ne m'avait pas quittée de la journée commença à s'évacuer. Il comprenait *exactement* ce que je ressentais, sans que j'aie besoin de rien dire. D'un autre côté, qui d'autre qu'un frère jumeau en aurait été capable ?

— C'est pas le sexe qui m'inquiète le plus. Bon sang, j'ai passé des années avec Talon et je ne l'appréciais même pas. Mais, avec Merle, c'était différent. On aurait dit que la corruption de son âme envahissait mon être. Mais c'était cent fois pire avec Moss, et, s'ils sont tous comme lui, alors j'en serai tout bonnement incapable. Jack soutient que je n'ai pas le choix, mais…

— Tu auras toujours le choix, même si tu es contrainte d'entrer dans le système. Tu n'es pas obligée de les baiser, sœurette. Pas quand tu as des pouvoirs psychiques qui te permettent de leur faire croire ce que tu désires.

Je clignai des yeux, et une vague de joie et de soulagements mêlés monta en moi. Bien sûr, il avait raison. Même si je devenais gardienne, je n'aurais pas à me plier exactement aux projets de Jack pour moi. La réalité de la séduction était sans importance tant que j'obtenais les informations demandées. Et Jack n'aurait rien à redire.

Évidemment, Jack ne voulait pas seulement que je devienne agent de renseignements, mais une véritable gardienne, autrement dit : chasseuse *et* exécutrice. Mais c'était un tout autre combat. Et là, en l'occurrence, je n'étais prête à aucun compromis en la matière, même s'il parvenait à m'enrôler dans les rangs des gardiens.

Je m'inclinai légèrement vers Rhoan et lui embrassai la joue.

— Merci de m'avoir aidée à tirer mes pensées au clair.

Il m'adressa un grand sourire.

— C'est à ça que ça sert les grands frères.

Je lui rendis son sourire. Il était né dans un hurlement deux longues minutes avant moi.

— À ça et à secourir les petites sœurs qui ont eu les yeux plus gros que le ventre.

— Ce qui ne s'est heureusement pas produit depuis un moment. Autre chose que je devrais savoir ?

Je lui parlai du lézard d'esprit et de Quinn. Il jura à mi-voix.

— Jack ne va pas être content.

— C'est pourquoi j'ai préféré te laisser le lui annoncer.

Une lueur amusée passa dans ses yeux.

— Trouillarde.

— Ouaip. (Je levai les yeux et m'aperçus que nous étions presque arrivés aux quartiers des gardes. Je devais encore poser quelques questions avant de le laisser partir.) Est-ce que tu as vu ou senti quelque chose sortant de l'ordinaire pendant ta ronde autour de la cuisine ?

Il sourit.

— J'ai l'impression que tu connais déjà la réponse. (Il fourra la main dans sa poche et en sortie un bout de tissu.) J'ai vu une métamorphe qui faisait semblant de fouiller dans les poubelles. Elle s'est enfuie dès que je me suis approché, mais j'ai trouvé ça dans les ordures. J'imagine qu'elle l'a perdu lors de sa première transformation.

— Tu ne l'as pas suivie ?

— Je n'en ai pas eu la possibilité.

Il me tendit le morceau de tissu qui s'avéra être un mouchoir à carreaux blanc et gris. Le même que celui que j'avais vu dépasser de la poche de poitrine de Nerida.

— Il avait une odeur musquée et féminine, mais rien de plus révélateur côté parfum, poursuivit-il. Cela dit, vu ce qu'il vient de traverser, il doit plutôt sentir la fumée et mon odeur à moi.

Je le reniflai. Il avait raison.

— L'une de mes compagnes de chambrée est une renarde-garou, et elle avait un mouchoir comme celui-ci la dernière fois que je l'ai vue. Je vais aller vérifier qu'elle ne l'a pas perdu.

— Fais attention. Les renards sont aussi insaisissables que des serpents.

— Ou aussi rusés que des renards.

Il me gratifia d'un grognement pour me récompenser de ma blague lamentable et je souris.

— Tu penses donc que cette renarde-garou pourrait être impliquée dans l'explosion ? demandai-je.

— Je n'en ai aucune idée, mais ça vaut le coup de lui poser quelques questions. Fais juste gaffe de ne pas te faire surprendre par les mauvaises personnes en le faisant.

— Je serai prudente.

Je m'arrêtai près du portail qui menait au bâtiment des gardes. L'un d'eux nous observait, mais le fait que je ne puisse lire dans son esprit m'apprit qu'il était humain. Il n'entendrait pas ce que nous avions à nous dire tant que nous ne nous approcherions pas plus de lui.

— Encore une chose importante : il existe trois niveaux souterrains qui ne figurent sur aucun plan. Je ne sais pas ce qu'il y a au premier sous-sol, mais un petit laboratoire de recherche se trouve au deuxième et Merle, Moss et Starr vivent au troisième.

Il opina du chef.

— Ils nous en ont parlé pendant notre briefing. Sans oublier de nous préciser que seuls le chef de la sécurité et les gardes autorisés pouvaient y accéder.

— Ont-ils mentionné un tunnel qui mènerait d'un des niveaux souterrains à une issue dans la forêt ? (Il secoua la tête, alors je poursuivis :) Et il y a aussi quelque chose qui ressemble à un second ascenseur au troisième sous-sol dont personne ne semble connaître l'existence.

— Et comment la connais-tu, toi ?

— J'ai vu Merle l'ouvrir. Quand j'en ai parlé à Dia, elle m'a dit qu'il s'agissait d'une sorte de sas qui protégeait l'accès à l'appartement de Starr.

— Mais tu ne la crois pas, on dirait…

— Oh, à mon avis, elle croit effectivement qu'il s'agit d'un sas. Mais ça n'y ressemblait pas à mes yeux.

— Il pourrait donc y avoir d'autres niveaux en dessous de ceux déjà connus ?

— Pour quelle autre raison y aurait-il un ascenseur secret ? S'il montait jusqu'aux niveaux supérieurs, alors il y aurait plus de monde au courant de son existence.

— Voilà une piste qu'il serait bon d'explorer. Mais, si je ne réussis pas à attirer l'attention de Starr, je ne pourrai pas m'en charger moi-même.

Un frisson me parcourut l'échine.

— Fais attention avec lui. Il vit dans un tout autre monde mental que toi et moi.

— Ce n'est pas un scoop. (Il m'étreignit l'épaule, puis recula d'un pas.) On se reparle bientôt.

— Pas de problème. Promets-moi juste de faire attention à toi quand tu seras avec ta cible. J'ai vraiment un mauvais pressentiment à son sujet.

— C'est parce que c'est un salopard, répliqua-t-il avec un demi-sourire. Et ça fait partie de mon boulot de fréquenter, puis de détruire des salopards.

— Mais ce salopard-là semble penser qu'il me connaît, avec ou sans déguisement. Il fait partie de notre vie et la moindre gaffe de notre part pourrait lui révéler qui nous sommes réellement.

— C'est bien noté. (Il jeta un bref coup d'œil au garde qui nous surveillait et me plaqua un baiser sur la joue.) Ne t'amuse pas trop avec notre gentil ami l'étalon. Tu as du travail, ne l'oublie pas.

Je lui flanquai une petite tape sur le bras avant qu'il puisse esquiver. Il eut un petit rire, m'adressa un clin d'œil puis s'éloigna. Je le suivis du regard jusqu'à ce qu'il entre dans le bâtiment, puis m'en retournai vers ma propre chambre.

Le quartier des lutteuses était plein à craquer, et la plupart des filles dormaient. Quelques-unes regardaient par la fenêtre ou bavardaient entre elles, mais le silence régnait pour la plus grande part.

Berna était au lit et, comme elle nous l'avait dit, ronflait assez fort pour réveiller les morts. Ou les morts-vivants, vu l'endroit où nous nous trouvions. Nerida ne se trouvait pas dans la chambre et sa trousse de toilette avait disparu de la table où elle l'avait posée auparavant. Un bruit d'eau s'échappait de la porte de la salle de bains.

Parfait. Vraiment parfait.

Je ramassai ma serviette encore humide et mon savon, puis me dirigeai vers la salle d'eau. L'eau s'arrêta au moment où j'entrais.

— Hé, dit Nerida, tu peux m'envoyer la serviette qui est sur le lavabo, s'il te plaît ?

Je fermai la porte sans un bruit, puis jetai serviette et savon dans une cabine voisine avant d'aller chercher la serviette de Nerida. « Attrape », lui dis-je en la lançant non pas par-dessus la porte de la cabine, mais vers la caméra dans le coin du plafond. J'avais beau n'avoir jamais réussi à atteindre la taille idéale pour devenir basketteuse, j'avais toujours fait preuve d'une certaine adresse pour marquer des paniers. La serviette atterrit précisément où je le voulais, sur le boîtier, pendouillant devant l'objectif. Avec la caméra neutralisée et aucun micro dans la salle de bains, je m'avançai vers la cabine où se trouvait Nerida et enfonçai la porte d'un coup de pied.

— Espèce de connasse…

Le reste des insultes de Nerida se perdit dans le fracas de la porte s'abattant contre le mur.

Elle fit volte-face, l'air choqué et peut-être un peu effrayé. Je ne lui laissai pas le temps de réagir, me contentant de lui sauter à la gorge et de la plaquer contre le carrelage de la paroi.

Elle émit un grognement de douleur et de colère mêlées. Elle n'avait plus peur, si c'était bien de la peur que j'avais lue juste avant dans son regard. Et rien que ça me fit deviner que cette femme n'était pas ce qu'elle prétendait. Toute personne raisonnable aurait ressenti de la peur face à un loup-garou enragé. Si ce n'était pas son cas, c'était probablement parce qu'elle savait se défendre… ou disposait d'autres moyens de protection.

La pensée eut à peine le temps de me traverser l'esprit que je sentis quelque chose d'indéfinissable m'incitant à me baisser vivement. J'évitai un poing gros comme une pelle qui m'effleura le sommet du crâne. Je serrai plus fortement la gorge de Nerida, l'étranglant à moitié, tout en envoyant un coup de pied nu vers l'arrière. Celui-ci percuta de la chair et s'enfonça assez pour heurter l'os, arrachant un grognement à celle à qui il appartenait.

— Je lui brise le cou si tu n'arrêtes pas, Berna ! Je peux te le jurer !

— Lâche-la, alors, répondit Berna sur un ton aussi calme, et aussi vibrant de violence que le mien.

— Lâcher quelqu'un qui vient de tuer une dizaine de personnes ? Je ne crois pas, non.

Je me retournai pour regarder Berna mais ne relâchai pas la pression sur la gorge de Nerida. La renarde-garou était au bord de l'asphyxie, le visage rouge, luttant pour faire entrer de l'oxygène dans ses poumons, mais je n'en avais rien à foutre. Tout ce que j'avais senti et ressenti sur les lieux du désastre me revenait comme un boomerang en pleine figure, et tous les morts et les agonisants dont la douleur m'avait pénétrée réclamaient désormais vengeance. Mon bras, mes doigts tremblaient à cause de l'effort que je faisais pour justement éviter de serrer plus fort. De ne pas la tuer et la livrer aux fantômes.

Berna plissa ses yeux bruns. Les métamorphes ours avaient beau avoir la réputation d'êtres sincères, j'avais la certitude de ne pas obtenir la moindre réponse honnête de celle-ci. En tout cas pour le moment.

— Ne dis pas de conneries, petite louve. Elle se trouvait avec un des mecs de l'arène toute la nuit, avant de revenir ici. Elle n'a rien à voir avec l'explosion.

— Difficile à croire, étant donné qu'elle a été vue dans les environs non pas une, mais deux fois. Et, si tu ne recules pas immédiatement, elle est morte.

Je serrai un tout petit peu plus fort, juste pour montrer que j'étais sérieuse, et Nerida émit un gargouillement bizarre. Je relâchai aussitôt la pression. Je ne voulais pas vraiment la tuer, même si les esprits des morts m'y poussaient.

Berna leva les mains et recula.

— OK, OK, laisse-la reprendre son souffle.

Je relâchai encore un peu la pression et le corps de Nerida fut parcouru de spasmes alors qu'elle emplissait ses poumons de grandes goulées d'air. Je ressentis une pointe de culpabilité, mais les morts ne voulurent pas en entendre parler et la noyèrent sous leur colère.

Et le fait de pouvoir ainsi les sentir tout autour de moi, avides de vengeance, était terrifiant. L'empathie, c'était une chose, d'accord, mais l'empathie avec les morts ? De quel genre de don s'agissait-il ?

En tout cas, pas un don que je voulais posséder, c'était certain.

— Lâche-la, maintenant, répéta Berna du ton apaisant qu'on utilise face à un psychopathe. (Et c'était une bonne chose qu'elle pense ça, cela la détournait de l'idée de m'attaquer.) Et nous allons discuter comme des personnes civilisées.

— Ce qu'aucune d'entre nous n'est, observai-je en secouant légèrement Nerida. Pourquoi as-tu fait sauter les cuisines ?

— C'est pas m…

— On t'a *vue*, l'interrompis-je. Deux gardes différents, sous ta forme de renard.

— Il y a des tonnes de renards dans le coin, objecta Berna d'un ton patient. Ça prouve que dalle.

Je dépliai le mouchoir et le levai pour qu'elles puissent bien le voir.

— Combien de renards se baladent avec un mouchoir gris et blanc dans leur poche ? Un mouchoir qui sentait exactement comme Nerida, tout au moins jusqu'à ce que le garde qui l'avait trouvé soit piégé dans l'explosion.

Berna poussa un juron. Nerida, elle, garda le silence, se contentant de me fusiller de ses petits yeux verts. Je ricanai doucement.

— Je n'ai pas peur du sort que tu meurs d'envie de m'infliger, renarde, car les morts sont autour de nous. Et ils réclament justice.

Mes propos provoquèrent enfin une réaction. Enfin, quelque chose d'autre que la colère brilla au fond de ces yeux d'émeraude.

— Qu'est-ce que ça signifie ?

— Ça signifie que, si tu ne te décides pas à me raconter la vérité, alors je livrerai aux morts ce qu'ils désirent. Toi.

— Tu ne peux pas…

— Oh que si. Ou je pourrais simplement te dénoncer aux gardes et les laisser te livrer à ces horribles choses bleues dans l'arène.

Elle frissonna.

— Non. Je t'en prie. Je vais parler.

— Je veux toute la vérité, rien que la vérité, la prévins-je en me tournant vers Berna. Je veux savoir ce que vous êtes venues faire ici et la raison pour laquelle vous avez fait exploser la cuisine.

— Et ensuite ? Tu iras de toute façon nous dénoncer à la sécurité. On n'a rien à gagner, petite louve.

— Pas si vous me dites la vérité.

— Et je devrais me fier à la parole d'une voleuse ? remarqua Berna d'un ton acerbe. C'est ça, ouais.

Je jetai un coup d'œil à la caméra, avant de revenir à Nerida.

— Les gardes ne devraient pas tarder à venir inspecter la caméra. Le choix t'appartient. Soit tu me fais confiance et tu me racontes tout, soit je répète tout ce que je sais aux gardes et je les laisse se débrouiller avec vous.

Une lueur d'indécision anima le regard de Nerida. Elle n'avait pas la moindre envie de me faire confiance, et son amie non plus. Mais nous avions toutes vu ce qui arrivait à celles qui avaient violé les règles édictées par Starr, et c'était certainement pire que ce que je pouvais avoir en tête pour elle.

— OK, OK, articula-t-elle d'une voix rauque.

Je regardai Berna tandis qu'un bruit de pas se rapprochait.

— Et toi ?

— Je parlerai.

— Et tu ne m'attaqueras pas ?

Elle eut un sourire qui n'avait rien d'agréable.

— Pas tout de suite. Mais je te suggère de ne dormir que d'un œil.

C'était une menace qu'il serait possible d'affronter un peu plus tard. En attendant, je relâchai Nerida qui s'effondra, secouée de quintes de toux et tentant de reprendre son souffle. Je passai près de Berna puis entrai dans la cabine voisine en glissant le mouchoir sous ma serviette avant d'ouvrir le robinet. Je me tins sous le jet et rétablis la connexion avec Jack. La porte s'ouvrit et un garde entra. J'affichai ma meilleure mine effarée, m'écartai du jet de la douche et saisis ma serviette.

— Qu'est-ce qui se passe ? grommela le garde d'un air grincheux en nous dévisageant, Berna et moi.

— Une crise de panique, expliqua Berna. Ça arrive souvent aux renards dans des espaces confinés.

— Qu'est-ce que fout cette serviette là-haut ? demanda-t-il en désignant la caméra d'un geste énervé.

— Je voulais l'envoyer par-dessus la porte, mais j'ai dû y mettre un peu trop de force, répondis-je en haussant les épaules.

Il émit un grognement et désigna Berna de l'index :

— Toi, enlève ça de là immédiatement.

Elle s'exécuta.

— Vous trois, vous avez dix minutes. Finissez-en avec ce que vous aviez à faire et retournez dans votre chambre.

Le garde nous examina de nouveau, comme s'il se doutait qu'il y avait autre chose que ce qu'il voyait, puis grogna encore avant de ressortir de la salle d'eau. J'attendis qu'il soit hors de portée de voix, puis croisai les bras et m'appuyai contre le chambranle. Je ne voyais pas directement Nerida de là où je me trouvais, mais j'avais une vue imprenable sur son reflet dans le miroir, raison pour laquelle j'avais choisi cette cabine.

— Vous l'avez entendu : nous avons dix minutes. Racontez-moi une petite histoire.

Nerida laissa retomber sa tête contre la paroi carrelée et même la colère des morts ne put m'empêcher de ressentir une nouvelle bouffée de culpabilité en voyant les marques rouges sur son cou.

— Je ne m'attendais pas à une si grosse explosion.

— Quand tu combines du gaz et une flamme, en général, ça fait un gros « boum ».

Elle grimaça et passa la main dans ses cheveux humides.

— Oui. Mais je ne voulais pas que les étages supérieurs soient touchés. Je voulais juste que l'explosion tue un homme en particulier.

— Et qui ça ?

Mais, avant même de poser la question, je devinai la réponse.

— Leo Moss.

Elle prononça le nom comme si c'était une injure et, même en ne la voyant que par le biais d'un miroir, il était évident qu'une haine à la limite de la folie animait ses actions.

— Pourquoi ?

— Parce que lui et Merle ont tué mon père et massacré ma famille. (Son regard croisa le reflet du mien.) Je les tuerai tous les deux. N'en doute pas.

Je n'en doutais absolument pas. Je pensais simplement qu'elle n'était pas assez forte pour y parvenir. Je regardai Berna.

— Et quel est ton rôle dans cette petite histoire de vengeance ?

La métamorphe ourse haussa les épaules.

— Je suis venue ici avec l'espoir de lui sauver la peau. Nous sommes de vieilles amies.

— *S'il s'agit des deux femmes dont tu m'as parlé,* intervint Jack au creux de mon oreille avec une pointe de colère (j'allais me faire passer un de ces savons si je sortais d'ici !), *des recherches préliminaires nous ont appris qu'elles avaient toutes deux suivi un entraînement militaire chez les gardes forestiers. Elles ont démissionné il y a quatre ans et, depuis, aucune trace d'elles.*

— Les amis ne vont pas souvent jusqu'à de telles extrémités, à moins d'avoir prêté serment de se porter assistance. (Ou d'être amoureux. J'hésitai un instant, puis posai une question à la fois à Jack et à Berna :) Jusqu'où veux-tu aller ?

— *Tant qu'on n'en sait pas plus sur ces deux-là*, répondit Jack, *ne dis rien sur la raison qui t'amène ici.*

Ce qui allait être sacrément difficile, car elles devaient déjà avoir de sacrés soupçons quant à ma véritable identité après notre petite dispute au sujet du lit.

— Elle m'a sauvé la vie, répondit à son tour Berna, qui hésita avant de poursuivre : et je ferai tout ce qui est en mon pouvoir pour tenir ma parole et lui rendre la faveur.

Ce qui était un sentiment très militaire. Voilà qui expliquait aussi pourquoi elles avaient bougé dans un si bel ensemble lorsqu'elles avaient tenté de m'intimider un peu plus tôt.

— Comment Moss et Merle ont-ils pu détruire ta famille, Nerida, et comment es-tu arrivée ici ? L'endroit n'est pas vraiment public.

La métamorphe ourse plissa les yeux d'un air méfiant.

— Et en quoi ça intéresse une voleuse comme toi ?

Je lui décochai un sourire glacial.

— Moi aussi, j'ai mes raisons pour être ici, et elles ne sont pas si différentes des vôtres.

— Je savais que tu n'étais pas qui tu disais être, marmonna Nerida en se relevant.

Je me redressai et les suivis du regard.

— Réponds à la question.

— Ma famille dirigeait une entreprise de transport de marchandises. Quand mon père a refusé de vendre, Merle s'est arrangé pour le faire arrêter, et Moss a tué ma mère et ma sœur. (Elle s'interrompit, et la douleur qui envahit son regard me laissa deviner que la blessure était encore à vif. Je me demandai de quand datait son épreuve.) Il a une aura de garou et éprouve un certain plaisir à infliger de la douleur. Il a abusé d'elles jusqu'à ce que leurs blessures soient trop importantes, puis il les a laissées pour mortes. Sauf qu'elles n'étaient pas mortes et que je les ai trouvées. C'est comme ça que je sais de qui il s'agissait. Et c'est là que j'ai juré de me venger.

Je jetai un coup d'œil à Berna pour qu'elle confirme mon impression, et c'est à cet instant que Nerida choisit d'attaquer. Elle était rapide et maîtrisait les techniques de combat militaires : pendant quelques secondes, je ne pus que bloquer ses coups, sans pouvoir contre-attaquer. Certes, ce n'était pas Gautier. Nous n'étions pas non plus dans une arène, mais dans une cabine de douche exiguë où j'étais coincée, et elle, non.

J'esquivai plusieurs coups rapides comme l'éclair, en attrapai un autre dans la main, mais ne pus éviter le dernier, en plein dans l'estomac. Son poing s'enfonça dans mon ventre et expulsa tout l'air de mes poumons. Je ne pouvais faire autrement que de ne pas tenir compte de la douleur brûlante et continuer à feinter et à éviter autant de coups que possible, mais j'étais peu à peu acculée au fond de la cabine.

Puis la lumière s'éteignit. Berna, certainement. Et, même si elle pensait simplement faire en sorte que la sécurité ne puisse pas voir ce qui était en train de se passer, elle me donna par la même occasion un avantage décisif. La nuit était mon alliée, pas la leur. Je passai en vision infrarouge, me laissai tomber au sol en évitant une nouvelle salve de crochets, puis me relevai d'un coup en la repoussant aussi fort que possible. La renarde-garou fut projetée en arrière en tentant de ne pas perdre l'équilibre, et je m'enveloppai de mon manteau d'ombre avant de bondir. Les loups pouvaient sauter extrêmement haut, et les vampires encore plus. Étant les deux à la fois, j'atterris sur la fine cloison qui séparait les cabines. Je stabilisai ma position, puis sautai doucement sur la cloison voisine, puis celle d'après, avant de me laisser glisser en silence au sol.

—Putain, où elle est? maugréa Nerida en donnant un coup de poing au mur de la cabine. Elle a disparu.

—C'est impossible. Elle est probablement recroquevillée dans un coin, répliqua Berna d'un air exaspéré.

Peut-être commençait-elle à en avoir assez des idées farfelues de son amie. Et je me demandais pourquoi elles n'utilisaient pas leur odorat plutôt que de cogner à l'aveuglette contre les murs. Avec mes galipettes dans le foin avec Kade et l'odeur de mort de l'explosion, je devais pourtant dégager un sacré fumet.

Mais je n'allais pas leur laisser le temps d'y penser. Je n'avais probablement que quelques minutes devant moi pour les maîtriser, avec le garde grincheux qui devait déjà avoir fait demi-tour pour voir ce qui se passait dans cette salle de bains.

Berna se pencha et jeta un coup d'œil dans la cabine. Je m'approchai à pas feutrés, agrippai une poignée de ses cheveux courts et la tirai brutalement en arrière avant de la projeter avec force au fond de la cabine. Elle percuta Nerida et les deux s'écrasèrent contre le mur du fond dans un craquement d'os brisés. Elles s'effondrèrent en un tas informe et restèrent immobiles. À voir les regards furieux qu'elles m'adressaient, elles n'étaient pas trop endolories pour bouger, mais se retenaient parce qu'un bon soldat savait quand la retraite était nécessaire pour reprendre le combat plus tard.

Je croisai les bras sur ma poitrine et repris mon interrogatoire.

— Comment as-tu provoqué cette explosion ?

Nerida poussa un juron et retira sa jambe de sous les fesses de Berna.

— Avec un petit détonateur qu'on a réussi à passer en douce.

Je n'allais pas leur demander de quelle manière elles y étaient arrivées : étant donné que tous nos sacs avaient été soigneusement fouillés, il n'y avait plus qu'un seul endroit où elles auraient pu le cacher. J'étais d'ailleurs surprise que Starr n'ait pas fait en sorte que ce type de fouille soit effectué. Je savais que le cartel employait des assassins femmes. Le Directoire passait assez de temps à poursuivre ces salopes.

— Et tu ne t'es même pas posé la question de qui d'autre pouvait souffrir de l'explosion ?

Une étincelle de haine fit briller le regard de Nerida.

— Pas une fois que j'ai vu Moss.

Rendue folle et aveugle par son désir de vengeance. Génial.

— Et ça t'est jamais venu à l'idée qu'il pouvait y avoir quelque chose de plus important que ce sur quoi tu te concentrais ?

— Non.

— Alors, je te suggère d'y réfléchir, avant de te retrouver mêlée à la vengeance de quelqu'un d'autre. (Je rallumai le plafonnier.) Moss, Merle et Starr ont détruit plus de vies que tu ne peux l'imaginer. Arrête de te limiter à ton champ de vision, tente de voir les choses dans leur globalité et, par pitié, ne fous pas en l'air le plan des autres. Sinon, je trouverai le moyen de te faire sortir d'ici à une vitesse qui te donnera le tournis.

Je passai la tête par la porte et vis le garde approcher, et il avait l'air encore plus grognon que la fois d'avant.

Je me penchai pour attraper ma serviette, mon savon et le mouchoir.

— Et maintenant, mesdames, si ça ne vous dérange pas, j'ai une douche à prendre.

Je balançai ma serviette sur mon épaule et me dirigeai négligemment vers la cabine où Nerida se tenait quand j'étais arrivée. Elle se trouvait parfaitement dans l'axe des miroirs, car, j'avais beau avoir besoin d'une douche, je ne comptais certainement pas les quitter du regard.

Le garde entra dans la salle d'eau alors que je m'avançais sous le jet d'eau.

— Qu'est-ce qui se passe, ici ?

— Juste une petite dispute, marmonna Berna. Rien de sérieux.

— C'est sérieux si ça m'oblige à perdre mon temps pour venir régler vos petites querelles. Vous deux, dans la chambre. Et toi, dans la douche, tu te magnes.

L'eau chaude avait beau me nettoyer efficacement de l'odeur de mort, je ne tenais pas particulièrement à m'éterniser sous la douche. Cela ne ferait qu'agacer encore plus le garde et peut-être qu'il parlerait de notre petite dispute en haut lieu. Je me lavai rapidement, puis m'essuyai avant de rejoindre docilement mon lit.

— Si ça recommence, prévint le garde en refermant la porte, je devrai en référer à mes supérieurs.

Je résistai à la tentation de lui rappeler que nous n'étions pas des enfants, mais au bout du compte, c'était tout aussi bien qu'il nous traite ainsi, plutôt que comme les comploteuses que nous étions réellement.

J'attendis que le garde se soit éloigné, puis récupérai le mouchoir sous la serviette humide et l'envoyai à Nerida.

— Tu as laissé tomber ça. Fais plus attention la prochaine fois.

— Oh ! Je ferai attention, tu peux me faire confiance.

Ce qui signifiait qu'elle avait bien l'intention de ne plus laisser d'indices sur le lieu de ses crimes, non qu'elle abandonnait l'idée de commettre ceux-ci. Je laissai échapper un soupir tremblant et croisai les mains sur mon sternum. Au bout d'un moment, leur respiration se fit plus lente (et plus bruyante dans le cas de Berna), ce qui m'indiqua qu'elles étaient en train de s'endormir. Était-ce vraiment le cas, ou faisaient-elles semblant ? Je l'ignorais. Mais je refusais de me laisser aller au sommeil, pas avec la menace de Berna au-dessus de ma tête.

Je repoussai mes couvertures et sortis de la chambre.

Un bruit de machines et des voix se faisaient entendre dans la nuit, et l'autre bout de la maison était illuminé. Starr n'avait pas perdu de temps pour commencer les réparations, semblait-il.

Je me dirigeai dans l'autre sens, m'éloignant autant que possible des sons et des odeurs. Mais même au cœur de la forêt, là où la lune ne parvenait pas à transpercer le couvert des arbres, les morts me suivaient.

Et ils réclamaient vengeance.

Chapitre 11

Je me réveillai en sursaut, et me rendis compte que je n'étais pas seule. Je me retournai vivement et vis Quinn, assis à deux pas, appuyé contre le tronc noueux d'un vieux pin, l'air pensif. Il avait les jambes étendues devant lui et les bras croisés sur la poitrine. On aurait dit qu'il se fondait dans l'ombre de l'arbre, alors que le soleil était encore trop bas pour projeter une ombre au cœur de la forêt.

Je me frottai les yeux et m'assis à grand-peine.

—Quelle heure est-il ?

Il regarda sa montre.

—Un peu plus de 7 heures.

Pas étonnant que je me sente horriblement mal. J'avais dormi seulement cinq heures, ce qui, après ces derniers jours si divertissants, était loin d'être suffisant.

—Pourquoi tu m'as réveillée ?

—Je n'ai rien fait. J'étais juste en train de te regarder.

Pourtant, il y avait bien *quelque chose* qui m'avait réveillée, mais je laissai la question en suspens et haussai le sourcil.

—Je ne suis pas si intéressante que ça, quand je dors.

—Peut-être que non, mais, au moins, tu te tais. Ce qui est rare, je m'en rends compte.

Je lui lançai une brindille. Il sourit, un sourire qui monta jusqu'à ses yeux, réchauffant ses pupilles d'un noir profond. Quelque chose en moi soupira d'aise.

— Tu as découvert quelque chose d'intéressant en suivant Moss ?

— Seulement le fait que lui et Merle ne sont d'accord sur rien. Et de ton côté ?

Je haussai les épaules et lui parlai de la folle quête de Nerida.

— Tu lui as dit de renoncer ?

— Oui. (J'hésitai un instant.) Mais il y a un autre problème.

— Quoi donc ?

— Les morts réclament vengeance. (Je m'interrompis encore, surtout parce que j'avais peur de passer pour une illuminée. Mais, s'il y avait bien une personne qui pouvait m'aider à comprendre ce qui se passait, c'était Quinn. Non seulement il était empathe, mais en plus, il était mort.) J'ai ressenti leur présence autour de moi, hier soir, leur colère et leur volonté de faire payer ses actes à Nerida.

Il eut l'air intrigué.

— L'empathie avec les morts ? Intéressant talent.

— C'est pas intéressant, c'est flippant, corrigeai-je en pliant mes genoux contre ma poitrine et en les encerclant de mes bras. Comment c'est possible, de toute façon ?

— Nombre de clairvoyants sont capables de voir et de communiquer avec les ombres, les esprits.

— Mais je ne les ai pas vus, je ne leur ai pas parlé. Je les ai juste sentis, ou, plus exactement, leurs émotions.

— Peut-être n'est-ce qu'une étape. Mais tu as toujours eu de l'empathie avec les morts : comment tu aurais pu ressentir si souvent mes émotions, sinon ?

Je voulus lui dire que c'était très différent, parce qu'il était fait de chair et que son cœur battait, même lentement, que donc il n'était pas vraiment un « mort-mort ». Mais pour quoi faire ? J'avais effectivement toujours pu ressentir ses émotions, et parfois même celles de Jack. Comment cela aurait-il été possible sans une forme d'empathie avec les morts ? Au bout du compte, il n'y avait pas grande différence entre percevoir les sentiments des morts-vivants et ceux des vraiment-morts.

Je frissonnai et me frottai le bras. On pouvait toujours compter sur moi pour développer un pouvoir qui n'avait aucune utilité concrète et qui foutait les jetons.

— Le problème, c'est que l'empathie a tendance à s'étendre. Je commence aussi à ressentir les émotions de personnes bien vivantes.

— Si c'est le cas et que c'est dû aux effets secondaires de l'ARC-123, tu ne devrais pas te trouver ici. Tu devrais être au Directoire, sous surveillance médicale.

Je l'affrontai du regard.

— Il est hors de question que j'abandonne cette mission en plein milieu. Je veux participer à la chute de Starr.

— Pourquoi ? Qu'y a-t-il de si important au point que tu sois prête à risquer ta vie ou au moins ton avenir ?

— Starr m'a séquestrée, violée, et, plus important que tout, il a tué un ami. Il doit payer pour tout ça.

— Cette Nerida n'est donc pas la seule à vouloir se venger, on dirait ?

J'eus un sourire lugubre.

— Amusant, de la part d'un homme qui a passé tant d'années et gâché tant de vies pour obtenir sa vengeance à lui.

Il me décocha un sourire sexy qui envoya des éclairs de désir sur toute ma peau. On avait beau être à plusieurs semaines de la phase lunaire, quand je me trouvais près de ce vampire, c'était comme si la lune était toujours pleine. Je le désirais encore et toujours, même quand j'étais furieuse ou lui en voulais. Et d'une manière complètement différente de celle dont je désirais Kellen ou même Kade. C'était plus profond. Bien plus profond.

Quant à savoir à quel point ça l'était… peut-être que j'en serais incapable étant donné les réticences qu'il nourrissait concernant le mode de vie lycanthrope et ma propre détermination à trouver le loup qui serait mon âme sœur.

— En effet, je ne vais pas te jeter la pierre.

— Bonne idée, approuvai-je en étendant mes jambes. Qu'est-ce que tu fais ici ? Vraiment ?

— Je voudrais que tu me montres l'endroit où Moss a disparu. J'essaierai de trouver l'entrée du tunnel, si elle existe vraiment.

Je fronçai les sourcils.

— Ta vision infrarouge ne te permet pas de voir à travers le sol, si ?

— Non mais, s'il y a une issue, alors il devrait y avoir d'autres indices, comme des brins d'herbe écrasés ou ce genre de choses.

J'opinai du chef.

— Jack sait que tu es ici. Il n'est pas content.

C'était l'euphémisme du siècle. Après m'avoir engueulée pendant dix minutes pour ne pas avoir tenu compte de ses ordres, j'avais innocemment mentionné Quinn, et pu me rendre compte que mon cher frère n'avait pas trouvé le temps d'annoncer la présence de celui-ci à Jack. Ce qui m'avait valu une nouvelle tirade furieuse. Pas étonnant que j'aie toujours un mal de crâne atroce.

J'avais besoin de café. De plein de café. Et d'un bon petit déjeuner bien copieux. Ce qui n'allait pas être simple vu que Nerida avait fait sauter la cuisine la veille au soir.

— Je suis ici pour vous aider dans cette mission, pas pour vous gêner, me rappela Quinn. Je promets de ne pas lever la main sur Starr tant que vous n'aurez pas obtenu toutes les informations concernant son organisation et les labos.

— Les actes parlent mieux que les mots, alors j'attendrai d'avoir des preuves de ta bonne volonté avant de me fier à ta parole, répliquai-je en me levant. Je vais t'emmener à l'endroit où Moss a disparu. Je dois suivre un entraînement au combat tout à l'heure, puis je suis censée retrouver Starr pour un brunch.

Il m'emboîta le pas.

— Pourquoi as-tu rendez-vous avec Starr ?

— Parce qu'il est fasciné par mon étonnante beauté, répondis-je avec un grand sourire ironique.

Tous ceux qui me connaissaient auraient pu me qualifier d'« étonnante », ou, plus exactement, de « bizarroïde ». Mais en général, les hommes ne me considéraient comme une « beauté » qu'après plusieurs verres. Non que je sois laide, hein. J'étais simplement une fille banale, mais bien foutue et avec de gros seins.

Ce qui, d'un autre côté, était tout ce qui comptait aux yeux de certains mecs.

— Ce sont tes cheveux que j'ai remarqués en premier, murmura-t-il en m'effleurant la chevelure du bout des doigts, ce qui envoya un frisson tout le long de mon corps. Ils étaient si longs, leur couleur si vibrante. Dommage que tu les aies coupés aussi court, même si ça te va bien.

Je haussai un sourcil.

— Je les ai coupés aux épaules il y a quelques mois et tu m'avais assurée que tu aimais ça. C'était donc un mensonge ?

— Non. Mais là, c'est vraiment très court. Dommage.

Je n'allais pas non plus le contredire à ce sujet vu que c'était exactement ce que j'avais dit à Liander.

— Quand tu m'as dit que je n'étais pas aussi plate que les autres louves, ce n'était pas parce que tu m'avais maté les nichons, alors ?

Il sourit.

— Oui, bon, OK, j'avais un peu regardé. Mais je suis hétéro moi, contrairement à Starr.

Malgré son ton amusé, je détectai une pointe d'inquiétude au fond de ses yeux… Cela n'aurait pas dû tant me surprendre. Je savais qu'il tenait à moi, même s'il était parfois difficile de s'en souvenir lorsqu'il passait son temps à insulter mon mode de vie.

— C'est un homme qui a essayé à plusieurs reprises de te séquestrer dans ses laboratoires, reprit-il. Est-ce prudent de t'approcher trop de lui ? Je pensais que c'était la mission de Rhoan.

— C'est bien le cas, mais je n'ai pas vraiment eu le choix.

Il me jeta un nouveau regard inquiet. Mes hormones firent une petite danse idiote. Il n'y avait rien de tel que l'inquiétude d'un homme pour les enthousiasmer, celles-là.

— Cet endroit m'a tout l'air d'une dictature.

— Et tu n'as pas assisté au spectacle pendant le dîner, hier soir. Si ça ne décourage pas toute volonté de rébellion, alors je me fais nonne. (Je réfléchis un instant.) Qu'est-ce que tu feras si tu découvres l'entrée du tunnel ?

— Je vais l'explorer, bien sûr.

— Il est peut-être équipé de capteurs infrarouges.

— Peut-être bien que oui, peut-être bien que non, soupira-t-il en haussant les épaules.

Ce qu'il voulait dire, c'est qu'il était capable de se charger des gardes qu'on lui enverrait alors. Et, avec ce que je l'avais déjà vu faire, je n'en doutais nullement.

— Et si tu ne trouves pas ce fichu tunnel ?

— Alors, je creuserai un trou, me recouvrirai de terre et attendrai tranquillement que le soleil descende un peu.

Je pris l'air intrigué.

— Ça vient de là, la légende des vampires et des cercueils ?

Il eut un petit sourire.

— Pas tout à fait. Le monde n'a pas toujours été aussi peuplé qu'il l'est aujourd'hui, et il n'a pas toujours été simple de trouver de protection sous la forme d'un toit. La terre, elle, est disponible un peu partout.

— Il y a une profondeur minimale ?

— Non. Il suffit d'un ou deux centimètres. Mais il n'est pas rare que les jeunes vampires paniquent et creusent aussi profondément qu'ils le peuvent. Et, évidemment, le plus simple, c'est souvent d'emprunter la tombe d'une personne enterrée récemment.

Je ricanai doucement.

— D'où la légende.

— Exactement.

L'amusement fit place à une lueur pensive dans ses yeux. Mais, quelles que soient ses pensées, il les garda soigneusement pour lui. Ce qui constituait un changement bienvenu, mais était aussi un peu inquiétant. J'avais comme dans l'idée que ces réflexions me concernaient, nous concernaient tous les deux, et je mourais d'envie de lui demander ce qu'il avait en tête. Mais mon côté raisonnable savait que c'était une mauvaise idée. Même si ce vampire m'agaçait souverainement, je ne pouvais me passer de sa présence dans ma vie, à mes côtés. J'avais beau lui répéter sans cesse de s'en aller s'il ne pouvait respecter mes croyances et mes idéaux, au fond de moi, je ne voulais pas qu'il parte.

Parce qu'il avait raison. Il y avait effectivement quelque chose de fort entre nous, quelque chose qu'il était nécessaire d'explorer. Je n'avais rien contre cette idée, tant qu'il s'agissait d'une relation libre. Peut-être se rendait-il compte à son tour des avantages d'une telle proposition.

De toute façon, nous ne nous connaissions pas vraiment en dehors du sexe. Si ça se trouve, nous étions totalement incompatibles hors d'un lit. Bon sang, je n'aurais jamais pu fréquenter Talon dans la vraie vie, par exemple, mais nous nous entendions parfaitement au pieu. Or Talon s'était avéré être un psychopathe. Peut-être serait-ce la même chose avec Quinn ?

Seul le temps apporterait une réponse. Et, il fallait bien le reconnaître, nous n'en avions pas eu beaucoup rien que pour nous.

Je me rendis compte que nous nous approchions de la clairière où Moss avait fait son petit tour de prestidigitation. Je m'arrêtai sous un bosquet d'eucalyptus et montrai les alentours.

— C'est par ici que ça s'est produit.

Il parcourut la clairière du regard, puis revint sur moi.

— Sois prudente.

— Toi aussi. (Je m'interrompis, soudain étrangement mal à l'aise.) On se parle ce soir.

Il acquiesça. Mais alors que je faisais demi-tour, je sentis sa main glisser le long de mon bras et m'agripper le poignet.

— Pense bien à lever tes boucliers au maximum, me rappela-t-il doucement. Souviens-toi de ce que Misha disait à propos de Starr. Si je peux lire tes pensées superficielles, alors il est fort probable que Starr en soit capable aussi. Tu ne peux te permettre la moindre erreur en sa présence, sinon, la mission capotera et nous serons tous en danger.

Bon Dieu, il croyait que je l'ignorais ? Il ne faisait que me rendre encore plus nerveuse.

Il me lâcha la main et effleura mes doigts avec sensualité. Je lui tournai le dos et m'éloignai, mais je sentais toujours son regard braqué entre mes omoplates, comme un point de chaleur qui irradiait dans tout mon corps. Ce vampire me désirait, et son désir était tout aussi puissant et séduisant que celui d'un loup.

Pourtant, ce n'en était pas un, et je n'aurais donc pas dû pouvoir ressentir ce que je ressentais à cet instant. Sauf si je m'étais encore plus accordée à lui ces derniers temps.

Je résistai à l'envie de lui demander ce qui était en train de se passer… ou plus exactement ce qu'il fabriquait. Mais il fallait que j'aille m'entraîner, puis prendre un brunch, et ce genre de choses avait priorité absolue sur les connexions sexuelles et métaphysiques émergentes.

L'entraînement pour les combats dans l'arène de Starr était bien plus facile que celui contre mon frère. La plupart des filles étaient des métamorphes de différentes espèces et étaient donc puissantes et rapides. Un certain nombre d'entre elles n'avaient pas la moindre notion du combat, mais ça n'avait pas grande importance vu qu'il s'agissait principalement de catch, et de catch dans la boue, en plus.

Les talents martiaux n'étaient donc pas obligatoires. En revanche, une bonne intuition et un sens de l'équilibre développé étaient indispensables. Les entraîneurs nous rassemblèrent par taille et par poids, ce qui signifiait que, au moins pendant les premiers rounds, j'évitai Berna et Nerida, qui néanmoins me mitraillèrent du regard à l'autre bout de l'arène.

Nous nous entraînâmes pendant deux heures et je m'amusai comme une petite folle. En fait, si mes adversaires avaient été des hommes, et non des femmes, j'aurais presque trouvé ça érotique. Je n'avais jamais pataugé dans la gadoue auparavant, mais la sensation des mains glissant sur une peau couverte de boue était extrêmement sensuelle, c'était le moins qu'on puisse dire. Je notai mentalement de penser à refaire ça avec un partenaire plus adapté et continuai à me battre et à obéir aux ordres. Nous fûmes ensuite escortées jusqu'à la douche. Puis, alors que toutes les autres partaient prendre leur petit déjeuner, un garde vint me chercher et m'accompagna jusqu'à l'ascenseur privé.

Sur le trajet qui y menait, j'eus le temps de m'apercevoir que mon chaperon ne semblait pas croire à l'efficacité des douches quotidiennes. Je cherchai un moyen de détourner mon attention de son odeur aigre de transpiration et baissai légèrement mon bouclier psi pour lire dans ses pensées. Celles-ci étaient complètement dispersées, passant du souvenir de la nuit avec une des prostituées à des interrogations concernant les décisions qui seraient prises au sujet du petit déjeuner parce qu'il mourait de faim et n'avait pas signé dans cette galère pour crever la dalle. Avec de temps en temps, un poil d'admiration pour mes seins, et une question : étaient-ce mes cheveux roux qui le repoussaient chez moi ?

Ce n'était visiblement pas l'un des grands penseurs de l'équipe de Starr.

Je remontai mes défenses et regardai le plafond. Il y avait effectivement des capteurs et je n'avais aucun doute sur la présence d'atténuateurs psi. Alors comment réussissais-je à les contrecarrer ?

Cela étant, ce n'était pas la première fois que ça arrivait, comme quelques jours auparavant, lorsque Jack avait arrêté le coup que Gautier avait l'intention de me porter. Je n'aurais jamais eu l'idée de comparer mes talents à ceux de Jack, et encore moins à ceux de Quinn, mais peut-être avais-je tort. Peut-être ne s'agissait-il pas seulement des effets de la puberté sur mon don de télépathie, mais aussi de celui de l'ARC-123 ?

Que diable était-il en train de se produire dans mon corps ?

Au fond de moi, je me disais qu'il valait mieux que je ne le sache pas. Parce qu'ainsi, j'aurais encore une chance de croire à la possibilité d'une vie normale, même si ce doux rêve s'éloignait de plus en plus.

Mais, d'un autre côté, je savais parfaitement que l'ignorance était une mauvaise chose. Il fallait que je sache ce qui était en train de se produire en moi, ne serait-ce que pour modifier mes projets en conséquence. Et pour cela, il fallait que j'en parle à Jack, parce que j'avais besoin d'apprendre à maîtriser ces nouveaux pouvoirs. Je travaillais depuis assez longtemps au Directoire pour savoir que c'était d'une importance cruciale.

Les portes de l'ascenseur s'ouvrirent enfin et le garde me poussa à l'intérieur. Je regardai les étages défiler en me demandant qui allait m'accueillir, Moss ou Merle.

Ce ne fut aucun des deux.

Lorsque les portes s'ouvrirent, ce fut sur Starr lui-même.

De nouveau, cette sensation de corruption et de Mal absolu qui dépassait l'imagination me frappa. Mon cœur se serra et, pendant un instant, même respirer me fut impossible. Parce que respirer, ça signifiait inhaler son odeur, et même elle me semblait empoisonnée.

— Voilà, chef, le salua le garde en se redressant. Poppy Burns, que vous avez réclamée.

— Merci, Tarrent, répondit Starr au garde en conservant les yeux braqués sur moi. (Et dans ces iris bleus injectés de sang, je vis ma mort. Ou tout du moins, son spectre si je faisais le moindre geste suspect.) Suivez-moi, ma chère.

Il fit demi-tour et se dirigea vers l'autre porte, m'offrant une occasion et une cible parfaites. Et Dieu que c'était tentant. Les doigts me démangèrent, et la tentation d'attraper l'arme du garde, de tirer en plein dans la tête de Starr, de voir son cerveau gicler partout et de mettre fin à son règne maléfique fut presque irrésistible. Mais le simple fait qu'il offre une telle occasion déclencha un signal d'alarme dans mon esprit.

Seul un homme convaincu de sa sécurité se comporterait ainsi. Je fis craquer les articulations de mes doigts en essayant d'évacuer la tension de mes membres et me forçai à passer devant le garde et à sortir dans le couloir.

Où je découvris Moss et Merle dissimulés dans l'ombre, tous deux armés. Je n'aurais jamais eu le temps de tirer, ni même d'enlever la sécurité de l'arme. C'est ma cervelle qui aurait fini par éclabousser les murs, pas celle de Starr.

Je m'immobilisai. Les portes de l'ascenseur se refermèrent derrière moi et l'obscurité envahit le couloir. Je ne pris pas la peine de passer en vision infrarouge. Moss et Merle émettaient assez de vibrations de corruption et, même si elle pâlissait en comparaison de celle de l'homme qui se tenait devant moi, leur odeur était assez agressive et nauséabonde pour que je n'aie nul besoin de les voir pour les localiser.

Les portes du second ascenseur s'ouvrirent dans un chuintement. Starr entra dans la cabine et nous le suivîmes. Nous n'étions pas vraiment les uns contre les autres, pourtant une vague de panique m'envahit. Je me sentais comme enfermée, emprisonnée.

La sueur perla sur mon front. Je me passai la langue sur les lèvres et essayai de me maîtriser. Je m'étais déjà retrouvée dans des situations encore plus délicates, encore qu'à cet instant précis, je ne me souvenais d'aucune d'elles.

Je jetai un coup d'œil autour de moi. Croisai le regard de Merle et vis le désir dans ses yeux. Iktar avait raison : Merle n'en avait pas fini avec moi. Je ne savais si je devais m'en réjouir ou non, mais c'était indéniablement le plus rassurant des deux hétéros. Chez Moss, je percevais surtout un sentiment de colère, de fureur incandescente, même, concernant les événements de la nuit précédente.

J'essuyai la sueur à la racine de mes cheveux et priai pour que Starr se décide soit à ouvrir la deuxième porte, soit à faire bouger ce foutu ascenseur.

C'est la première solution qu'il choisit, et je vis enfin la pièce qui se trouvait derrière les portes. C'était comme si nous avions voyagé dans le temps et étions revenus au Moyen Âge, dans l'une de ces gigantesques salles de banquet qu'on voyait souvent dans les films. Le bout de la pièce était dominé par une énorme table en bois, assortie à des chaises à haut dossier mal dégrossies, au-dessus desquelles étaient suspendues des tentures représentant des scènes aussi belles que violentes. Les murs de béton étaient peints en brun pour évoquer des lambris. Un petit ring trônait au milieu de la pièce, avec un sol recouvert de paille de jonc. Le reste de la salle était parsemé de coussins et de banquettes rembourrées. Des appliques en fer forgé ornaient les murs, recouvertes de tant de cire fondue qu'on aurait pu croire que des siècles de chandelles s'y étaient consumés. Les bougies étaient la seule source lumineuse, ajoutant encore à l'ambiance médiévale de l'endroit.

Il aurait pu être accueillant, malgré un côté mystérieux, mais n'était ni l'un ni l'autre. Une odeur de mort flottait dans l'air et, quand je parcourus la pièce du regard, ce fut comme si les visages de ceux qui avaient perdu la vie ici sortaient de l'obscurité et me transmettaient leur désespoir et leur colère.

Je trébuchai sous le souffle de cette explosion sensorielle et serais tombée si Merle ne m'avait pas rattrapée par le bras. Son contact écœurant me donna le frisson, atténuant les autres sensations qui m'avaient envahie. Quand je relevai les yeux, les spectres avaient disparu. Peut-être n'avaient-ils jamais été là. Peut-être étaient-ils simplement le fruit de mon imagination et de ma peur.

Peut-être.

Je déglutis avec difficulté et dégageai mon bras de l'étreinte de Merle. Il émit un ricanement qui me donna l'impression de ramper sous ma peau.

— Tu ne te débattras pas autant, tout à l'heure. Au contraire, tu me supplieras.

— Oui, je te supplierai d'avoir acquis un peu de technique sexuelle depuis hier, ne pus-je m'empêcher de répliquer avant de le regretter en voyant le visage de Merle devenir écarlate.

Cela ne s'arrangea pas lorsque Moss laissa échapper un ricanement.

— La petite louve a du cran, s'écria-t-il. Peut-être que je vais te la reprendre. On dirait qu'elle apprécierait quelqu'un qui a plus de style.

— Ce qui est à moi, tu ne peux y toucher, protesta Merle dans un grognement. Tu as manqué ton occasion. Tu étais trop occupé à chercher de nouveaux talents parmi nos recrues.

Moss devint lui aussi écarlate et des petites veines se mirent à saillir sur son front.

— Ce n'est pas moi, le sodomite, ici…

— Non, l'interrompit calmement Starr, c'est moi. Et si vous ne la fermez pas, tous les deux, souvenez-vous simplement que je ne me pose pas beaucoup de questions quant au consentement de mes partenaires, et que je suis tout à fait prêt à essayer quelqu'un que je considérais jusqu'à présent comme hors limites.

Dans le genre menace, il ne devait pas y avoir plus efficace. Les deux hommes continuèrent à se défier du regard, mais en silence. Ils fréquentaient Starr depuis assez longtemps pour savoir de quoi il était capable et jusqu'où il était prêt à aller.

Starr se dirigea vers la table et prit le siège central. Moss s'assit à sa gauche, tandis que Merle me faisait signe de m'installer de l'autre côté de Starr, avant de se mettre à ma droite. Cool, j'étais assise entre la Mort en personne et son bras droit. Pas vraiment l'endroit où devrait se trouver quelqu'un avec l'estomac aussi fragile que le mien.

J'approchai la chaise de la table tout en parcourant le plafond et les murs du regard. Il n'y avait aucun capteur en vue, mais plusieurs gardes étaient dissimulés dans l'ombre. Étonnamment, il ne s'agissait pas de lézards d'esprit, mais de créatures grises recouvertes d'écailles avec des extrémités humaines. Elles étaient armées : les flammes des bougies se reflétaient sur le canon des pistolets qu'elles tenaient d'une main avec un calme inhumain.

Et c'est avec le même calme qu'ils me regardaient, ce qui me mettait mal à l'aise. Un seul geste suspect, le moindre signe de Starr, et ma matière grise tiendrait lieu de décoration murale, ça ne faisait aucun doute.

Starr frappa dans ses mains et le bruit soudain me fit sursauter. Des hommes au corps sublime, seulement vêtus d'un petit string, firent leur apparition, portant soit du vin, soit des victuailles. C'était le genre de service décadent que j'aurais pu apprécier si je n'avais pas été à côté de Starr. Il les considéra d'un œil appréciateur pendant quelques secondes, puis se tourna vers moi. Et là, son regard était loin d'être appréciateur.

Un frisson me parcourut l'échine. Cet homme se doutait que je n'étais pas celle que je prétendais être, et je ne savais pas pourquoi.

— Parlez-moi un peu de vous.

Je haussai les épaules en regrettant de ne pas avoir une tasse de café à laquelle m'agripper, mais sans regretter pour autant son absence. Mes mains tremblaient tant que je me serais probablement ébouillantée.

— Je suis sûre que vous avez lu mon dossier.

— Bien sûr, mais ce ne sont que des faits sans substance. Je suis persuadé que vous êtes plus intéressante que ça.

— Je vous assure du contraire.

Je coinçai mes mains sous mes cuisses et observai le serveur le plus proche. Impossible de regarder Starr trop longtemps : mon estomac se soulevait à cause de la vilenie de son aura. Et de son regard mort.

— La vie d'une voleuse n'est pas très passionnante, ajoutai-je.

— Ces personnes à qui vous avez volé ces bijoux… Les Jamieson, n'est-ce pas ?

Je haussai de nouveau les épaules et fis de mon mieux pour oublier les tremblements qui agitaient mes membres. Le fait d'être assise sur mes mains les atténuait, mais ce n'était pas très efficace pour le reste de mon corps.

— Je n'en ai pas la moindre idée. Je ne me renseigne jamais sur les personnes avant un casse. Juste sur leur maison.

— Et les bijoux ? Vous les avez refilés à quel receleur ?

Qu'est-ce que j'en savais, putain ? Si c'était dans le dossier, je n'en avais aucun souvenir. Je lui jetai un regard en coin.

— Qui vous dit que je les ai déjà revendus ? Peut-être sont-ils encore un peu trop chauds pour le moment.

Il eut un large sourire. Il avait vraiment beaucoup de dents, la plupart pointues, pas seulement les canines.

— Quelle belle réponse pleine de prudence.

— C'est toujours le cas avec la vérité.

Je remerciai un serveur à la peau foncée qui venait de déposer une assiette de viande froide et de pain devant moi. En croisant son regard d'un brun profond, j'y vis une âme hantée. Cet homme n'était pas physiquement mort mais, au plus profond de lui, là où ça comptait vraiment, il n'était que froid glacial. Tout le reste lui avait été arraché par la perversité de l'homme assis à côté de moi.

Je clignai des yeux sous la force de cette intuition et dus me maîtriser pour éviter de toucher cet homme et le rassurer, physiquement ou psychiquement. Mais je ne pouvais rien pour lui, ni pour tous ceux qui se trouvaient dans cette pièce. Rien sauf détruire l'horrible chose qui les avait dépouillés du respect d'eux-mêmes. De leur humanité.

— Mais comment puis-je être sûr que vous dites la vérité ? demanda Starr.

J'étais dans un tel état de nerfs que le son de sa voix suffit à me faire sursauter.

— Vous ne le pouvez pas, reconnus-je en chipotant dans mon assiette. Je n'ai pas les bijoux en ma possession, donc je ne peux rien vous prouver maintenant.

La viande était tendre comme du beurre, mais elle me donna l'impression que ma bouche était pleine de sciure. J'avalai ma bouchée avec difficulté et pris une gorgée de vin pour rincer le goût de sang.

— C'est exact. Sauf que j'ai une voyante à ma disposition.

Il frappa encore dans ses mains. Les portes de l'ascenseur s'ouvrirent sur Dia, accompagnée d'un garde. Au moins n'avait-elle pas menti à ce propos non plus. Peut-être jouait-elle entièrement le jeu avec nous. Peut-être était-ce seulement ma nature soupçonneuse qui m'empêchait de lui faire confiance.

Elle s'arrêta devant la table, dans une attitude qui n'était ni docile, ni agressive, mais entre les deux.

— Tu m'as fait appeler ?

Elle était tournée vers Starr. « Ne tourne jamais le dos à un serpent-tigre lors de la saison des amours », me répétait souvent mon frère. Visiblement, on avait dû dire la même chose à Dia.

— Je veux que tu lises l'esprit de cette femme, ordonna-t-il en posant sa main sur mon avant-bras.

Ce ne fut qu'un bref contact, mais même ainsi ses doigts brûlèrent ma peau, laissant des traces rouges qui ne disparurent qu'après plusieurs secondes.

Dia opina du chef et se tourna vers moi. Malgré sa posture, elle avait une expression sereine et professionnelle.

— Donnez-moi votre main.

Je n'avais pas vraiment le choix, alors je m'exécutai. Ses doigts frais enlacèrent les miens et il y eut comme un flux d'énergie entre nos deux mains, un flux qui envoya des vibrations chaleureuses le long de ma peau. Ses yeux aveugles étincelèrent un instant et elle eut un bref rictus. Je n'avais aucune idée de ce que ça signifiait, mais j'avais bien l'intention de le lui demander plus tard.

— Je vois beaucoup de colère dans celle-là. (Elle hésita un instant.) Elle s'est déjà disputée avec plusieurs autres filles, et elle en agressera d'autres avant la fin de son séjour. C'est une rebelle dans l'âme.

— Logique, vu que c'est une pute de ring, remarqua Starr d'un air sarcastique. Dis-moi qui elle est et d'où elle vient.

La tension m'envahit de nouveau. Si son instinct lui soufflait que je n'étais pas celle que je prétendais être, pourquoi ne se débarrassait-il pas de moi tout simplement ?

Ça n'avait aucun sens. D'un autre côté, il était rare que les actions d'un psychopathe aient un sens.

Dia me serra imperceptiblement les doigts, comme pour me rassurer, puis déclara :

— C'est une louve qui a été rejetée par sa famille. Elle a dû lutter pour sa survie, et devra encore affronter de nombreux combats dans l'avenir, un avenir qui ne s'annonce pas aisé.

— Dis-moi qui c'est, Dia. Arrête d'esquiver mes questions.

Dia hésita et, pendant un bref instant, je fus tellement certaine qu'elle allait me dénoncer que mon cœur me donna l'impression de remonter dans ma gorge et mes muscles tressaillirent à l'idée de devoir m'enfuir d'un bond.

— Elle est bien qui elle prétend être, répondit Dia d'une voix douce. Une bonne à rien, une voleuse et une menteuse. Mets tes objets de valeur sous clé, Merle. Elle a déjà remarqué la montre en or sur ta table de nuit.

Starr s'esclaffa. C'était un rire désagréable qui agressait le tympan.

— Alors cette voleuse n'a aucun goût. Ce truc est atrocement tape-à-l'œil.

— Mais ça peut se revendre une belle somme, répliqua Dia en lâchant ma main.

La sensation de picotement d'énergie s'évanouit aussitôt. Je ne savais si je devais m'en réjouir ou le regretter. Au moins sa main m'offrait-elle un peu de chaleur dans cet endroit si froid.

Elle se frotta le front d'un air las et posa de nouveau son regard sur Starr.

— Ce sera tout ?

— Pour le moment. Je te demanderai de rester pour ma lecture, ensuite. Après notre petite promenade.

L'expression de Dia ne changea pas d'un iota, mais je sentis une vague de fureur m'envahir pendant de trop longues secondes. Dia ne jouait pas double jeu, pas avec moi en tout cas. Et elle ferait effectivement tout ce qui était en son pouvoir pour récupérer sa fille et détruire cet homme.

Elle acquiesça d'un signe de tête et se dirigea vers la porte. Starr attendit qu'elle soit sortie et me lança :

— Que diriez-vous d'un petit spectacle pendant notre repas ?

Même si ça ressemblait à une question, il ne prit pas la peine d'attendre ma réponse et se contenta de frapper dans ses mains encore une fois. Ce mec se prenait vraiment pour un roi. Les rideaux qui obstruaient la porte à notre gauche s'ouvrirent et deux hommes entrèrent dans la pièce. Le premier était un géant noir, si grand qu'il dut quasiment se plier en deux pour passer la porte. Et il était presque aussi large que haut, avec des mains et des pieds de la taille de battoirs, des cuisses épaisses comme des troncs d'arbres et des épaules énormes. Malheureusement, dans son cas, le dicton reliant taille des mains et de l'appendice sexuel ne s'appliquait pas. Peut-être était-ce la raison de tous ces muscles : il devait en avoir assez des moqueries.

Le second homme, bien que loin d'être petit, semblait presque nain en comparaison. Il avait une musculature élancée et se déplaçait avec grâce, dégageant une impression de puissance contenue, comme un prédateur en chasse. Sa peau sombre luisait comme du miel à la lumière palpitante des bougies et il avait l'expression de celui qui avait toute confiance en ses capacités. Le choc fut violent en le voyant approcher.

Ce n'était pas un inconnu. C'était mon frère.

J'eus l'impression qu'un rocher me tombait au fond de l'estomac et la peur, une peur nauséeuse, m'envahit soudain. Que faisait-il ici ? Était-ce une simple coïncidence, ou Starr se doutait-il non seulement de ma véritable identité, mais aussi de celle de Rhoan ? Si oui, comment ? Qui était cet homme et comment était-il impliqué dans notre vie pour pouvoir ainsi nous démasquer immédiatement ?

Mais, s'il nous avait effectivement démasqués, pourquoi faisait-il traîner tout ça en longueur ?

Voulait-il voir jusqu'où il pouvait aller avant que nous nous trahissions ?

Je me forçai à quitter Rhoan des yeux pour examiner Starr. La lueur d'impatience et de satisfaction qui animait son expression me donna une idée de la réponse à ma dernière question. Il avait effectivement l'intention de nous provoquer encore et encore jusqu'à ce que l'un de nous deux craque et avoue la vérité qu'il soupçonnait. Ce qui signifiait que dorénavant, nous serions toujours sous surveillance.

Mais peut-être avait-ce toujours été le cas. Peut-être était-ce la raison pour laquelle Moss était apparu dans la forêt.

Nous devions sortir d'ici. D'une manière ou d'une autre, il le fallait absolument. Cette mission, ma vengeance et les projets de Jack pouvaient aller se faire voir. Rien ne valait la mort de Rhoan ou la mienne.

Je tournai de nouveau le regard sur Rhoan et le vis approcher avec le géant. Rester assise ainsi, sans réaction, en dissimulant ma terreur fut la chose la plus difficile que j'aie jamais eue à faire. Je m'étais entraînée au combat et à l'autodéfense, pas au jeu de rôles. Même si je n'étais pas une mauvaise actrice, j'avais mes limites. Là, c'étaient nos vies qui étaient en péril. Et j'avais peur d'être la première à me trahir, et par là même démasquer Rhoan et signer notre arrêt de mort.

Mon frère sortit de l'ombre projetée par le géant et son regard croisa brièvement le mien. Bien que son expression soit imperturbable, je ressentis son malaise comme si c'était le mien. Rhoan avait beau être totalement dénué de pouvoirs psi, et donc indéchiffrable pour les télépathes, j'avais toujours été capable de sentir sa présence ou de percevoir ses émotions. Et c'était réciproque. Nous étions jumeaux. Notre lien était plus profond qu'un simple lien physique ou spirituel. Nous étions les deux moitiés d'un tout.

Et celui qui me prendrait pour compagne devrait accepter le fait que mon frère représenterait toujours une partie indispensable de ma vie. Enfin, ça, c'était si on sortait vivants de cet enfer.

Les deux hommes s'immobilisèrent devant la table, mais seul le géant s'inclina. À présent que je le voyais de plus près, je pouvais constater que ses bras, son torse et son ventre étaient couverts de cicatrices. Cet homme était un vétéran dans l'arène. Ce qui signifiait donc qu'il savait se battre.

C'était aussi le cas de mon frère, mais ce foutu géant avait l'avantage d'une longueur de bras supérieure, sans parler de sa taille. Et ça aurait une importance cruciale lors du combat, car Rhoan ne pourrait utiliser ses capacités vampiriques. Il était censé seulement être un loup-garou.

Je repoussai mon assiette et me laissai aller contre le dossier de ma chaise. Si j'avalais quoi que ce soit d'autre, je craignais de vomir immédiatement. Ce qui détournerait l'attention pendant quelques minutes, mais ne ferait que retarder l'inévitable. Une étincelle dans le regard de Starr me fit penser que rien en dehors de sa mort à lui ne pourrait empêcher ce qui allait se produire.

Et, sans les armes braquées sur moi et la proximité de Merle, j'aurais sérieusement envisagé cette option.

Starr me considéra, le sourcil levé.

— Que se passe-t-il, ma chère? Vous avez perdu l'appétit?

— Ouais, j'ai vu un échantillon de ce que vous considérez comme un spectacle, hier soir. J'ai pas particulièrement envie de revoir quelqu'un se faire casser la gueule, puis sodomiser à mort, ou presque. (J'examinai le géant de la tête aux pieds.) Cela étant, on dirait que celui-là n'a même pas de bite.

Le géant me fusilla du regard et Starr éclata de rire.

— Peut-être devrais-je le laisser te montrer que ce n'est pas la taille de l'arme qui compte…

J'affrontai Starr du regard.

— Si vous le laissez approcher de moi, je lui enfonce le pied dans les précieuses invisibles avec assez de force pour le faire s'écrouler à un niveau plus atteignable, et je le mets KO.

Il me gratifia d'un regard moqueur.

— Je savais que les loups, même bâtards, étaient puissants, mais es-tu sérieusement en train de me dire que tu pourrais mettre ce géant KO ?

— On vous a déjà tapé dans les précieuses ?

— Non, mais…

— Ça vous tente ? Juste pour savoir à quel point ça peut paralyser un mec ?

Il rit encore, faisant passer encore un frisson le long de mon échine.

— Tu as de la personnalité. J'aime ça.

S'il aimait tellement ça, pourquoi me regardait-il avec la même expression qu'un chat qui aurait repéré une souris bien dodue ? Et pourquoi tous les cinglés de ce monde me regardaient-ils comme ça, d'ailleurs ? D'abord Gautier, puis Starr. Ou était-ce seulement un air de famille ? Après tout, ils partageaient le même patrimoine génétique, même si Gautier avait été conçu dans une éprouvette alors que Starr était sorti d'un utérus.

— Tu veux te battre contre lui ? reprit-il.

— J'ai peut-être une grande gueule, mais je ne suis pas complètement idiote, répliquai-je d'un ton sarcastique. Ce sera donc « non ». Surtout maintenant qu'il connaît mes intentions.

— Dommage, gloussa Starr avant de se retourner vers les deux hommes : Allez-y.

Et le combat commença sur ce simple ordre. Le géant noir était rapide et ses poings énormes déchiraient l'air avec une puissance qui aurait réduit mon frère en poussière s'ils avaient réussi à l'atteindre. Mais ils n'y arrivaient pas. Même en utilisant seulement ses talents de loup-garou, Rhoan était assez vif pour esquiver les coups. Il ne contre-attaquait pas, se contentant d'attendre patiemment que le géant se fatigue.

Un picotement me courut sur la peau et je devinai que Starr m'observait encore. Je me forçai à rester bien installée sur ma chaise et à feindre l'indifférence alors que la seule envie que j'avais, c'était de me lever et d'encourager Rhoan. Je levai mon verre et avalai une gorgée de vin frais et amer. Ou peut-être était-il liquoreux, et mes papilles gustatives paralysées par la terreur qui s'accumulait en moi.

— Si c'est ça, votre idée d'un chouette spectacle pour le petit déjeuner, je n'ai pas particulièrement envie d'être invitée à dîner.

— Si je vous invite, vous n'aurez pas le choix, répliqua Starr d'un ton mielleux et lourd de menace. Comme vous n'auriez pas le choix si vous refusiez d'assister à ce combat.

Je me tournai vers lui.

— À part en me ligotant et en me forçant à garder les yeux ouverts, je ne vois pas comment vous pourriez m'y obliger.

— Tout est possible quand on y met assez de bonne volonté, ma chère.

Alors qu'il disait cela, je sentis comme une démangeaison brûlante à la frontière de mes pensées et ses yeux injectés de sang envahirent mon champ de vision.

Il essayait de pénétrer mon esprit et de lire dans mes pensées.

Je mis toute mon énergie à maintenir mes défenses à leur niveau maximal et luttai contre la terreur qui menaçait de me submerger. Heureusement, ce n'était pas un vampire, et il ne pouvait donc pas entendre le battement affolé de mon cœur. Mais cet homme (ou celui qui avait volé son identité) était un loup, et devait donc sentir l'odeur de ma peur.

Cela dit, peut-être était-ce une bonne chose. Seule une inconsciente n'aurait pas ressenti de la peur dans une telle situation, quoi qu'elle prétende.

La démangeaison se mua en un fort bourdonnement qui envoya des vibrations nauséeuses dans tout mon corps. Dans des circonstances ordinaires, je ne me serais pas plus inquiétée que ça. Je travaillais avec des vampires et savais d'expérience qu'ils ne pouvaient pas passer mes défenses. Mais la situation et l'homme devant moi étaient loin d'être ordinaires. Je ne savais si mon bouclier pourrait résister bien longtemps à un tel assaut concerté, tout simplement parce que je n'avais jamais eu à affronter une attaque de ce genre. Gautier essayait vaguement de m'hypnotiser chaque fois que nous nous croisions, mais c'était devenu une sorte d'habitude, quelque chose qu'il faisait pour m'embêter. Il n'était pas assez puissant pour transpercer mon bouclier et nous le savions aussi bien l'un que l'autre.

Starr, lui, c'était une tout autre paire de manches.

Les offensives continuèrent jusqu'à me donner l'impression que tout mon corps vibrait sous ses coups de boutoir mentaux. C'était une horrible sensation, comme si j'avais agrippé une clôture électrifiée à pleines mains, sauf qu'en plus, l'électricité qui parcourait mes muscles avait une composante fétide. Mon cuir chevelu était trempé de sueur et je sentis un point de douleur se mettre à palpiter derrière mon œil droit.

Un grognement interrompit l'assaut et, une seconde plus tard, le géant vint s'écraser sur la table, sa tête percutant le bois avec un grand craquement et ses bras envoyant valdinguer assiettes et couverts dans tous les sens.

Starr poussa un juron et sa chaise bascula alors qu'il tentait d'échapper à la pluie de vin, de nourriture et de verre brisé qui s'abattait sur lui. Le bourdonnement d'énergie s'interrompit brutalement, me laissant épuisée et le souffle coupé. Je croisai le regard de Rhoan. Il arqua le sourcil et je lui adressai un léger signe de la tête pour le rassurer sur mon état.

Mon état actuel, en tout cas.

Le géant se releva et poussa un rugissement avant de se ruer sur mon frère. Celui-ci l'esquiva avec adresse et lui décocha un coup de poing au passage. Le géant vola de nouveau vers l'autre bout du ring. Je fronçai les sourcils et espérai que mon frère ne se laisse pas trop aller à utiliser ses talents de vampire.

— Pour un loup aussi maigrichon, il est sacrément puissant, observa Merle. Y en a pas des masses qui peuvent envoyer Middy valser de cette manière.

— En effet, reconnut Starr en tamponnant des taches écarlates sur sa chemise.

Puis il redressa sa chaise et se rassit. Je fus surprise de voir que personne ne se précipitait pour nettoyer les dégâts. Il fallut que Starr claque des doigts pour que les serveurs en string se précipitent vers le lieu du drame.

— N'a-t-il pas eu un entraînement militaire ? reprit-il comme si de rien n'était.

— Oui, mais je n'ai pas vu beaucoup de soldats bouger comme ce loup.

— Et vous fréquentez beaucoup de loups-garous, j'imagine ? intervins-je doucereusement.

Le visage de Merle se fendit d'un large sourire alors qu'il détachait son regard du combat pour m'examiner d'un air gourmand.

— Non, mais j'ai bien l'intention que ça change.

Je baissai les yeux jusqu'à sa braguette. Le spectacle l'avait excité, ce qui annonçait à coup sûr une nouvelle séance de sexe ennuyeux comme la pluie. Quel bonheur...

Cela étant, je préférais nettement un week-end entier de sexe sans inspiration à cinq petites minutes en présence de Starr.

— Il y a deux types de mâles dans le monde des loups : les Alphas, des chefs de meute, ou qui le deviendront, et les Betas, les suiveurs. Les Alphas ne dominent pas seulement parce qu'ils sont rapides et puissants, mais aussi parce qu'ils sont prêts à tout pour protéger leur meute et leur famille. Je suis prêt à parier que ce loup est un Alpha.

— Mais il ne protège pas sa meute, ici ? objecta Starr.

Je lui jetai un regard discret. Son expression restait impénétrable, mais sa suspicion saturait mes autres sens. Je me contraignis à sourire.

— Vous pouvez avoir une meute d'une seule personne, vous savez ?

— Et toi, tu te considères comme une femelle alpha ?

Je haussai un sourcil.

— Je n'y avais jamais vraiment réfléchi, mais peut-être que c'est bien le cas.

— Ce serait intéressant de voir ce qui se passe si on t'envoie le combattre, non ?

Je ne pus m'empêcher de regarder en direction de Rhoan, ni de ressentir une nouvelle bouffée de peur et d'inquiétude.

Rhoan dut le percevoir, parce qu'il trébucha légèrement sans la moindre raison et faillit prendre un mauvais coup.

— C'est un soldat. Moi, je ne connais que le combat de rue. Ça me semble sacrément déséquilibré, vous ne trouvez pas ?

Il eut un nouveau sourire glaçant.

— Il va bien falloir que tu te souviennes d'un truc, chérie : ce que je veux, je l'obtiens.

C'était un point commun à tous les petits dictateurs, jusqu'au moment où ils devaient affronter le regard abyssal de la mort et voyaient leur cœur pourri arraché de leur poitrine. Et c'était un spectacle auquel je tenais de plus en plus à assister. Si ce n'est y participer. Je ne voulais peut-être pas devenir une tueuse régulière, mais exceptionnellement, dans des circonstances particulières, j'étais prête à prendre sur moi.

Mais pourquoi voulait-il nous voir combattre ? Quelle utilité cela pouvait-il bien avoir, à part prouver que nous étions prêts à nous démolir mutuellement ? Mes pensées se figèrent brusquement.

C'était *exactement* le but recherché.

Un nouveau test. Un autre moyen de vérifier ses soupçons.

Merde, merde, merde.

Il frappa dans ses mains et le géant s'immobilisa sur-le-champ. Rhoan mit un peu plus longtemps à se figer, et réussit à mettre le géant au tapis d'un pied judicieusement appliqué au creux de son genou. Un craquement d'os retentit dans la pièce et le géant s'effondra en se tenant la jambe. Même s'il n'émettait aucun son, le regard qu'il jeta à Rhoan informa ce dernier qu'il ferait mieux de ne pas s'approcher s'il tenait à sa peau.

Je soupçonnai que Rhoan avait parfaitement entendu le signal, mais aussi voulu s'assurer que le géant ne pourrait jouer aucun rôle dans la suite des événements. Et je ne pouvais que l'en remercier. Après mes commentaires concernant la petite taille de ses attributs, j'étais certaine que Starr n'aurait pas hésité à le lancer dans la bagarre. Et *ça*, ç'aurait été sacrément désagréable.

— Changement de programme, messieurs, déclara Starr. La dame à ma droite a manifesté son envie d'entrer dans la danse.

— La dame en question n'a rien dit de tel, protestai-je, moins à l'intention de Starr, qui était parfaitement au courant, qu'à celle de Rhoan, qui aurait sinon pu penser que j'avais perdu la tête.

— Cela n'a aucune importance, puisque c'est ce que je désire, moi. Merle, accompagne-la sur le ring, s'il te plaît.

Et putain… Qu'est-ce que j'allais faire à présent ? En toute logique, je devais être capable de me défendre contre mon frère, mais je n'étais pas censée être moi. Et Poppy Burns était une combattante de rue qui ne tiendrait pas deux minutes contre un expert tel que Rhoan. C'est moi qui allais perdre, et il allait falloir que je prenne de vrais coups. Nous n'avions pas d'autre choix.

Je lus dans les yeux effarés de Rhoan qu'il était arrivé à la même conclusion que moi.

— Voilà qui va être divertissant, commenta Merle en agrippant mon bras et en me forçant à me lever. Rien de tel qu'un peu de sang pour mettre un homme dans de bonnes dispositions.

Je laissai mon regard balayer son bas-ventre et répliquai :

— On dirait que tu en as bien besoin, parce que y a pas l'air de se passer grand-chose là-dedans.

Sa prise se resserra et il me tira brutalement de l'autre côté de la table.

— Je te ferai regretter ces paroles, petite louve. Sois-en sûre.

— J'ai trop hâte.

Mon ton ironique le fit grogner, un grognement mi-félin, mi-humain extrêmement peu mélodieux.

— Ça tombe bien : tu ne devrais pas avoir à attendre bien longtemps. Et j'adorerai lécher le sang sur ta peau pendant que je te baiserai.

Et de mon côté, j'adorerais explorer son cerveau à la recherche d'informations qui nous permettraient de sortir de cet asile de fous. Il me poussa avec force sur le ring. Je trébuchai un peu avant de recouvrer mon équilibre, puis je me retournai face à Rhoan.

— Vas-y, loup, fais de ton mieux.

Un petit sourire que j'étais la seule à voir anima ses lèvres.

— Je promets de ne pas trop abîmer ce joli visage… mais je ne jure de rien pour le reste de ton corps.

— Comme si je pouvais me fier à la moindre promesse faite ici, dis-je en sautillant d'un pied sur l'autre pour m'habituer au contact du tapis de jonc.

Celui-ci était beaucoup plus glissant que le sable sur lequel j'avais l'habitude de combattre. Il allait falloir que je fasse attention.

— Cinq dollars sur la chienne, s'exclama Moss, et elle est à moi pour la nuit si elle gagne !

Voilà qui constituait une sacrée motivation pour perdre.

— Marché conclu, répliqua Merle qui nous observait avec une expression avide. Mais c'est moi qui lécherai son sang, je te l'assure.

— Le vainqueur sera à moi, intervint Starr d'un ton sans réplique. Je devrais les trouver aussi distrayants l'un que l'autre.

Si j'avais besoin d'une raison encore plus convaincante de perdre, c'était bien celle-là. La corruption de Starr était bien assez pénible à présent sans devoir envisager plusieurs heures en tête à tête avec lui. Je doutais de pouvoir y survivre, si ce n'était physiquement, en tout cas moralement. Je n'étais pas une empathe experte et mon talent bourgeonnant était bien trop brut pour que je puisse résister très longtemps à l'aura immonde de Starr.

Je ne tenais pas plus à voir mon frère l'affronter, évidemment. Mais au moins était-il dénué du moindre pouvoir psychique et avait-il plusieurs années d'entraînement derrière lui. Au moins serait-il plus capable que moi de dissimuler ses pensées.

— Que le combat commence !

Starr eut à peine le temps de prononcer ces paroles que Rhoan me fondit dessus dans un tourbillon de bras, de jambes et de coups vicieux. Je reculai, esquivai, bloquai et évitai autant que possible ses attaques, mais chacun de ses coups sifflait avec la force d'un fouet contre ma peau et m'envoyait des frissons de terreur le long du dos. Mais j'avais déjà vu mon frère combattre, et j'avais bien conscience qu'il était encore loin de sa vitesse de croisière.

Ce qui fichait les jetons, vu sa vitesse actuelle.

Je glissai sur le tapis de jonc et essayai de garder mon équilibre, tout en sentant un autre coup s'approcher de mon visage. Je me retournai telle une carpe pour échapper à sa trajectoire et sentis un éclair de douleur dans mon flanc alors que mes muscles protestaient contre un mouvement si brutal. Un crochet m'effleura la pommette et je poussai un glapissement en sentant le sang perler. Pourtant, il ne m'avait pas frappé avec la force du loup. Il retenait ses poings pour respecter sa promesse de ne pas me défigurer. Et c'était dangereux.

Je me laissai tomber au sol et envoyai ma jambe faucher les siennes. Il tomba lourdement sur les fesses et je vis une lueur d'amusement dans son regard. Puis il se releva et fondit sur moi dans un seul mouvement fluide. Je passai les minutes suivantes à me rendre compte d'à quel point il avait retenu ses coups jusque-là.

Si j'avais été moi-même et pas Poppy, j'aurais pu me lâcher et résister à ses attaques. Mais, en l'occurrence, c'était impossible. Poppy était à moitié humaine, pas vampire, et son moment était venu.

J'esquivai un autre direct, puis laissai un de ses crochets me cueillir au flanc. La force du coup m'envoya une onde écarlate de douleur de la hanche à la racine des cheveux. Je fus projetée à l'autre bout du ring. Je trébuchai en essayant de rester debout, puis m'effondrai à quatre pattes. Je sentis les joncs vibrer à l'approche de Rhoan. J'en saisis une poignée puis me retournai en lui envoyant la paille de toutes mes forces. Les brindilles lui frappèrent la poitrine et égratignèrent sa peau. Il éclata d'un rire dur que je ne lui avais jamais entendu avant de se pencher pour à son tour attraper une poignée de joncs. Je me relevai d'un bond et reculai précipitamment. Il me suivit en fouettant l'air avec les épais brins de paille qui produisaient un sifflement continu.

J'échappai une fois, deux fois à sa cravache improvisée et plongeai en avant dans l'espoir de l'atteindre au niveau du plexus solaire. C'était un geste stupide et nous le savions tous les deux. Il laissa tomber les joncs, fit un pas de côté et attrapa mon bras avant de le tordre. Fort. L'os céda et je laissai échapper un hurlement. Une vague de douleur écarlate m'engloutit, puis le poing de Rhoan s'abattit à la pointe de mon menton, projetant ma tête en arrière et m'envoyant voler à l'autre bout du ring. Je vis trente-six chandelles et oscillai à la frontière de l'inconscience.

Puis je m'écrasai lourdement au sol et l'arrière de mon crâne percuta une surface dure. Je traversai une bonne fois pour toutes la frontière qui me séparait du noir absolu.

Chapitre 12

Je ne restai pas assez longtemps dans le noir, oscillant entre éveil et inconscience, comme si mon esprit ne parvenait pas à se désengluer d'un rêve. Mon bras me donnait l'impression d'être en feu, et la chaleur se confondait avec la douleur aiguë qui rayonnait du cœur de mon os. J'entendis un rire cascader autour de moi, causant un autre genre de douleur qui me souleva encore plus le cœur que celle, physique, qui m'écartelait le bras. C'était Starr qui manifestait son appréciation du spectacle et savourait ma douleur.

Le jonc sur lequel j'étais étendue vibra sous de lourds pas qui s'approchaient de moi. Puis des mains se posèrent sur moi et me retournèrent sur le dos. L'obscurité m'engloutit de nouveau et pendant un moment, il n'y eut que la sérénité du vide.

Quand je repris de nouveau connaissance, j'eus l'impression qu'un certain temps s'était écoulé et que je me trouvais dans un environnement familier. Comme si je m'étais déjà retrouvée dans la même situation, à défaut du même endroit.

J'avais les bras levés au-dessus de la tête et les poignets entravés d'un lien soyeux, mais néanmoins très serré. Les fourmis qui me couraient dans les mains me firent penser que ça devait être le cas depuis plusieurs heures. La douleur aiguë et brûlante de mon os brisé avait disparu, ce qui signifiait qu'à un moment ou à un autre, j'avais dû me métamorphoser pour guérir mon bras, mais le souvenir de la fracture continuait à hanter mes membres, et il y avait une faiblesse dans mon bras droit qui n'avait rien à voir avec l'engourdissement. Le reste de mon corps semblait se plaindre d'un épuisement extrême qui m'étonna. Rhoan ne m'avait pas tant chahutée que ça, alors pourquoi avais-je l'impression d'être si fatiguée ?

Une odeur de sueur m'emplit les narines, mariage de la mienne, de celle d'un autre et de l'arôme entêtant du sexe. J'étais allongée sur une surface moelleuse et soyeuse, et plaquée contre une peau aussi brûlante que le soleil. Je sentis des mains me parcourir le corps d'une manière brutale et familière, puis une impression de chaleur au creux de moi, me labourant avec enthousiasme sinon avec profondeur, et me laissant sur le bord de la route dans son ascension vers la jouissance.

J'entrouvris les paupières. C'était Merle qui s'activait sur moi et qui était sur le point d'atteindre l'orgasme.

Le soulagement m'envahit : Merle était probablement l'un des moins fous de cet asile d'aliénés, et je pouvais lire dans son esprit. Or, si je pouvais lire en lui, ça signifiait que je pouvais aussi le contrôler. Peut-être pas très longtemps, mais assez pour pouvoir m'évader.

Peut-être.

Mais tant que je ne saurais pas où nous nous trouvions exactement, et le sort qui m'attendait, je ne tenterais rien.

Je jetai un regard par-dessus son épaule et reconnus immédiatement la banalité de la pièce. Nous étions revenus dans la chambre de Merle et, si l'on devait en juger à l'odeur de sueur et de sexe mêlés qui saturait l'atmosphère, nous devions y être depuis plusieurs heures. J'inspirai précautionneusement pour voir s'il y avait d'autres odeurs à détecter. Pas grand-chose en dehors de celle de renfermé qui flottait souvent dans les endroits climatisés. Je ne vis ni ne sentis personne d'autre, ce qui ne voulait pas dire grand-chose avec les expériences génétiques de Starr.

Le corps de Merle se mit à tressauter, comme parcouru de spasmes. Je restai immobile et fermai les yeux, attendant qu'il éjacule. Il s'effondra sur moi pendant de longues minutes, poids mort qui me rendait la respiration délicate, puis il roula lentement sur le côté.

J'entrouvris de nouveau les paupières et le regardai. Je fus ravie de voir les cicatrices récentes qui lui zébraient le dos et les égratignures dont ses bras étaient couverts. Visiblement, il n'avait pas gardé ses distances lorsque je m'étais transformée pour soigner mes blessures. C'était toujours ça de pris.

Et ça expliquait pourquoi j'étais attachée.

— Iktar, gronda-t-il, à boire !

Le lézard d'esprit apparut presque instantanément au chevet du lit, une bouteille d'eau gazeuse et un verre dans les mains. Il versa le liquide et tendit le verre à Merle.

— Monsieur, Starr a téléphoné il y a cinq minutes pour prévenir qu'il aurait terminé à 18 heures. Il vous ordonne de l'attendre dans la salle de jeu à ce moment-là.

Merle jeta un coup d'œil à sa montre, qui était effectivement d'un goût douteux, et maugréa :

— Ça me laisse une heure pour m'occuper de cette chienne.

Il était déjà 17 heures ? Je me trouvais entre les griffes de cet enfoiré depuis presque six heures ? Pas étonnant que j'aie mal partout, dans ces conditions : mes courbatures n'étaient pas dues au combat, mais aux saillies que Merle m'avait imposées alors que j'étais plongée dans l'inconscience.

Visiblement, les lieutenants de Starr n'avaient rien de mieux à faire de leurs journées que de se livrer à leurs plus bas instincts avec la retenue d'un chien en rut. Même si la plupart des canidés dégageaient plus de classe amoureuse que Merle…

Iktar opina du chef et je surpris son regard sur moi. Il savait que j'étais réveillée. Cela se voyait à la lueur qui anima son regard et au petit sourire qui incurva ses lèvres.

Il sortit de la chambre et Merle revint au lit. Je fermai les yeux, mais aiguisai tous mes autres sens. Non que j'en eusse réellement besoin : Merle était incroyablement facile à pister. Tout ce dont j'avais besoin, c'était d'écouter le bruit de ses pas et de suivre son odeur de mec ayant grand besoin d'une douche.

Le lit s'affaissa lorsqu'il s'assit dessus, puis il se mit à me tripoter les seins, titillant mes tétons et leur tirant méchamment dessus. Il y avait plus agréable que de rester immobile à supporter ce genre de traitement, surtout quand mon envie la plus dévorante était de lui sauter dessus et de lui arracher le bras. Et cela empira lorsque ses doigts commencèrent à trifouiller mon intimité avec rudesse. Je ne sais pas ce qu'il voulait faire, mais je n'étais pas très convaincue par cette forme inédite de préliminaires.

Au bout d'un moment, le désir devint trop fort pour lui, et il me grimpa dessus. Il glissa son petit pénis en moi et j'en profitai pour tâter le terrain. Ses défenses étaient toujours aussi solides, mais il commença à onduler du bassin et ce fut comme si son bouclier devenait moins épais. J'avais toujours l'impression d'avancer dans un mur gluant, mais soit mes pouvoirs s'étaient encore accrus, soit la fatigue sexuelle de Merle l'avait laissé sur le flanc, parce que cette fois-ci, il me fut extraordinairement plus aisé de le traverser.

Une fois cette barrière franchie, je laissai tomber toute subtilité et pris entièrement le contrôle des opérations, une véritable défaite pour lui puisqu'en l'espace de quelques secondes, son corps et son esprit devinrent miens. À présent, il fallait que je décide ce que j'allais en faire.

Je commençai par lui ordonner d'ôter ses sales pattes de mon corps, puis le forçai à rester allongé sur le lit pendant que j'explorais ses pensées à la recherche d'informations concernant le laboratoire secret. Mais il n'y avait décidément pas grand-chose. Soit il n'était au courant de rien, soit les informations étaient dissimulées si profondément qu'il me faudrait des heures pour y avoir accès. Comme je n'avais pas assez de temps devant moi, j'appelai Iktar.

Le lézard d'esprit apparut immédiatement, un sourire amusé au coin des lèvres alors qu'il me libérait de mes liens.

— Quand je pense que, pas plus tard que la semaine dernière, il se vantait de pouvoir repousser n'importe quelle attaque psychique…

— En dehors de celles de Starr, j'imagine.

Iktar eut un haussement d'épaules éloquent.

— Bien entendu.

Je me redressai et frottai mes poignets.

— Il y a des caméras, dans cette chambre ?

— Seulement dans le couloir.

— Pas d'autres dispositifs de sécurité qui pourraient nous poser problème ?

— Non. Sauf si Merle reprend assez connaissance pour appuyer sur le bouton d'alarme, près de sa table de nuit.

— Parfait, approuvai-je en me dirigeant vers la salle de bains que j'avais repérée la dernière fois.

Iktar me suivit et me regarda m'enduire de savon puis rincer les dernières traces de sang, de sueur et autres fluides qui recouvraient ma peau. Si ça l'excitait, en tout cas, ça n'était pas visible.

— Quel est ton plan ? Tu ne vas pas le garder en ton pouvoir jusqu'à la fin des temps.

— Je sais, répondis-je en sentant une pointe de douleur palpiter derrière mon œil droit.

J'avais déjà manipulé plusieurs personnes de cette manière, mais jamais quelqu'un doté de tels pouvoirs psi. Contrôler Merle me demandait nettement plus d'efforts et de puissance que je l'aurais pensé.

— Qui a accès au PC de sécurité ?

— Merle, Moss et les gardes qui y travaillent. L'accès se fait par scan des empreintes digitales et code secret, et il y a des gardes armés à chaque issue.

Super.

— Un ou plusieurs gardes ?

— Généralement trois, mais avec les pertes occasionnées par l'explosion de la cuisine, ils ont été réduits à deux pour pouvoir garder l'œil sur l'équipe de maçons en attendant l'arrivée de nouvelles recrues.

Au moins les actions de Nerida avaient-elles eu un effet bénéfique. Ce n'était pas suffisant pour apaiser les morts. Leur soif de vengeance saturait toujours l'air qui m'entourait. Mais je ne les voyais pas et c'était un soulagement. Les vampires étaient bien assez morts à mon goût, je n'avais aucune envie de fréquenter les vraiment-morts.

— Tu n'as plus qu'à prier que les détonateurs des bombes se trouvent bien au PC de sécurité, parce qu'il est hors de question que je retourne de mon plein gré chez Starr.

— Nous avons conclu un marché…

— Tu es déjà entré dans l'appartement de Starr ? Tu as la moindre idée des mesures de sécurité qui y ont été mises en place ? Je serai morte avant d'avoir pu faire un pas.

Je sortis de la douche et attrapai la serviette qu'il me tendait.

— Mais si tu peux contrôler Merle, peut-être que…

— Starr est un télépathe de haut vol. Il sentira mon influence dès que Merle l'approchera.

Iktar ne put rien répondre. Je demandai :

— Et le laboratoire du deuxième sous-sol ? Y en a-t-il une clé au PC de sécurité ?

Il haussa les épaules.

— J'imagine.

— Est-ce que les appels entrants y sont surveillés ?

— À ma connaissance, seules les communications vers l'extérieur sont sur écoute.

Je lançai la serviette dans le panier de linge sale et me démêlai les cheveux avec les doigts.

— Fait-il assez sombre dehors pour que tu puisses te camoufler ?

Je vis son regard étinceler.

— Il suffit de la plus petite trace d'ombre pour que je devienne invisible. Les lézards d'esprit fabriqués par Starr ont des talents qui n'arrivent pas à la cheville de nos dons naturels.

Voilà qui était particulièrement effrayant.

— Est-ce qu'il te serait possible de provoquer une panne générale de courant ?

Il eut l'air encore plus amusé.

— À quelle heure veux-tu que cela se produise ?

Je réfléchis en soupirant. Merle avait un rendez-vous à 18 heures, ce qui ne me laissait pas beaucoup de temps, surtout étant donné que je devais être de retour dans l'arène à 19 heures.

— D'ici une dizaine de minutes.

Je serais peut-être en mesure d'utiliser Merle pour pénétrer le PC de sécurité, mais je ne voulais pas qu'on me voie approcher de l'endroit. Ce qui signifiait que je devais faire en sorte de neutraliser les caméras.

— Tu te rends bien compte qu'une équipe est en permanence sur le pied de guerre pour s'occuper de ce genre de problème ? Le courant ne sera pas coupé plus de dix minutes, un quart d'heure au mieux.

— Peut-être cela vaudra-t-il donc le coup de bien endommager le placard électrique, alors, pour que les réparations prennent un peu plus de temps qu'habituellement. (Je réfléchis un instant.) Il n'y a pas de générateur de secours ?

— Bien sûr que si, plusieurs, qui prendront aussitôt le relais. L'un d'entre eux sert à faire fonctionner tous les systèmes de sécurité en cas de panne de secteur. Mais il y en a aussi d'autres qui permettent de maintenir le courant dans les labos et le PC de sécurité.

— Et si nous sabotons le générateur de secours principal ?

— Toutes les portes se bloqueront. Tu ne pourras aller nulle part.

— Ah. Mauvaise idée, alors.

Je me frottai les tempes d'un geste las, puis retournai dans la chambre. Merle était toujours effondré sur le lit, l'esprit prisonnier de mes rets. Je plongeai plus profondément dans son cerveau et pris le contrôle de ses mouvements et de ses paroles, avant de le forcer à décrocher le téléphone et de composer le numéro du PC de sécurité.

— Sécurité. Harris à l'appareil.

Les pensées de Merle m'apprirent qu'Harris n'était pas l'un des responsables, seulement un bidasse qui surveillait les écrans de contrôle et répondait au téléphone. C'était probablement aussi bien. Un homme qui n'était là que parce qu'on l'y contraignait serait une proie plus facile à corrompre.

— Harris, ici Merle.

— Bonsoir, monsieur Merle. Que puis-je faire pour vous ?

— Je vais envoyer quelqu'un d'autre récupérer le rapport de la journée. Une femme.

— Une femme, monsieur ?

La légère surprise qui teintait la question d'Harris en disait long sur Moss et Merle.

— Oui. Ça vous pose un problème ?

— Bien sûr que non, monsieur.

— Très bien. Elle sera là dans dix minutes. Faites en sorte que celui qui garde l'entrée numéro 10 soit averti de sa venue et la laisse entrer. Je ne veux pas qu'on abîme mon jouet.

— Oui, monsieur.

J'avais l'impression de plus en plus nette qu'on m'enfonçait des aiguilles incandescentes dans les yeux et je sentis la transpiration dégouliner le long de mon dos. Il fallait absolument que je me dépêche si je ne voulais pas voir tout le contrôle m'échapper et me retrouver face à un Merle qui aurait repris ses esprits. Je le fis reposer le combiné téléphonique, puis lui effleurai le front du bout des doigts. J'ignorais si le fait de le toucher me permettrait de raffermir mon contrôle sur lui, mais ça semblait la bonne chose à faire. C'était d'ailleurs un geste que faisait Jack lorsqu'il envahissait l'esprit d'un prisonnier, ce qui laissait penser que c'était utile.

— Tu vas dormir jusqu'à ce qu'on vienne te chercher. À ton réveil, tu ne te souviendras de rien, en dehors du fait que tu as baisé tout l'après-midi, puis demandé à Iktar de me raccompagner vers 17 heures pour pouvoir faire une petite sieste. Endors-toi du sommeil du juste, maintenant.

Mes ordres s'insinuèrent dans son subconscient, et il s'effondra, endormi. Je me retirai de ses pensées avec délicatesse, effaçant soigneusement les traces de mon passage et m'assurant qu'il ne se rappellerait rien d'autre que m'avoir prise par tous les trous.

Lorsque le lien télépathique se rompit, mon corps fut parcouru d'un spasme. La douleur qui palpitait derrière mes yeux explosa en un tel feu d'artifice que pendant quelques instants, je ne vis rien d'autre que des étoiles filantes. J'inspirai profondément et passai une main tremblante dans mes cheveux humides. Ce dont j'aurais vraiment eu besoin à cet instant précis, c'était d'un cachet d'aspirine et de quelques heures de sommeil. Mais je m'étais imposé un créneau d'une heure pour obtenir des informations et peut-être même secourir un bébé. Je n'avais pas de temps à perdre, si atroce que fût la douleur.

— Réveille-le un peu avant 18 heures, ordonnai-je à Iktar en me frottant les yeux d'un geste lourd de lassitude. Allons-y.

— Tu sais où se trouve le PC de sécurité ?

— Oui.

Il haussa le sourcil mais ne chercha pas à en savoir plus, se contentant de m'ouvrir le chemin jusqu'à l'ascenseur. Une fois dedans, je lui rappelai :

— Dix minutes, n'oublie pas. Et si tu ne fais pas ce que je te demande, je m'arrangerai pour dénicher ces détonateurs et vous faire sauter moi-même.

— Je ferai tout ce que tu demandes.

— Bien, approuvai-je. (Je levai les yeux et m'aperçus que nous étions presque arrivés au rez-de-chaussée.) C'est quoi, cette salle de jeu dont tu parlais, tout à l'heure ?

— Une salle de torture qui se trouve au premier sous-sol.

On pouvait toujours compter sur Starr pour surnommer « salle de jeu » un lieu de torture.

— Qu'est-ce qu'il y a d'autre à cet étage ?

— Une armurerie. Des salles de réunion hypersurveillées. Ce genre de choses.

L'ascenseur s'immobilisa et les portes s'ouvrirent. Je pris vers la gauche, mais pas directement vers le PC de sécurité. J'avais dix minutes à tuer avant que la panne d'électricité neutralise les caméras, alors je poussai une porte et allai respirer un peu l'air frais de cette fin de journée. Le soleil avait disparu derrière les collines boisées, et les ombres des arbres s'allongeaient. L'air était saturé de la senteur des eucalyptus et du rire des kookaburras saluant la nuit qui tombait. Je m'accroupis au pied du tronc d'un gommier. La sensation d'une présence m'envahit, et je vis un garde apparaître par une porte non loin de là. Mon intuition quant au fait que nous serions surveillés en permanence semblait se vérifier.

J'effleurai négligemment mon oreille et cueillis un brin d'herbe que je me mis à tripoter d'un air absent.

— Salut Jack, dis-je à mi-voix. Des nouvelles à propos de Berna et Nerida ?

— Bonjour à toi aussi, putain. Ou plutôt « bonsoir ».

— C'est la première occasion que j'ai de te contacter, alors descends de tes grands chevaux.

— Ça n'est pourtant pas difficile d'établir la connexion pour que j'entende ce qui se passe, même quand tu ne peux pas parler.

— C'est pas si simple quand on est évanoui, figure-toi.

Il poussa un juron si imagé que j'en eus le souffle coupé.

— Tu ferais mieux de me dire ce qui s'est passé.

Je m'exécutai.

— Tu as eu des nouvelles de Rhoan ? demandai-je.

— Il a établi une brève connexion au début du combat, mais rien depuis.

— Merde. J'espère qu'il va bien.

— Il a déjà été dans des situations bien pires.

— Mais Starr a des soupçons à propos de nous deux, Jack. Il me fait suivre au moment où nous parlons.

Je lançai le brin d'herbe devant moi et coulai un regard en coin à l'homme en question : il était appuyé contre le mur, les bras croisés, le visage levé comme s'il examinait le sommet des arbres. Étant donné que j'avais senti sa présence avant même de l'entendre, ce devait être autre chose qu'un humain. Ce qui signifiait qu'il ne serait peut-être pas simple de le semer, mais il fallait néanmoins que j'y parvienne avant d'aller vers le PC de sécurité.

— *On ferait peut-être mieux de te sortir de là.*

Moi, pas mon frère ou Kade.

— Je refuse de bouger d'ici.

— *Riley, s'il a des soupçons, c'est bien trop dangereux pour tout le monde.*

— J'ai quelque chose à faire avant.

Il poussa un autre juron.

— *Tu ne peux pas aller secourir cet enfant…*

— Nous avons fait des promesses à certaines personnes, Jack. Je vais faire tout ce qui est en mon pouvoir pour les respecter avant de disparaître. Et de toute façon, je refuse de laisser mon frère seul dans ce bordel.

— *Il a beaucoup plus d'expérience que toi.*

Mon inexpérience n'avait pourtant pas tant semblé le déranger au moment de m'envoyer ici.

— L'expérience, c'est bien gentil, mais ça ne sert à rien quand on est dépassé en nombre. Et c'est le cas actuellement.

Jack poussa un grognement.

— *Dis-moi au moins ce que tu mijotes.*

Je lui résumai brièvement mon plan. Il resta silencieux pendant un bon moment, puis dit :

— *Tu sais, ce serait peut-être une bonne idée de détruire les labos* et *le PC de sécurité.*

— Hein ? Quoi ?

— *Starr a peut-être des soupçons à ton propos, mais je doute qu'il ait deviné que tu travaillais pour le Directoire. Si tu sèmes ton garde, ça lui mettra forcément la puce à l'oreille, mais il ne te suspectera jamais si le labo* et *le PC de sécurité sont tous deux détruits. Après tout, seule une personne rapide comme un vampire pourrait faire sauter les deux en un si bref laps de temps.*

— OK, mais je ne vois toujours pas l'utilité d'une telle chose.

— Simple subterfuge pour détourner ses soupçons. Avec l'explosion dans la cuisine qui a bien failli tuer Moss, peut-être se demandera-t-il si les cartels invités ne jouent pas en fait double jeu ?

— Ce qui signifie que, même si je le voulais, je ne pourrais pas partir d'ici.

— En effet.

— Alors, comment je fais pour sortir le bébé d'ici ?

— Ah ! Les femmes ! maugréa-t-il. Écoute, amène-le dans la forêt et je t'enverrai un métamorphe aigle pour la sortir de là. Nous nous occuperons d'elle jusqu'à ce que Dia soit libérée. OK ?

Je ne pus m'empêcher de sourire d'un air satisfait. Je m'attendais pourtant à plus de résistance de sa part.

— Génial. Et puis ça rendra Dia redevable envers le Directoire, pas vrai ?

— Je ne te le fais pas dire, répliqua-t-il d'un ton cynique. Et souviens-toi, ma grande : tu ne dois laisser aucune trace derrière toi.

Mon sourire s'évapora.

— Je sais.

J'avais juste évité d'y penser, parce que c'était un nouveau pas dans la direction que je ne voulais pas prendre, un nouveau tour de la chaîne que Jack enroulait autour de moi. Un meurtre, puis deux, puis je me retrouverais à tuer sans y penser, sans culpabiliser. Ou du moins, c'est ce qu'il espérait.

— Bien. Contacte-moi quand tu auras fini de semer le chaos.

— Oui, chef.

Je me grattai l'oreille et coupai la communication, avant de me lever et de me diriger dans le sens du vent. Au bout de quelques minutes, celui-ci porta jusqu'à mes narines une odeur féline et masculine. Le garde me suivait, mais gardait ses distances.

Parfait.

Je longeai la maison jusqu'à atteindre l'extrémité de celle-ci, près des restes de la cuisine et le plus loin possible du PC de sécurité. Puis je bifurquai dans la forêt et me fondis dans les sous-bois. Dès que je trouvai un chemin, je me camouflai dans mon manteau d'ombre et courus à toute allure vers l'autre bout du bâtiment. Avec ma rapidité de vampire, cela ne me prit que quelques secondes, mais ce fut suffisant pour disparaître du champ de vision du garde. Et la légère brise devait d'ores et déjà avoir dissipé mes traces olfactives. Tout ce que je pouvais espérer à présent, c'était qu'il ne coure pas rapporter ma disparition à Starr. Celui-ci était tellement dingue qu'aucune personne saine d'esprit ne se serait précipitée pour lui avouer avoir échoué dans sa mission. Mais il n'y avait aucune certitude et, vu la malchance qui me collait aux basques, je préférais envisager tous les cas de figure.

Je m'arrêtai à l'ombre de grands arbres et examinai la façade de la maison. Plusieurs fenêtres laissaient échapper de la lumière, ce qui signifiait qu'il y avait encore du courant. Je me balançai d'un pied sur l'autre, soudain impatiente de passer à l'action. La tension faisait vibrer mes muscles et, quelque part, j'avais l'impression que quelque chose clochait. Je n'avais aucune idée de ce que ça pouvait être. Peut-être était-ce seulement dû à la nervosité que je ressentais à l'idée de ce que j'allais faire… De ce que je devais faire, même, si je voulais que notre couverture reste intacte.

Je regardai les lourdes portes métalliques qui menaient au PC de sécurité. Les plans que nous avions étudiés m'avaient appris que la zone était placée sous haute surveillance, avec des portes blindées et un long couloir à parcourir pour arriver à la salle de contrôle.

Et, même si ce n'était pas mentionné sur les plans, il était logique de penser que le PC aurait son propre générateur de secours en cas de coupure de courant. Mais il mettrait un certain temps à se mettre en route. Il fallait simplement que je passe entre les gouttes pour éviter d'être filmée.

La lumière s'éteignit dans le bâtiment. J'attendis quelques secondes puis, voyant qu'elle ne revenait pas, remerciai silencieusement Iktar et sortis du couvert des arbres. La caméra au-dessus de la porte ne bougea pas, alors que je me trouvais pourtant à la périphérie de son champ de détection.

Je frappai à la porte. Le son résonna dans le vide et, pendant plusieurs secondes, il n'y eut aucune réponse.

Puis une voix bourrue aboya :

— Ouais ?

— On m'a envoyée récupérer des rapports.

Une petite trappe coulissa dans la porte et je vis une paire d'yeux bleus m'examiner à travers celle-ci.

— Ma petite dame, on est en plein milieu d'une coupure de courant. Personne ne passera cette porte tant que le générateur de secours n'aura pas pris le relais.

Je haussai les épaules d'un air indifférent.

— Tant pis. Je dirai à M. Merle que vous n'avez pas voulu me les donner.

Je fis demi-tour et le garde jura à mi-voix.

— D'accord, d'accord. Attendez juste un moment.

La trappe se referma et, après plusieurs secondes, la porte s'entrouvrit juste assez pour livrer passage au garde. C'était un grand gars musclé et large d'épaules. Je ne pus identifier le modèle de son pistolet parce que, même si j'avais suivi un entraînement pour les utiliser, je n'aimais pas les armes à feu et, comme toute personne saine d'esprit, je les évitais autant que possible. Du coup, j'avais un peu séché les cours sur les fabricants et les différents modèles.

De toute façon, qu'est-ce qu'on pouvait bien avoir à foutre du modèle d'une arme quand elle était tenue par quelqu'un qui vous la braquait en pleine figure ? Tous les flingues étaient flippants à bout portant.

Je levai lentement les mains en l'air et fis de mon mieux pour paraître sans défense. Ce qui n'était pas bien difficile avec le pistolet braqué sur mon front et le fait que j'étais nue. De fait, il était difficile de ne pas avoir l'air vulnérable quand on était à poil.

Il garda son arme dirigée sur moi et jeta un rapide coup d'œil alentour. Honnêtement, j'aurais pu le neutraliser à ce moment-là, mais je ne voulais pas que ceux qui se trouvaient à l'intérieur soient avertis de mes intentions.

Quand il fut bien certain que personne ne se dissimulait dans les fourrés, il ouvrit la porte et me fit signe d'entrer. En passant à côté de lui, je remarquai non seulement le petit fil d'acier qui lui entourait le cou, synonyme de bouclier psi, mais aussi le couteau qu'il portait à la ceinture et le second pistolet attaché à son mollet, tout juste visible sous le pantalon kaki.

— Stop, gronda-t-il avant que j'avance trop dans le couloir.

Je m'immobilisai, flairant son odeur tout en utilisant aussi mes autres sens pour le « sentir ». Il sentait plutôt bon, en fait, un mélange de sauge et d'épices. Mais je ne perçus rien par les canaux extrasensoriels, ce qui signifiait que c'était un humain. Dans le cas contraire, j'aurais pu détecter de quelle espèce il s'agissait.

La porte claqua derrière nous et nous nous retrouvâmes plongés dans le noir. Il y eut un bruit de verrou tiré, puis je sentis la main du garde attraper mon bras avec une précision étonnante. Je devinai qu'il devait s'agir de l'un des humains « améliorés » de Starr, parce qu'aucun être humain normal n'y aurait vu goutte dans cette obscurité. Bon sang, même moi je voyais à peine, et j'avais une vision de loup. Je passai en vision infrarouge, ce qui régla le problème, mais lui n'était pas censé avoir cette option.

Ou peut-être était-ce justement le cas. Qui savait dans quel patrimoine génétique les scientifiques de Starr piochaient ces derniers temps ?

— Avance, dit-il en me poussant d'une bourrade dans le dos.

— Il fait drôlement noir, ici, me plaignis-je d'une voix tremblante.

Ça ne pouvait pas faire de mal d'avoir l'air effrayée.

— Pas d'inquiétude. Je ne te laisserai pas te perdre, me rassura-t-il d'un air amusé. Encore que si on n'était pas ici, je serais tenté de me perdre en ta douce compagnie.

— Et moi qui croyais que tu ne m'avais pas remarquée.

— Chérie, quand tu mets une fille à poil devant un gars, en général, il le remarque, quoi qu'il soit en train de faire.

Comme il avait raison… Sauf lorsqu'ils étaient aussi entraînés – ou homosexuels – que mon frère. Encore que Rhoan savait apprécier un beau corps féminin. Mais ça ne l'excitait pas. Le fait de penser à lui fit courir une pointe d'inquiétude en moi et je fronçai les sourcils en regrettant une fois de plus qu'il ne fût pas télépathe. J'avais besoin de lui parler, de savoir s'il allait bien, et espérais que mon malaise n'avait rien à voir avec lui.

Mais ce n'était pas possible pour le moment, et il fallait que je me concentre sur le présent.

— Au moins, je n'ai pas perdu mon charme légendaire, on dirait.

Je le laissai me rentrer dedans et il gloussa :

— On arrête de flirter, ma petite dame. C'est très agréable, mais je risque de retrouver mes couilles agrafées au plafond si je tente quoi que ce soit ici.

— C'est un peu cruel pour vous, alors que tous les autres ont le droit de goûter la marchandise…

— Ouais. Mais on est mieux payés qu'eux.

— L'argent ne fait pas le bonheur.

— Peut-être pas, mais je préfère vivre assez longtemps pour pouvoir en juger moi-même.

Ce qui allait s'avérer un vain espoir, vu que je ne pouvais pas laisser de témoins derrière moi. Et c'était bien dommage, parce qu'il semblait vraiment être un mec bien, même s'il travaillait pour un monstre. Je fermai un court instant les paupières. Je ne pouvais me permettre de penser ainsi. Je ne le pouvais tout simplement pas.

Il fallait que je tue tous les témoins pour détourner les soupçons de Rhoan et de moi. Je n'avais pas le choix.

— Comment pourraient-ils le savoir ? demandai-je.

Il me coula un regard en coin. Avec ma vision infrarouge, ses yeux brillaient d'un éclat singulier, mais même ainsi, je pouvais y voir une lueur d'amusement. Cet homme avait beau être attiré par moi, il n'était pas près de se laisser distraire. *Merde.*

— Il y a un autre garde au PC de sécurité. Il me dénoncerait.

— Et moi qui pensais qu'on avait passé l'âge de cafter…

— Il tient simplement à la vie, tout comme moi.

— Et s'il venait nous rejoindre ? Il ne pourrait pas nous dénoncer s'il était complice !

Son amusement crût encore, et un petit sourire étira ses lèvres. Mais, pour la première fois, je sentis aussi une once d'excitation.

— Je ne pense pas que Merle serait ravi qu'on se tape sa copine.

Je laissai échapper un ricanement de dérision.

— Je suis son dernier coup en date, certainement pas sa copine.

Il sourit.

— On dirait que vous n'êtes pas tout à fait satisfaite de la situation.

Je haussai le sourcil et baissai ma voix de plusieurs tons :

— Seriez-vous l'homme qui pourra régler ce problème pour moi ?

Il jeta un regard vers la porte droit devant nous, puis à moi, et déglutit avec difficulté.

— Je ne pense pas, non.

Voilà qui était une première. Une fille à poil qui s'offre à un homme et celui-ci qui refuse ? Voilà qui signifiait que j'allais devoir utiliser mon aura de loup-garou, parce que, même si je me faisais confiance pour neutraliser un opposant armé et bien entraîné, je n'étais pas assez certaine de mes talents pour en affronter deux d'un coup. J'étais tout aussi exposée aux balles de pistolet que n'importe qui. Et vu le peu de temps qui me restait et la méfiance que manifestait ce garde, je ne pouvais pas faire dans la subtilité.

Nous nous arrêtâmes devant la porte. Le garde appliqua son pouce sur le lecteur d'empreintes digitales, composa un code (que je mémorisai) et entra dans le PC de sécurité. Celui-ci n'était plongé que dans une demi-obscurité, grâce à une lampe-torche disposée sur le bureau du milieu qui éclairait le plafond d'un cercle lumineux. Il n'y avait personne d'autre dans la pièce, mais dès que la porte se referma, je vis le second garde passer la tête par l'encadrement d'une autre porte.

— J'étais sur le point de démarrer le générateur, dit-il en me regardant de la tête aux pieds avec un petit sourire. Vous faites une sacrée messagère, ma jolie.

Celui-ci n'était pas aussi grand que le premier, mais lui aussi portait un fil métallique autour du cou. Visiblement, dans ce qui était le cœur de son système de sécurité, Starr ne prenait pas le risque d'avoir seulement un type de protection psi pour ses hommes. Et les boucliers portatifs tels que ceux-ci fonctionnaient même en cas de panne d'électricité. Il allait falloir que je les leur enlève pour obtenir les informations dont j'avais besoin. Heureusement, l'aura des loups fonctionnait à un niveau basique qui n'utilisait pas les canaux mentaux, donc de ce côté au moins, les fils ne me poseraient pas problème.

— Les rapports sont sur mon bureau, Joe. Je vais juste encore épousseter un peu ce générateur avant de le démarrer. Son entretien semble avoir été approximatif.

Il disparut de nouveau dans la pièce voisine. Joe n'eut même pas le temps de faire un pas que je laissai libre cours à la pleine puissance de mon aura, qui le fit trébucher comme si quelqu'un lui était rentré dedans, et le submergea d'une chaleur incandescente. En l'espace de quelques secondes, l'envie de sexe se transforma en besoin, puis en faim dévorante.

Je savais exactement ce qu'il ressentait. Je connaissais cette sensation brûlante qui vous faisait perdre toute maîtrise de vous-même et vous faisait désirer ce que vous n'auriez jamais pensé vouloir de votre vie, parce que Misha avait, une seule fois, utilisé son aura sur moi. Mais au moins avais-je alors pu en atténuer les effets grâce à mon aura à moi. Cette fois-là, j'avais été en mesure de moduler la façon dont l'aura de Misha m'affectait.

Cet homme, qu'il fût amélioré ou pas, n'avait pas cette possibilité.

Il tendit soudain le bras et me plaqua brutalement contre le mur, écrasant ses lèvres contre les miennes, tout en arrachant ses vêtements d'une main et en me caressant avec rudesse de l'autre.

Je lui rendis son baiser, savourant le goût de ses lèvres, le contact de sa langue, me livrant totalement à lui tout en remontant lentement mes mains le long de son dos, vers son cou. Je sentis le fermoir du fil sous mes doigts. À la seconde où je le défis, mon esprit envahit le sien. Quand il fut entièrement en mon pouvoir, je remballai mon aura et le forçai à arrêter. Il resta ainsi, haletant, le regard vague, perdu, mais n'opposant aucune résistance à l'invasion. Il n'avait aucun pouvoir psi, et mon pouvoir sur lui était total.

Mais les petites flèches chauffées à blanc qui commencèrent aussitôt à me déchirer le cerveau me suggérèrent de ne pas pousser l'exercice trop loin ou trop longtemps. Je mettais plus de temps à me remettre de la prise de contrôle de Merle que je l'aurais pensé.

Je fis un tri rapide de ses pensées et souvenirs à la recherche des informations dont j'avais besoin. La télécommande des bombes implantées sur Iktar et ses frères se trouvait bien à cet endroit, rangée dans une armoire, dans le bureau principal que je n'avais pas remarqué mais qui se trouvait visiblement à notre droite. Joe n'avait pas le code de l'armoire. L'autre homme, qui se nommait Maz, si.

Ce fut tout ce que je réussis à obtenir. Je le fis reculer d'un pas et saisis son cou entre mes mains. Je sentis ses muscles contractés et son pouls erratique. Le tuer ne demanderait qu'une pression au bon endroit, suivie de la sensation du muscle et de l'os craquant sous mes doigts.

Mon estomac se souleva.

Je ne pouvais pas faire ça.

J'en étais incapable.

Jack avait beau vouloir faire de moi une tueuse, il avait beau m'avoir entraînée pour en devenir une, tuer ainsi de sang-froid, c'était comme un état d'esprit totalement différent, une zone dans laquelle on entrait sans jamais pouvoir en ressortir. C'était en tout cas ce qu'en disait Rhoan. Visiblement, je n'avais pas encore cet état d'esprit, et je refuserais de pénétrer dans cette zone sombre tant que ça ne serait pas absolument nécessaire.

Mais je ne pouvais pas laisser le garde avec la mémoire intacte non plus.

Une goutte de sueur courut sur ma joue alors que je retournais dans son esprit et réarrangeais ses souvenirs. Je lui fis se souvenir non de moi, mais d'un petit blond aux yeux bleus et au nez bulbeux. Je ne savais pas si un tel homme vivait ici, mais au moins Starr perdrait-il son temps à le rechercher ou l'interroger. Il valait mieux lui que Rhoan ou moi. Je lui laissai le souvenir de l'appel de Merle concernant les rapports, un souvenir qui entrerait en conflit avec ceux de Merle, ce qui ajouterait encore à la confusion. Puis j'ajoutai à la scène une petite bagarre imaginaire, que je prouvai matériellement par quelques ecchymoses provoquées par les deux coups que je lui décochai au menton. Il perdit aussitôt connaissance et s'effondra au sol.

Il avait à peine touché terre que le second homme réapparut. Je vis l'arme dans sa main dans l'un de ces moments où l'on *sait* qu'on n'échappera pas à la balle cette fois-ci, mais où l'on essaie néanmoins de l'esquiver. Le coup de feu résonna fortement dans le petit local et la balle traversa mon bras, ce qui était déjà mieux que mon cœur. La douleur m'envahit mais je fis de mon mieux pour ne pas y prêter attention. Je m'écroulai à terre en laissant libre cours à mon aura, la projetant aussi fort que je le pouvais vers mon adversaire.

Elle ne sembla pas l'affecter. Il se contenta de rester là, l'arme à la main, le regard farouche.

Le choc fut immense. J'avais toujours cru, parce que c'était ce qu'on m'avait toujours dit, que l'aura d'un loup pouvait submerger toutes les espèces. Bon sang, même le gouvernement en était persuadé, vu qu'il venait de promulguer une loi qui qualifiait de viol l'usage de son aura par un loup-garou. On pouvait l'utiliser autant qu'on le voulait entre nous, mais on risquait la prison en s'attaquant aux précieux humains.

Alors pourquoi ne semblait-il pas la ressentir ?

Je l'ignorais, et en cet instant précis, n'avais pas le temps de me poser la question. Je fermai les yeux et tentai d'oublier la douleur qui palpitait dans mon bras, de faire comme si le filet de sang qui imbibait la moquette sous moi n'existait pas. Je relâchai tous les muscles de mes membres et feignis l'évanouissement.

Pendant quelques secondes, l'homme ne réagit pas. J'entendais sa respiration régulière emplir le silence, et remarquai son odeur inhabituelle, un mélange de graisse et de pin aux accents terreux.

Je restai immobile, allongée sur la moquette à saigner comme un porc, et il finit par s'approcher prudemment de moi. Il poussa ma jambe du bout de l'orteil plusieurs fois, puis se pencha avec précaution pour prendre mon pouls. Il était trop nerveux et le canon de son arme était trop dirigé sur mon cœur pour que je tente quoi que ce soit, alors je me contentai de rester immobile pendant que ses doigts palpaient mon cou. Au bout de quelques secondes, il poussa un grognement et se releva. Il alla vérifier l'état de son collègue, puis revint derrière le bureau. Il tendit la main vers le téléphone et c'est le moment que je choisis pour lui faucher les jambes d'un de mes coups de pied circulaires. Il perdit l'équilibre et lâcha son arme, sur laquelle je me jetai, avant de lui décocher un grand coup de coude dans le visage. Je sentis le cartilage céder sous la force du coup et un jet de sang gicla sur mon visage et sur mon bras. Il émit une sorte de gargouillis, comme s'il ne parvenait plus à respirer, mais je n'en tins pas compte et lui envoyai un autre coup de poing qui le mit KO pour de bon.

Son corps s'affaissa et la tension s'échappa aussitôt de mes muscles, laissant la voie ouverte pour la douleur, qui s'écrasa sur moi comme un tsunami écarlate et me laissa pantelante. Certes, ce n'était pas une balle en argent, mais bordel, qu'est-ce que ça faisait mal quand même ! Je changeai rapidement de forme pour arrêter le saignement et enclencher le processus de guérison. La douleur s'atténua, mais ne disparut pas totalement.

De toute façon, je ne pouvais pas perdre une minute de plus à me métamorphoser. Il fallait que je récupère la télécommande pour Iktar et que je sorte d'ici.

J'essuyai mon front moite du revers du bras, ramassai le pistolet et le mis sur la table. Puis je revins vers le garde, agrippai sa ceinture et le disposai sur le flanc. Du sang coula de sa bouche et imbiba la moquette. Sa respiration sembla s'améliorer. J'ôtai le fil qu'il avait autour du cou, plongeai dans son esprit et récupérai le code du placard où se trouvaient les télécommandes. Puis je cherchai rapidement d'autres informations potentiellement utiles, et trouvai ce que je cherchais : la localisation des issues de secours des niveaux souterrains. Mais il ne s'agissait pas du tunnel dans lequel Moss avait disparu. Où diable pouvait-il mener, celui-là ?

Le garde l'ignorait. En fait, il n'avait pas connaissance d'un tel tunnel.

J'eus l'impression que des épines s'enfonçaient dans mon cerveau : il fallait que je me dépêche d'en finir si je ne voulais pas qu'il explose sous la pression. L'image me fit bizarrement sourire, alors même que la douleur devenait insoutenable et que des larmes coulaient sur mes joues sans que j'y puisse rien.

Je modifiai ses souvenirs de manière qu'ils correspondent à ceux de son collègue, lui remis son bouclier psi puis me relevai. Dans le bureau voisin, je trouvai rapidement le placard à code. Je composai celui que j'avais arraché au cerveau du garde et les tiroirs s'ouvrirent avec un déclic. Ils contenaient ce qui ressemblait bien à une manette de jeu vidéo, des trousseaux de clés, ainsi qu'un carnet où avaient été retranscrits les codes d'accès à toutes les zones. Je dénichai un sac et le remplis avec mes trouvailles, puis refermai le meuble et me dirigeai vers la sortie. J'ouvrais la porte quand je me souvins d'un détail capital : tous les locaux étaient protégés non seulement par un code, mais aussi par un scanner à empreintes digitales. Je ne pouvais pas sortir de cette pièce, sans parler de pénétrer dans le laboratoire, si je n'avais pas les deux éléments requis.

Putain.

Je regardai les deux hommes inconscients, puis le couteau que le premier avait accroché à sa ceinture. Je n'avais pas le choix. De toute façon il valait mieux perdre un pouce que la vie.

Je posai délicatement mon fardeau par terre puis allai récupérer le couteau. Je vérifiai rapidement son pouls qui me sembla un peu filant, mais néanmoins régulier. Il resterait encore évanoui un moment. Je lui volai le couteau et m'approchai du second garde.

La poignée sembla peser plusieurs kilos dans le creux de ma paume moite, comme si le poids de ce que je m'apprêtais à faire lestait le métal. Je tâtai doucement le cou du second garde, vérifiai son pouls, pris une grande inspiration pour me donner du courage et plaquai sa main sur la moquette, le pouce bien écarté des autres doigts.

Je pris une autre inspiration qui ne fit rien de plus que la première pour calmer mon estomac, puis levai la lame et l'abattis aussi précisément que je le pouvais. Il n'y eut que peu de résistance : la lame traversa peau, muscles et os avec facilité, avant d'entamer la moquette et de buter contre le sol de béton. Le contrecoup fit vibrer mon bras et s'entrechoquer mes dents. La blessure laissa échapper un flot de sang épais et d'un rouge foncé.

Mon estomac se tordit, et finit par se rebeller. Je me forçai à ravaler la montée de bile et levai le bras de l'homme pour atténuer le saignement. Puis je ramassai du bout des doigts le pouce coupé, l'emballai dans un morceau de plastique que je trouvai sur le bureau et me dirigeai vers la sortie. Je descendis le couloir à toute allure, parvenant à franchir la deuxième porte juste à temps car, cette fois-ci, je ne pus m'empêcher de rendre tout le contenu de mon estomac.

Ce n'est qu'à la dernière seconde que je me rendis compte que quelqu'un se trouvait de l'autre côté de la porte.

Et de toute façon, il était trop tard.

Chapitre 13

Vomir n'est jamais agréable, mais c'est encore pire quand on ne sait pas si la personne à côté de nous est un allié ou un ennemi.

Je veux dire, comment voulez-vous vous défendre quand vous êtes en train de rendre tripes et boyaux ? C'est impossible. Purement et simplement impossible.

Le seul élément qui me laissait penser que j'étais en sécurité, c'était que rien ne se produisit pendant que j'avais la tête dans un buisson. Mais ce ne fut que lorsque je réussis enfin à me redresser et à aspirer quelques grandes goulées d'air, à moitié effondrée contre le mur, que je sentis l'étrange odeur de terre et d'air. Iktar. Ni allié, ni ennemi, quelque chose entre les deux.

Mais il n'était pas le seul dans les environs. Une vague d'énergie parcourut la surface de ma peau, m'emplissant d'une sensation de chaleur qui était plus profonde que la simple joie d'une présence et me touchait d'une manière que personne d'autre ne parvenait à faire.

Quinn gardait l'œil sur moi et je me sentis soudain bien plus rassurée.

— Tiens, dis-je en sortant le carnet du sac et en tendant ce dernier à Iktar, la télécommande et quelques trousseaux de clés. Amusez-vous bien.

— Merci. (Il accepta le fardeau avec une apparente méfiance, mais l'expression de ses yeux était celle d'un homme qui voyait enfin arriver la fin d'un cauchemar.) Je te suis maintenant redevable, plus que tu ne peux l'imaginer.

— Non, mon pote, c'est envers le Directoire que tu as une dette, et je crains que tu le regrettes.

En effet, j'avais l'impression que Jack voudrait au moins l'un des frères d'Iktar dans sa nouvelle équipe… et dans celle qui existait déjà. Il haussa les épaules.

— Ça ne pourra pas être pire que d'être prisonniers d'un malade mental, ou tués lors des folles missions qu'il nous confie.

Sauf que, en ce qui concernait les « folles missions », le Directoire n'avait pas vraiment à rougir en comparaison avec Starr. Sinon, pourquoi Gautier aimait-il autant son métier ?

— Les équipes d'entretien sont en train de réparer la panne en ce moment même, continua-t-il d'une voix douce. Tu as au maximum dix minutes devant toi.

— Alors il faut que je me bouge le cul, dis-je en me redressant et en m'essuyant la bouche.

Il n'y avait pas grand-chose à faire contre la migraine aveuglante qui étendait ses tentacules dans mon crâne, mais je pouvais quand même remédier au goût amer que j'avais dans la bouche. Il fallait juste que je trouve un robinet.

— J'espère que tu réussiras à sortir tous les tiens d'ici, Iktar. Et fais gaffe avec ces télécommandes.

Il eut un sourire sans humour.

— L'un de nous saura les désactiver. Nous serons partis avant la fin de la nuit. (Il me tendit la main.) Encore merci.

Je lui serrai la main. Il avait les doigts plus froids que les miens et une peau douce et élastique, un peu comme celle d'un serpent. Pas désagréable, mais pas non plus le genre de peau que j'aurais eu envie de toucher tous les jours.

Il s'éloigna et je regardai une nouvelle fois dans la direction des arbres, avant de partir à la recherche d'un robinet. Je protégeai le carnet et le pouce coupé des éclaboussures avant de me rincer la bouche et le sang qui me recouvrait le visage.

Je n'entendis aucun bruit, mais la chaleur qui m'enveloppa me dit que Quinn était derrière moi. Il se dégagea de son manteau d'ombre et dit :

— Tu as une mine atroce.

— Et toi, toujours le chic pour les compliments, répondis-je du tac au tac.

Une lueur d'amusement fit briller son regard sombre.

— Besoin d'aide ?

— Oui. Je dois sauver un bébé et détruire un laboratoire. (J'avalai une dernière gorgée d'eau, puis fermai le robinet et récupérai le fruit de mes larcins.) Les issues de secours semblent déboucher dans la forêt, mais derrière le gymnase.

— Quand tu parles de laboratoire, tu ne parles pas du laboratoire principal ?

— Non, un autre. Comment s'est passée ta chasse au tunnel ?

— Je me suis cassé le nez. Sur une porte métallique, pour être plus précis. (Il hésita un instant.) Je suis resté toute la journée devant, mais personne n'est passé par là.

— Et merde…

Il haussa les épaules avec élégance.

— Les méchants ne jouent pas toujours le jeu comme ça nous arrangerait.

— Non, sans blague ? Merci pour cette formidable leçon de vie.

Il sourit et mes hormones se lancèrent dans leurs habituelles cabrioles. Ce n'était pas vraiment le moment, mais les hormones d'un loup-garou se fichaient complètement de détails aussi futiles que le timing.

— Il y avait beaucoup de gardes qui entraient dans la forêt quand j'en sortais, cela dit, reprit-il.

— Et tu n'es pas resté pour tenter d'en savoir plus ? Pourquoi ?

Il me jeta un regard en coin.

— Parce que je ressentais ta douleur.

— Ah. Merci.

Ce qui ne semblait pas la chose la plus adaptée à dire, mais d'un autre côté, que pouvais-je dire d'autre ? Merci de penser à moi, mais tu aurais mieux fait de suivre ces gardes ? Je n'étais pas si chienne que ça. Enfin, si, mais pas de la manière dont les humains utilisaient ce mot.

— Puis-je te demander ce que tu fabriques avec un pouce ensanglanté et un carnet à la main ?

— La plupart des zones protégées ici le sont par des scanners d'empreintes digitales et des codes d'accès. Il est drôlement plus simple de trimballer un pouce que de traîner un gars derrière soi.

— D'où le vomi.

— D'où le vomi, acquiesçai-je.

Et le simple fait de sentir le doigt amputé refroidir peu à peu, même à travers le film plastique dans lequel je l'avais enroulé, me redonnait la nausée.

— Tu veux que je le tienne pour toi ?

Je n'y réfléchis même pas et lui fourrai pouce et carnet dans les mains.

— Allons-y avant qu'ils rétablissent le courant.

Nous nous camouflâmes et courûmes jusqu'au gymnase. Chaque pas m'envoyait une lance brûlante en plein dans le crâne et je ne pouvais déterminer si le liquide qui coulait le long de mes joues était de la sueur ou du sang.

Il y avait des gardes partout, même à l'extérieur du gymnase. Starr ne semblait pas penser que la panne de courant était accidentelle et avait mis le paquet sur la surveillance de ses biens les plus précieux ainsi que sur celle des issues, y compris celles dont quasiment personne ne connaissait l'existence. Nous nous arrêtâmes sous le couvert des arbres, hors de vue des gardes. Nous étions camouflés, mais ne pouvions courir le risque que certains des hommes de Starr soient d'autres humains améliorés, avec de l'ADN de vampire et la vision infrarouge. Quinn me toucha l'épaule pour attirer mon attention et désigna deux gardes, sur notre gauche, dont les armes brillaient comme des lampes de poche à mes yeux. J'opinai du chef et me dirigeai furtivement vers les deux cibles en restant sous le vent et aussi silencieuse que possible.

J'étais presque arrivée sur eux lorsqu'une brindille craqua sous mon pied. Les deux hommes firent volte-face en levant leur arme dans un même mouvement. Je m'immobilisai en retenant mon souffle. Mais ils ne tirèrent pas, se contentant de scruter la pénombre, leur regard glissant sur moi. Ils ne pouvaient pas me voir. Ils n'avaient pas la vision infrarouge.

Avantage pour moi.

Je me rapprochai si près qu'un garou ou un métamorphe aurait pu aisément sentir mon odeur et envoyai un grand coup de pied dans l'entrejambe du premier homme. Il s'effondra en émettant un sifflement de douleur. L'autre regarda de tous les côtés d'un air aussi surpris que circonspect. Je me laissai tomber au sol et fauchai ses jambes d'un coup de pied circulaire. Je saisis le pistolet du premier homme par le canon et abattis la crosse sur la tête de son collègue. La force du coup projeta sa tête en arrière avec violence et il perdit connaissance avant même de toucher le sol. Un autre coup de crosse permit au premier homme de rejoindre son camarade. J'ôtai les chargeurs des armes et les lançai au milieu des arbres, mais laissai les pistolets, non sans m'être assurée par quelques palpations qu'ils n'avaient pas d'autres munitions sur eux.

Je retournai vers l'issue de secours en me frottant les tempes dans un vain effort de soulager ma migraine. Quinn me rejoignit presque aussitôt. Ce salopard n'était même pas essoufflé. D'un autre côté, j'avais eu à me battre plus souvent que lui depuis le début de la journée, sans parler du fait que j'avais vomi mon petit déjeuner. Pas étonnant que je sois agitée de frissons et me sente si faible.

Cela étant, j'avais la vague impression que les frissons étaient plutôt dus à cette certitude rampante que quelque chose clochait méchamment et que notre mission était sur le point de partir en sucette.

Je pris une profonde inspiration pour me calmer les nerfs. J'avais une tâche à accomplir et il valait mieux que je me concentre là-dessus plutôt que de me mettre la rate au court-bouillon concernant des événements futurs et incertains.

Il nous fallut ce qui me parut un temps extrêmement long pour trouver l'entrée secrète du sous-sol, mais je suppose qu'en réalité, cela ne prit qu'une ou deux minutes. Elle était cachée dans la souche d'un arbre apparemment détruit dans l'un des feux qui avaient ravagé la région plusieurs années auparavant. Mais en fait, le tronc était fait de béton habilement camouflé. L'entrée elle-même fut délicate à dénicher. L'arbre semblait bien solide, et ce n'est qu'en regardant attentivement qu'on devinait le contour d'une porte. Le loquet se réduisait à une petite bosse sur le bord de celle-ci. Lorsque je parvins enfin à l'actionner, je me retrouvai face à une autre porte, celle-là en métal et dotée d'un clavier semblable à ceux qui limitaient l'accès aux autres zones protégées de la propriété.

— On m'a dit que les générateurs de secours alimentent ces portes. Elles doivent donc fonctionner normalement.

Si ce n'était pas le cas, on serait dedans jusqu'au cou.

— C'est logique.

Il me tendit le carnet, où je trouvai rapidement le code que je composai sur le clavier, pendant que lui appliquait avec précaution le pouce sur le scanner à empreintes digitales.

La petite lumière rouge au-dessus du clavier passa au vert. Quinn agrippa la poignée et ouvrit la porte. Un courant d'air sentant le renfermé agita nos cheveux, laissant penser que ce tunnel n'avait pas été utilisé depuis très, très longtemps. Et la couche de poussière qui recouvrait les marches descendant dans une obscurité rougeâtre confirmait cette impression.

Cela étant, je me demandai comment tant de poussière avait pu pénétrer dans un endroit hermétiquement fermé comme celui-ci.

— L'éclairage de secours semble fonctionner à l'intérieur, commenta Quinn.

Je me penchai et observai le tunnel. Mon malaise ne cessait de croître et j'aurais préféré qu'il me fiche la paix. J'avais bien assez de raisons d'avoir peur sans devoir en ajouter.

— Tu penses qu'ils ont des capteurs de mouvement, là-dedans ?

— Probablement ; cela étant, je doute qu'ils soient reliés au générateur de secours. Est-ce que les caméras fonctionnaient lorsque tu étais au PC de sécurité ?

— Non.

— J'imagine que caméras et capteurs de mouvements doivent être alimentés par la même source de courant, nous sommes donc logiquement en sécurité pour le moment.

Vu que Starr ne se comportait pas comme une personne normale, il y avait toujours un doute quant à la logique de ses actions.

— Il faut qu'on bouge. On doit avoir à peu près huit minutes devant nous avant que le courant soit rétabli.

— Je passe le premier.

J'acquiesçai. Il commença à descendre les marches sans un bruit, ses pas soulevant des petits nuages de poussière. Quand il parvint au palier de béton en contrebas, il me fit signe de le suivre, puis disparut dans la pénombre rougeoyante.

— Des capteurs dans les murs et des caméras au plafond, souffla-t-il en me les montrant lorsque je le rejoignis.

— Donc, si on n'est pas sortis d'ici quand le courant reviendra, on se fera détecter en un clin d'œil.

— Oui. Allons-y.

Nous remontâmes le tunnel au pas de course, nos pas résonnant dans le silence. S'il y avait des gardes devant nous, ils nous entendraient arriver à bonne distance.

— Je n'entends aucun battement de cœur en dehors du tien, dit Quinn.

— Certaines créatures n'ont pas de pouls.

— Comme les caméléons, ou les Fravardin.

— Par exemple. Cela étant, il n'y a aucun Fravardin ici en dehors de celui qui assiste Dia.

Ce qui était étrange, d'ailleurs. Si Misha avait les Fravardin à ses ordres, pourquoi Starr n'avait-il pas mis la main dessus ? Misha était pourtant complètement soumis aux ordres de Starr… enfin, jusqu'à un certain point.

Nous approchâmes d'une autre porte métallique et ralentîmes. Celle-ci semblait plus robuste que la précédente.

— Porte de confinement, expliqua Quinn en passant la main sur le métal. On en a dans mes labos. Elles résistent à tout, et très longtemps.

Je sortis le calepin et mémorisai le code.

— Pourquoi en mettre une à une issue de secours ?

Il haussa les épaules.

— Parce que, si la contamination est trop grave, il vaut peut-être mieux que ceux qui sont à l'intérieur ne puissent pas sortir ?

— Mais le but d'une issue de secours, c'est pas justement de pouvoir sortir ?

Il pressa son pouce sur la porte.

— La loi nous oblige à en avoir. Ce n'est pas pour ça qu'elles sont utilisées.

— Contente de ne pas bosser dans tes labos.

Il me jeta un regard amusé.

— Et moi donc. J'ai pour règle stricte de ne jamais fricoter avec mes employés.

— Nous ne fricotons pas vraiment, en ce moment.

Pas de manière physique en tout cas. Enfin, si l'on négligeait notre petite séance dans ma cuisine, et l'autre fois dans l'écurie, mais ça ne comptait pas vraiment.

— En effet, reconnut-il en appuyant sur la poignée. (L'air s'échappa bruyamment de l'ouverture et un effluve moisi caressa ma peau.) Mais j'ai bien l'intention d'y remédier dès que possible.

Je haussai le sourcil en percevant la note de certitude, pour ne pas dire d'arrogance, qui teintait sa voix et tirai légèrement sur le lien psi qui nous reliait. Vu que nous n'avions aucune idée d'où se trouvait le labo ou de combien nos voix portaient, il valait mieux ne pas faire de bruit. Surtout quand, comme dans notre cas, on avait d'autres possibilités.

— *Et comment comptes-tu remédier à la situation, vu que tu n'es jamais à Melbourne ?*

Il ne répondit rien, ce qui n'était pas surprenant, et se contenta de tourner au coin formé par le couloir.

— *Un autre couloir et une porte droit devant.*

— *Pas de gardes ?*

Ce qui était une question stupide, vu qu'il avançait déjà.

—Pas encore. Mais ils sont peut-être de l'autre côté de la porte.

— Tu sais, y a quelque chose qui cloche avec l'absence de sécurité dans cet endroit. En toute logique, Starr devrait avoir envoyé des renforts en premier lieu dans les laboratoires…

Je m'interrompis brutalement.

Et si c'était bien le cas ? Si effectivement, il avait envoyé un régiment de gardes pour protéger son complexe de recherche ?

C'était peut-être justement là que se rendaient les gardes que Quinn avait vus se diriger vers la forêt : ils allaient surveiller l'entrée (ou la sortie) de l'endroit que Starr voulait protéger à tout prix.

Mon imagination m'entraînait-elle trop loin ? Peut-être. Sauf qu'Iktar m'avait bien dit que, lorsque lui et les siens avaient été transportés du laboratoire au zoo, leur endormissement et le trajet n'avaient pas semblé durer très longtemps. J'avais cru qu'il parlait en termes d'heures, mais peut-être étaient-ce en fait des minutes ?

Et peut-être le trajet avait-il semblé si court tout simplement parce que le laboratoire qui avait fabriqué les créatures pour lesquelles il avait servi de modèle se trouvait ici, sous nos pieds.

Bien sûr, cela signifiait qu'il devait y avoir une entrée quelque part dans les collines, assez grande pour livrer passage à des camions, et le Directoire, avec tous ses satellites et autres moyens d'espionnage, devait certainement l'avoir déjà remarquée.

—Peut-être pas.

Quinn s'arrêta devant la porte.

—Et pourquoi pas ? Une entrée assez grande pour des camions aurait besoin d'être desservie par une route pouvant supporter leur poids. Pas facile à cacher dans une forêt.

— Sauf si on a fait en sorte de la camoufler. Y a-t-il des carrières ou des camps d'abattage d'arbres dans le coin ?

— Je n'en ai pas la moindre idée.

— Mais Jack, si.

— Ouais.

Je composai le code de la porte, puis m'écartai pour lui laisser accès au scanner à empreintes digitales.

— Si le labo se trouve bien en sous-sol, ça expliquerait pourquoi Jack et le Directoire ont été incapables de découvrir le moindre bâtiment suspect par surveillance satellite. Mais comment Starr aurait-il pu faire tant d'excavations sans que personne le remarque ?

— Le seul élément récent, dans ce tunnel, ce sont les portes. Le béton des murs est vieux. Très vieux, plusieurs dizaines d'années.

— Ça fait quarante ans que le cartel se mêle de modifications génétiques.

— Cet endroit est plus ancien que ça. Beaucoup plus ancien.

La petite lumière au-dessus du capteur passa au vert. Quinn agrippa la poignée et tira la porte.

Et c'est à ce moment précis que le ciel nous tomba sur la tête.

Un rugissement d'air nous arriva dessus à la vitesse d'un train en marche. Un bref instant, je crus qu'il ne s'agissait que de l'air prisonnier du couloir qui s'échappait, mais je fus immédiatement détrompée par l'odeur de chair en putréfaction qui l'accompagnait.

Je lançai une liane télépathique en essayant d'identifier ce qui nous fonçait dessus, mais me heurtai à une totale absence de pensées. Pas comme si j'étais confrontée à quelqu'un d'immunisé à la télépathie, mais comme s'il n'y avait rien que le néant. La créature n'était pas non plus visible. Sa chaleur corporelle était quasi inexistante : en vision infrarouge, elle se réduisait à une petite flamme d'un rouge sourd qui ne s'étendait pas jusqu'à ses membres.

En tout cas, que ce soit mort, mourant, ou je ne sais quoi d'autre, ça fonçait sur nous à toute allure. Et il était fort probable que ce ne soit pas pour nous faire un gros câlin.

Dans un mouvement instinctif, je me jetai sur Quinn pour nous écarter de la trajectoire de notre adversaire non identifié. Pour quelle raison, je l'ignorais, puisqu'il était aussi doté de vision infrarouge et devait avoir vu son rayonnement aussi bien que moi. Il poussa un grognement en heurtant le mur de l'épaule, puis m'entoura de ses bras pour nous éviter de perdre l'équilibre. Une forme sombre nous dépassa avec un ululement qui semblait résonner dans tout le couloir, puis s'arrêta en dérapant à quelques mètres de nous. Mais peut-être n'était-ce pas un écho, car à ce moment-là, une autre créature, plus petite, vint rejoindre la première.

—*Putain*, jura Quinn, *des caméléons.*

Les caméléons étaient une espèce rare de non-humains qui pouvaient littéralement se confondre avec le fond contre lequel ils se trouvaient. Et, détail charmant, ils étaient aussi des mangeurs de chair humaine. Nous avions déjà eu à en affronter une meute, et ne nous en étions sortis que parce que Rhoan, Jack et Kade étaient venus à notre rescousse.

Cette fois-ci, il ne faudrait pas espérer une telle intervention.

Je m'écartai précipitamment de Quinn, évitai une grosse patte noire et reculai vers la porte. La pièce qui se trouvait de se côté-là était un peu plus grande que le couloir et j'avais besoin d'espace pour combattre, même si ça ne semblait pas être le cas pour Quinn.

—*Ceux qu'on a vus au complexe de reproduction ne puaient pas autant.*

J'esquivai un nouveau coup puis décochai un une-deux dans le ventre du caméléon. J'eus l'impression de frapper du métal. Je sautillai d'un pied sur l'autre en dansant entre les attaques de mon adversaire tout en l'observant attentivement. Celui-ci ne semblait pas aussi rapide que le premier, mais il était loin d'être lent. J'avais juste de meilleures chances contre lui.

—*Non, ceux-ci sont en train de se décomposer.* (Quinn bougeait si vite qu'il apparaissait comme une flammèche floue.) *Ce qui signifie qu'ils doivent être très, très vieux.*

—*Aussi vieux que ces tunnels ?*

—*Plus vieux encore.*

Le caméléon manqua son coup encore une fois, mais celui d'après atteignit son but : la force en fut telle que je fus projetée en arrière.

Je laissai échapper un grognement en percutant le sol et ne pus freiner ma glissade sur le carrelage. Elle s'interrompit néanmoins quand ma tête frappa quelque chose de dur et de métallique. La douleur se répercuta dans toute ma colonne vertébrale, mais un sifflement d'air me dit que la grosse bosse que j'allais avoir était le cadet de mes soucis. Je me redressai précipitamment et tâtonnai derrière moi. Une table. Une table *métallique*. Aucune chance d'en briser un pied pour m'en servir de pieu. J'ignorais si ces créatures étaient vulnérables à l'empalement, mais ça aurait valu le coup d'essayer. Cette table m'apprenait aussi que nous avions atteint le laboratoire, visiblement une section désaffectée, car je refusais d'imaginer qu'on puisse accepter de travailler en présence d'anthropophages.

La créature se jeta une nouvelle fois sur moi. Je roulai sur moi-même en envoyant brutalement mon pied dans son entrecuisse. Il recula de quelques pas sous la force du choc, mais réussit quand même à me frapper le tibia. Ses griffes aiguisées comme des aiguilles déchirèrent ma chair et le sang jaillit, couvrant la puanteur des créatures de son parfum capiteux. Je poussai un juron et perçus un mouvement dans l'obscurité.

Il y avait encore plus de ces saloperies cachées ici.

Génial. Putain, vraiment génial.

Je réussis à me stabiliser et reculai de nouveau, m'éloignant de la créature mais aussi des ombres mouvantes. Heureusement, la pièce était rectangulaire, ce qui me laissait pas mal d'espace pour fuir en cas de gros pépin.

— Quinn, il y a quelque chose d'autre dans cette pièce.

— Je sais.

Il se trouvait toujours près de la porte, mais la créature qu'il affrontait semblait être en train de mourir. La flammèche rougeâtre qui trahissait sa présence n'était presque plus visible, comme engloutie par la nuit.

— Ils ne m'ont pas l'air aussi gros, mais ils semblent tout aussi méchants.

— Ce sont des jeunes.

— Des jeunes ?

— Des petits. On est dans leur nid, là.

— Oh putain !

Pas étonnant que papa et maman soient si furieux. Ils voulaient protéger leurs petits, pas le labo.

— Nous devons sortir d'ici avant que les jeunes viennent donner un coup de patte à leurs parents.

— Ce serait effectivement mieux que d'essayer de se battre contre eux.

Je continuai à reculer en ne quittant pas le caméléon des yeux et en tentant de trouver à tâtons les tables avant de me cogner dedans. Même si je n'apercevais aucune issue dans l'obscurité totale, la logique voulait qu'il y en ait une. J'avais l'impression étrange que, si on sortait d'ici, les créatures ne tenteraient pas de nous suivre.

Ce qui, étant donné que lesdites créatures se nourrissaient de chair humaine, était plutôt illogique, comme idée. Je veux dire, ça ne devait pas être tous les jours qu'on leur livrait le dîner à domicile.

Mes doigts entrèrent en contact avec la surface froide d'une nouvelle table. Je la contournai, et la créature se rua sur moi. Une fois encore, je fis volte-face en balançant un coup de pied circulaire, envoyant par la même occasion des gouttelettes de sang dans tous les sens. J'entendis un bruit de griffes sur le carrelage. Les petits étaient plus attirés par l'odeur du sang que par le besoin de défendre leurs parents.

Mon talon frappa la créature en plein dans le ventre, l'envoyant valdinguer tête la première sur une table voisine, et la force de l'impact ébranla ma jambe. La créature se releva de la table pliée en deux en secouant la tête, avant de se jeter une nouvelle fois sur moi. Je l'esquivai d'un rapide pas de côté et la créature tenta de se retourner en vol pour m'atteindre, ne réussissant qu'à déraper de manière incontrôlable en atterrissant sur le sol glissant. J'en profitai pour regarder autour de moi.

Les petits n'étaient visibles que sous la forme de toutes petites lueurs rougeâtres blotties les unes contre les autres dans le coin gauche à l'autre bout de la pièce. Derrière eux se trouvait ce qui ressemblait à une grande fissure dans le mur en béton. La sortie se trouvait à ma droite et, Dieu merci, ne semblait commandée ni par un code, ni par une empreinte digitale. Je vis le caméléon se rétablir et tenter une nouvelle offensive, et fonçai à toute allure en direction de la porte.

— *Quinn, j'ai trouvé la sortie, magne-toi le cul!*

Il ne répondit rien, mais l'instant d'après, je sentis ses mains me percuter à hauteur des épaules et m'envoyer voler en arrière. Il claqua la porte au vol derrière nous. Il y eut un choc de l'autre côté, comme si un corps s'était écrasé dessus.

Durement. Mais la poignée ne tourna pas. Peut-être que les créatures qui n'avaient pas de substance à proprement parler ne pouvaient pas ouvrir les portes. Cela étant, elles étaient tout à fait capables de faire des dégâts corporels.

— *Les griffes, c'est pratique avec la chair, le béton ou la pierre, mais ça ne sert pas à grand-chose contre l'acier.* (Je sentis sa main me serrer gentiment le bras.) *Ta jambe saigne beaucoup.*

— *C'est superficiel, et on n'a pas de temps à perdre,* répondis-je d'un air absent en me relevant et en regardant autour de moi.

Nous nous trouvions dans un couloir sur lequel donnaient plusieurs portes. Étant donné qu'il n'y avait aucun autre arôme que celui du renfermé, il était raisonnable de penser que les pièces qui se trouvaient derrière étaient vides. Au bout du couloir, il y avait une autre porte anticontamination, mais différente de celle que nous avions prise tout à l'heure. Elle ressemblait plus à celles qu'on voit dans les films qui se déroulent à bord d'un bateau ou d'un sous-marin, avec un volant qu'il fallait tourner pour l'ouvrir et la fermer. De ce que j'en savais, ce genre d'équipement était dépassé depuis plusieurs dizaines d'années, ce qui tendait à confirmer la supposition de Quinn que l'endroit était plus ancien que l'usage qu'en faisait le cartel.

— *Je suis un vampire.* (La voix mentale de Quinn avait beau être douce, j'y décelai une légère tension. Je clignai des yeux avant de me rendre compte qu'il répondait à ce que j'avais dit un peu plus tôt.) *Je sais maîtriser mes pulsions, mais je ne suis pas fait de marbre, et je ne peux résister très longtemps à une odeur si délicieuse.*

Quelle idiote! J'avais complètement oublié l'attraction qu'avait le sang sur lui. Je changeai rapidement de forme, puis lui fis signe de me suivre.

— *Et moi qui pensais que tu ne buvais du sang que quand tu faisais l'amour…*

— *Avec un sang aussi enivrant que le tien, je pourrais faire une exception.* (Son regard croisa brièvement le mien.) *C'est déjà arrivé, rappelle-toi.*

L'image me traversa l'esprit et un frisson de désir me parcourut la peau. Qui aurait pu croire que le contact d'une langue de vampire sur un endroit aussi peu intime que le poignet avait le pouvoir de faire jouir autant une femme ?

Pas moi, en tout cas. Et c'était une expérience que je n'aurais rien contre le fait de renouveler, mais pas ici et pas maintenant.

— *Non.* (Il agrippa le volant et le tourna. Il y eut un petit « clic » et la porte s'ouvrit comme dans du beurre.) *Mais plus tard, sans problème.*

— *Tu m'as l'air bien certain qu'il va y avoir un « plus tard ».*

— *S'il y a bien quelque chose de certain, c'est que les loups-garous sont accros au bon sexe. Et le fait est que le bon sexe, c'est mon rayon.*

Je ricanai mentalement.

— *Et bien arrogant, aussi.*

— *Après un millénaire à affiner ma technique, je peux me permettre d'être arrogant.*

— *Dommage que, pendant ce millénaire, tu n'aies pas appris à respecter les croyances et pratiques des autres espèces.*

Une vibration amusée me caressa l'esprit avec autant de douceur qu'une brise d'été.

— *J'ai tendu le bâton pour me faire battre, là.*

Indéniablement. Alors pourquoi était-il amusé et pas agacé ? Ça ne correspondait pas au Quinn que je connaissais… encore que je soupçonnais que je ne connaissais pas le *vrai* Quinn, seulement celui dont l'esprit était monopolisé par la vengeance de son ami.

Il était déjà bien assez difficile de résister à ce Quinn-là. Je serais réduite à l'état de pâte à modeler si, pour une fois, il se montrait charmant.

— *J'en doute, bizarrement.*

Sa voix mentale était chargée d'ironie, et je lui décochai un grand sourire en tournant au coin du couloir. Encore de l'obscurité, des laboratoires. Sauf que là, il faisait chaud et l'air était chargé de quantité d'odeurs, humaines, organiques ou chimiques. Les odeurs étaient accompagnées de voix féminines et masculines qui discutaient à voix basse. Ils ne semblaient pas particulièrement inquiets concernant la panne de courant, ce qui était une bonne chose. Ça signifiait qu'ils ne se méfieraient pas autant qu'ils l'auraient dû.

Un léger bruit attira mon attention. Je tournai la tête vers la gauche, m'isolant du bourdonnement des voix pour me concentrer sur ce son qui venait du bout du couloir. Je l'entendis de nouveau, plus distinctement cette fois-ci : des pleurs d'enfants.

Le bébé de Dia. Ce ne pouvait être personne d'autre.

J'avançai à pas de loup, pieds nus sur le carrelage froid.

— *Combien de cœurs entends-tu dans le labo devant nous ?*

Il écouta un instant, puis répondit :

— *Trois, sans compter l'enfant.*

— *Peux-tu leur brouiller l'esprit, qu'ils ne voient rien pendant que je récupère le bébé ?*

— *J'y travaille en ce moment même.* (Une fois encore, il avait l'air amusé.) *Cela étant, je ne suis pas certain qu'ils remarqueraient quoi que ce soit, en ce moment.*

J'ouvris la porte du laboratoire et vis exactement ce dont il parlait. Les trois adultes, deux hommes et une femme, avaient visiblement décidé de mettre à profit la soudaine coupure de courant et s'étaient lancés dans un petit ménage à trois. Si l'on devait se fier à l'expression du visage de la femme, elle s'éclatait comme une malade, et c'était bien compréhensible : avoir plusieurs hommes pour satisfaire tous ses désirs était une chose absolument délicieuse, même si toutes ces histoires d'entrée par l'arrière n'avaient jamais vraiment été mon truc.

Je regardai derrière eux et vis la petite pièce qui se trouvait à côté avec, en son centre, un berceau isolé où reposait un tout petit bébé à l'aura si brillante que je dus cligner des yeux.

—Dépêche-toi, Riley. Nous n'avons plus beaucoup de temps.

Je me dépêchai. Mais je m'arrêtai sur le pas de la porte. Starr était assez tordu pour avoir mis en place un système qui protégerait son otage en cas de panne de secteur.

Je ne vis rien qui sortait de l'ordinaire. Je passai un bras par l'embrasure de la porte et rien ne se passa. Pas d'alarme, pas de bombe, pas de piège. Je m'avançai jusqu'au berceau.

L'enfant qui se trouvait dedans était le portrait craché de sa mère, avec ses cheveux blancs et sa peau neigeuse, sauf en ce qui concernait les yeux. Ceux de la petite étaient d'un violet absolument époustouflant. Mais il n'y avait pas que ça. La gamine semblait parfaitement consciente de son environnement. Comme si elle savait exactement pourquoi j'étais là et ce que j'avais l'intention de faire.

Je ne vis aucun fil attaché au bébé, mais étant donné que Dia m'avait dit que sa fille avait été piégée, je n'allais certainement pas la soulever tant que je ne serais pas bien certaine de pouvoir le faire sans risque.

Je tâtai doucement ses jambes, son petit torse, cherchant un implant ou quelque chose du genre, puis examinai les environs du berceau. Ce n'est qu'en regardant en dessous que je vis les capteurs.

Je coulai un regard en direction de Quinn. Il me regardait, moi, et non le petit spectacle amateur, ce qui était surprenant vu comme il avait semblé apprécier mater un peu plus tôt.

— On dirait que le berceau est truffé d'explosifs ou un truc du genre. Est-ce que tu peux explorer leur esprit pour trouver l'interrupteur ?

Il y en avait nécessairement un, vu que Dia venait chaque semaine faire des câlins à son enfant.

— Il se trouve à côté de la porte. Heureusement que tu ne l'as pas soulevée : le détonateur est alimenté par le générateur de secours.

Logique. J'actionnai ledit interrupteur, enveloppai la gamine dans sa couverture et la soulevai du berceau. Elle n'émit aucun bruit, ne fit aucun mouvement, même pas un gigotement de surprise en se retrouvant collée contre une inconnue couverte de sueur et de sang. Elle se contenta de me regarder de ses incroyables yeux.

Elle en voyait trop, de la même manière que Dia en ressentait trop.

Un frisson me parcourut l'échine : et si Starr gardait cette enfant en otage pour d'autres raisons que pour maintenir Dia en son pouvoir ? Et s'il la soumettait à des expériences pour découvrir ce qu'elle avait dans la tête ? Parce qu'il y avait indéniablement quelque que chose qui se passait dans ce petit crâne.

— Jack veut que je fasse sauter le labo si possible.

— J'ai suggéré à l'un de nos amoureux d'aller appuyer sur l'interrupteur quand nous serons sortis d'ici, répondit Quinn. *Le berceau explosera aussitôt, ce qui nous fournira une couverture pour sortir d'ici.*

— Et Starr pensera peut-être que quelqu'un a été imprudent.

— Peut-être.

Quinn semblait dubitatif et je ne pouvais pas lui en vouloir. Je serrai la petite fille contre mon cœur et retournai vers lui. Le triangle qui s'agitait sur le sol semblait approcher de l'orgasme, si l'on devait en croire les gémissements de plus en plus insistants.

— Des gens arrivent pour voir ce qui se passe. Camouflez-vous, toi et l'enfant.

Il fit demi-tour et ouvrit le chemin vers l'extérieur.

Je drapai la petite dans mon manteau d'ombre et suivis Quinn. Plusieurs personnes étaient rassemblées à l'autre bout du couloir et ricanaient comme des gamins. Nous les dépassâmes alors qu'ils s'approchaient de l'encadrement de la porte. Au moins, avec leur attention monopolisée par le tango horizontal de leurs trois collègues, ils risquaient moins de nous remarquer. De toute façon, dans le cas contraire, Quinn aurait effacé tout souvenir de nous.

Ce qu'il démontra lorsqu'il ouvrit la vieille porte et m'invita à entrer dans le couloir suivant, où personne ne sembla nous voir, alors même que nous passions à quelques centimètres d'eux. Quand la porte se referma sur nous, je demandai :

— Comment allons-nous retraverser le nid de caméléons ?

— En courant comme des dératés.

— Non, sans déconner.

— Je ne déconne pas.

Putain. C'est que c'était rapide, ces saloperies, et il le savait aussi bien que moi. Les semer avait été impossible la première fois que nos chemins s'étaient croisés, et je doutais que ça soit différent cette fois-ci.

Une explosion fit trembler les murs alors que nous arrivions à la porte qui menait au nid. De la poussière de plâtre tomba du plafond en pluie et des sonneries d'alarme retentirent un peu partout. Cela ne sembla pas déstabiliser Quinn, qui agrippa la poignée de ses doigts qui ressemblaient à des petites flammes contre le métal froid avec ma vision nocturne.

— Prête ?

— Non.

Je calai plus solidement la petite contre mon sein, essayant de la protéger autant que possible, puis opinai du chef à contrecœur.

Quinn ouvrit la porte à la volée et je courus. Un hurlement déchira l'obscurité, un son si plein de fureur qu'il semblait sortir des murs eux-mêmes. Un froissement semblable à un tourbillon de haine agita l'air autour de moi, semblant me viser plus que Quinn. Je ne pris pas le temps de regarder derrière moi ou sur le côté et me concentrai sur le fait d'atteindre l'autre porte et de sortir de cet endroit.

Quelque chose m'effleura les cheveux et alla s'écraser contre le mur près de la porte. Il y eut un bruit d'os brisés, puis le ululement d'une créature. Quinn faisait le ménage après moi et m'assurait une progression sans encombre. Je me ruai dans le tunnel, mes pieds nus résonnant sur le sol de pierre.

Derrière moi, une créature poussa un rugissement qui résonna dans l'obscurité rougeoyante. Je ne l'entendis pas approcher, mais sentis Quinn m'attraper le bras et me tirer derrière lui, m'enjoignant muettement de presser l'allure. C'était comme s'il tirait derrière lui un ballon de baudruche, mais ça ne semblait pas être suffisant.

Ça n'était *pas* suffisant.

Nous arrivions en vue de l'échelle lorsqu'il y eut un clic bizarre, et d'un coup, les caméras revinrent à la vie et suivirent notre course.

Une fraction de seconde plus tard, une nouvelle alarme retentit, plus forte et plus stridente que l'autre, presque assourdissante dans l'espace exigu du tunnel.

Le bébé ne laissa échapper aucun son. Elle ne bougea même pas. Elle respirait : je le sentais contre ma poitrine et voyais la flamme brillante de son corps, mais son calme était surnaturel. Bon sang, même moi, j'avais sursauté lorsque l'alarme s'était déclenchée, mais pas la gamine. C'était comme si elle comprenait qu'il ne fallait faire aucun bruit, sous peine de nous faire courir un danger encore plus grand.

Bien sûr, elle pouvait aussi être complètement à l'ouest sous l'effet de drogues, mais bizarrement, ça semblait très improbable.

Peut-être que c'est moi qui étais à l'ouest.

Nous arrivâmes près de l'échelle et Quinn me toucha l'épaule. Je l'imitai et ralentis. De derrière nous me parvenait le crissement de griffes sur le béton. Il n'avait pas refermé la porte anticontamination et je ne pus m'empêcher de le maudire, jusqu'au moment où je me souvins que c'était grâce à lui que nous étions arrivées jusqu'ici. Avec un peu de chance, Starr penserait que c'étaient les créatures qui avaient déclenché l'alarme.

Je tendis le bras vers les barreaux de l'échelle et commençai à les gravir. Je me fichais de savoir si la sortie était dégagée, je préférais affronter six hommes armés que deux caméléons fous de rage.

Même si c'était assez peu commode avec un enfant dans les bras, je peux vous dire que rarement on aura monté à une échelle avec autant de rapidité. Quinn attrapa ma main et m'aida à gravir les derniers degrés, puis referma la trappe sur mes talons et la porte qui la camouflait. Je sautai par-dessus le cadavre des deux gardes qui patrouillaient visiblement trop près au goût de Quinn et m'engouffrai sous le couvert des arbres.

Le bruit d'une troupe marchant au pas sur du béton laissa supposer que la sécurité répondait au signal d'alarme. J'espérai fugitivement que mon frère ne serait pas parmi ceux qui seraient en première ligne lorsque la porte s'ouvrirait.

Mon sentiment de malaise revint me tarauder et, cette fois-ci, je fus certaine qu'il concernait principalement Rhoan. Je n'étais pas sûre de la raison. Était-ce simplement une inquiétude fraternelle ? Ou la certitude venue de nulle part qu'il se trouvait dans une situation critique ? Je décidai de me mettre à sa recherche dès que j'aurais fait sortir le bébé de Dia d'ici, rien que pour le voir et m'assurer qu'il allait bien.

Parce que, la dernière fois que j'avais ressenti quelque chose de similaire, il s'était fait enlever dans un but de prélèvement de sperme forcé.

Soudain, une pensée me traversa l'esprit : Starr allait nécessairement s'assurer d'où se trouvait son personnel, y compris les lutteuses et les putes. Je me figeai.

— Qu'est-ce qui se passe ? demanda Quinn d'une voix même pas essoufflée, malgré sa folle course, ce qui était légèrement agaçant.

— Je dois retourner à ma chambre, ce qui veut dire qu'il faudrait que tu me rendes un service. (J'essuyai la sueur qui dégoulinait sur mes joues.) Pourrais-tu emmener le bébé dans la forêt et attendre que le métamorphe vienne la récupérer ?

Il fronça les sourcils et jeta un regard noir à la petite.

— Les bébés, c'est vraiment pas mon truc.

— Je te demande pas de l'adopter. Je te demande juste de la mettre en sécurité.

Il ne répondit pas tout de suite, alors je lui tendis l'enfant. Il la prit avec l'air d'une poule qui aurait trouvé un couteau.

— Où et quand ? grogna-t-il.

Au lieu de répondre, j'établis la connexion en me touchant l'oreille.

— Jack ?

— Des rapports réguliers, Riley. C'est la première leçon qu'apprend un bon gardien.

— J'ai dû m'endormir pendant celle-là.

Il poussa un juron.

— Bon sang, contente-toi de me dire ce qui se passe.

Je souris. Ce n'était peut-être pas des plus raisonnable de taquiner mon patron, mais j'adorais quand il mordait avec tant d'enthousiasme à mes hameçons.

— Nous avons la gamine et fait sauter le labo, mais la situation est merdique. Quinn va amener l'enfant au point de rendez-vous dès maintenant. Il faut que je retourne dans ma chambre et que je fasse comme si rien ne s'était passé.

— Tout le monde a réussi à protéger sa couverture ?

— Cela dépend en grande partie de si les caméras dans le tunnel étaient équipées de capteurs infrarouges. (J'hésitai un instant.) Tu sais, ces souterrains ne sont pas récents. Quinn pense même qu'ils existent depuis plus longtemps que le cartel. Cet endroit ne serait pas construit sur un ancien bunker ou quelque chose du genre, par hasard ?

— Genre un bunker nommé Libraska ?

— Eh bien, ça semblerait logique que Starr garde son installation la plus importante à portée de main.

Et ça expliquerait cette porte d'ascenseur à l'entrée de ses appartements, celle dont personne ne connaissait l'existence.

— Nous n'avons trace d'aucune installation, militaire ou non, construite dans la région, mais je vais demander à Alex de vérifier auprès de sa source au gouvernement. Avec un peu de chance, nous devrions bientôt découvrir sur quel trésor Starr est assis.

Alex, c'était Alex Hunter, la femme qui avait créé le Directoire et qui le dirigeait depuis plusieurs dizaines d'années. C'était un vampire très âgé, encore plus que

Quinn, mais aussi la sœur de Jack. Celui-ci savait vraiment ce que sécurité de l'emploi voulait dire.

Cela étant, je me demandais toujours comment Jack pouvait avoir plusieurs centaines d'années de moins que Quinn et, en même temps, être le frère d'un vampire encore plus âgé que ce dernier. C'était un sujet que Jack et sa sœur avaient soigneusement évité d'aborder. Mais j'avais bien l'intention de lui arracher la réponse, même si je devais le harceler à mort.

— Où voulez-vous que Quinn retrouve votre agent ?

— *Il y a un vieux pin qui passe par-dessus la clôture dans le coin sud de la propriété. Quelqu'un y sera dans cinq minutes.* (Il s'interrompit un instant.) *Sois prudente. Et garde le contact, Riley. Je suis sérieux.*

Il l'était tout autant la première fois qu'il me l'avait demandé. Ça ne voulait pas dire que je m'en souviendrais davantage cette fois-ci. Je coupai la communication et jetai un regard à Quinn.

— Il faut que tu y ailles.

Il acquiesça et raffermit sa prise sur l'enfant avant de poser sa main libre sur ma nuque et de m'attirer contre lui. Ses lèvres, quand elles rencontrèrent les miennes, étaient brûlantes et exigeantes, et son baiser était totalement incomparable à ceux que j'avais reçus jusqu'à cet instant. C'était à la fois une déclaration d'intention et une promesse de passion, si parfaite, si terriblement excitante que j'en devins instantanément liquide.

Un soupir s'échappa de mes lèvres lorsqu'il brisa le contact de nos bouches. Il rit doucement.

— Souviens-toi de ça pour quand tout ça sera terminé.

J'ouvris les yeux et plongeai mon regard dans les profondeurs d'obsidienne de ses iris le temps de plusieurs battements de cœur.

— Seulement si tu acceptes ce que je suis, Quinn. Sinon, ce serait déloyal pour toi comme pour moi.

Un peu d'amertume vint teinter son sourire, mais elle ne semblait pas dirigée contre moi, plutôt contre lui-même.

— J'ai fini par me rendre compte que, si je voulais remporter la course, encore fallait-il que j'y participe. J'ai beau ne pas apprécier les multiples partenaires des loups-garous, si le seul moyen de te prouver que nous sommes faits l'un pour l'autre, c'est de te partager, alors je n'ai d'autre choix que de l'accepter.

Mes hormones firent quelques cabrioles de joie.

— Tu veux dire que tu n'exigeras plus que je ne fréquente que toi, et personne d'autre ? Que tu cesseras tes insultes envers la culture lycanthrope ?

— Oui pour la première question, et je ferai de mon mieux pour la seconde.

C'était nettement mieux que rien. Je me haussai sur la pointe des pieds et l'embrassai délicatement.

— Merci.

— Même les vieux singes peuvent apprendre de nouvelles grimaces, s'ils trouvent quelqu'un pour les motiver suffisamment. (Il effleura ma joue du bout des doigts, puis s'éloigna d'un pas.) Fais attention à toi dans cette maison.

J'opinai du chef. Il fit demi-tour et disparut en un éclair dans la nuit. Je suivis son empreinte de chaleur pendant quelques dizaines de mètres, avant qu'elle soit engloutie par les arbres. Puis je tournai les talons à mon tour et m'en allai à ma chambre.

Seule Berna s'y trouvait quand j'entrai, mais elle ne dormait pas. Loin de là. Elle avait l'air lugubre, en colère, comme si elle était prête à frapper quelqu'un. Et quand son regard croisa le mien, j'y vis que la personne en question, c'était moi.

Je me figeai dans l'encadrement de la porte en me demandant ce que je pouvais bien avoir fait. À part leur botter le cul un peu plus tôt, je veux dire.

Mais, avant que je puisse poser la question, une vague de douleur s'abattit sur moi. Une douleur profonde, comme des coups de marteau en pleine poitrine qui me firent tomber à genoux, le souffle coupé.

Ce n'était pas ma douleur.

C'était celle de Rhoan.

Chapitre 14

Je n'avais jamais ressenti quelque chose de comparable. La douleur était réelle, et pourtant, elle ne l'était pas. Elle faisait courir des flammes le long de mes terminaisons nerveuses, mais ça ne durait pas plus de quelques fractions de seconde. Même ainsi, elle était si intense que mes membres se mirent à trembler d'épuisement. C'était comme si la douleur me siphonnait toutes mes forces.

Mais peut-être n'était-ce pas la douleur. Peut-être était-ce Rhoan qui puisait dans mes forces parce que les siennes lui faisaient défaut. C'était quelque chose dont nous ne savions pas être capables, tout simplement parce que nous ne partagions pas nos pensées et, jusqu'ici, n'avions jamais ressenti la douleur de l'autre. Nous savions quand l'autre était blessé, que ce soit émotionnellement ou physiquement, et avions toujours été capables de nous retrouver réciproquement, un talent qui nous avait été bien utile ces derniers mois.

Si je ressentais *ça* de sa part, c'est qu'il avait de gros problèmes. Des problèmes de vie ou de mort.

La panique referma son étau sur ma poitrine, m'empêchant de reprendre ma respiration.

J'ignorais ce qu'il était en train de subir, mais j'avais bien l'intention de le découvrir. Je me forçai à inspirer et me remis debout en chancelant. Et me retrouvai le cou pris dans un autre étau, bien réel, celui-ci, et le dos plaqué violemment contre le mur.

— Tu nous as dénoncées, pas vrai ? articula Berna d'un ton plein de rage, les traits déformés par la fureur. On t'a fait confiance, et tu nous as trahies.

Si elle voulait une réponse, ce n'était pas en m'étranglant qu'elle allait l'obtenir. Pas quand la moindre inspiration m'aurait demandé un effort surhumain. Je levai la main, agrippai la sienne et écartai ses doigts avant de la repousser en arrière.

Un éclair de surprise traversa ses yeux. Même si je les avais toutes deux vaincues, Berna n'avait toujours pas la moindre idée de ma véritable force.

— Qu'est-ce que tu racontes comme conneries ?

Je me frottai la gorge et résistai à la tentation de me ruer immédiatement au secours de mon frère. Il y avait visiblement un problème imprévu. Il fallait que je sache de quoi il s'agissait.

— Nerida a essayé de tuer Merle. Sauf qu'il était préparé. Il s'y attendait. Il a nécessairement été prévenu.

Ouais, bien sûr, le fait qu'il ait été préparé n'avait rien à voir avec l'explosion de la cuisine et la coupure de courant. Ces deux nanas-là devaient faire de bons soldats, mais elles n'avaient pas l'étoffe d'un leader. Elles ne réfléchissaient pas assez aux conséquences de leurs actes. Je secouai la tête d'un air désabusé.

— Laisse-moi deviner. Vous avez traité Merle comme une cible ordinaire, pas vrai ?

— C'est une cible ordinaire, même si c'est un hybride.

Elle avança vers moi, en brandissant ses gros poings en direction de mon nez. Je levai l'index en signe d'avertissement.

— N'y pense même pas, Berna, ou je te brise le cou. Et alors, qui pourra courir à la rescousse de cette abrutie de renarde ?

— En combat régulier, je te battrais, petite louve.

J'eus un reniflement de dérision.

— Tu n'as aucune chance contre moi, Berna, pas plus que Nerida n'a eu la sienne avec Merle.

— Un métamorphe renard triomphera toujours d'un hybride. C'est ainsi que le monde fonctionne. Les purs-sangs sont plus forts, plus rapides, surtout si l'hybride est en partie humain.

— Ce serait vrai pour un hybride classique. Mais, pour Merle et Moss, ce n'est pas le cas. Ce sont deux humains génétiquement modifiés, à qui on a implanté des fragments d'ADN de toutes sortes d'espèces. Ils ne sont absolument pas ordinaires.

Elle cligna des yeux.

— Hein ?

— Je vous avais prévenues qu'il y avait bien plus en jeu que ce que vous croyiez. Starr n'est pas seulement le parrain d'un des gangs les plus redoutables de Melbourne, il procède aussi depuis des décennies à toutes sortes d'expériences génétiques. (Ses yeux s'élargirent au fur et à mesure de mes paroles.) Tu pensais réellement que ces créatures ailées étaient d'origine naturelle ? Tu croyais que le zoo n'était rempli que d'erreurs de la nature ?

— Eh bien, j'ai déjà vu des créatures encore plus bizarres… (Elle s'interrompit.) Et pourquoi est-ce que je te ferais confiance ?

— Parce que, en tant qu'ex-garde forestière, tu as suivi un entraînement militaire qui est censé te permettre de voir sous la surface des choses. Tu devrais te rendre compte que les apparences sont trompeuses, ici. (Je fis passer le poids de mon corps d'un pied sur l'autre. Il fallait que je sorte d'ici pour aider mon frère et casser la gueule de celui qui lui infligeait tant de souffrance.) Je me fous que tu ne me croies pas. Mais je te promets que si des amis à moi meurent à cause de vos conneries, je vous le ferai payer.

— Comment êtes-vous au courant de notre passé militaire ? Nos dossiers sont censés être classés secret défense.

— Et qu'est-ce qui te dit que je n'ai pas accès aux documents classés secret défense ?

Elle laissa échapper un soupir désolé.

— On est tombées en plein milieu d'une opération de grande envergure, pas vrai ?

— Ouais, et vous avez peut-être tout foutu en l'air.

— Merde. (Elle se passa la main dans les cheveux.) Qu'est-ce que je peux faire ?

Plutôt que de lui répondre, je levai la main. Des voix agressives nous parvenaient de l'autre bout du couloir : les gardes, qui vérifiaient que tout le monde se trouvait bien dans son lit. J'attrapai une couverture et l'enroulai autour de moi pour dissimuler mes jambes ensanglantées. Nous attendîmes notre tour en silence, répondant quand nos noms furent appelés. Ils ne prononcèrent pas celui de Nerida, ce qui impliquait qu'ils devaient savoir ce qui lui était arrivé.

Quand les gardes furent assez éloignés, je chuchotai :

— Aide-moi à récupérer mon partenaire, et ensuite, on verra ce qu'on peut faire avec la tienne. Mais, si on parvient à la libérer, je veux que vous vous en alliez d'ici.

— Ton partenaire s'est fait prendre ?

Prendre, torturer, et à présent, il se déplaçait, mais pas de son propre chef.

— Oui. Je dois le sortir de là.

— Comment ? Ils ont posté des gardes à chaque issue. Il est impossible d'entrer ou de sortir.

— Un problème à la fois.

J'envoyai valser la couverture, fis volte-face et sortis de la chambre. Berna me suivit, le bruit de ses grands pieds sur le sol noyant celui de mes propres pas. Je poussai la porte et sortis dans la nuit. Le garde nous jeta un regard, mais ne dit rien. Il était humain. Il ne pouvait pas sentir que j'empestais le sang, la sueur et la peur.

— Où ont-ils emmené Nerida ? demandai-je alors que nous nous éloignions.

— Aux enclos, mais j'ignore où c'est. Ils l'ont mise au programme du spectacle de ce soir.

— Contre ces saloperies ailées ?

Je suivis le chemin qui bifurquait vers la gauche, comme me l'ordonnait mon instinct, ce fil ténu qui me reliait à Rhoan.

— Ouais. Si elle survit à ça, elle gagnera le droit d'affronter Merle. (Elle me regarda avec un air lugubre.) On sait toutes les deux que ça n'arrivera pas, mais Nerida refuse d'entendre raison. Elle est aveuglée par sa soif de vengeance.

J'ouvris la bouche pour dire que c'était stupide, mais la vérité était que je pouvais comprendre ce qu'elle ressentait. Si quelque chose devait arriver à Rhoan, personne ne pourrait m'empêcher de rendre œil pour œil et dent pour dent. Quelqu'un devrait payer.

— Ce qui signifie qu'elle refusera de partir, même si on réussit à la faire évader.

— Elle partira. Je te le promets.

C'était une promesse qu'elle ferait mieux de respecter, sinon Jack le leur ferait regretter. Il n'était pas très patient avec ceux qui se retrouvaient en travers du chemin du Directoire.

Nous continuâmes à avancer sur le sentier en direction de l'avant de la maison. Les gardes nous observèrent dans notre progression et, au bout de quelques secondes, je sentis que mon ange gardien était de retour. Mais cette fois-ci, c'était un loup, ce qui signifiait qu'il serait plus difficile à semer que le premier.

Comment diable étais-je supposée secourir Rhoan avec sur les talons un mouchard qui rapporterait la moindre de mes actions suspectes à Starr ?

À moins bien sûr de réussir à détourner son attention.

Je m'arrêtai au coin de la demeure et vis un vieux camion vert bâché en train d'être chargé près de l'un des transformateurs. Je ne pouvais voir mon frère, mais notre lien gémellaire me disait qu'il était là, déjà à l'intérieur du camion. Nous regardâmes les gardes charger les dernières caisses, puis remonter le hayon arrière et le verrouiller. Personne ne monta dans la partie bâchée et seuls deux hommes prirent place dans la cabine à l'avant. C'était le moment d'agir.

— On est suivies, dis-je à mi-voix alors que le chauffeur mettait le contact.

— Où ça ? demanda Berna aussi doucement, le regard braqué sur le camion.

— Il s'est arrêté près de la dernière porte.

— À cent mètres d'ici ? (Elle se tourna vers moi, le regard plein de curiosité.) Un loup ne devrait pas être capable de sentir quelqu'un à cette distance en étant dans le sens contraire du vent.

Je ne faisais effectivement pas appel à mon odorat, mais elle n'avait nul besoin de le savoir.

— Eh bien, moi si, voilà tout.

Elle poussa un grognement.

— Tu veux que je détourne son attention ?

— Oui, s'il te plaît.

— C'est comme si c'était fait.

Elle fit demi-tour et revint vers le garde. J'attendis que le camion démarre, puis me glissai au coin de la maison en m'enveloppant de mon manteau d'ombre et courus à toute vitesse vers l'arrière du camion.

Celui-ci allait plus vite que je le pensais et je dus faire un bond désespéré pour réussir à rattraper mon retard. Je percutai brutalement le hayon arrière, balançai mon bras par-dessus celui-ci et m'accrochai comme une damnée avec le bitume qui défilait à quelques centimètres de mes orteils. Ce n'était pas le genre de position où je me sentais particulièrement à l'aise, et, dès que j'eus retrouvé ma respiration, je m'empressai de me tortiller et de jeter une jambe par-dessus la planche de bois, avant de me hisser à l'intérieur. Je me cognai la hanche contre une caisse en atterrissant et je dus ravaler un glapissement. J'osais à peine respirer, allongée par terre, l'oreille tendue. Le ronronnement du moteur remplissait l'espace, accompagné par le crissement des pneus sur la route. Un parfum de cuir et d'épices flottait dans l'air, mais le soulagement qui m'envahit fut tempéré par l'arôme doucereux et métallique du sang qui se mariait à l'odeur de Rhoan. Ces enfoirés lui en avaient vraiment fait voir de toutes les couleurs.

La fureur monta en moi, une fureur toute lycanthrope, issue du besoin primal de protéger ma meute. Et Rhoan *était* ma meute à lui tout seul, tout ce que j'avais, et celui qui lui avait infligé ça devrait payer.

Oh oui, je comprenais parfaitement le raisonnement de Nerida.

Sous l'odeur de Rhoan me parvint celle des gardes, un mélange de pin et d'océan. Je pouvais les sentir, mais je ne pouvais pas les *sentir*, ce qui signifiait qu'il s'agissait d'humains. Avec le boucan que faisait ce vieux camion, ils ne m'entendraient pas arriver. L'ouïe humaine n'était pas assez fine.

Mais je gardai néanmoins mon manteau d'ombre drapé autour de moi en contournant la première caisse. Ils ne m'entendaient peut-être pas, mais un seul coup d'œil dans le rétroviseur trahirait ma présence. Après tout, j'étais nue. C'était le genre de spectacle qui avait tendance à attirer l'attention d'un homme.

Rhoan se trouvait au milieu du camion, où on l'avait jeté par terre comme un sac d'ordures, le visage et le corps à vif. En fait, le seul endroit de son corps qui n'était pas perclus d'ecchymoses et de plaies, c'était son appareil génital. On aurait dit que la personne qui l'avait torturé avait soigneusement évité cette zone, ce qui était très étrange.

Je me laissai tomber à côté de lui et lui touchai doucement le front, écartant quelques mèches ensanglantées de son visage. Il bougea, et j'eus une nouvelle bouffée de soulagement. Il n'était pas sans connaissance, comme je le redoutais, même s'il n'ouvrit pas immédiatement les yeux.

J'appuyai légèrement sur l'interrupteur de la connexion dans son oreille, me penchai vers lui et murmurai :

— Jack, localise ce signal. Quand nous serons sortis de la propriété, arrêtez le camion. Et prévoyez une assistance médicale pour Rhoan.

Je n'entendis pas sa réponse et n'osai utiliser ma connexion. Il faudrait que je parle plus fort et le risque n'en valait pas la chandelle.

Je jetai un bref regard aux deux humains à l'avant puis m'allongeai près de Rhoan et le berçai doucement entre mes bras. Il bougea de nouveau, puis ouvrit les yeux.

Les iris marron me surprirent, je ne m'y habituais pas. Mais son sourire était bien le même.

— Je savais que tu viendrais me chercher.

Il arrivait à peine à murmurer, et malgré les accents de douleur, sa voix me fit l'effet d'une coulée de miel dans les oreilles.

— C'est à ça que ça sert, les petites sœurs. (Je touchai délicatement sa joue tuméfiée et ses yeux se refermèrent.) Rhoan, qui est-ce qui t'a fait ça ?

— Starr. Moss.

Il eut un frisson, et la douleur que ma colère avait repoussée dans un coin de mon esprit revint à l'offensive. Ce n'était pas seulement une douleur due à ses blessures. C'était le feu mortel de l'argent.

Je me passai la langue sur les lèvres en essayant de ne pas paniquer. Je ne voyais aucune lame d'argent plantée dans son corps, aucune blessure par balle, mais ça ne voulait rien dire. Il suffisait d'une paillette du métal glissée sous la peau pour tuer un loup.

— Rhoan, où est l'argent ?

— Dans mon cul, dit-il avec un toussotement qui devait être un rire. Son idée d'une bonne blague.

C'était un humour auquel je n'étais pas particulièrement sensible. Je me relevai et passai la main sur ses fesses. Comme on m'avait déjà tiré à balles d'argent dessus, j'étais hypersensible à la présence du métal. S'il se trouvait sous sa peau, je le sentirais.

Mes doigts me brûlèrent quand j'arrivai au milieu de sa fesse gauche. Le morceau d'argent était fin comme une aiguille et long de quelques centimètres. Il était trop profondément enfoncé pour que je puisse le récupérer à mains nues.

— Enlève… le…, haleta-t-il. Je ne sens plus… rien…

C'est alors que je compris la supposée bonne blague. L'argent tuait les loups-garous en détruisant leurs muscles, leurs nerfs et toute sensation, jusqu'à ce que le corps se retrouve prisonnier d'une douleur insoutenable et d'un carcan l'empêchant de bouger ou de respirer, causant une longue et douloureuse mort par asphyxie.

On m'avait tiré dans le bras et la paralysie était rapidement remontée dans mon cou et descendue dans mes doigts. Le projectile avait pu être ôté avant qu'il y ait des dégâts plus importants, mais même là, j'avais failli perdre l'usage de mon bras.

Rhoan avait été injecté dans la fesse. Du coup, la sensation de paralysie prenait son origine dans la zone des organes sexuels. C'était une zone d'une importance bien plus cruciale que le bras pour un loup-garou.

C'était d'une perversité sans limites, et je me promis de la leur faire regretter.

J'effleurai la joue de Rhoan pour attirer encore son attention.

— Il va falloir que je me métamorphose et que j'y mette les dents.

Il acquiesça faiblement.

— Vas-y.

Je jetai un nouveau regard aux hommes à l'avant. Ils ne s'étaient toujours pas rendu compte de ma présence, alors j'appelai la louve en moi. La puissance tourbillonna autour de moi, à travers moi, et je pris ma forme de loup. Je léchai le visage de mon frère, un geste futile qui fit plus pour me rassurer, moi, que lui, et regardai le bas de son dos. L'aura de l'argent était telle que cela faisait comme un phare miniature au sommet de sa fesse qui indiquait l'endroit exact où se trouvait l'aiguille.

Je ne me laissai pas le temps de réfléchir à ce que je faisais. Je me contentai de retrousser les babines et de mordre sa fesse à pleines dents. Le goût de la chair sanglante m'emplit la gueule, rapidement recouvert par la brûlure de l'argent. Je refermai mes crocs autour de celui-ci et tirai de toutes mes forces. Rhoan fut agité d'un sursaut et son corps se tendit sous le choc. Il poussa un sifflement étouffé qui traduisait parfaitement la douleur qui résonnait aux quatre coins de mon cerveau.

Je me retournai vivement et crachai le bout de chair. Mais son goût me remplissait la bouche et je me retrouvai agitée de nausées incontrôlables.

— C'était quoi, ça ? s'écria un des hommes à l'avant.

Rhoan parvint, je ne sais comment, à me bâillonner de sa paume pour étouffer mes haut-le-cœur. De la bile me remonta dans la gorge, mais je réussis à la ravaler. Mon corps était presque aussi agité de tremblements que celui de Rhoan, et je n'étais pas certaine que sa main pourrait endiguer le flot bien longtemps.

— Quoi, ça ? marmonna l'autre gars d'un air las.

— Ce bruit. On aurait dit quelqu'un qui gerbait.

— Probablement notre passager. Ne t'en fais pas, avec tous les os cassés qu'il a, il ne va aller nulle part.

— Nulle part à part au laboratoire de reproduction.

Ils éclatèrent tous deux de rire. Le soulagement m'envahit. Rhoan me lâcha le nez et je contemplai la brume dorée de la métamorphose qui caressait son corps brisé, étouffant aussitôt la douleur qui palpitait dans mon esprit en guérissant les blessures de Rhoan. Il ne resta pas longtemps en forme de loup (c'était trop difficile lorsque les blessures étaient si profondes et la douleur si forte), mais la métamorphose dans l'autre sens facilita encore un peu la cicatrisation. Je l'imitai avec une transformation express, puis je nouai mes doigts aux siens et attendis.

Je n'ai aucune idée du temps que mit le Directoire à intervenir. Ça devait se compter en minutes mais ça me parut des heures, puis enfin, le camion s'arrêta. Il n'y eut aucun affrontement, pas un bruit, juste les deux gardes, immobiles et silencieux sur le siège avant.

Puis le hayon arrière s'ouvrit et Jack apparut.

— Il était temps, maugréai-je.

— On ne pouvait pas arrêter le camion plus près des grilles. Ils nous auraient vus. (Il grimpa dans le camion et s'accroupit à côté de moi.) Comment va-t-il ?

— Il survivra.

Ce qui ne serait pas le cas de Moss et de Starr.

— Bien. (Il se tourna vers Rhoan.) Comment as-tu pu tomber dans ce piège ?

— Je ne sais pas, répondit Rhoan dans une quinte de toux qui me fit mal au cœur, mais il savait qui j'étais.

— Comment ça ?

Il haussa les épaules avec un petit rire amer.

— Il n'a pas été seulement méchant. Il m'a dit que j'étais un sacré bon coup et que je lui manquerais pour ça. Au moins n'ai-je pas perdu mon talent dans ce domaine.

Quelque chose en moi se figea.

J'avais déjà entendu ces mots.

C'était au *Blue Moon*, quand Rhoan avait été enlevé pour se faire prélever son sperme et que je venais à peine de commencer mes recherches. Je m'y étais rendue pour voir les amants de Rhoan, dans le vague espoir que l'un d'entre eux sache quelque chose. Liander ne s'était pas montré, mais j'avais vu Davern. Il était assis seul à une table, en train de se beurrer copieusement la gueule parce qu'il venait de rompre avec un mec. Quand je lui avais demandé en quoi ça le dérangeait exactement, il avait utilisé ces mots. Ces mots *précis*.

Voilà pourquoi le regard injecté de sang de Starr m'avait semblé si familier. Les yeux de Davern, ce soir-là, ressemblaient à ceux de Starr.

Davern *était* Starr.

Mais, si c'était le cas, pourquoi Misha m'avait-il dit que le cerveau de toute cette opération ne savait pas qui j'étais ? Avait-il été conditionné pour mentir à certaines questions ?

Il avait beau avoir réussi à truander un peu la surveillance de Starr, le pouvoir que ce dernier exerçait sur lui ne pouvait pas totalement disparaître. Et c'était ce pouvoir qui avait causé sa mort.

— Riley ?

Je clignai des yeux en entendant la note d'inquiétude dans la voix de mon frère et baissai le regard sur lui.

— C'est Davern. Starr, c'est Davern.

— Hein ? s'écrièrent d'une seule voix Rhoan et Jack.

— Qu'est-ce qui te fait penser ça ? ajouta Jack.

Je haussai les épaules. En vérité, il me serait difficile d'apporter des preuves incontestables à mes dires, mais mon intuition m'avait plus souvent sortie de situations difficiles que l'inverse. Je n'avais nulle intention de la remettre en question.

— Quand j'ai rencontré Starr pour la première fois, il m'a semblé familier. Je connaissais ses yeux, je ne savais d'où. Et là, ça vient de me revenir. Une fois, au *Blue Moon*, quand j'ai parlé à Davern alors que je recherchais Rhoan. J'avais cru à l'époque qu'il avait les yeux injectés de sang parce qu'il était saoul, mais malgré les apparences, il m'avait semblé sobre. Il m'a dit qu'il venait de rompre avec un amant, et utilisé exactement cette expression.

— Simple coïncidence.

Je jetai un regard dubitatif à Jack.

— Vraiment ? Misha nous a dit à plusieurs reprises que l'homme qui tirait les ficelles faisait partie de ma vie. Nous avions toujours considéré qu'il devait s'agir d'un de mes anciens amants, mais ceux de Rhoan font tout autant partie de ma vie que de la sienne.

— C'est un Helki, fit remarquer Rhoan. Ces gens-là sont capables de prendre n'importe quelle apparence, ce serait donc possible, en théorie.

— Mais à quoi ça rimerait, pour Davern ? Il avait Misha et Talon pour surveiller Riley et Gautier au Directoire. Pourquoi t'aurait-il fait surveiller, sans même parler de se charger lui-même de devenir ton amant ?

— Peut-être que Gautier l'a informé qu'il valait mieux tenir Rhoan à l'œil et que Davern n'avait personne de confiance pour s'en occuper… ou personne d'homosexuel. (Je me tournai vers mon frère.) Il t'a posé des questions pendant qu'il te torturait ?

— Non.

— Et pourquoi ça ? Parce qu'il n'en avait pas besoin. Il pouvait avoir des doutes sur ton identité avant notre combat, mais une fois au lit, ils se sont envolés. (J'eus un faible sourire.) La technique des hommes varie rarement et est singulière à chacun.

— Je me disais bien que sa manière de faire me rappelait quelque chose, murmura Rhoan. Mais j'étais trop concentré sur l'emplacement des armes, je voulais m'assurer qu'il n'en manquait aucune.

— Comment ça, des armes ? Il a un arsenal dans sa chambre ?

— Ouais. Y a aussi des gardes partout, donc, si jamais quelqu'un en dehors de Starr essaie de s'en approcher, il n'a pas la moindre chance.

— De ce qu'on a pu en voir, Starr ne quitte que rarement son terrier. Si c'est le cas, je ne vois pas comment il pourrait être Davern.

Je fronçai les sourcils.

— Le terrier de Starr se trouve dans un souterrain dont nous n'avons toujours pas localisé la sortie. Comment peux-tu savoir qu'il n'en sort jamais ?

— Et de toute façon, Davern passe son temps en voyages d'affaires, renchérit Rhoan d'une voix toujours rauque, mais plus ferme à présent qu'il n'était plus empoisonné par l'argent. Ce serait intéressant de comparer les absences de Davern avec les apparitions publiques de Starr.

— C'est possible, mais pas maintenant. Riley, il faut que tu y retournes.

Rhoan s'agrippa à mon bras.

— Non !

Je posai mon index en travers de ses lèvres.

— Il a raison. Starr soupçonne peut-être qui je suis, mais tu ne lui as pas permis de confirmer ses soupçons. Si je disparais, ça lui prouvera qu'il avait raison, et nous ne pourrons pas dormir tranquilles tant qu'il n'aura pas été éliminé. C'est notre seule chance de l'arrêter et de fermer ces laboratoires.

— Qu… qu…

— Pas de « Qu… ». (J'hésitai un instant et lui décochai un sourire taquin.) J'en ai eu ma dose pour aujourd'hui.

Son rire se transforma en un gémissement.

— Bon sang, ne me fais pas rire, ça fait trop mal.

Je serrai sa main et levai le regard vers Jack.

— Le chauffeur a dit qu'ils emmenaient Rhoan au laboratoire de reproduction. Si ça se trouve, en laissant ce camion poursuivre sa route, tu découvriras l'emplacement du fameux laboratoire Libraska.

— En tout cas, ça vaut le coup d'essayer. (Il se leva, réprimant une grande excitation trahie par ses gestes vifs.) Tu as besoin d'aide pour retourner à l'intérieur ?

Je secouai la tête.

— Je vais me camoufler et passer le portail en courant.

— Utilise la sortie, avertit Rhoan. Elle n'a pas de scanner infrarouge.

J'opinai du chef et me penchai pour lui plaquer un baiser sur la joue.

— Soigne-toi bien pendant que je remets de l'ordre dans ce bordel.

Il posa son index sur le bout de mon nez.

— Essaie de garder ton nez hors des ennuis. Je ne veux pas avoir à m'arracher à ma convalescence pour venir à ta rescousse.

Je lui souris, puis me retournai vers Jack.

— Tu vas surveiller la connexion ?

— Quelqu'un sera à l'écoute 24/24. Si tu as besoin d'aide, tu n'as qu'à nous appeler.

J'acquiesçai et me relevai. Je descendis du camion au moment où les infirmiers arrivaient. Ils n'allaient probablement pas pouvoir faire mieux que l'organisme de Rhoan, à présent qu'il n'y avait plus trace d'argent en lui, mais ils sauraient apaiser sa douleur, ce qui était justement pourquoi Jack les avait appelés.

J'attrapai une bouteille d'eau posée sur une civière et me rinçai la bouche. Jack descendit à son tour du camion et vint me rejoindre.

— Qu'est-ce que tu mijotes ?

— Moi ? m'étonnai-je avec un air d'innocence foudroyée.

Mes battements de cils ne semblèrent pas le convaincre.

— Oui, toi. La louve-garou dont le frère méchamment amoché se trouve dans ce camion. Vas-y, accouche.

— Je ne prévois rien du tout tant que vous ne m'aurez pas informé de la localisation du labo.

Ce qui n'était pas tout à fait exact, étant donné que je planifiais de secourir Nerida.

Cela étant, je ne me faisais pas d'illusions à propos de cette mission-là.

— Et quand ce sera le cas, si ça arrive, d'ailleurs ?

— Alors j'ai bien l'intention de buter ceux qui ont fait subir ça à mon frère.

Il sourit en me tapotant le bras.

— Je n'aurais pas dit mieux.

Je me dégageai de son contact.

— Ce n'est ni pour toi, ni pour le Directoire. C'est pour Rhoan, et pour moi.

— Je me fiche des raisons. Tout ce qui m'importe, c'est qu'ils n'y survivent pas. Tu seras une grande gardienne, une fois que tu auras accepté ton sort.

— Je serais toi, je ne retiendrais pas mon souffle dans cette attente, patron.

— Ça ne ferait pas grande différence. Je n'ai pas vraiment besoin de respirer.

Ouais, OK, c'était peut-être pas la métaphore la plus adaptée pour un vampire.

— Je laisserai la connexion active.

— Si tu entends des parasites, coupe-la. Ça voudra probablement dire qu'ils captent le signal.

— C'est noté.

Je fis demi-tour, me drapai dans mon manteau d'ombre et retournai dans la propriété de Starr au pas de course. La cloche du dîner retentissait lorsque j'arrivai aux dortoirs. Je jurai à mi-voix et me précipitai vers ma chambre. J'escaladai la fenêtre toujours ouverte, attrapai ma serviette de toilette dans laquelle je m'enveloppai pour cacher le sang, le cambouis et les égratignures qui recouvraient mon corps, puis allai prendre une douche rapide.

Un garde fit son apparition quelques minutes plus tard.

— Hé, t'as pas entendu la cloche ? Allez, magne-toi !

Je me magnai donc. Il y avait un avantage certain au fait de se balader à poil : on n'avait pas à lutter pour enfiler des vêtements quand on était mouillée. Je me démêlai les cheveux du bout des doigts pendant que le garde me faisait presser le pas.

Je m'attendais à être conduite dans l'enclos derrière l'arène, en attendant les combats, mais au lieu de cela, je fus escortée directement à une table dans l'arène.

Berna était déjà arrivée. Je me laissai tomber sur la chaise à côté d'elle et croisai les bras sur ma poitrine.

— Mission accomplie ? demanda-t-elle lorsque le garde s'éloigna de notre table.

— Ouaip.

— Et qu'est-ce qu'on va faire pour Nerida, à présent ?

— Je doute qu'on puisse faire quoi que ce soit.

Sa colère fondit sur moi comme une coulée de lave incandescente.

— On avait un marché.

— Notre marché, c'était d'*essayer*. (Je désignai la pièce d'un geste de la main.) Tu penses vraiment qu'on peut la sortir d'ici avec tous ces systèmes d'alarme et tous ces gardes ?

— Mais je ne peux pas *ne pas* essayer !

Sa voix avait un accent de désespoir qui allait au-delà de la simple inquiétude. Au-delà d'un simple prêté pour un rendu.

Comme je l'avais suspecté auparavant, Nerida et Berna étaient plus que de simples amies.

— On ne va peut-être pas réussir à la sortir d'ici, mais on peut au moins essayer de lui donner la seule chose qu'elle désire vraiment.

— Mais, en faisant cela, elle risque de *mourir*.

La peur le disputa brièvement à la fureur dans son regard sombre, puis elle se reprit, adoptant un masque de résignation.

Nerida ne risquait pas de mourir. Elle *allait* mourir, cela ne faisait aucun doute dans mon esprit, ni dans celui de Berna, d'ailleurs. La fugace expression de douleur qu'elle avait eue en disait long à ce propos.

— Écoute, c'est sa seule chance de combattre Merle, et peut-être de le tuer. Tu crois vraiment qu'elle ne t'en voudra pas si tu l'empêches de tenter sa chance ?

— Probablement, mais je ne peux pas…

— Mais si, tu peux. De toute façon, tu n'as pas le choix. Ils nous tueront si on fait quoi que ce soit pour lui venir en aide et, je suis désolée, mais cette opération est beaucoup trop importante pour que je prenne un tel risque.

Et si *elle* essayait, alors il faudrait que je l'arrête. Elle en savait trop à présent. S'ils la capturaient, et si elle en disait trop…

Mon estomac se tordit à l'idée de tuer Berna, mais je ne pouvais pas la laisser mettre en péril la mission pour laquelle je m'étais tant sacrifiée.

Berna laissa échapper un gémissement de gorge. Quant à savoir si c'était une manifestation d'angoisse ou un acquiescement…

— Si elle se bat contre Merle, peut-être pourra-t-elle apaiser ses fantômes.

— Je croyais qu'ils voulaient sa mort ?

— Ceux qui se trouvent ici, oui. Mais je parlais de ceux qui l'ont poussée sur le chemin de la destruction.

Elle secoua la tête.

— Ils ne s'apaiseront pas tant qu'on n'aura pas éliminé les deux hommes.

Je me tournai vers elle.

— Et si je promets de finir ce qu'elle aura commencé ?

Elle me considéra d'un regard intrigué.

— Ça pourrait peut-être les satisfaire. Mais elle, j'en doute.

— Une vengeance partielle, n'est-ce pas mieux que rien ?

— Elle est obsédée. Elle ne réfléchit pas très posément, ces temps-ci. (Elle se tourna vers moi.) Comment prévois-tu de l'aider à vaincre ces créatures ?

— En lui donnant la clé de leur destruction.

Elle haussa un sourcil.

— Et comment tu la connais, toi ?

— Parce que je me suis déjà battue contre des bestioles très similaires.

Sauf que celles que j'avais vaincues étaient un mélange de chat, de griffon et d'humain, avec de grandes ailes brun et or.

Berna n'essaya pas d'en savoir plus, ce qui me convenait parfaitement, vu que je n'avais aucune intention de lui en dire davantage.

Les portes à l'autre bout de l'arène s'ouvrirent et, avec toute la pompe qui seyait à un roi entrant dans son domaine, Starr apparut et prit place sur son siège aux allures de trône. Il parcourut la pièce du regard, comme s'il était à la recherche de quelqu'un. Quand il s'arrêta sur moi, je sus que ce quelqu'un, c'était moi. J'étais trop loin pour voir s'il avait l'air surpris, mais le petit sourire qui courba ses lèvres me donna le frisson. Je ne savais pas ce que ce sourire signifiait, mais ce n'était certainement pas bon signe.

Les serveurs vinrent déposer les assiettes devant les convives. Je mangeai parce qu'il fallait bien que je m'alimente et que j'avais besoin de toutes mes forces, mais je n'avais absolument aucun appétit.

Pendant que nous dînions, un homme chauve marcha jusqu'au centre de l'arène. Le brouhaha ambiant laissa place à un silence plein d'impatience et d'excitation. Les invités de Starr semblaient apprécier les combats sanglants, et c'était exactement la spécialité de cet endroit.

— Mesdames et messieurs, déclama l'homme d'une voix claire qui retentit dans toute l'arène. Il y a eu un changement de programme pour ce soir. Nous n'assisterons pas au tournoi de lutte initialement prévu.

Un murmure de déception parcourut la foule… mais, étrangement, ne fut pas repris par les lutteuses présentes.

— Au lieu de cela, nous allons avoir droit à un combat à mort. Mais avant cela, il faudra que notre combattante survive à un match contre nos Kayvan.

Un autre murmure courut parmi les spectateurs, celui-ci plein d'enthousiasme. Je ne pouvais qu'espérer que Jack ait déjà trouvé l'emplacement du labo, pour qu'il puisse rapidement intervenir ici et éliminer tous ces esprits pervers.

— Mesdames et messieurs, voici la combattante de la soirée !

Il fit un geste théâtral du bras, et le mur de l'arène commença à coulisser, livrant passage à deux hommes et à Nerida.

— Cette lutteuse a été capturée alors qu'elle essayait d'assassiner Alden Merle.

Un éclat de rire agita la foule. Même le Monsieur Loyal eut un petit sourire avant de poursuivre :

— Elle a été condamnée à mort, son exécution aura lieu dans cette arène. Si elle survit aux Kayvan, alors elle affrontera sa cible dans un combat jusqu'à la mort.

Tout ça était si formel, si mélodramatique. Ces gens étaient sur le point de légitimer un meurtre, et personne ne semblait s'en alarmer.

La cage descendit du plafond, puis le présentateur dit :

— Libérez-la… et libérez ses adversaires !

Puis il retourna à toute allure vers les coulisses.

Nerida fit rouler ses épaules et secoua les bras pour se dérouiller les muscles. La porte à côté de Starr s'ouvrit à son tour. Les deux grands humanoïdes bleus aux ailes de papillon sortirent des ténèbres. Un frisson d'impatience agita le public, une impatience pimentée d'une pointe de luxure, aussi bien sexuelle que sanglante.

Les créatures bleues s'immobilisèrent à peine entrées dans l'arène et étendirent leurs ailes. La lumière ambiante en fit étinceler les couleurs chamarrées alors que l'un d'eux commençait à les agiter et à s'élever lentement dans les airs. L'autre avança en marchant, ses ailes ondulant derrière lui.

Ils répétaient exactement la même tactique que lors du premier combat. Peut-être était-ce leur seule manière de combattre, et qu'ils n'en changeaient jamais. Et si je l'avais remarqué, j'imaginais que ce serait aussi le cas de Nerida, qui avait suivi un entraînement militaire.

— Quand le combat commencera, soufflai-je à Berna, lève-toi et dis-lui d'attaquer les ailes.

— Quoi ?

— Fais-moi confiance. C'est le seul moyen de battre ces saletés.

— Pourquoi ne le lui dis-tu pas toi-même ?

Je lui décochai un regard ironique.

— Tu crois vraiment qu'elle va croire un mot de ce que je raconte ?

Berna renifla d'un air de dérision. Il était inutile de répondre : nous savions toutes deux que Nerida ferait exactement l'inverse de ce que je lui conseillerais.

Contrairement à la première femme que nous avions vue dans l'arène, Nerida n'attaqua pas, se contentant d'attendre que la première créature s'approche d'elle, alors que l'autre voletait au-dessus d'elle.

— Maintenant, soufflai-je à Berna.

La métamorphe ourse se leva de toute sa hauteur et cria :

— Nerida ! Leurs ailes !

J'entendis des pas qui se dirigeaient précipitamment vers notre table et attrapai au vol la crosse du pistolet que le garde était sur le point d'abattre sur le crâne de Berna. L'homme m'injuria.

— Deux contre un, c'est un peu déséquilibré, chuchotai-je d'un ton apaisant. Un petit conseil, ça ne peut pas faire de mal, hein ?

Le garde ne répondit pas, se contentant de consulter quelqu'un à l'autre bout de la pièce. Je me tournai et vis Starr secouer la tête. Son sourire semblait encore plus carnassier à présent. Ce mec était un grand malade, aucun doute à ce sujet.

Le garde recula d'un pas, mais resta néanmoins à portée de crosse. Je me remis face à l'arène pour regarder le combat.

La seconde créature donna un petit coup d'aile et plongea vers le sol au moment précis où l'autre lançait son offensive terrestre. Nerida se laissa tomber au sol pour éviter l'adversaire lancé à pleine puissance et le déséquilibra d'un coup de pied circulaire. Puis, en un mouvement fluide, elle roula hors de la trajectoire de la seconde créature bleue qui lui fondait dessus dans un rugissement d'air et se releva sans effort apparent, évitant de justesse les serres de la créature. Celle-ci reprit une trajectoire ascendante, mais Nerida courut après elle et lui sauta sur le dos. La chose bleue poussa un hurlement strident qui oscillait entre l'humain et le bestial. Nerida agrippa la base de ses ailes et tira de toutes sa puissance en faisant levier avec ses genoux relevés, s'accrochant avec tant de force à la créature qui se débattait dans tous les sens que, d'où j'étais, je pus voir le blanc luisant de ses articulations mises à rude épreuve.

L'autre bête ailée poussa un hurlement et prit son envol. Nerida lui jeta un bref regard, positionna ses genoux plus solidement, puis tira les ailes avec un mouvement de torsion en arquant son dos.

Les ailes étaient des créations d'une délicatesse merveilleuse. Même avec un corps puissant, une créature dotée de tels membres risquait à chaque instant de se faire écrabouiller les ailes. Je le savais d'expérience. Et ces ailes-là n'étaient pas différentes de celles que j'avais déjà arrachées.

Mon intuition fut confirmée par le spectacle des ailes se séparant du corps de la chose bleue dans un « pop » retentissant. Un geyser de sang, de plumes et de hurlements déchira l'air, et la créature tomba comme une pierre vers le sol sablonneux, Nerida toujours accrochée à son dos. En voyant l'autre créature accourir à l'aide de la première, Nerida bondit. Non pas sur le sol, mais directement sur le dos de la chose.

Celle-ci ne sembla même pas le remarquer. Elle devait être trop occupée à amortir la chute de sa compagne. Ou peut-être n'était-elle pas assez intelligente pour se rendre compte qu'elle était aussi sur le point de perdre sa capacité à voler.

Quoi qu'il en soit, Nerida ne se posa pas de questions, et arracha une seconde fois une paire d'ailes de leurs articulations. Puis elle sauta du dos de la créature, atterrit en courant et termina ce qu'elle avait commencé en démembrant les choses bleues.

Elle les acheva rapidement et proprement.

Le public resta interdit pendant quelques instants, puis explosa en un tonnerre d'applaudissements. Les spectateurs se réjouissaient à l'avance du bain de sang qui s'annonçait.

Je regardai en direction de Starr. Celui-ci était penché vers Merle et lui murmurait à l'oreille. Le lieutenant acquiesça deux ou trois fois, puis se leva et se dirigea vers l'arène.

Le silence retomba sur la foule. Nerida se trouvait au centre de la piste, un peu essoufflée, mais toujours imperturbable.

— Et pour celui-là, tu as des conseils particuliers ? demanda Berna à mi-voix.

— Je ne l'ai jamais vu combattre. Je ne sais pas de quoi il est capable.

Ou ce que Starr lui avait conseillé de faire.

Mais une chose était certaine : ce ne serait pas un combat équilibré. Non seulement Starr ne se battait pas à la régulière, mais son seul et unique but était la victoire. Je ne doutais pas que ses lieutenants soient faits du même bois pourri.

Merle sauta par-dessus la rambarde et atterrit légèrement sur le sable. Nerida fit craquer ses phalanges, mais resta parfaitement immobile en dehors de cela. Merle l'étudia un moment avec un petit sourire arrogant.

— Tu vas mourir, petit renard. Tu n'as aucune chance contre moi.

— La vengeance peut sacrément influer sur les chances d'un combattant, répliqua-t-elle. Ne néglige pas cet élément.

— Oh, je ne ferai pas cette erreur. Mais la vengeance ne devrait jamais prendre le pas sur la raison.

Sur ces mots, il sortit un pistolet de la ceinture de son pantalon et tira. Une fleur écarlate de sang s'épanouit sur la poitrine de Nerida et elle eut à peine le temps de fusiller Merle d'un regard où le choc le disputait à la colère avant de s'effondrer au sol comme un sac de linge sale.

Berna se leva en poussant un hurlement incrédule. Le garde s'avança de nouveau vers nous, la crosse brandie. Je fis volte-face et le déséquilibrai d'un croche-patte, puis me figeai en sentant la bouche d'un canon contre ma nuque. C'était peut-être idiot, mais j'aimais mon cerveau tel qu'il était : entier.

Trois gardes se jetèrent sur Berna. Elle se débattit comme une furie, essayant de subtiliser leurs armes. D'autres gardes rejoignirent la bagarre, submergeant l'ourse sous le nombre. Berna s'effondra sous le poids de ses adversaires et j'entendis un « clic ». Quelqu'un avait essayé d'utiliser une arme à feu. Dans une telle masse mouvante, ça aurait pu être un vrai carnage. Mais quelque chose devait avoir échoué, car il n'y eut ni coup de feu, ni sang, ni tripes.

Peut-être l'arme s'était-elle enrayée... ou peut-être n'avait-elle jamais été chargée.

Un mec tel que Starr avait dû s'assurer qu'aucune arme chargée ne serait à portée de main de l'un de ses rivaux. Il ne courrait jamais un tel risque. Il était fort probable que les seules armes chargées dans l'arène soient celles de Starr et de ses deux lieutenants.

Les gardes finirent par réussir à maîtriser Berna. Celle-ci laissa son regard dériver vers l'arène, vers le corps sans vie allongé sur le sable et je la vis courber les épaules de désespoir. Il n'y avait rien à faire pour Nerida. On ne pourrait plus la sauver.

Un mouvement attira mon œil vers les coins obscurs de la pièce. J'aperçus comme des panaches de vapeur qui se rassemblaient : les morts, prêts à collecter leur dû.

Je me retournai vers l'arène. Merle avait baissé son arme et s'approchait du corps de la métamorphe renard. Une flaque de sang s'élargissait sous sa poitrine et imbibait le sable autour d'elle. Elle ne semblait plus respirer, et pourtant, les morts ne sortaient pas des ténèbres.

Peut-être que la renarde était plus rusée que je le croyais.

Merle s'arrêta et lui donna un coup de pied dans les côtes. Aucune réaction. Il en donna un deuxième, plus fort. Toujours rien. Il se pencha alors et lui tâta précautionneusement la jugulaire.

— Pas encore morte, dit-il à Starr. Mais ça ne devrait pas tarder.

Starr eut un geste las de la main.

— Donnez-la à manger aux carnivores du zoo. Ils apprécieront un peu de viande tendre.

— Non ! hurla Berna d'une voix qui résonna dans toute l'arène. Elle est encore vivante. Vous ne pouvez pas faire ça. C'est inhumain.

— Il n'y a pas des masses d'humains dans le coin, répliqua Starr en braquant ses yeux morts sur moi, transformant en véritables tremblements les frissons qui m'agitaient. Il savait. Il connaissait mon identité, la raison pour laquelle j'étais venue ici. Je le lisais dans son regard démoniaque, dans le sourire satisfait qui étirait ses lèvres fines.

— Mais, si cette personne est si importante aux yeux de quelqu'un, alors j'autoriserai un nouveau combat, conclut-il.

Il était en train d'essayer de me provoquer, de m'appâter. Je refusai de mordre. Je ne pouvais pas céder à la tentation. Pas tant que je n'aurais pas eu de nouvelles de Jack.

— Ben tiens ! Pour que ton salaud de lieutenant la flingue ? s'écria Berna en luttant contre les gardes qui la retenaient. Tu parles d'une justice !

— C'est mon arène, ce sont mes règles du jeu. Ceux qui me désobéissent ou essaient de me trahir doivent s'attendre à un châtiment immédiat. La justice n'a rien à faire là-dedans.

C'était un avertissement à l'intention des leaders des autres gangs plus qu'une déclaration s'adressant à Berna. Et j'étais persuadée qu'il n'était pas tombé dans l'oreille d'un sourd.

Je tournai de nouveau le regard vers l'arène, où Merle se détournait de Nerida, tenant négligemment son arme au bout de son bras ballant. Le bras gauche, celui qui se trouvait du côté de Nerida.

Celle-ci revint soudain à la vie, se projeta en avant avec l'énergie du désespoir et attrapa le pistolet de Merle. Puis elle fit un saut de carpe en vol, atterrit sur le sable, appuya sur la détente et lui tira en plein visage, faisant exploser l'arrière de son crâne.

Chapitre 15

Le geyser d'esquilles osseuses, de matière grise et de sang inonda le sol et Nerida s'effondra une nouvelle fois, imitée par Merle qui tomba comme une pierre.

Un tourbillon qui ressemblait à de la vapeur, mais qui était bien plus que ça, s'éleva du corps de la renarde. Les esprits des morts vinrent enfin récupérer leur dû.

Je fermai les yeux pour retenir mes larmes. Nerida était morte vengée, au moins en partie. Mais le paradis, ou son équivalent chez les renards, était à présent hors de sa portée. Elle était promise à l'enfer. Un enfer de torture éternelle, peuplé par les âmes de ceux qu'elle avait tués.

— Non !

Le hurlement de Berna déchira le silence qui s'était abattu sur l'arène. Personne ne dit rien, personne ne bougea. Même pas moi.

— C'était pour le moins inattendu, commenta Starr.

Il y avait de l'amusement dans sa voix. Peut-être avait-il un nouveau Merle sur le feu, et la disparition de celui-ci n'était-elle pas un gros problème. Il continuait à me défier du regard. Il n'y avait rien d'autre dans ses yeux sans âme que la certitude qu'il obtiendrait ce qu'il voulait. Et, ce qu'il voulait, c'était que je me batte. Sauf que mon sort ne serait pas aussi doux que la mort de Nerida. Il serait bien pire : un aller simple en direction du laboratoire de reproduction.

Je restai assise, affrontant son regard de fou furieux convaincu de sa supériorité, et sentis la louve en moi approcher de la surface. Cet enfoiré m'avait fait tabasser, droguer et avait détruit mon joli rêve de vie normale. Pire encore, il avait failli tuer mon frère. Pas à cause du danger que représentait celui-ci, juste parce qu'il en avait *envie*. Parce qu'il aimait ça.

Il fallait que je me venge. J'en avais besoin. Maintenant.

J'avais beau redouter le sort que cet homme me réservait, redouter l'homme lui-même, je refusais de rester plus longtemps assise ici, terrifiée comme un petit chiot maltraité. Si je devais me lancer dans la bataille, ce serait selon mes termes. Le résultat serait peut-être le même, mais au moins, je me serais défendue.

— Y a-t-il d'autres réclamations dont je devrais être informé ? poursuivit Starr. Quelqu'un ressent-il le besoin d'affronter mon autre lieutenant ou moi-même ?

Les spectateurs restèrent raisonnables et ne se manifestèrent pas.

On ne pourrait jamais m'accuser d'être raisonnable.

Je me levai. Le canon glacial du pistolet se cala de nouveau contre mes cervicales. Je fis volte-face, frappai le garde à l'entrejambe et récupérai son arme dans sa chute. Une dizaine d'armes se braquèrent aussitôt sur moi.

Je balançai l'arme inoffensive au bout de mon index et souris.

— Dites-leur de tirer, Starr. Je vous en fais le défi.

Il fit mine de ne pas m'avoir entendue. Comme c'était surprenant.

— Que voulez-vous ?

— Je veux défier le sale lâche plus connu sous le nom de Moss en combat singulier. Au pistolet, au couteau ou à mains nues, je m'en fous tant que les chances sont égales des deux côtés. (Je jetai un regard moqueur à Moss.) Ou est-ce que votre second lieutenant a aussi peur des filles que l'autre ?

Moss se releva d'un air furieux. Ça non plus, ce n'était pas surprenant.

— Tu veux te battre ? Eh bien, tu vas te battre. (Il me regarda de la tête aux pieds.) Quand j'en aurai fini avec toi, ce sera un délice de te baiser.

— Pourquoi ? T'arrives pas à bander sans castagner tes partenaires ?

— *Puis-je te faire remarquer qu'on ne dirait vraiment pas que tu attendais mon signal pour agir ?* intervint Jack au creux de mon oreille.

Moss gronda férocement, un grondement vicieux et franchement terrifiant. Starr éclata de rire.

— Je pense que je vais adorer assister à ce combat... et à ce qui suivra. Quelle arme préféreriez-vous ? Les couteaux ?

— Et on combattra nus, ajoutai-je en soutenant son regard. Pas d'endroit où cacher une arme. À moins qu'il soit comme vous, et aime en prendre plein le cul.

Starr eut un sourire langoureux.

— Vous êtes bien placée pour le savoir, pas vrai ? Après tout, votre colocataire, celui qui n'est plus parmi nous, il adorait ça, lui aussi.

« Colocataire », pas « frère ». Malgré tout ce que Starr semblait savoir sur nous, il n'était pas tombé sur cette information capitale. Je laissai tomber toute apparence de respect et me mis à le tutoyer.

— Pourquoi tous ces babillages, Starr ? Pour que ton petit copain ait le temps de s'enfoncer un flingue dans le fondement ? Ou alors c'est simplement que tu sais parfaitement ce dont je suis capable, tu sais que je peux le battre, et tu attends simplement que les gardes chargent leurs armes ?

— *On a trouvé le labo, Riley*, dit Jack. *On n'en a pas encore pris le contrôle, mais nos troupes sont prêtes à intervenir. La propriété aussi est encerclée. N'hésite pas à te venger… encore qu'il semble que tu ne m'avais pas attendu pour ça. Souviens-toi juste de ce que tu as appris lors des entraînements et ne me claque pas dans les doigts.*

— Les gardes ne s'en mêleront pas, et aucune arme à feu ne sera utilisée, promit Starr. Tu as raison : je sais de quoi tu es capable, et tu n'arrives pas à la cheville de Moss.

— C'est habituel, chez toi, ces erreurs d'appréciation ?

Il se contenta de sourire.

— Amuse-toi bien, Moss.

— Oh, j'en ai bien l'intention, répliqua celui-ci en finissant de se déshabiller. Rejoins-moi dans l'arène, si tu l'oses, fillette.

Mon visage se fendit d'un sourire plein de plaisir anticipé. Je lâchai le pistolet et me dirigeai vers la porte de l'arène. Le sable était étonnamment tiède sous mes pas. Il était aussi très granuleux, et mes pieds s'enfonçaient dedans, comme dans des sables mouvants, laissant présager d'importantes difficultés pour me déplacer. Mais, si ça me ralentissait, ce serait aussi le cas pour Moss, qui était plus massif et plus lourd que moi.

Je dépassai les cadavres de Merle et de Nerida. L'odeur de leur sang me chatouilla les narines et mon âme de loup trépigna d'impatience. Elle voulait du sang. Elle voulait mordre, griffer, réduire des chairs en charpie et des os en miettes.

Je la laissais rarement remonter à la surface. La plupart des loups exerçaient un contrôle d'acier sur leur nature parce qu'ils n'avaient pas le choix dans ce monde gouverné par les humains. Peut-être était-ce pour cette raison précise que nous mettions tant d'enthousiasme et de passion dans nos danses lunaires. Il fallait bien que notre sauvagerie intrinsèque s'exprime d'une manière ou d'une autre.

Mais ce soir, j'avais bien l'intention de lâcher la bride à ma louve. J'avais besoin de toute sa force, de toute sa cruauté et surtout, de sa capacité à accepter la douleur s'il y avait un espoir de remporter la victoire. Jack m'avait certes entraînée pour devenir gardienne, mais j'avais dû me battre toute ma vie. C'étaient justement ces atouts, ceux de la combattante des rues alliés à l'instinct de chasseur du loup, qui me seraient les plus utiles ici. Je n'allais évidemment pas jouer selon les règles : Moss et Starr ne les respecteraient certainement pas de leur côté.

Je m'immobilisai au milieu de l'arène. Moss s'avança vers moi, un couteau dans chaque main. Je plantai mon regard dans le sien, attendant le moment où il se déciderait à me lancer le couteau.

Son expression débordait de confiance en lui. Il savourait sa victoire à l'avance.

Il continua à avancer vers moi. Je stabilisai ma position et me préparai à l'offensive.

La plupart des gens trahissaient leurs intentions par un changement d'expression quelques fractions de seconde avant qu'ils attaquent. Moss n'était pas l'un d'eux. Il se contenta de lever la main dans un geste si rapide qu'il échappa à mon regard et je vis la lame du couteau s'approcher dangereusement de moi, telle une traînée argentée.

Je m'écartai précipitamment et saisis le couteau. La lame pénétra dans ma paume et je réprimai un sursaut de douleur, puis raffermis ma prise sur l'arme, la fis sauter dans ma main et en attrapai la poignée.

— Merci pour l'arme.

Moss rit.

— En espérant que ce combat soit mémorable, dit-il en me saluant de la lame de son second couteau.

— En espérant que ta mort soit glorieuse et que les fantômes qui captureront ton âme s'amusent comme des fous à te tourmenter.

Il leva un sourcil intrigué.

— Je n'ai pas peur des fantômes.

— Alors, tu es fou.

— Et toi, tu saignes. La première blessure d'une longue série.

Il prit à peine le temps de terminer sa phrase avant de se jeter sur moi dans un tourbillon de puissance, de vitesse et de force brute. J'esquivai, évitai et bloquai chaque coup en mettant à contribution tous mes talents, tous mes instincts. Il était rapide, ça ne faisait aucun doute, mais il était aussi plus lourd et imposant, et le sable le ralentissait plus que moi.

Mais, au bout d'un moment, certains coups parvinrent à transpercer mes défenses, m'éraflant le sein gauche, puis l'estomac. Cependant j'étais toujours debout, toujours relativement intacte après plusieurs minutes de combat acharné. Mieux, je réussis à mon tour à atteindre Moss, ce qui l'emplit de fureur, comme je l'espérais.

Il revint à l'attaque telle une masse de muscles, de colère et de détermination. Je continuai à danser entre les coups de couteau, mais me retrouvais à perdre du terrain de façon inexorable.

Si tu as besoin d'aide, je suis ici, dans l'arène. La voix de Quinn envahit mon esprit, aussi agréable qu'une brise fraîche au plus fort de l'été. *J'ai trouvé un garde qui avait le même genre de carrure que moi.*

Ledit garde devait probablement servir de dîner aux poissons du lac, à présent. J'évitai une nouvelle fois la lame qui virevoltait dans tous les sens, me retournai et envoyai un coup de pied en direction de Moss. Celui-ci rentra le ventre et je manquai mon but. Pas son couteau, qui glissa le long de mon pied et faillit m'amputer d'un orteil. Je poussai un grognement de frustration et de douleur qui fit ricaner Moss.

Il s'amusait comme un petit fou et j'étais ravie pour lui. Vraiment. Un homme condamné avait droit à un dernier repas d'anthologie, après tout.

Je l'observai avec méfiance et dis à Quinn :

Tu es ici et tu n'essaies même pas de tuer Starr? Je me reculai pour éviter le poing de Moss et tentai d'atteindre son bras avec mon couteau. Je n'y parvins pas, mais au point où j'en étais, je m'en foutais. *Pourquoi?*

Parce qu'il y a un sniper à l'autre bout de l'arène, par rapport à Starr, et il a pour ordre de te tuer si tu gagnes.

Je battis encore en retraite et essuyai la sueur qui me coulait sur le front d'un bras plein de sang. Moss transpirait toujours la confiance par tous les pores, mais elle commençait à laisser place à un agacement croissant. Ce qui était étrange, vu qu'il dominait incontestablement le combat. Je baissai les yeux et compris le problème : il ne bandait pas. Il avait besoin de la peur de l'autre pour avoir une érection, et je n'avais pas peur.

Je désignai son sexe mou de la pointe de mon couteau.

— Pas facile de violer une fille quand rien ne se passe en bas. Peut-être que tu préfères vraiment les mecs...

Il poussa un rugissement et me fonça dessus. Je continuai à faire tout ce qui était en mon pouvoir pour éviter ses coups, en portant un dès que l'occasion se présentait, mais ne réussissant pas à lui infliger plus que des blessures artificielles. Et, pendant tout ce temps-là, je continuais à reculer.

Une odeur de sang et de mort me chatouilla les narines. Nous nous rapprochions des cadavres. Ils étaient derrière moi.

Il bondit vers moi et je reculai d'un bond. Je trébuchai sur le corps de Merle, mais, au lieu d'essayer de garder mon équilibre, je me laissai tomber aussi souplement que je le pouvais. Moss éclata de rire et brandit son couteau au-dessus de sa tête, la lame étincelant dans les rais de lumière. Je me retournai en vol pour atterrir sur le côté et glissai mon bras sous le corps de Nerida. Du bout des doigts, je sentis le canon d'une arme et tâtonnai pour l'attraper par la crosse, dont le revêtement en argent me brûla les doigts.

Moss fondit sur moi dans un hurlement d'air. Je dégageai l'arme, la braquai sur Starr et lui fis sauter la cervelle.

Un autre coup de feu retentit presque immédiatement et Moss s'abattit en arrière, un petit trou rouge au beau milieu du front.

Quinn, qui finissait le boulot.

Je pris une grande inspiration et la relâchai lentement.

C'était fini. Fini.

Moss était mort, Starr était mort, et le chaos gagnait l'arène.

Et, que je le veuille ou non, j'avais traversé la ligne rouge et étais devenue une véritable gardienne.

Chapitre 16

Je rassemblai sur ma poitrine les pans du manteau que j'avais emprunté et regardai l'aurore teinter le ciel d'oriflammes sang et or.

D'où je me trouvais, assise près des écuries, j'avais une vue imprenable sur les événements. La maison était devenue une véritable ruche. Il y avait des camions partout et des gens qui faisaient d'incessants allers-retours entre la maison et l'extérieur, parfois pour escorter des prisonniers jusqu'au camion, parfois pour y apporter des cartons de documents.

Je me frottai les tempes d'un air las. Le sentiment de déjà-vu était indéniable et, comme la dernière fois, je n'avais qu'une seule envie : rentrer chez moi et tout oublier.

Et même si j'allais enfin pouvoir être tranquille dans mon appartement, l'oubli était une option inexistante. Que je le veuille ou non, mes actions lors de cette mission avaient changé ma vie pour toujours. Certes, j'avais obtenu ma vengeance, mais le prix en restait encore à payer pour moi.

Une impression de chaleur attentive me caressa la peau et je me retournai pour voir Quinn sortir de la forêt et venir s'asseoir près de moi.

— Tu te sens comment ?

— Horriblement mal. (Je haussai les épaules.) Quelques litres de café, un long bain chaud et plusieurs jours de sommeil devraient pas mal arranger les choses.

Son sourire se refléta dans ses yeux et mes hormones épuisées ne purent s'empêcher de faire quelques bonds ravis.

— Ça m'était venu à l'esprit, dit-il en sortant une tasse en porcelaine de derrière son dos. Il n'y avait pas de sirop de noisette, mais au moins, c'est chaud.

— Mon Dieu, je crois bien que je t'aime, soupirai-je en entourant la tasse de mes mains et en inspirant profondément. Quel bonheur, même sans noisette.

— Je t'offrirai tout le sirop de noisette que tu voudras quand on sortira ce week-end.

Je souris d'un air amusé.

— Ah ? Et je n'ai pas mon mot à dire ?

— Tu peux choisir le lieu et l'heure, mais je n'accepterai aucune autre réponse que « oui ». (Son regard était plein de détermination, mais aussi d'une affection qui me fit manquer un ou deux battements de cœur.) Parce que sinon, je viendrai te chercher, je te jetterai sur mon épaule et je te kidnapperai de force.

Il semblait donc que le vampire ait rejoint la battue. Kellen allait devoir affronter un adversaire à sa mesure. Et j'avais beau avoir une mentalité très moderne, mon cœur de loup accéléra à la simple idée de ces deux beaux mâles s'affrontant pour moi.

— Tu te rends bien compte que je suis du genre à te prendre au mot pour voir si tu vas porter ta menace à exécution ?

Il haussa les épaules.

— Les règles du jeu, je n'en ai plus rien à faire. Seule la victoire m'importe.

— L'amour n'est pas un jeu.

Il me considéra, le sourcil levé.

— La vie elle-même est un jeu. Et l'amour, c'est le gros lot. Un gros lot que j'ai essayé de garder à distance beaucoup trop longtemps.

De belles paroles, mais je n'y croyais pas entièrement.

— Pourquoi ce changement soudain, Quinn ? Qu'est-ce qui me rend si désirable aujourd'hui alors que tu ne voulais même pas de moi il y a quatre mois ? Je suis incapable de changer ma nature, tu le sais bien.

— Sauf si tu trouves ton âme sœur. Et sauf si tu jures de ton amour pour lui devant la lune. (Il saisit mon menton du bout des doigts et m'embrassa tendrement sur les lèvres.) J'ai la ferme intention de te prouver que je suis cet homme.

— Mais tu n'es pas un loup.

— Toi non plus. Pas entièrement.

— Mais je désire ce que tous les loups veulent : un partenaire. Une maison. Des enfants.

— Nous savons tous les deux que certains rêves ne se réaliseront jamais.

— Mais j'ai encore d'autres possibilités, Quinn, protestai-je en dégageant mon menton de sa main. Et je ne renoncerai à mes rêves que sur mon lit de mort.

— Alors, il faudra que je reste avec toi jusqu'à ce que tes rêves tombent en poussière, ou jusqu'à ce que tu acceptes l'inévitable.

Je lui jetai un regard en coin.

— Tu peux rester tout le temps que tu voudras, mais je ne serai jamais exclusive. Jamais.

Il détourna le visage, mais j'eus quand même le temps de voir la froide détermination qui animait son regard. Ce vampire avait beau me cajoler avec ses belles paroles, au bout du compte, ce qu'il voulait, c'était que nous soyons ensemble, et à ses conditions, pas aux miennes.

Et seul le temps nous dirait qui aurait l'avantage sur l'autre.

Je suivis son regard et vis Jack qui approchait. Pas le moment idéal, ou peut-être justement était-ce une bonne chose.

Quinn se releva et je lui dis :

— Tu n'as jamais répondu à ma question.

— Quelle question ? demanda-t-il, mais la lueur qui brillait dans ses yeux me laissa penser qu'il savait exactement de quelle question je voulais parler.

— Tu avais l'occasion de prendre ta revanche sur Starr, et pourtant, tu ne l'as pas saisie. Comment ça se fait ? Tu as toujours dit que rien ni personne ne pourrait t'empêcher de te venger.

Il hésita, comme s'il cherchait une réponse.

— Parce qu'Henri m'aurait traité de tous les noms s'il avait su que je faisais passer ma soif de vengeance avant l'amour. Au bout du compte, Starr est mort quand même ; quelle importance si ce n'est pas moi qui ai appuyé sur la détente ?

— C'est carrément un bon point pour toi, ça, tu sais ?

Il sourit d'un air enchanté.

— J'espère bien, oui.

Puis il m'effleura l'épaule et s'éloigna.

Jack le remplaça à côté de moi.

— Alors, comment va ma recrue préférée ?

— Je refuse que tuer devienne une habitude. Tu ne pourras pas m'y forcer. (Je m'interrompis, le temps que mes paroles atteignent leur objectif, mais me doutant qu'elles n'y parviendraient pas.) Je peux rentrer chez moi, maintenant ?

— Pas encore. (Il sourit.) Et ne t'en fais pas, tu finiras par prendre l'habitude de tuer.

Je reniflai d'un air dubitatif.

— Comment ça se passe, le grand ménage ?

Il haussa les épaules.

— Pas trop mal ici, même si nous avons dû faire appel à la police du coin pour nous aider à gérer les arrestations et à examiner les documents que nous trouvons.

— Et au labo ?

Il me regarda et, pour la première fois, je vis de la colère dans ses yeux verts : une colère glaciale, impitoyable, authentique.

— Ce salaud ne méritait pas la mort facile que tu lui as donnée, Riley. Ce qu'il faisait… (Il laissa échapper un soupir tremblant.) Franchement, j'ai vu pas mal d'horreurs dans ma vie, mais ce labo, ça dépasse l'imagination.

Je ne voulais pas connaître les détails, vraiment pas, alors je changeai de sujet.

— Et les lézards d'esprit ?

Iktar avait eu beau être confiant, ses semblables n'avaient pas réussi à se libérer aussi aisément et aussi rapidement qu'il le croyait. Ils se trouvaient toujours dans la propriété quand le Directoire était intervenu.

— Nous sommes parvenus à un accord. J'ai laissé filer ses frères naturels. En ce qui concerne les clones, nous allons les analyser pour voir s'il n'y aurait pas une suggestion hypnotique implantée par Starr dans leur subconscient.

Ils avaient accepté un marché différent, mais je ne pris pas la peine de le faire remarquer.

— Et Iktar ?

Jack me décocha un sourire ravi.

— Il va rejoindre les rangs des gardiens de jour au sein du Directoire, ainsi que quelques-uns de ses semblables.

— Tu ne penses pas qu'ils se feront un peu remarquer avec leurs visages sans traits ?

— Ce n'est pas parce que c'est une division de jour que le travail aura nécessairement lieu pendant la journée.

— Tu es venu jusqu'ici juste pour m'annoncer la bonne nouvelle ?

Son amusement disparut.

— Non.

— Pourquoi, alors ?

— Tu ne peux pas rentrer chez toi. Pas tout de suite, en tout cas, dit-il en plantant son regard dans le mien. Nous sommes en train de préparer un autre appartement pour Rhoan et toi.

Je n'eus aucune réaction. J'imagine que c'était dû à mon épuisement extrême.

— Pourquoi ?

— Gautier nous a filé entre les doigts.

— Pas étonnant, c'était notre meilleur gardien. (Je me frottai les yeux en bâillant.) Peut-être qu'il va décider d'aller se cacher dans un autre État et de nous foutre la paix.

— Tu ne crois pas plus à cette hypothèse que moi. (Il sortit son téléphone portable de la poche de son pantalon.) Tu ferais mieux de lire ça.

Il appuya sur un bouton et me tendit le téléphone. Je le lui pris des mains et lus le message.

« Merci de m'avoir libéré des chaînes de mon esclavage. Pour te remercier, je te laisserai le temps de reprendre ton souffle. Mais pas trop longtemps. Nous avons encore quelques détails à régler, Riley, et j'ai bien l'intention de respecter la promesse que je t'ai faite dans l'arène. »

Je rendis le téléphone à Jack, mais ne fis aucun commentaire. Qu'est-ce qu'il y avait à dire de plus ?

Le meilleur gardien du Directoire s'était mutiné. Le chasseur était devenu la proie.

Et la proie avait une dent contre moi.

Je rapprochai mes genoux de ma poitrine.

— J'imagine qu'il y a un bon côté à tout ça : au moins, réussir à neutraliser Gautier devrait être plus simple que d'éliminer Starr.

— Si c'est ce que tu penses, alors tu n'es pas aussi maligne que je le croyais.

— Merci de ruiner mes faibles espoirs, chef. (J'expirai lentement.) Qu'est-ce qu'on va faire, alors ?

Il haussa les épaules.

— On attend. Et, quand il finira par se montrer, on le tuera.

Comment ça ? voulus-je demander. *Comment, étant donné qu'on n'a même pas réussi à le capturer quand la surprise était de notre côté et qu'il ignorait même être surveillé ?*

— Il ne touchera pas à un seul cheveu de ta tête, Riley, je te le garantis, tenta de me rassurer Jack en me posant la main sur l'épaule. Il y a une voiture qui t'attend, près du portail. Va donc rejoindre ton frère.

— Et tout ce qu'il y a à faire ici ?

— Ça va encore nous prendre plusieurs jours. Mais on est bien assez nombreux pour nous occuper de tout ça. Tu as besoin de te reposer et de récupérer.

Je laissai échapper un soupir de soulagement en me levant. J'allais retrouver mon frère, puis prendre le bain et le café dont j'avais si désespérément besoin.

Et après, je ne pourrais rien faire d'autre qu'attendre.

Et angoisser.

Parce que la Mort en personne approchait et que j'allais devoir rassembler toutes mes forces pour lui échapper.

Achevé d'imprimer en juillet 2010
Par CPI Brodard & Taupin - La Flèche (France)
N° d'impression : 59008
Dépôt légal : septembre 2010
Imprimé en France
81120390-1